PASSION INTERDITE

LaVyrle Spencer

PASSION
INTERDITE

Roman

Titre original : *Family Blessings*
Traduit par Catherine Pageard

© LaVyrle Spencer, 1993
© Presses de la Cité, 1995, pour la traduction française
ISBN 2-258-03859-6

À la mémoire de nos deux filles adorées : Sarah et Beth

Ne viens pas pleurer sur ma tombe :
Ce n'est pas là que je suis, je ne dors pas.
Je suis le vent qui souffle,
La neige aux reflets de diamant,
Le rayon de soleil sur le blé mûrissant,
La bienfaisante pluie d'automne.
Quand tu t'éveilles dans le silence matinal,
Je suis l'oiseau qui prend son vol, puis tourne
paisiblement dans le ciel.
Je suis l'étoile qui scintille doucement dans la nuit.
Ne viens pas sur ma tombe pour y pleurer
Ce n'est pas là que je suis, je ne suis pas mort.

Remerciements

Un grand merci à mon neveu, Jason Huebner, officier de police à Anoka (Minnesota) pour son aide avant et pendant la rédaction de ce livre.

Merci aussi à Dawn et Bob Estelle de « Stillwater Floral » qui m'ont fourni des informations sur le métier de fleuriste.

1

Christopher Lallek avait toutes les raisons d'être heureux. Il était en congé pour la journée et il allait toucher sa paie. Il avait débarrassé sa vieille Chevy Nova toute déglinguée du bric-à-brac qu'elle contenait et il ne lui restait plus qu'à passer au garage Ford où l'attendait une Ford Explorer flambant neuve : un modèle haut de gamme, une six-cylindres avec quatre roues motrices, air conditionné, lecteur de CD et sièges en cuir. Et en plus, il avait choisi le modèle rouge ! Le grand jeu ! Dans moins d'une heure, il aurait rempli les papiers et se glisserait derrière le volant de sa première voiture neuve. Il suffisait pour cela qu'il ait touché son chèque.

Après s'être garé sur le parking du poste de police d'Anoka, Christopher sortit joyeusement du véhicule en sifflant un air à la mode et scruta le ciel à travers ses lunettes de soleil à verres réfléchissants. Hormis quelques rares nuages floconneux à l'est, le ciel était dégagé et le soleil brillait. Le thermomètre affichait 27° un peu avant midi et, le temps qu'il rejoigne ses copains au lac, il ferait pas loin de 32°, la température idéale pour se baigner. Greg avait promis de se renseigner sur le prix des chambres à air ; Tom apporterait ses skis nautiques ; et les parents de Jason avaient prêté leur hors-bord pour la journée. Plutôt que d'apporter de la bière comme certains de ses copains, Christopher comptait acheter des bouteilles de soda, du salami et du fromage et peut-être même quelques portions de ces harengs à la crème dont Greg et lui raffolaient. Puis ils se rendraient au lac au volant de sa nouvelle voiture tout en écoutant le dernier CD qu'il avait acheté. Un sacré programme !

Sans cesser de siffloter, il poussa la porte en verre blindé du poste de police et pénétra dans la salle de la brigade où deux de ses collègues, Nokes et Ostrinski, étaient en train de discuter, le visage grave.

— Quoi de neuf, les gars ? demanda-t-il.

Au lieu de lui répondre, les deux policiers se contentèrent de lever la tête et de le regarder. Il fouilla dans son casier et en sortit une enveloppe qu'il ouvrit aussitôt.

— Ma paie ! C'est pas trop tôt ! s'écria-t-il en brandissant le chèque qu'il venait de retirer de l'enveloppe.

Il se tut soudain, frappé par le silence de ses deux collègues. Et Murph et Anderson, les deux policiers qui venaient de pénétrer dans la salle, avaient eux aussi le visage grave.

Christopher était dans la police depuis neuf ans et il savait trop bien ce que signifiaient ce silence, cette immobilité et cet air sombre. Il commença à être inquiet.

— Qu'est-ce qui ne va pas ? demanda-t-il en regardant les quatre hommes l'un après l'autre.

— Une mauvaise nouvelle, Chris, annonça Tony Anderson, son capitaine.

Christopher sentit son estomac se nouer.

— Un policier est mort, dit-il.

— Qui ? demanda Christopher. (Et comme personne n'osait lui répondre, il se mit à crier :) Qui ?

— Greg, annonça Anderson d'une voix rauque.

— Greg ! (Le visage de Christopher exprima d'abord la surprise, puis l'incrédulité.) Attendez une minute ! Il doit y avoir erreur sur la personne.

Anderson se contenta de secouer tristement la tête tandis que les autres policiers contemplaient avec obstination leurs chaussures.

— Vous faites erreur, répéta Christopher. Greg n'était pas de service aujourd'hui. Il a quitté l'appartement il y a moins d'une heure. Il devait venir chercher son chèque ici, aller le déposer à la banque et passer chez sa mère. Nous devions partir au lac.

— Il n'était pas de service, Chris. C'est arrivé quand il venait ici. Une fourgonnette a brûlé un feu rouge et l'a heurté de plein fouet.

Le visage pâle et décomposé, Christopher parut sur le point de s'évanouir.

— Il était en moto ?

— Oui, répondit Anderson, trop ému pour fournir d'autres détails.

— Qui a répondu à l'appel ? demanda Christopher.

— Ostrinski.

Il regarda le jeune policier : le visage rouge et les lèvres gonflées, ce dernier semblait sur le point d'éclater en sanglots.

— Dis-moi ce qui s'est passé.

— Navré, Chris ! Mais quand je suis arrivé, il était déjà mort.

Soudain saisi d'une rage aveugle, Christopher fit un pas de côté et envoya balader une chaise.

— Pourquoi n'est-il pas venu en voiture avec moi ! s'écria-t-il. Je lui avais pourtant dit que ça ne me gênait pas de passer avec lui chez sa mère. Pourquoi a-t-il pris cette fichue bécane ?

Anderson et Ostrinski s'approchèrent de lui pour le consoler mais il les écarta d'un geste brusque.

— Laissez-moi ! J'ai besoin... Il me faut du temps...

Il fit quelques pas dans la salle, puis s'arrêta soudain en jurant. Sa colère n'était pas tombée, bien au contraire, et la décharge d'adrénaline était si forte qu'il transpirait et grelottait à la fois. En sa qualité de policier, il avait souvent observé ce genre de réaction sans jamais la comprendre et même jugé sévèrement ceux qui réagissaient par la colère devant la mort d'un de leurs proches. Et c'était pourtant ce qui lui arrivait : au lieu de pleurer la mort de son ami, il fulminait et avait envie de tout casser.

Puis sa colère tomba aussi soudainement qu'elle était venue, le laissant tremblant et nauséeux, et il se mit à pleurer en murmurant d'une voix brisée :

— Greg... Oh, Greg !

Quand ses trois jeunes collègues s'approchèrent, cette fois, il accepta la pression amicale de leurs mains sur ses épaules et leurs condoléances. Puis le capitaine Anderson le serra dans ses bras, ses bras de grand gaillard entraîné aux arts martiaux.

— Pourquoi fallait-il que ça arrive à Greg ? demanda Christopher. Pourquoi pas à un de ces dealers qui revendent de la drogue aux jeunes lycéens ou à un père qui bat ses enfants ? Nous avons pourtant toute une ribambelle de ces salauds dans nos dossiers !

— Je sais, dit Anderson. Ce n'est pas juste.

Comme Christopher, le visage posé sur son épaule, continuait à pleurer, il lui dit :

— Greg était un homme bien. Et un bon policier.

— Il n'avait que vingt-cinq ans, dit Christopher. Il n'a pas eu le temps de profiter de la vie.

Il se laissa tomber sur une chaise, se pencha en avant et se prit le visage dans les mains. Greg ne pouvait pas être mort, c'était impossible ! Une heure plus tôt, il était assis dans la cuisine de l'appartement qu'ils partageaient et grignotait un toast, vêtu d'un short de bain et d'un T-shirt trop large pour lui. « Il faut que je passe chez ma mère, avait-il dit, l'embout d'un de ses arroseurs est fichu et je lui ai promis de le changer ».

La mère de Greg... La malheureuse ! Elle avait pourtant déjà bien assez souffert comme ça !

— Est-ce que l'aumônier a déjà prévenu la famille ? demanda-t-il.

— Non, pas encore, répondit Anderson.

— J'aimerais m'en charger, monsieur. Si vous n'y voyez pas d'inconvénient. Je connais la famille de Greg. Ce sera peut-être moins dur pour eux si c'est moi qui leur annonce cette terrible nouvelle plutôt qu'un étranger.

— Si vous pensez que c'est préférable, alors je suis d'accord.

Quand Chris se leva, il fut surpris de se sentir aussi faible. Il avait les jambes en coton, ses mains tremblaient et ses dents s'entrechoquaient comme si la température de la pièce était soudain tombée en dessous de zéro.

— Vous ne tenez pas sur vos jambes, Lallek, lui dit Anderson. Vous feriez mieux de vous rasseoir.

Il ne se le fit pas dire deux fois et, dès qu'il se retrouva sur sa chaise, il ferma les yeux et respira profondément sans réussir à endiguer un nouveau flot de larmes.

— C'est si difficile à croire, dit-il entre ses dents. Quand je pense qu'il y a à peine une heure il était en train de prendre son petit déjeuner dans la cuisine.

— Et hier, intervint Ostrinski, à la fin de son service, il nous a raconté que vous deviez aller au lac.

Christopher ouvrit les yeux et regarda Ostrinski, un jeune géant de vingt-cinq ans qui pleurait lui aussi comme un gamin.

— Je suis navré, Pete. Je suis assis là en train de chialer alors que c'est toi qui as répondu à l'appel et qui as encaissé le plus gros choc.

Comme Ostrinski se détournait pour s'essuyer les yeux, Chris se leva et le prit par l'épaule.

— Le corps de Greg a-t-il déjà été transféré à la morgue ? demanda-t-il.

— Oui. Mais je ne te conseille pas d'y aller. Et débrouille-toi pour que sa mère ne le voie pas. Il a été salement amoché. Elle risque de ne pas s'en remettre.

— Les mères ont du courage à revendre, déclara Christopher en lâchant l'épaule d'Ostrinski.

La porte du fond s'ouvrit et Vernon Wender, l'aumônier de la police, pénétra dans la salle. Âgé d'une quarantaine d'années, il avait des cheveux bruns très fins et portait des lunettes à monture métallique. Anderson le salua en silence de la tête tandis qu'il s'avançait au milieu de ses hommes.

— Greg était quelqu'un de bien, dit l'aumônier sur un ton empreint de respect. La dernière fois que j'ai discuté avec lui, il m'a dit : « Vous ne pouvez pas imaginer, Vernon, le nombre de gens qui détestent leur métier. Et bien, ce n'est pas mon cas. Moi, j'aime être flic. Ça me fait plaisir de rendre service aux gens. » Peut-être serez-vous moins tristes, poursuivit l'aumônier, en pensant que Greg Reston était un homme heureux. (Puis, après quelques secondes, il ajouta :) Je serai là toute la journée au cas où l'un de vous éprouverait le besoin de parler ou de prier. Et je crois que nous nous sentirons tous un peu mieux si nous disons dès maintenant une prière ensemble.

Pendant que l'aumônier récitait une prière, Christopher, les yeux clos, songeait à la famille de Greg, plus précisément à sa mère et au choc qu'elle allait éprouver. Lee Reston était veuve et mère de deux autres enfants : Janice qui avait vingt-trois ans et Joey, un jeune garçon de quatorze ans. Mais Greg était son fils aîné, celui qui l'avait le plus soutenue depuis que son mari était mort, neuf ans plus tôt. « Elle est courageuse, forte comme un roc et certainement la femme la plus exceptionnelle que j'aie jamais connue », disait souvent Greg, qui vénérait sa mère. Leur relation, faite de respect mutuel, d'admiration réciproque et d'amour, était si différente de celle que Christopher avait eue avec sa propre mère qu'il ne pouvait s'empêcher d'éprouver un pincement de jalousie chaque fois que Greg lui en parlait. Au début, deux ans plus tôt, quand Greg était entré dans la police, Christopher avait eu du mal à croire que son coéquipier puisse discuter de tout avec sa mère : de sport, d'argent, de sexualité, de philosophie et même des querelles qui surgissent parfois dans les familles les mieux équilibrées. Mais il avait suffi qu'il rencontre Lee Reston et soit reçu dans sa famille pour comprendre que Greg disait vrai. D'ailleurs, il ressentait pour la mère de son ami un respect et une admiration qu'il n'avait jamais éprouvés vis-à-vis de ses propres parents.

La prière s'acheva et Christopher en profita pour adresser une requête à l'aumônier :

— Greg et moi... partagions le même appartement. J'ai pensé que je pourrais peut-être aller voir sa famille.

— Je n'y vois pas d'inconvénient, répondit Vernon. À condition que vous soyez en état de le faire.

— Ça ira.

Lorsque Christopher se retrouva dehors, il fut obligé de mettre ses lunettes car le soleil brûlait ses yeux rougis par les larmes. Il s'installa dans sa voiture, passa la première, sortit du parking et s'engagea dans la circulation. Au lieu de se concentrer sur la conduite, comme il le faisait d'habitude, il essaya de reconstituer la dernière image qu'il conservait de Greg. Son ami se trouvait sur le seuil de l'appartement. Il portait une tenue de plage et une casquette rouge à longue visière. Après avoir croqué dans la pomme qu'il emportait, il avait lancé à Christopher : « On se retrouve dans une heure environ. »

Un coup de klaxon le rappela à la réalité.

Il s'essuya les yeux sur sa manche de chemise et se mit à rouler plus vite, tout en essayant de chasser de son esprit les images horribles qui l'obsédaient. Il fallait absolument qu'il retrouve un minimum de sang-froid avant d'arriver chez Mme Reston.

À l'idée de ce qui l'attendait, il fut pris d'appréhension. Comment annoncer une chose pareille à une mère ? Tout particulièrement à une mère qui avait déjà perdu un enfant.

Un an après la naissance de Greg, Lee Reston avait perdu son bébé, victime de la mort subite du nouveau-né. Comme, pour elle, la seule chose qui comptait c'était que sa famille soit heureuse, elle n'avait pas voulu que ce deuil affecte plus que nécessaire son mari et son fils aîné. Elle s'était arrangée pour tomber enceinte le plus tôt possible. Moins d'un an plus tard, elle accouchait de Janice.

Puis son mari était mort d'une rupture d'anévrisme alors qu'elle n'avait que trente-six ans. Elle adorait son époux mais cela ne l'avait pas empêchée de faire preuve à nouveau d'un cran exceptionnel. Veuve avec trois enfants, sans profession et n'ayant pour vivre que les vingt-cinq mille dollars de l'assurance-vie, elle avait refusé de s'apitoyer sur son sort. Après avoir consulté un conseiller d'orientation, elle avait suivi pendant un an les cours d'une école de commerce, s'était acheté une boutique de fleuriste et avait ainsi constitué une solide base pour subvenir aux besoins de ses enfants aussi longtemps qu'ils en auraient besoin.

Forte, la mère de Greg ? Un véritable rocher de Gibraltar ! Mais même les rochers peuvent se fissurer quand ils sont soumis à une trop forte pression.

Lee Reston habitait Benton Street, une rue ombragée et

bordée d'habitations anciennes mais parfaitement entretenues dont le tracé épousait un des méandres du Mississippi. Sa maison était orientée au sud-ouest et se trouvait du côté opposé de la rue par rapport au fleuve. C'était une vieille bâtisse blanche avec des volets noirs et deux jardinières en brique, remplies de géraniums rouges, de chaque côté des marches qui menaient à la porte d'entrée. Dans le jardin donnant sur la rue poussaient des érables de belle taille dont le feuillage formait une boule parfaite, comme s'ils avaient été taillés depuis toujours par un professionnel. Au pied des arbres, des cercles de briques délimitaient des parterres de pétunias blancs et roses. La pelouse était impeccablement tondue mais l'herbe jaunissait près du trottoir, là où un arroseur défectueux l'aspergeait d'une manière intermittente.

Quand Christopher posa le pied sur le revêtement goudronné de l'allée, il sentit la chaleur à travers les semelles de ses sandales en caoutchouc et prit soudain conscience de sa tenue. Annoncer une pareille nouvelle en vêtements de plage ! « Tant pis ! » se dit-il en fermant les deux premiers boutons de sa chemise. Il ne pouvait plus reculer maintenant. Il fit le tour du véhicule et se dirigea vers la maison.

La porte d'entrée était ouverte et, avant de sonner, Christopher en profita pour jeter un coup d'œil à l'intérieur à travers la moustiquaire. Il aperçut une table de cuisine devant une porte en verre coulissante, ouverte elle aussi. Au-delà de la porte, en partie masqué par une autre moustiquaire et un rideau en voilage gonflé par le vent, il entrevit le grand jardin ombragé situé à l'arrière de la maison où il était censé venir pique-niquer avec Greg et toute la famille Reston le 4 juillet, jour de la fête nationale. Il discerna aussi un bouquet sur la table, une veste sur le dossier d'une chaise, une bouteille de Coca-Cola et un porte-monnaie sur une pile de livres, comme si la maîtresse des lieux s'apprêtait à sortir.

La gorge serrée, il finit par frapper à la porte.

Lee Reston ferma le robinet de la salle de bains, remit en place la serviette qu'elle tenait à la main puis se regarda dans la glace. Ses cheveux bruns étaient coupés court et séparés par une raie, à la Julie Andrews. Une coupe simple et décontractée, parfaitement adaptée à ce qu'elle était et qui mettait en valeur les taches de rousseur qui parsemaient son visage à la belle saison.

Debout devant la glace, elle resserra le nœud qui ornait à la taille sa jupe en coton, inspecta son chemisier blanc et vérifia que ses minuscules boucles d'oreilles en or était bien fixées. Puis, tout en fredonnant, elle éteignit la lumière et passa dans sa chambre. Elle était en train de se parfumer les mains avec une lotion quand elle entendit frapper à la porte d'entrée.

— Entrez ! cria-t-elle en jetant un coup d'œil à sa montre.

Midi moins cinq ! Elle devait être au magasin à midi pile. Mais même si elle avait quelques minutes de retard, ce n'était pas grave car sa sœur Sylvia se trouvait déjà sur place.

— Christopher ! s'écria-t-elle, un peu surprise, en reconnaissant son visiteur. Que faites-vous ici ? Je croyais que Greg et vous deviez aller au lac. Entrez donc une minute.

— Bonjour, madame Reston.

— Greg n'est pas là. Il m'avait promis de venir réparer l'arroseur mais je ne l'ai pas vu de la matinée. Je pense qu'il ne va plus tarder. Vous pouvez l'attendre ici, si vous voulez.

Christopher pénétra dans l'entrée, vêtu de son short de bain et d'une chemise hawaïenne orange et vert. Il portait toujours ses lunettes de soleil et, en levant la tête vers lui, Lee Reston aperçut son propre reflet déformé dans les verres réfléchissants. Elle continuait à se frotter les mains pour y faire pénétrer la lotion.

— Greg m'a dit que vous passeriez avec nous la fête nationale, reprit-elle. C'est formidable. Nous avons décidé de faire une dinde grillée. Et si nous sommes encore en état après le repas, nous organiserons une partie de volley-ball. Sympa, non ?

Au lieu de répondre, Christopher ôta ses lunettes et la regarda. Elle se rendit compte aussitôt qu'il avait pleuré.

— Qu'est-ce qui ne va pas ? demanda-t-elle en s'approchant de lui.

— Madame Reston...

Comme Greg avait confié à sa mère que les parents de Christopher n'avaient jamais témoigné la moindre affection à leur fils, elle se dit qu'il avait un problème et était venu chercher un peu de réconfort auprès d'elle.

— Vous voulez qu'on parle un instant ? proposa-t-elle aussitôt, en songeant que Sylvia pouvait bien s'occuper de la boutique un peu plus longtemps que prévu.

Christopher s'éclaircit la gorge et prit ses deux mains dans les siennes. Il avait décidé que mieux valait lui dire la vérité sans tergiverser.

— Madame Reston, je viens vous annoncer une terrible nouvelle, dit-il. Greg a eu un très grave accident et il est mort.

Ni le visage de Lee Reston ni son regard ne se modifièrent.

— Greg ? demanda-t-elle d'une voix normale, comme si la nouvelle était trop aberrante pour qu'elle puisse y croire.

— Je suis désolé, murmura Christopher.

Cette fois, elle avait compris : ses yeux brun-roux s'emplirent de larmes et devinrent brillants comme du cuivre tandis qu'elle prononçait à nouveau le nom de son fils d'une voix tremblante.

— Il venait chez vous, expliqua Christopher. Une fourgonnette a grillé un feu rouge et l'a heurté de plein fouet. Quand nos hommes sont arrivés sur les lieux, il était déjà mort.

— Mon Dieu ! s'écria-t-elle. Pas Greg ! Pas lui !

La poitrine de Lee se souleva à plusieurs reprises, comme si elle avait soudain du mal à respirer, et sa bouche s'ouvrit sur un cri silencieux. Christopher la prit dans ses bras et la serra contre lui.

— Non... réussit-elle à dire d'une voix pitoyable, le visage levé vers le ciel, avant d'éclater en sanglots. Pas un autre enfant...

Ses jambes étaient si faibles qu'elle dut s'accrocher à Christopher pour ne pas tomber.

— Il devait... venir réparer... reprit-elle entre deux sanglots.

— Je sais, murmura Christopher d'une voix étranglée. Il vous avait promis de réparer votre système d'arrosage.

Lee se mit à trembler si fort que Chris l'assit doucement sur le parquet et s'agenouilla en face d'elle pour la soutenir. Le front appuyé contre la gorge de Christopher, au-dessus du triangle de peau que découvrait l'échancrure de sa ridicule chemise hawaïenne, elle continua à pleurer, le corps secoué par des sanglots qui, à chaque fois, la projetaient en avant avec une telle force qu'il oscillait, lui aussi, d'avant en arrière.

— Il avait... déjà essayé... de le réparer, expliqua-t-elle d'une voix hachée. Mais l'embout qu'il avait acheté n'était pas de la bonne section.

— Je suis au courant, dit-il, en lui tapotant doucement le dos.

Quand Christopher sentit ses genoux s'engourdir, il s'assit à côté d'elle et la reprit dans ses bras, attendant patiemment que ses sanglots s'espacent.

— Je reviens tout de suite, dit-il au bout d'un moment.

Il trouva ce qu'il cherchait dans la cuisine : une boîte de Kleenex qu'il rapporta dans l'entrée et posa sur les genoux de Lee avant de se rasseoir à côté d'elle. Il sortit de la boîte décorée de fleurs bleues trois mouchoirs pour lui et trois autres qu'il fourra dans la main de Lee. Adossée contre le mur, sa main inerte toujours posée sur ses genoux, Lee n'eut aucune réaction. Christopher lui essuya le visage, sécha ses propres yeux, puis il la reprit dans ses bras et posa sa joue contre ses cheveux.

Une voiture passa dans la rue. L'arroseur changea de direction une vingtaine de fois avec un petit cliquetis caractéristique. Lee Reston n'avait toujours pas bougé.

Finalement, elle poussa un soupir et releva la tête. Christopher se demanda ce qu'il allait faire.

— Mon Dieu ! murmura-t-elle comme si elle n'était pas certaine d'avoir le courage de se relever.

— Où est Janice ? demanda Christopher.

— À San Francisco, répondit-elle en soupirant à nouveau. Elle est allée passer quelques jours là-bas avec son amie Kim.

— Et Joey ?

— Joey est parti au lac Gull avec les Whitman.

— Il faudrait que quelqu'un les prévienne.

Au lieu de répondre, Lee se remit à pleurer. Christopher ne savait pas quoi faire. Devait-il s'occuper lui-même de certains détails ? Laisser Lee Reston pleurer tout son soûl ou au contraire essayer de la calmer ?

— Votre sœur est-elle au magasin ? demanda-t-il.

Lee hocha la tête.

— Voulez-vous que je lui téléphone et lui demande de venir vous rejoindre ?

— Non, répondit-elle en s'essuyant les yeux. C'est moi qui vais l'appeler.

Elle commença à se relever mais, ses jambes se dérobèrent sous elle et elle faillit tomber. Christopher se précipita pour la rattraper, la soutint par les épaules et l'emmena dans la cuisine.

Il la fit asseoir sur une chaise près de la table et s'installa à côté d'elle sur l'autre chaise, celle sur laquelle était suspendue la veste qu'il avait aperçue en arrivant. Les livres, le porte-monnaie et la bouteille de Coca-Cola accentuaient par leur présence l'impression d'une routine brutalement interrompue.

— Ce coup de fil peut attendre, dit-il. Prenez votre temps.

Lee Reston jeta un coup d'œil par la porte ouverte.

— Faut-il que j'aille reconnaître le corps ? demanda-t-elle en se retournant vers Christopher.

— C'est inutile. Il a été identifié grâce à son permis de conduire.

Lee ferma les yeux en poussant un soupir de soulagement.

— L'avez-vous vu ? demanda-t-elle en rouvrant les yeux.

— Non.

— Vous irez à la morgue ?

— Je ne sais pas.

— Vous a-t-on dit dans quel état il était ?

— Non. Je n'ai même pas demandé.

Ce qui était vrai.

— Il conduisait sa voiture ?

— Non, sa motocyclette.

Lee laissa échapper un gémissement aigu, posa ses deux bras sur la table et y enfouit son visage. Christopher se glissa derrière elle et posa ses deux mains sur sa nuque, simplement pour qu'elle sente qu'il était là et prenait soin d'elle.

— Il est inutile que vous alliez le voir. Cela ne servirait à rien.

— Je ne sais pas... Il me semble... Je suis sa mère.

— Vous avez besoin que votre famille soit là. Voulez-vous que je téléphone à votre sœur ou à votre mère ?

Dites-moi où se trouve votre carnet d'adresses.

— Dans le tiroir de la commode.

Dès que Christopher eut trouvé le carnet, il composa le numéro de la boutique.

— « Côté Fleurs », répondit une voix de femme.

— Madame Eid ?

— C'est elle-même.

— Êtes-vous seule au magasin ou y a-t-il quelqu'un avec vous ? demanda Christopher.

— Qui est à l'appareil ? voulut savoir la sœur de Lee, soudain soupçonneuse.

— Pardonnez-moi. J'aurais dû me présenter. Je m'appelle Christopher Lallek et je suis un ami de votre neveu. Je me trouve actuellement chez votre sœur, à laquelle je viens d'annoncer une mauvaise nouvelle. Greg a eu un accident de moto et il est mort.

Durant le silence qui suivit, il imagina facilement ce qui se passait : la bouche ouverte, Mme Eid avait dû se laisser tomber sur une chaise à côté de l'appareil.

— Mon Dieu... murmura-t-elle.

— Je m'excuse de vous avoir annoncé ce décès aussi brutalement. Êtes-vous seule au magasin ?

Christopher entendit des sanglots étouffés à l'autre bout du fil. Son désarroi devait se voir car Lee Reston s'approcha et lui prit le récepteur.

— Sylvia ? demanda-t-elle. Je sais... C'est terrible ! Non,

je n'ai encore prévenu personne... Oui ! Oh oui ! Je t'en prie... Merci.

Quand elle eut raccroché, Christopher, craignant qu'elle s'effondre, la prit à nouveau dans ses bras.

— Elle arrive, murmura-t-elle en s'accrochant à lui.

Pour Christopher, l'odeur de la lotion qui parfumait les mains de Lee allait demeurer à jamais associée à leur attente dans la cuisine. Mais sa mémoire emmagasinait bien d'autres impressions. Le trajet de la lumière se faufilant à travers les arbres du jardin. Le rideau qui continuait à onduler dans l'encadrement de la porte. Le lointain bourdonnement d'une tondeuse à gazon que son propriétaire venait de mettre en marche. L'odeur de l'herbe récemment coupée. La vue d'un bouquet de fleurs qui provenaient du jardin mais dont il ignorait le nom. Une photo de Greg collée dans l'angle d'une reproduction sur le mur en face de lui. Les gouttelettes d'eau qui se formaient sur les parois du verre posé sur la table. Le contact de la jupe en coton de Lee contre ses jambes nues et de son visage brûlant dans son cou. Un pense-bête sur la porte du réfrigérateur, qui disait : *Donner le reste de lasagnes à Greg.* Une autre note, un peu plus haut, sur laquelle était inscrit : *Janice, Vol 75 en provenance de NW, 13 h 35.* La radio que ni l'un ni l'autre n'avaient songé à éteindre et qui, en cet instant, passait *Chaque fois que je prononce ton nom,* une chanson mélancolique de Vince Gill.

— Greg aimait tellement cette chanson, murmura Lee Reston.

— C'est vrai, reconnut Christopher. Il n'arrêtait pas de l'écouter et il avait même acheté le disque.

En entendant la voiture qui s'arrêtait devant la maison, Lee se précipita dans l'entrée à la rencontre de sa sœur. Christopher resta un peu en retrait tandis que les deux femmes s'étreignaient en sanglotant.

Quand ses sanglots se furent calmés, Sylvia lui demanda :

— Comment l'as-tu appris ?

— Par Christopher. Il est venu me prévenir immédiatement.

26

— Et vous, comment se fait-il que vous ayez été si vite au courant ?

— Quand je suis passé au commissariat chercher mon chèque, mes collègues me l'ont dit.

— Quel choc terrible cela a dû être pour vous aussi ! s'écria Lee en posant sa main sur celle de Christopher. En plus, vous avez été obligé de... venir ici pour m'annoncer la mort de Greg.

C'est vrai que cette démarche avait été une véritable épreuve, mais cela lui avait aussi permis de ne pas penser à son propre chagrin.

— Il vous aimait tellement ! dit-il d'une voix rauque, en enlaçant les doigts de Lee.

Elle ferma les yeux, faisant un effort sur elle-même pour ne pas s'effondrer à nouveau. Puis elle les rouvrit et, sans lâcher sa main, murmura :

— Merci.

Assis l'un à côté de l'autre, la main dans la main, rapprochés par leur chagrin et un élan de sympathie mutuelle, ils sentirent qu'un lien ineffable venait de se créer entre eux.

— S'il y a quoi que ce soit que je puisse faire pour vous... dit Christopher. Vous savez que je suis là.

2

— Il faut que je prévienne Janice, déclara Lee Reston en se levant à regret du divan où elle était assise entre Sylvia et Christopher.

— Laisse-moi m'en occuper, proposa sa sœur.

— C'est gentil de ta part, Sylvia, mais c'est à moi de le faire. Je suis sa mère.

Sylvia n'insista pas. Elle connaissait Lee et savait qu'elle pouvait se montrer parfois inflexible, n'étant pas du genre à fuir ses responsabilités. Quoi qu'il arrivât, jamais elle ne reculait devant les difficultés. Elle accepta néanmoins que Sylvia compose le numéro. Puis elle prit le récepteur. Ses mains tremblaient et ses jambes étaient si faibles qu'elle dut s'asseoir sur la chaise qui se trouvait derrière elle.

— Comment ça va, maman ? demanda joyeusement sa fille. Tu as bien fait d'appeler maintenant. Cinq minutes plus tard, et nous étions parties. Nous avons décidé d'aller au Quai des Pêcheurs.

«Janice, ma fille adorée, songea Lee, comme je préférerais ne pas avoir à te faire de peine ! »

— Je suis navrée, ma chérie, mais je suis obligée de te demander de rentrer. J'ai une mauvaise nouvelle pour toi. Notre Greg a eu un accident de moto et...

Lee Reston s'interrompit. En prononçant cette phrase pour la première fois, elle éprouvait à nouveau le choc qu'elle avait ressenti lorsqu'elle l'avait entendue dans la bouche de Christopher, ainsi qu'un sentiment d'irréalité, comme si c'était quelqu'un d'autre qui parlait de son fils.

— ... il est mort, Janice, réussit-elle à dire.

— Mon Dieu, maman ! C'est impossible !

— Janice, ma chérie, j'aimerais tellement être près de toi, dit Lee en entendant sa fille éclater en sanglots à l'autre bout du fil. (Puis elle ajouta :) Il faudrait que tu prennes le premier vol pour...

Incapable de continuer, elle laissa Christopher prendre l'écouteur et se précipita dans les bras de sa sœur.

— C'est Christopher Lallek, Janice, dit-il. Je suis chez ta mère. Ta tante Sylvia est là aussi.

Après avoir répondu aux questions que lui posait en pleurant la sœur de Greg, il lui demanda de lui passer son amie Kim. Janice n'était certainement pas en état de s'occuper des détails de son retour et il demanda à Kim de changer sa réservation, puis de rappeler pour dire à quelle heure elle arriverait à Anoka. Il ajouta qu'il irait chercher Janice à l'aéroport quelle que soit l'heure de l'atterrissage. Puis il passa à nouveau l'écouteur à Lee Reston.

— Janice ? Moi aussi, ma chérie... Je t'attends.

Quand Lee eut raccroché, elle se sentit complètement vidée.

— Maintenant, il faut que j'appelle Joey, déclara-t-elle néanmoins.

À nouveau, Sylvia lui proposa de le faire à sa place.

— Non, dit-elle. Je m'occupe de Joey. Et de l'enterrement. Ensuite, Christopher et toi, vous pourrez vous charger du reste.

Mais elle eut beau composer le numéro des Whitman, personne ne répondit. Il faisait beau et ils avaient dû partir avec Joey au lac.

Elle appela les pompes funèbres et tint le coup jusqu'à ce que son correspondant lui demande :

— Où se trouve le corps ?

— Où se trouve... bredouilla-t-elle. Je ne sais... Oh, mon Dieu !

Christopher saisit le téléphone.

— Christopher Lallek, officier de police à Anoka, se présenta-t-il, un ami du défunt.

Puis il répondit aux questions qu'on lui posait à l'autre bout du fil.

— À la morgue de l'hôpital Mercy. Aujourd'hui, à dix heures trente. Un accident de motocyclette. Le défunt était protestant. Il est encore un peu tôt pour prendre cette décision. Tous les membres de la famille n'ont pas encore été prévenus. Demain, ce serait parfait... — Merci, monsieur Dewey.

Quand Christopher eut raccroché, il nota sur le bloc posé à côté du téléphone le numéro où Lee pouvait joindre M. Dewey, puis il lui expliqua :

— Il faudra que vous passiez le voir. Demain à neuf heures, si ça vous convient. Mais c'est la seule démarche que vous aurez à faire car il s'occupe de tout.

— Je ne sais pas comment vous remercier, dit-elle en s'approchant de lui. Et je m'excuse d'avoir flanché tout à l'heure au téléphone...

Le téléphone sonna. Ce fut Sylvia qui décrocha.

— Oui, Kim, je t'écoute. Le vol 356 qui arrive à 19 h 59. Je note, dit-elle en inscrivant l'information sur le bloc. Je suis désolée que tes vacances soient fichues, reprit-elle, mais c'est tellement gentil de ta part de rentrer avec elle. (Elle se tut un court instant, puis ajouta :) Nous allons nous débrouiller pour que quelqu'un vienne vous chercher à l'aéroport. Dis à Janice que sa mère va bien et qu'elle n'est pas seule. À bientôt.

Dès qu'elle eut raccroché, elle se tourna vers sa sœur :

— Kim prend l'avion avec Janice. Ne te fais pas de souci pour elle, Lee.

À partir de ce moment-là, les coups de fil se succédèrent, Christopher et Sylvia se partageant la tâche d'annoncer la triste nouvelle. Barry Reston, le mari de Sylvia, les rejoignit un quart d'heure après avoir été prévenu. Les parents de Lee s'effondrèrent au bout du fil et il fallut attendre qu'ils se soient un peu ressaisis avant de pouvoir poursuivre la conversation. Tina Sanders, la meilleure amie de Lee et sa voisine, vint la voir dès qu'elle eut appris ce qui venait d'arriver. Sylvia prévint les employés de la boutique et, régulièrement, Christopher refit le numéro des Whitman sans obtenir de réponse.

La maison était maintenant pleine de monde et Sylvia était en train de fournir aux voisins désireux de se rendre utiles une liste de noms et de numéros de téléphone quand Lee fut soudain prise d'une impulsion irraisonnée. Elle se retourna et ouvrit la bouche pour demander : « Est-ce que quelqu'un a prévenu Greg ? » — comme elle l'avait fait tant de fois en d'autres occasions. La question mourut sur ses lèvres avant qu'elle l'ait posée et, debout au milieu de ses voisines penchées sur leurs propres carnets d'adresses, elle se demanda comment il était possible qu'elle ne téléphone jamais plus à Greg, qu'elle n'entende plus son rire, qu'elle ne le voie jamais marié ou père de famille. Elle n'arrivait toujours pas à croire que sa mort puisse être la raison de tout ce brouhaha autour d'elle.

Quelqu'un alla faire du café et un arôme puissant envahit bientôt la maison. Une voisine apporta des fruits, une autre un cake. Puis les parents de Lee arrivèrent et, comme ils ne semblaient pas en état de lui apporter un quelconque soutien, ce fut elle qui les consola malgré son chagrin. À un moment donné, alors que sa mère sanglotait dans ses bras, elle se dit : « Il faut que je sorte d'ici ! Je ne pourrai pas supporter ça une minute de plus ! » Mais à nouveau on sonnait à la porte et quelqu'un d'autre entrait, quelqu'un qui avait besoin de serrer Lee dans ses bras en pleurant. Quand Christopher s'approcha d'elle pour lui parler, elle en fut presque soulagée. Mais ce fut un répit de courte durée car il lui annonça :

— J'ai réussi à joindre Joey.

Le cœur battant à se rompre et les jambes en coton, Lee s'approcha du téléphone, suivie par Christopher qui resta debout derrière elle, comme s'il désirait la protéger de l'agitation qui régnait dans le salon pendant qu'elle accomplissait ce devoir déchirant.

— Joey ?

— Qu'est-ce qui ne va pas, maman ? demanda aussitôt

son fils. Comment se fait-il que Christopher m'ait téléphoné ?

— Il faut que je t'annonce une très mauvaise nouvelle,
Joey...

Elle se tut un court instant et, comme son fils lui demandait d'une voix affolée si Janice avait eu un problème en
vacances, elle lui dit :

— Greg a eu un accident, mon chéri. Et il est mort sur
le coup.

Joey ne dit rien pendant un long moment puis, retrou-
vant la voix d'enfant qu'il avait un an plus tôt, avant de
muer, il murmura :

— Mort... Comment est-ce possible ?

— Je sais que c'est difficile à croire, mais c'est la vérité,
Joey. L'accident a eu lieu ce matin.

— Mais il devait m'emmener avec mes copains à la fête
foraine la semaine prochaine.

— Je sais, mon chéri, je sais.

— Ce n'est pas juste, maman, dit Joey d'une voix brisée
par l'émotion. (À deux doigts d'éclater en sanglots, il se tut
un court instant. Puis il demanda à sa mère :) Comment
allons-nous nous débrouiller sans lui ?

— Nous verrons... Ce sera difficile, mais nous nous sou-
tiendrons mutuellement. Janice rentre à la maison ce soir.
Mais je serais contente si, toi aussi, tu étais près de moi,
mon grand.

— D'accord, maman, répondit Joey d'une voix un peu
plus assurée.

— Je t'aime, mon chéri. Et je suis sûre que nous nous
en sortirons.

Joey lui passa alors Mme Whitman qui semblait dans
tous ses états.

— Nous partons immédiatement, dit-elle. Nous pas-
serons d'abord chez vous pour y déposer Joey. Je suis tellement désolée, ma pauvre Lee.

Quand Lee eut raccroché, Christopher lui dit :

— Le plus dur est fait.

— Oui, reconnut-elle.

— Faut-il aller chercher Joey ?

— Non, les Whitman le ramènent ici. Par contre, si vous vouliez aller chercher Janice et Kim à l'aéroport comme vous l'avez proposé, cela me rendrait bien service.

— Aucun problème.

— Vous comprenez, si je dois aller à l'aéroport, je ne serai pas là quand Joey arrivera et...

— Vous n'avez pas besoin de vous justifier. Je serai sur place quand l'avion atterrira.

L'après-midi était maintenant bien avancé. Les voisins étaient allés chercher chez eux des plats chauds, des salades et des sandwiches et la maison résonnait du murmure de leurs voix.

Sylvia rejoignit sa sœur dans la cuisine et lui dit :

— Lloyd vient d'arriver, Lee.

Celle-ci se précipita aussitôt dans l'entrée pour accueillir son beau-père. De taille moyenne, encore svelte malgré son âge, les cheveux gris argenté, il avait le visage le plus doux que Lee ait jamais vu et, malgré son chagrin, ses traits respiraient le calme et la résignation.

— Lee, dit-il.

Puis il la prit dans ses bras et, sans échanger un mot, ils repensèrent à ce triste jour où ils avaient éprouvé une douleur semblable en apprenant la mort de Bill. Lee adorait son beau-père. Elle l'aimait plus que son propre père car elle se sentait plus à l'aise avec lui et pouvait lui parler en toute confiance. Elle ne l'avait jamais considéré comme un substitut de son mari mais elle savait qu'en cet instant elle pouvait compter sur lui, qu'il la soutiendrait comme l'aurait fait Bill.

— La vie est bien triste, dit-il. Et nous avons déjà eu notre part de malheur, n'est-ce pas, mon petit ? Mais nous allons encore tenir le coup cette fois-ci. Nous le savons car nous sommes déjà passés par là.

Quand Lloyd la lâcha, ses joues étaient mouillées de larmes mais il ne faisait pas étalage de sa douleur comme l'avaient fait un peu plus tôt les parents de Lee, et elle se sentit elle-même plus calme.

— Les enfants sont au courant ? demanda-t-il.

— Oui. Ils ne devraient pas tarder à arriver.

— C'est une bonne chose. Tu te sentiras mieux quand ils seront là. (Puis Lloyd ajouta en indiquant d'un signe de tête la porte ouverte du salon :) J'ai l'impression qu'il y a du monde. Ça ne te dérange pas ?

— Non. Ils sont pleins de bonnes intentions et cela leur fait du bien de se retrouver ensemble car eux aussi, ils sont bouleversés. Ce n'est pas leur fils qui est mort mais ils se rendent compte que cela pourrait leur arriver un jour.

Quelques minutes plus tard, alors que Lee parlait avec son pasteur, le révérend Ahldecker, elle jeta un coup d'œil à travers la moustiquaire de la porte et aperçut Christopher tout seul dans le jardin de devant. Il venait d'éteindre l'arroseur qui, durant tout l'après-midi, avait aspergé l'herbe au même endroit. Il ramassa le tuyau et se mit à l'enrouler entre les arbustes, près de la porte d'entrée. Ses gestes étaient lents et méthodiques et son visage baigné de larmes.

Profondément émue par sa solitude et sa tristesse, Lee se dit que le moment était venu de le consoler comme il n'avait cessé de le faire depuis qu'il avait frappé chez elle à midi.

— Excusez-moi, dit-elle au révérend Ahldecker. Je reviens tout de suite.

Elle sortit dans le jardin, s'approcha de Christopher par-derrière, plaça ses mains sur sa poitrine et posa sa joue contre son dos. Son cœur battait régulièrement mais sa poitrine se soulevait d'une manière spasmodique chaque fois qu'un sanglot étouffé la secouait. Quand elle le serra contre elle, il laissa retomber ses bras le long de son corps, sans lâcher le tuyau d'arrosage qui continua à s'égoutter sur le trottoir.

Derrière eux, leurs ombres s'allongeaient sur le revêtement mouillé de l'allée comme deux silhouettes découpées dans du carton gris. Perchée sur un fil téléphonique tout proche, une tourterelle se mit à roucouler tristement et une autre lui répondit.

Christopher finit par pousser un grand soupir, puis murmura :

— Je l'aimais, vous savez. Même si je ne le lui ai jamais dit.

— Il le savait. Et il vous aimait aussi.

— Mais j'aurais dû le lui dire.

— Il y a mille façons de dire ce genre de chose. La semaine dernière, il m'a raconté que vous lui aviez acheté chez le boulanger deux brioches à la cannelle. Je me rappelle aussi le nombre de fois où vous avez lavé sa voiture en même temps que la vôtre, où vous l'avez aidé à démarrer quand sa batterie était à plat, où vous êtes allé reporter à sa place ses vidéos pour qu'il ne paie pas de supplément à cause du retard. C'était votre manière à vous de lui dire que vous l'aimiez. Et il l'avait parfaitement compris.

— Il n'empêche que je ne lui ai pas dit...

— Ne soyez pas trop dur envers vous-même, Christopher.

— Personne ne m'a jamais appris à dire ce genre de chose, avoua-t-il.

Il n'eut pas besoin d'ajouter quoi que ce soit : Lee comprit qu'il faisait allusion à ses parents.

Quand l'avion en provenance de San Francisco atterrit à dix-neuf heures cinquante-neuf, Janice prit son sac de voyage dans le compartiment à bagages et se dirigea vers la sortie en se demandant qui allait venir la chercher à l'aéroport : sa mère, son oncle ou ses grands-parents Hillier ?

Elle avait pleuré pendant presque toute la durée du vol, le visage tourné vers le hublot et les yeux fixés sur l'aile de l'avion où se reflétaient les rayons du soleil. Kim, après s'être mouchée à plusieurs reprises, avait pris un livre qui était resté ouvert sur ses genoux à la même page tandis que, serrant la main de Janice dans la sienne, elle l'écoutait lui confier son chagrin.

En s'avançant dans l'aéroport, Janice fut extrêmement surprise d'apercevoir Christopher.

— Chris ! s'écria-t-elle en laissant tomber son sac pour se précipiter dans ses bras.

Elle s'accrocha à lui et se remit à pleurer en lui enlaçant le cou. Christopher la serra si fort contre lui que les pieds de la jeune femme touchaient à peine terre. Janice avait toujours rêvé de se retrouver dans ses bras depuis qu'elle l'avait rencontré, deux ans plus tôt, quand Greg était entré dans la police d'Anoka et avait pris un appartement avec lui. Mais jamais elle n'aurait imaginé que cela se produirait dans d'aussi tristes circonstances. De toute façon, Christopher avait sept ans de plus qu'elle et il l'avait toujours considérée comme la sœur cadette de son ami, en âge d'aller en fac, mais trop jeune, à ses yeux, pour avoir un petit ami. Soudain, la mort de Greg les rapprochait, gommant leur différence d'âge, et la seule chose qui comptait c'était qu'ils aient aimé tous deux celui qui venait de disparaître.

Ils mirent fin à cette étreinte spontanée et Christopher s'approcha de Kim pour lui serrer la main.

— Bonsoir, Kim, dit-il. Je suis désolé que vous ayez dû interrompre vos vacances.

— Il n'était pas question que je reste après une telle nouvelle, répondit Kim qui avait elle aussi le visage rouge et les yeux gonflés.

Quand les deux jeunes femmes eurent récupéré leurs autres bagages, le trio rejoignit la voiture. Janice s'installa à l'avant et Kim à l'arrière.

Christopher profita du trajet pour répondre aux questions que lui posait Janice et, quand elle lui demanda si sa mère tenait le coup, il lui dit :

— Non seulement elle tient le coup mais elle réussit à remonter le moral de tous ceux qui viennent la voir. Greg m'a toujours dit que c'était une femme de caractère et j'en ai eu la preuve aujourd'hui. Il n'empêche qu'elle se sentira mieux quand tu seras là. Le plus dur pour elle a certainement été de vous téléphoner, à toi et à Joey, pour vous annoncer une telle nouvelle.

— Joey est à la maison ?

— Il n'était pas encore arrivé quand je suis parti. Mais les Whitman ont dû le ramener, maintenant.

Le soleil était en train de disparaître à l'horizon et une légère brume nacrée rendait indistincts les abords de Minneapolis qu'ils étaient en train de contourner, puis qu'ils laissèrent derrière eux quand ils filèrent vers le nord en direction d'Anoka. Les yeux fixés sur la route, Christopher conduisait d'une manière mécanique, changeant de voie quand c'était nécessaire et respectant les limitations de vitesse. Immobile à côté de lui, le visage tourné vers la vitre ouverte, Janice était en train de se dire que sa vie ne serait plus jamais la même.

— J'étais en train de me dire qu'il n'aurait jamais la chance de se marier et d'avoir des enfants.

— Je sais...

— Je pensais aussi à maman et à nous tous. Aux anniversaires ! À Noël ! Ça va être horrible ! conclut-elle en se remettant à pleurer.

Christopher se pencha vers elle et lui prit la main.

Jamais il n'avait été témoin d'une scène aussi triste que celle qui eut lieu sous ses yeux quand Janice retrouva sa mère et son frère. Lee Reston serra ses deux enfants contre elle puis leur caressa tendrement la tête tandis qu'ils enfouissaient leur visage dans son cou. En cet instant, Christopher aurait bien donné tout ce qu'il avait pour que Greg revienne.

Comprenant qu'ils avaient besoin d'être seuls, il alla s'asseoir sur les marches en bois, derrière la maison. Le gazon s'arrêtait soixante mètres plus loin, au pied d'une haie de thuyas séparant la maison de Lee Reston de celle de sa voisine. Près de la maison, des arbres donnaient un peu d'ombre. Au fond du jardin, des massifs de fleurs délimitaient une étendue d'herbe rase utilisée comme terrain de volley lors des pique-niques familiaux. Christopher avait été invité plusieurs fois à ces pique-niques et ils restaient associés dans sa mémoire à des moments de bonheur tels qu'il avait eu rarement l'occasion d'en vivre. On l'accueillait comme s'il faisait depuis toujours partie de la famille et tout se passait très simplement, chacun se servant à boire et à manger sans que la maîtresse de maison se sente obligée de faire le service.

Le pique-nique prévu pour le 4 juillet serait certainement annulé. Christopher annulerait le congé qu'il avait posé depuis avril pour ce jour-là, ce qui permettrait à un de ses collègues de passer la journée en famille. Il avait l'habitude de travailler les jours fériés : en général, il n'avait rien de mieux à faire et c'était préférable que de rester chez soi à broyer du noir.

Cette date du 4 juillet lui rappelait un autre jour de fête nationale, quand il n'avait que douze ou treize ans. Il venait d'entrer au lycée et s'était inscrit à la fanfare. Comme ses parents n'avaient pas les moyens de lui offrir un instrument de musique et que le lycée fournissait uniquement les tambours et les tubas, il avait choisi le tuba. Aujourd'hui encore, il se souvenait du poids de l'instrument sur son épaule, du contact de son embouchure incurvée contre ses lèvres et de son excitation quand il avait descendu pour la première fois les rues de la ville avec cet énorme instrument en cuivre dressé au-dessus de sa tête. Ce jour-là, ils avaient interprété une marche bien connue, rythmée par le tuba et la grosse caisse, et fièrement défilé dans les rues d'Anoka.

Un peu avant la fin de l'année scolaire, le directeur de la fanfare leur avait annoncé qu'ils étaient invités au défilé de la petite ville de Princeton et qu'à cette occasion ils porteraient des capes en satin, marron d'un côté et noir de l'autre, et qu'il faudrait donc qu'ils soient vêtus d'un pantalon noir et d'une chemise blanche.

Ce jour-là, Christopher était rentré chez lui plein d'inquiétude à la pensée de devoir demander à ses parents de lui acheter un pantalon noir. Ils vivaient dans un appartement sordide situé au-dessus d'un magasin d'appareils ménagers. Pour accéder chez eux, il fallait emprunter un escalier extérieur en triste état, à l'extrémité d'une ruelle empuantie l'été par l'odeur des légumes et des fruits en décomposition qui s'entassaient dans les poubelles du supermarché d'à côté. Quelquefois, quand il n'y avait rien à manger à la maison, Christopher traînait autour des poubelles jusqu'à ce qu'un des employés vienne jeter les fruits et légumes impropres à la vente. Il lui proposait alors son aide et, pour sa peine, l'employé lui offrait des fruits trop mûrs ou des légumes flétris qu'il rapportait chez lui. Sa jeune sœur Jeannie faisait parfois la difficile devant les plats qu'il lui servait mais il l'obligeait à les manger pour qu'elle n'aille pas se coucher l'estomac vide.

Leurs parents n'avaient aucune excuse. Leur père touchait une pension d'invalidité dont il dépensait la majeure partie dans un bar situé à un pâté de maisons de chez eux, que les deux enfants appelaient « le trou », car c'était une salle en sous-sol, humide et enfumée. Ed Lallek s'y précipitait à peine réveillé et sa femme l'y rejoignait quand elle sortait du travail. Elle travaillait dans les cuisines d'un relais pour routiers sur l'autoroute 10, quittait l'appartement avant que ses enfants soient levés et rentrait la plupart du temps tard le soir lorsqu'ils étaient couchés, en trébuchant sur les marches branlantes de l'escalier extérieur.

Ce soir-là, quand Christopher rentra chez lui, la gorge nouée à l'idée de devoir leur demander de l'argent, ses parents se trouvaient dans leur bar habituel. Il fit cuire des pâtes pour sa sœur Jeannie et pour lui, qu'il assaisonna avec du concentré de tomate. Puis il envoya sa sœur se coucher et attendit ses vieux. Ceux-ci rentrèrent aux environs de minuit en se disputant comme d'habitude.

Ils tenaient tout juste sur leurs jambes et leur haleine empestait l'alcool.

— Qu'est-ce que tu fous là ? demanda son père, sans lâcher la cigarette vissée au coin de sa bouche.

— J'avais besoin de te parler.

— À minuit ! À une heure pareille, tu devrais être couché !

— Ce serait le cas si tu étais rentré à une heure décente !

— Écoutez-moi ce petit trou du cul ! C'est pas à toi de me dire à quelle heure je dois rentrer ! C'est moi qui commande ici !

C'était en effet la seule chose qu'il savait faire. Pour le reste, il n'était qu'une épave : il sentait mauvais, ses vêtements étaient sales et son estomac rempli de bière pendait au-dessus de sa ceinture.

— Il me faudrait de l'argent pour m'acheter un pantalon, expliqua Christopher.

— Tu as déjà des jeans.

— J'ai besoin d'un pantalon noir.

— Un pantalon noir ! s'écria son père. Tu te fiches de moi ou quoi ?

— Notre fanfare doit participer à un défilé et il faut que

nous portions tous une chemise blanche et un pantalon noir.

— J'ai pas de fric pour te payer un uniforme de tapette. T'as qu'à dire ça à ton directeur.

Quand Christopher pénétra dans la chambre minuscule qu'il partageait avec Jeannie, où il y avait tout juste la place pour deux lits jumeaux et une commode déglinguée, il n'alluma pas la lumière de peur de la réveiller. Mais sa jeune sœur ne dormait pas.

— Je les hais, dit-elle dès qu'il se fut glissé sous ses draps.

— Tu ne devrais pas dire des choses pareilles.

— Pourquoi ? Tu les aimes, toi ?

Non, Christopher n'aimait pas ses parents mais il ne le disait jamais devant elle pour ne pas l'influencer. Les filles n'étaient pas comme les garçons : elles avaient plus besoin qu'eux de leur mère.

— Dès que je suis assez grande, je pars d'ici, annonça sa sœur.

Elle n'avait que neuf ans. Au lieu de songer à quitter sa famille, elle aurait dû avoir une vie sans soucis comme tant d'autres petites filles de son âge.

— Ne dis pas ça, Jeannie !

— Mais c'est la vérité. Je vais m'enfuir de la maison. Et je ne reviendrai jamais ! Sauf peut-être une fois ou deux pour te voir. Toi, t'es pas comme eux.

Étendu dans son lit, prêt à fondre en larmes, Christopher ne dit rien car il pensait exactement comme elle.

Toujours assis sur les marches en bois, Christopher sortit de sa rêverie. La nuit était tombée et les étoiles brillaient dans le ciel. Les grillons chantaient. Derrière lui, on venait d'allumer la lumière dans la cuisine et cela lui rappela qu'il n'avait rien mangé de la journée.

Même s'il commençait à avoir faim, cela pouvait attendre. Il allait devoir rentrer chez lui. Mais comment affronter l'appartement vide ? Et tout ce qui, sur place, allait lui rappeler la présence de Greg : ses vêtements dans la penderie, ses CD dans le salon, son courrier dans le vide-poches de la cuisine, son shampooing dans la salle de bains et son jus de fruits préféré dans le réfrigérateur ?

— Que faites-vous ici tout seul dans le noir ? demanda Lee Reston.

Christopher se leva en soupirant.

— J'étais en train de remuer de vieux souvenirs, répondit-il en regardant le ciel resplendissant d'étoiles.

Lee Reston écarta la moustiquaire, puis s'avança sur la galerie en cèdre rouge qui longeait la maison.

Ils restèrent un long moment silencieux à regarder le ciel tandis que les grillons continuaient à chanter et que montait du jardin l'âcre odeur des giroflées. La lune s'était levée et l'herbe était maintenant humide de rosée.

La vie continuait. Et elle les incitait à faire de même.

— Il est temps que je parte, annonça Christopher.

— Où voulez-vous aller ?

— Je rentre à l'appartement.

— Mon Dieu, Christopher ! Voulez-vous que je... que quelqu'un vous accompagne ?

— Ce n'est pas la peine, madame Reston. Il faudra bien que j'affronte ça à un moment ou à un autre. Vos enfants sont là et vous avez besoin de vous retrouver seule avec eux. Le capitaine m'a donné congé jusqu'au jour de l'enterrement et je serai donc chez moi demain. Si vous voulez en profiter pour venir chercher les affaires de Greg... Si au contraire, vous préférez que je n'y sois pas, je comprendrai très bien. Mais pour l'instant, vous avez besoin de vous reposer. Vous avez eu une dure journée.

— Vous n'êtes pas obligé de rentrer ce soir. Vous pouvez très bien dormir sur le divan du salon. Et demain, nous irons ensemble à l'appartement.

Christopher faillit accepter. Pendant un bref instant, il imagina Lee Reston dans le rôle de la mère qu'il n'avait jamais eue et n'aurait jamais, penchée au-dessus de lui, caressant sa tête posée sur le coussin et lui disant d'une voix calme : « Tout va bien, Christopher. Je suis là et je vous aime. Ne vous faites pas de souci. »

Puis son sens des responsabilités prit le dessus : Lee Reston avait bien assez à faire avec ses propres enfants sans être obligée en plus de le consoler.

— C'est gentil de votre part, madame Reston, mais je vais rentrer. Je vous verrai demain.

Il était en train de contourner la maison pour rejoindre sa voiture quand elle le rappela :

— Christopher ?

Il s'arrêta et se retourna.

— Merci pour tout ce que vous avez fait aujourd'hui. Sans vous, jamais je n'aurais pu m'en sortir.

3

L'appartement qu'il partageait depuis deux ans avec Greg était situé dans un ensemble appelé Cutter's Grove. À l'époque, ce qui l'avait attiré dans cet immeuble, c'était qui était flambant neuf et que l'appartement n'avait encore jamais abrité d'autre locataire. Non seulement il était impeccable mais celui qui allait le partager avec lui aurait tout intérêt à l'entretenir !

Lorsqu'il avait appris que Greg Reston, une nouvelle recrue, cherchait à se loger, il était allé le voir et lui avait dit sans mâcher ses mots :

— J'ai été élevé dans la crasse, Reston. Mes parents étaient des alcooliques finis qui se fichaient pas mal qu'il n'y ait rien à manger à la maison et encore moins d'entretenir la turne. Si tu ne veux pas faire ta part de corvées, autant annoncer la couleur tout de suite. Ça évitera bien des disputes.

Greg lui avait répondu sans se démonter :

— Quand mon père est mort, il a fallu que ma mère travaille. En plus, elle devait s'occuper de trois enfants et de la maison. Elle nous réveillait donc chaque vendredi à six heures pour que nous fassions le ménage avant de partir en classe. Comme ça la maison était impeccable pour le week-end. Et celui qui refusait de participer au ménage perdait tous ses privilèges : pas d'argent de poche et interdiction d'utiliser la voiture. Tu vois, Lallek, j'ai été à bonne école.

Ils s'étaient jaugés du regard, avaient souri puis s'étaient serré la main, scellant ainsi le début de leur amitié.

Quand Christopher, après avoir ouvert la porte d'entrée, pénétra dans l'appartement, celui-ci était en ordre, comme d'habitude. Il aimait beaucoup le salon car Greg et lui avaient apporté un soin particulier à sa décoration. Ils s'étaient dit que ce n'était pas une raison parce qu'ils étaient tous les deux célibataires pour utiliser des tonnelets de bière comme sièges et une bobine pour câble téléphonique en guise de table. Le salon était donc décoré dans les tons blanc cassé et brun cacao et meublé d'un grand divan couleur crème, de deux fauteuils clubs confortables, d'un fauteuil en cuir et d'une ottomane assortie. Un des murs était consacré à la détente : chaîne stéréo, radio et télévision. Ils avaient placé devant la baie vitrée le ficus offert par la mère de Greg. La pièce contenait aussi quelques objets disparates qui lui donnaient un côté intime : deux posters encadrés sur les murs, quelques lampes en cuivre, une table en teck. Sur le mur, près de la porte d'entrée, ils avaient installé deux rangées de portemanteaux sur lesquels ils suspendaient les casquettes dont ils faisaient tous deux collection.

Christopher ne s'était pas trompé : ce matin, Greg avait mis la casquette rouge des Minnesota Twins. « Où est-elle maintenant ? se demanda-t-il. Et dans quel état ? » Par contre, sa casquette préférée était toujours là : une casquette verte offerte par son grand-père Reston pour son anniversaire, sur le devant de laquelle était écrit *Unique au monde* et taillée, d'après lui, comme devraient l'être toutes les casquettes dignes de ce nom. Christopher s'approcha de l'étagère et prit la casquette. Puis, avec les mouvements ralentis d'un vieil homme, il alla s'asseoir dans le fauteuil en cuir, posa le paquet enveloppé d'aluminium sur la table en teck et mit la casquette verte sur sa tête. Appuyant sa nuque sur le dossier, il ferma le yeux et aussitôt les souvenirs défilèrent sous ses paupières closes, comme les images d'un film : Greg en train de jouer au ballon lors des championnats d'été de la police, en train de faire du ski nautique, de manger des hot-dogs — c'était un fana de hot-dogs ! —, au volant d'un croiseur noir et blanc, plaisantant avec ses collègues dans la salle de garde du commissariat, les pieds posés sur un bureau, en train de nettoyer l'appartement et augmentant le son de la radio au moment où passait une chanson de Vince Gill.

Que de souvenirs ! Et comme ils étaient douloureux !

Prenant son courage à deux mains, Christopher se dirigea vers la chambre de son ami, à l'autre bout de l'appartement.

Dès qu'il eut franchi le seuil, il reconnut les signes avant-coureurs : ses yeux le piquaient, sa gorge lui faisait mal et il avait l'impression que sa poitrine allait éclater. Mais au lieu de lutter, il se laissa complètement aller. Il s'allongea par terre, adossé au lit de Greg, les jambes à demi pliées, tirant des deux mains sur la casquette verte comme s'il voulait l'enfoncer encore plus sur son crâne, et se mit à pleurer comme il n'avait jamais pleuré de sa vie. Ses sanglots devaient s'entendre jusqu'à l'étage au-dessus. Mais il s'en fichait. Donner libre cours à son chagrin était le seul moyen d'accepter la mort de Greg.

C'était terrible. Brutal. Mais indispensable.

Quand le plus dur fut passé, il jeta un coup d'œil à sa montre. Il était une heure du matin. Il avait l'impression que sa tête allait exploser et ses yeux jaillir de leurs orbites.

Il se demanda pourquoi les gens disaient toujours dans de tels cas : Pleurez, cela vous fera du bien.

Cela ne lui avait fait aucun bien. Il se sentait vidé. Une vraie lavette.

Bien que démoralisé, il finit par comprendre que cette crise de larmes n'avait pas été uniquement provoquée par la mort de Greg. Elle était due également à tous ses souvenirs douloureux qui avaient refait surface. Pour la première fois de sa vie, il avait pleuré sur lui-même, sur l'enfant qu'il avait été et sur sa solitude.

Lorsque tous les visiteurs furent partis, Lee Reston proposa à ses enfants d'aller se coucher. Sentant qu'ils avaient peur de se retrouver seuls, comme après la mort de leur père, elle leur proposa de venir dormir dans son lit.

Ils s'allongèrent près d'elle, chacun d'un côté, sans réussir à s'endormir. Au bout d'un moment, Joey murmura :

— Quand tu m'as téléphoné, maman, je t'ai dit n'importe quoi... Je n'en pensais pas un mot.

— Que m'as-tu dit, mon grand ?

— Que Greg avait promis de nous emmener à la fête foraine la semaine prochaine. Comme si c'était important !

— Mon pauvre chéri, je parie que tu t'es fait du souci pour ça toute la soirée, dit Lee en le serrant contre elle.

— J'ai dû te sembler drôlement égoïste.

— Pas du tout, Joey. C'était une réaction tout à fait naturelle. Quand on vous annonce ce genre de nouvelle, on a toujours du mal à y croire. Cela chamboule tellement nos habitudes qu'on a tendance à se raccrocher aux petites choses de la vie. Je me souviens que quand ton père est mort, je me suis dit : Mais nous devions partir ensemble en Floride ! Et lorsque Christopher est venu m'annoncer la mort de Greg, j'ai bafouillé je ne sais plus quoi au sujet du tuyau d'arrosage qu'il devait réparer. Tu vois, moi aussi, j'ai dit n'importe quoi. Et c'est normal. Quand on nous annonce la mort d'un être qu'on aime beaucoup, on ne réfléchit pas, on réagit, un point c'est tout. Alors, ne te fais pas de souci, mon grand.

Ils se turent un court instant, puis Janice murmura :

— Rien ne sera plus jamais pareil.

— C'est vrai, reconnut sa mère. Mais nous devons faire tout notre possible pour avoir une vie heureuse et bien remplie malgré la disparition de Greg. C'est ce que je me suis répété des milliers de fois après la mort de votre père et c'est ce qui m'a permis de m'en sortir. Chaque fois que vous sentirez que vous allez flancher, je veux que vous vous souveniez de ça. Votre bonheur passe en premier et vous devez faire le maximum pour le préserver.

Ils finirent par s'assoupir et passèrent tous les trois une nuit agitée.

Le lendemain matin, Lee réussit à joindre son beau-père.

— Bonjour, mon petit, répondit Lloyd. C'est toujours

une joie de t'entendre, même si ta voix ce matin n'est pas très gaie.

— Je voudrais vous demander un service, Lloyd. Accepteriez-vous de m'accompagner chez le directeur des pompes funèbres ?

— Bien sûr !

— Je veux éviter ça aux enfants. J'aurais pu demander à Sylvia ou à mes parents mais j'ai préféré m'adresser à vous.

— Tu ne pouvais pas me faire plus beau compliment, mon petit. À quelle heure veux-tu que je passe te chercher ?

Lorsqu'ils arrivèrent devant l'immeuble des pompes funèbres, Lee se félicita d'avoir fait appel à son beau-père. Le calme de Lloyd avait un effet apaisant sur elle — comme si Bill se retrouvait à nouveau à ses côtés.

Elle avait déjà eu affaire à M. Dewey et elle savait qu'il était à la fois efficace et compatissant. Il commença par lui demander les renseignements qui devaient figurer sur le certificat de décès : date et lieu de naissance, nom des parents, numéro de sécurité sociale. Puis il aborda des questions plus délicates. Quel jour aurait lieu la cérémonie ? Voulaient-ils un organiste ? Un soliste ? Possédaient-ils une concession ? Qui s'occupait des fleurs, du repas après la cérémonie, des faire-part ? Désiraient-ils que le cercueil soit ouvert ou fermé ? Avaient-ils une photo récente de Greg ? Qui allait tenir les cordons du poêle ?

Comme cette dernière question semblait plonger Lee dans l'embarras, son beau-père intervint.

— J'en ai parlé hier avec le jeune Lallek. D'après ce que j'ai compris, tous les représentants de la loi du Minnesota vont assister à l'enterrement. C'est ainsi que cela se passe chaque fois qu'ils perdent un des leurs. Théoriquement, six de ses collègues vont se proposer pour porter le cercueil. Si tu es d'accord, bien entendu, Lee...

— Bien sûr. Je crois que c'est ce que Greg aurait voulu. Il adorait son métier.

Lloyd prit tendrement la main de sa belle-fille dans la sienne, puis il ajouta :

— Si tu acceptes qu'un grand-papa gâteux prononce

l'éloge funèbre de son petit-fils, comme j'en ai eu l'idée cette nuit, j'en serais très heureux.

Lee avait toujours apprécié les qualités de cœur de son beau-père et elle mesura à nouveau tout ce qu'elle devait à cet homme.

— Je suis sûre que Greg aurait été d'accord, dit-elle en lui serrant à son tour affectueusement la main.

Un instant plus tard, lorsqu'ils pénétrèrent à la suite de M. Dewey dans une salle remplie de cercueils, ils essayèrent de maîtriser leur émotion et de se concentrer sur le choix qu'ils devaient faire. Ce fut Lloyd qui prit la décision. Montrant du doigt à sa belle-fille un cercueil en métal argenté, il lui dit :

— Celui-là me plaît bien. Sa couleur me rappelle celle de la voiture que j'avais offerte à Greg quand il a quitté le lycée.

Puis ils prirent congé de M. Dewey après lui avoir promis de lui communiquer le nom des policiers chargés de tenir les cordons du poêle et de lui apporter des vêtements pour Greg.

Lee ne pouvait plus repousser une démarche qui, d'avance, l'angoissait car elle savait qu'elle allait se trouver replongée dans tout ce qui avait composé la vie de son fils.

Répondant aussitôt à leur coup de sonnette, Christopher leur ouvrit la porte. Rasé de frais, il sentait bon l'after-shave et portait un jean et une chemise à manches courtes. En voyant ses yeux rouges et gonflés, Lee se dit qu'il avait dû passer une nuit épouvantable.

— Bonjour, dit-elle en le serrant dans ses bras.

Christopher aperçut Lloyd et lui tendit la main.

— Comment allez-vous ? demanda-t-il.

— Ça pourrait aller mieux. Mais j'imagine que vous non plus vous n'avez pas beaucoup dormi.

— C'est la plus mauvaise nuit que j'aie jamais passée, reconnut Christopher.

— Vous auriez dû rester dormir chez nous comme je vous l'avais proposé.

— Peut-être. Mais je n'aurais fait que repousser le problême. Il fallait bien que je me retrouve tout seul dans cet appartement à un moment ou à un autre.

« C'est pour lui que ça a été le plus dur, songea Lee. Greg vivait dans cet appartement depuis deux ans et c'est donc là que son absence se fait le plus sentir. »

Lee hésitait encore à pénétrer dans le salon. Après avoir jeté un coup d'œil dans la cuisine, elle demanda :

— Puis-je utiliser votre téléphone ? Il faut que j'appelle le magasin.

— Je vous en prie.

Ce fut Sylvia qui décrocha.

— Je ne pensais pas que tu travaillais ce matin ! s'étonna Lee en reconnaissant la voix de sa sœur.

Elles employaient quatre personnes qui s'occupaient de la décoration florale et travaillaient par roulement.

— J'ai préféré venir voir si tout allait bien, répondit Sylvia.

— Et c'est le cas ?

— Aucun problème. Les filles s'occupent de tout. Ne t'inquiète pas. Tu as pu dormir ?

— À peine. Je suis allée voir le directeur des pompes funèbres avec Lloyd. La cérémonie aura lieu lundi à deux heures de l'après-midi.

— J'aurais très bien pu t'accompagner, ma chérie.

— Je sais, Sylvia. Mais Lloyd était là. Et je crois que nous avons fait pour le mieux. J'ai quand même un service à te demander.

— Tout ce que tu veux.

— Peux-tu téléphoner à Koehler & Damm et leur commander trois douzaines de richardias d'Afrique, quelques freesias, quelques gardénias et des fougères ? Rien que des fleurs blanches. Avant de passer la commande, assure-toi que nous avons de la myrte en magasin. Et demande-leur de nous livrer lundi matin.

— Lee ! Tu ne vas quand même pas composer la gerbe toi-même !

— Si, Sylvia. C'était mon fils, c'est à moi de le faire.

— C'est ridicule ! Je peux très bien demander aux filles de s'en occuper ou m'en charger moi-même...

— Essaie de comprendre, Sylvia. Lloyd prononcera l'éloge funèbre et moi, je m'occupe des fleurs.

— D'accord, Lee. Je vais téléphoner à Koehler & Damm.

— Merci, Sylvia.

— Une dernière chose. Comme nous recevons énormément de commandes pour l'enterrement, je vais rester au magasin pour donner un coup de main aux filles. Si tu as besoin de moi, téléphone ici.

— Je pense que tout ira bien. Je te téléphone de l'appartement de Greg. Lloyd et Christopher sont là et j'ai laissé les enfants à la maison.

Dès que Lee eut raccroché, elle rejoignit les deux hommes dans le salon. Ils avaient dû entendre la conversation mais, à son grand soulagement, ne firent aucune tentative pour la dissuader de s'occuper des fleurs. Debout devant les portemanteaux, son beau-père contemplait la collection de casquettes et Christopher était en train de lui expliquer :

— Hier matin, Greg avait mis sa casquette rouge des Twins. Mais celle qu'il préférait est toujours là, cette casquette verte que vous lui aviez offerte pour son anniversaire.

Craignant de s'effondrer à la vue de ces couvre-chefs que son fils affectionnait tant, Lee s'approcha de la baie vitrée. Apercevant soudain le ficus, elle planta son doigt dans la terre du pot pour vérifier si la plante avait été correctement arrosée.

— Greg s'en est bien occupé... commença-t-elle.

Mais elle se tut, incapable de continuer. Non contente de lui rappeler son fils, cette plante symbolisait son indépendance, au même titre que tous les cadeaux que Lee lui avait faits au moment de son emménagement, lorsqu'il avait quitté pour la première fois la maison pour mener une vie d'adulte. Dire qu'il n'avait pu en profiter que deux ans !

— C'est complètement idiot ! s'écria-t-elle en se remettant à pleurer. Ce n'est qu'un ficus !

— Non, c'est normal, intervint Christopher. J'éprouve exactement la même chose quand je le regarde... ou quand j'aperçois ses casquettes, ses CD. Tout me fait le même effet.

— Je sais bien, dit Lee en s'essuyant les yeux. Mais j'en ai tellement assez de pleurer.

— Nous sommes tous dans le même cas, reconnut Christopher.

— Je crois que je ferais mieux d'aller chercher ses affaires dans sa penderie.

Chris la précéda jusqu'à la chambre de son fils, s'effaçant sur le seuil pour la laisser entrer tandis que Lloyd restait au salon.

— Cette pièce était toujours aussi impeccable? demanda-t-elle.

— Il m'a dit qu'avec vous, il avait été à bonne école. Que vous le réveilliez à six heures le vendredi pour qu'il fasse le ménage.

— Il détestait ça !

— Ça ne semble pas l'avoir traumatisé, remarqua Christopher en s'approchant de la commode.

Après avoir fouillé dans les papiers qui se trouvaient sur le meuble, il tendit à Lee une facture.

— Toutes les factures de l'appartement ont été payées, expliqua-t-il. J'ai vérifié ce matin. Il ne reste plus que celle-ci à régler.

— Il s'agit de son assurance pour la motocyclette, dit Lee après y avoir jeté un coup d'œil.

Et à nouveau, elle s'effondra. Tout en la serrant contre lui, Christopher se dit que, depuis vingt-quatre heures, il l'avait tenue dans ses bras plus qu'aucune autre femme depuis des années.

Après leur départ, Chris passa au commissariat, discuta avec son chef et téléphona à M. Dewey. Puis il fit une démarche qu'il voulait absolument éviter à Lee : il se rendit à la fourrière pour y récupérer le trousseau de clefs de Greg.

Plusieurs voitures stationnaient déjà dans l'allée qui conduisait à la maison des Reston. Il se gara derrière le dernier véhicule et courut sous la pluie jusqu'à la porte d'entrée.

Ce fut Janice qui répondit à son coup de sonnette.

— Dépêche-toi d'entrer, dit-elle en ouvrant la porte à moustiquaire. Comment ça va aujourd'hui ?

— Mieux. Et toi ?

— Je suis fatiguée et pas des plus gaies, mais j'essaie de tenir le coup.

Chris jeta un coup d'œil dans la cuisine où plusieurs personnes étaient installées autour de la table.

— J'ai l'impression que vous avez du monde, dit-il. J'aurais mieux fait de ne pas venir.

— Ne fais pas l'idiot, dit Janice en l'entraînant vers la cuisine. Ce n'est pas le moment de rester seul.

Assis côte à côte autour de la table qu'éclairait une suspension, les visiteurs étaient en train de regarder l'album de photos de la famille Reston. Sur le comptoir de la cuisine étaient posés un assortiment de plats chauds, des salades, des assiettes contenant des sandwiches et des petits pains ronds ainsi que quatre gâteaux encore dans leur moule.

— Salut, Christopher ! lança Lee, debout à l'autre bout de la pièce. Je suis contente que vous soyez venu. Je crois que vous connaissez tout le monde sauf ces trois-là. Ils sont allés au lycée avec Greg. Voici Nolan Steeg, Sandy Adolphson et Jane Retting.

Quand Christopher les eut salués d'un signe de tête, Janice ajouta :

— Jane sortait avec Greg quand ils étaient au lycée. Elle a passé pas mal de temps chez nous.

Jane, qui avait bien du mal à retenir ses larmes, hocha la tête.

L'examen des photos, interrompu par l'arrivée de Christopher, reprit aussitôt, assorti de commentaires.

Christopher ne possédait que quatre photos de lui enfant, et il aurait été bien incapable de dire par qui elles avaient été prises car, autant qu'il s'en souvenait, il n'y avait jamais eu d'appareil-photo chez lui. Quant aux photos de classe, comme il n'avait pas d'argent pour les acheter, il n'en avait jamais rapporté une seule chez lui.

La photo prise lors de la remise de son diplôme de fin d'études, c'est lui qui l'avait payée car, à l'époque, il travaillait dans le supermarché situé à côté de chez lui et commençait à gagner sa vie.

Avec un léger soupir, il passa de l'autre côté du comptoir, s'approcha de l'évier et rinça son assiette.

— C'est à moi de faire ça, intervint Lee Reston en le rejoignant.

— J'en ai l'habitude. Voulez-vous que je la mette dans le lave-vaisselle ?

Lee hocha la tête puis profita du fait qu'ils étaient à l'écart de leurs hôtes pour lui dire :

— Merci de vous être occupé des policiers qui vont porter le cercueil.

— Inutile de me remercier. Ce n'était pas grand-chose...

— En ce qui concerne les affaires de Greg qui se trouvent dans l'appartement...

— Rien ne presse.

— Vous aimeriez sans doute trouver un nouveau colocataire.

— Je ne sais pas encore. Il est trop tôt.

— D'accord. Mais il faudrait peut-être quand même aller chercher sa voiture qui se trouve dans le garage.

— Voici les clefs, dit-il en lui tendant le trousseau qu'il était allé récupérer. Mais vous avez le temps. Le loyer du garage est payé jusqu'au 1er juillet.

Janice avait dû écouter leur conversation car elle les rejoignit et demanda :

— Vous étiez en train de parler de la voiture de Greg ?

— Oui, répondit sa mère. Christopher m'a rapporté son trousseau de clefs et je lui ai dit que nous ne tarderions pas à aller la chercher.

— Je pourrais peut-être l'utiliser pendant quelque temps, dit Janice. La mienne consomme beaucoup trop d'huile et il faudrait que je change les pneus avant. La voiture de Greg est quand même en meilleur état.

— C'est une bonne idée, reconnut Lee. Peut-être vaudrait-il mieux vendre la tienne et mettre les papiers de celle de Greg à ton nom.

— J'y avais pensé, avoua Janice. Mais je n'osais pas t'en parler. Tu sais ce que c'est...

— Je sais, répondit Lee en posant tendrement sa main sur l'épaule de sa fille. Mais, de toute façon, il faudra bien s'occuper un jour ou l'autre de ses affaires.

— Si vous voulez bien me confier les clefs, je peux ramener sa voiture ici, proposa Christopher. Je n'ai qu'à demander à un de mes collègues de me suivre, puis de me raccompagner chez moi. À moins que Janice préfère venir la chercher elle-même.

— Je vais t'accompagner chez toi ce soir et je ramènerai la voiture, répondit Janice.

— Aucun problème. Si ce n'est qu'il pleut.

— J'ai déjà conduit sous la pluie, tu sais.

— Allons-y, alors.

— D'accord. Laisse-moi juste le temps d'aller chercher mon sac.

Quand Janice les eut rejoints dans l'entrée, Lee lui dit :

— Sois prudente, ma chérie. Et vous aussi, Christopher, ajouta-t-elle en le serrant dans ses bras et en lui effleurant la joue d'une manière maternelle et affectueuse qui signifiait à la fois : Merci et bonne nuit. Vous êtes tellement gentil. Si plein d'attentions. Je suis contente que vous soyez venu dîner avec nous.

Christopher se demanda si elle se rendait compte à quel point il appréciait le contact de sa main sur sa joue. Puis il alla ouvrir la porte, s'effaçant aussitôt pour laisser passer Janice.

— Attendez une minute ! s'écria Lee en se précipitant vers la cuisine.

Elle revint presque aussitôt et lui tendit un paquet enveloppé de papier aluminium.

— Du gâteau au chocolat. Pour votre petit déjeuner.

— Merci, dit-il.

Il attendit d'être assis derrière le volant pour dire à Janice :

— Ta mère est vraiment merveilleuse.

— Tout le monde dit ça. Quand j'étais au lycée, toutes mes copines me l'enviaient.

— Elle a toujours autant le moral ?

— Il est très rare qu'elle s'effondre. Elle dit toujours que c'est dans l'adversité qu'on s'aguerrit. Mais je pense que le choc causé par la mort de Greg ne l'a pas encore vraiment atteinte.

— Ce sera le cas dès qu'elle cessera de remonter le moral des uns et des autres et qu'elle se retrouvera toute seule. Pour moi, ça s'est passé hier soir. Lorsque je suis rentré à l'appartement.

Janice se tourna vers lui et posa sa main sur son bras nu. Christopher mit le contact et ils s'éloignèrent de la maison sous une pluie battante.

Au bout d'un moment, elle retira sa main et lui dit :

— Alors, tu as enfin changé de voiture ! Celle-ci sent le vinyl neuf. Elle vient juste de sortir de l'usine, non ?

— Je suis allé la chercher chez le concessionnaire cet après-midi. Tu es ma première passagère.

Profitant du fait qu'il était absorbé par la conduite, Janice observa son profil. Bien que triste, son visage reflétait la vie à l'état pur et elle l'avait aimé dès l'instant où elle l'avait vu. Christopher avait le teint clair, si bien que, même bronzé, on avait toujours l'impression qu'il venait tout juste de se débarbouiller. La ligne ferme de son front, de son nez et de ses lèvres rendait son profil très attirant, surtout quand il se détachait comme ce soir sur l'éclairage des rues qu'ils empruntaient. Alors que la plupart des hommes essayaient de se singulariser par une coupe de cheveux qu'ils croyaient originale, ses cheveux légèrement bouclés et coupés court lui donnaient un air cent pour cent américain et ajoutaient encore à son aspect net et soigné.

— À une certaine époque, je rêvais de me retrouver en voiture avec toi, dit-elle. Je n'aurais jamais pensé que ce serait en d'aussi tristes circonstances.

Christopher préféra ne pas relever l'allusion.

Tournant sur sa gauche, il s'engagea sur le parking de son immeuble et s'arrêta devant la porte d'un garage souterrain.

— Nous y sommes, dit-il en actionnant la commande électrique de la porte.

Puis il pénétra dans le garage et vint se garer à côté de la Toyota blanche qui avait appartenu à Greg. Après avoir coupé le moteur, il demanda à Janice :

— Tu es sûre que ça va aller ?

— Ce ne sera pas la première fois que je conduirai sous la pluie.

— Je ne pensais pas à la pluie.

— Je suis capable de me débrouiller, dit-elle dans un murmure. Je ne suis pas la fille de ma mère pour rien. (Puis elle se pencha vers Christopher et l'embrassa sur la joue.) Merci pour tout, ajouta-t-elle. Ma mère dit qu'elle ne sait pas ce qu'elle serait devenue sans toi. Et moi, je suis dans le même cas.

Sans laisser à Christopher le temps de répondre, elle sortit de la voiture et ouvrit la portière de la Toyota.

4

Le lendemain matin, quand Christopher se réveilla à six heures trente-cinq, il ne pleuvait plus et la journée s'annonçait torride. Il alluma la radio.

Il écouta d'abord une chanson de Lorrie Morgan. Puis une voix pré-enregistrée rappela qu'en raison des travaux la route I-694 ne comportait plus qu'une seule voie jusqu'à la fin de l'été. À nouveau de la musique. Puis les prévisions météo : une température maximale de 32° et un fort taux d'humidité. Le journaliste commenta avec humour : « Le jour idéal pour regarder pousser sa pelouse. »

En entendant cette remarque, Christopher pensa à la pelouse de Lee Reston et il se demanda quand elle avait été tondue pour la dernière fois. En temps ordinaire, ce devait être Joey qui s'en chargeait. Mais, depuis la mort de son frère, il avait certainement eu des choses plus importantes à faire que de s'occuper du jardin de sa mère.

Sachant maintenant à quoi il allait employer sa matinée, Christopher se leva et prit une douche.

À huit heures moins dix, lorsque Lee Reston alla ouvrir la porte d'entrée, elle entendit du bruit venant du garage. Pieds nus et vêtue d'un kimono en soie qui lui arrivait aux genoux, elle suivit l'allée qui longeait la maison et, arrivée à l'angle de celle-ci, jeta un coup d'œil en direction du garage. La porte avait été relevée et, à l'intérieur, Christopher Lallek était en train de mettre de l'essence dans le réservoir de la tondeuse. Il portait un vieux jean coupé au-dessus du genou, un débardeur bleu et une casquette rose assortie au cordon qui retenait ses lunettes de soleil.

— Christopher! s'exclama-t-elle. Que faites-vous ici?

— Je suis venu tondre la pelouse.

— Ce n'est pas à vous de le faire!

— Je sais combien vous êtes fière de votre pelouse, madame Reston. Et vous allez avoir pas mal de visites dans les prochains jours.

— Joey peut très bien s'en occuper.

— Il a assez à faire comme ça.

— Bon, allez-y... Avez-vous pris votre petit déjeuner, au moins?

— J'ai mangé du gâteau au chocolat, dit-il avec un petit sourire.

— Laissez-moi vous offrir une tasse de café, proposa Lee en le précédant dans l'allée.

Il contempla ses pieds nus et ses mollets et trouva que la mère de son ami se défendait plutôt bien pour son âge.

— Les enfants dorment encore, expliqua-t-elle en poussant la porte à moustiquaire tandis qu'il la suivait à l'intérieur.

— Et vous? demanda-t-il. Vous avez dormi?

— Un peu.

— Moi, j'ai passé une bonne nuit. Mais je me suis réveillé très tôt et quand la radio a annoncé qu'il allait faire 32°, je me suis dit qu'il valait mieux tondre votre pelouse avant qu'il fasse trop chaud.

Lorsque Lee eut servi le café, ils s'installèrent tous les deux autour de la table.

— J'imagine que vous vous sentirez mieux mardi, quand ce sera fini, dit Christopher.

— Je serai contente de recommencer à travailler.

— Vous devez en avoir assez de toutes ces visites.

— C'est vrai que parfois, je préférerais être un peu tranquille.

— Je vais vous laisser, murmura Christopher en commençant à se lever.

Mais Lee l'obligea à se rasseoir.

— Je ne disais pas ça pour vous, expliqua-t-elle aussitôt. Je suis contente que vous soyez venu. Quand vous êtes là, je me sens moins démoralisée. Ça me fait plaisir d'être assise à cette table avec vous.

À cette heure matinale, la cuisine était encore un peu sombre, mais Lee ne semblait pas avoir envie d'allumer le plafonnier. Peut-être préférait-elle ne pas voir le désordre qui régnait dans la pièce : les moules à gâteaux, les Tupperware et les tranches de pain qui traînaient sur le comptoir, le plat mis à tremper près de l'évier, l'album de photos posé sur la table à côté d'une douzaine de tasses propres, lavées par quelqu'un qui n'avait pas su où les ranger. La porte coulissante était ouverte et laissait entrer l'air frais du jardin. Au milieu de la pelouse, un couple de rouges-gorges s'ébattait joyeusement.

— Moi aussi, ça me fait du bien, dit Christopher. Quand je suis ici, je me sens plus proche de Greg. Mais je ne veux pas vous casser les pieds.

— Ne vous inquiétez pas. Si c'était le cas, je vous le dirais.

Cette remarque le fit sourire et, après avoir bu une gorgée de café, il lui dit :

— Au commissariat, tout le monde m'a demandé comment vous vous en sortiez.

— C'est la question que se posent tous les gens que je connais. Ils ont beau être pleins de bonnes intentions à mon égard, je vous avoue qu'hier, à un moment donné, quand on m'a posé pour la millième fois cette question au téléphone, j'ai failli crier : « Laissez-moi tranquille ! » et j'ai même été tentée de raccrocher.

— J'ai l'impression qu'il va falloir que vous preniez votre mal en patience car, d'après ce que j'ai pu voir, vos relations ne vont pas vous laisser tomber et elles risquent de continuer à vous téléphoner pour avoir de vos nouvelles.

— Je dois avoir l'air bien ingrate. Je devrais être contente de toutes ces manifestations de sympathie. Qu'aurais-je fait depuis deux jours sans l'aide de tous ces gens ?

— Ce n'est pas de l'ingratitude. Il est normal que vous

réagissiez ainsi. Même quand tout va bien et qu'on vous demande de vos nouvelles, il n'est pas toujours facile de répondre.

Ils se turent un court instant pour écouter le chant des oiseaux qui s'en donnaient à cœur joie dans le jardin. Puis Christopher demanda :

— Alors, madame Reston, comment allez-vous aujourd'hui ?

Ils éclatèrent de rire et se sentirent aussitôt plus détendus l'un vis-à-vis de l'autre.

— Ça fait du bien, avoua Lee en se passant la main dans les cheveux, ce qui fit légèrement glisser les manches de son kimono plus bas sur ses épaules. Il y a longtemps que je n'avais pas ri.

— Moi non plus. À plusieurs reprises, j'ai même eu l'impression d'être complètement déconnecté.

— Vous n'êtes pas le seul. Moi aussi, je reste de longs moments à regarder dans le vide, comme si j'étais devenue complètement idiote.

— Hier, j'ai quand même fait quelque chose dont je suis assez fier. J'étais au volant de ma nouvelle Explorer quand soudain je me suis mis à parler à Greg à haute voix. Je l'ai même traité de sale lâcheur.

— C'est vrai ?

Lee avait les larmes aux yeux mais elle ne put s'empêcher de sourire.

— Nous avions décidé d'aller ensemble à Denver à l'automne, ou à Nova Scotia, expliqua Christopher.

— Je n'étais pas au courant. Mais c'est sans doute... (Elle se tut un court instant comme si elle avait besoin de réfléchir, puis ajouta :) C'est sans doute pour ça que j'apprécie votre compagnie. Quand je parle avec vous, c'est comme si je parlais avec lui. J'apprends des tas de petites choses dont nous n'avions pas encore eu le temps de discuter.

— Je comprends ce que vous voulez dire. En tout cas, moi, ça m'a fait du bien de m'adresser directement à lui comme s'il était encore là. Vous devriez essayer.

Au lieu de répondre, Lee prit sa tasse entre ses deux mains et en contempla le fond, les coudes posés sur la table.

Comme elle avait les yeux baissés, Christopher en profita pour la regarder. Son kimono à fleurs était croisé sur sa poitrine, laissant voir à la naissance de son cou un pendentif en or orné d'une perle minuscule et de deux petits diamants. Elle avait un cou long et mince et la peau de sa gorge était couverte de taches de rousseur.

Détournant la tête, Christopher finit son café et se leva.

— Désolée, dit-elle en se levant à son tour. Je vous ai refilé mon cafard.

— Ne vous excusez pas, madame Reston. Pas avec moi.

Ils se dévisagèrent un court instant sans dire un mot.

— D'accord, convint Lee d'une voix calme.

— Une dernière chose, dit Chris : Vous devriez fermer votre garage à clef. N'importe qui peut entrer et voler votre tondeuse.

— J'ai l'impression d'entendre Greg !

— Je sais. Nous, les flics, nous sommes toujours sur le qui-vive.

Lee le raccompagna jusqu'à la porte. Comme elle le remerciait d'avance pour la pelouse, il lui répondit :

— Je crois que le seul remède, c'est de s'occuper.

— C'est ce que je pense aussi.

Lee referma la porte à moustiquaire derrière lui puis, la main posée sur la poignée, elle le regarda descendre les marches qui menaient au jardin. Son jean coupé au-dessus du genou découvrait ses mollets musclés couverts de poils décolorés par le soleil. Arrivé en bas, il fit volte-face et leva la tête pour la regarder.

— Je vais vous avouer quelque chose, madame Reston, dit-il en remettant ses lunettes de soleil. C'est la première fois que je perds quelqu'un et que je vais à un enterrement. Et je suis mort de trouille.

Puis il fit demi-tour et se dirigea vers le garage sans lui laisser le temps de répondre.

Quand Christopher rentra chez lui, il s'aperçut que son répondeur clignotait. Il appuya sur le bouton de l'appareil et reconnut aussitôt la voix de Lee. « Christopher, je tenais à vous dire quelque chose. Les enterrements ne sont pas aussi terribles que vous l'imaginez. Si vous réfléchissez bien, ils sont faits pour les vivants. »

Il essaya de s'en souvenir quand, après le déjeuner, il prit une douche et s'habilla pour assister à la veillée mortuaire de son ami. Malgré tout, dès qu'il se retrouva au volant de son Explorer, en route pour le dépôt mortuaire de M. Dewey, il se mit à transpirer en dépit de l'air conditionné.

Le dépôt mortuaire était un des plus beaux immeubles de la ville : construit dans un endroit ombragé, flanqué de piliers blancs derrière lesquels s'ouvraient des fenêtres vénitiennes, on aurait dit une majestueuse plantation du sud des États-Unis. Cela n'empêcha pas Christopher d'avoir l'estomac noué lorsqu'il pénétra dans l'imposant édifice. Il fut surpris par la pénombre qui régnait à l'intérieur et plus encore par la musique que diffusaient à faible volume les haut-parleurs. Au lieu des classiques morceaux pour orgue qu'il s'attendait à entendre, il reconnut sans mal l'album de Vince Gill intitulé *J'ai confiance en toi*.

Il ne put réprimer un léger sourire d'incrédulité et, après avoir rajusté son nœud de cravate, s'approcha du lutrin sur lequel était posé le livre des condoléances. Les parents de Lee venaient juste de signer et, les sourcils froncés, jetaient un coup d'œil au plafond comme s'ils cherchaient à localiser les haut-parleurs. Christopher était si près d'eux qu'il saisit une partie de leur conversation :

— Quelle idée elle a eue là !

— Je n'ose pas imaginer ce que va penser tante Delores.

Il signa à son tour et les suivit jusqu'à un groupe qui entourait Lee. Celle-ci vint à leur rencontre et, voyant leur mine renfrognée, leur dit :

— Je me doutais que ça ne vous plairait pas. Mais nous sommes ici pour célébrer la vie de Greg et non sa mort.

— Les gens vont jaser, Lee, répondit sa mère.

— Qui ? demanda Lee en la regardant droit dans les yeux. J'en ai parlé avec les enfants et nous avons pris cette décision ensemble. Cette musique rend nos souvenirs moins douloureux.

Christopher attendit que les parents de Lee se soient éloignés pour s'approcher d'elle.

— Je suis entré et, quand j'ai entendu cet album de Vince Gill, aussitôt je me suis senti mieux. Merci, dit-il en serrant ses mains dans les siennes.

— Avez-vous reçu mon message ?

— Oui.

— Et malgré ça, vous avez les mains moites et qui tremblent.

Il lâcha les mains de Lee et resta silencieux, inquiet à l'idée d'être incapable de respecter le protocole.

— Vous n'avez aucune raison d'être inquiet, reprit Lee.

— Je ne sais pas ce que je dois faire, avoua-t-il.

— Avancez-vous et parlez à Greg comme vous l'avez fait dans votre Explorer, conseilla-t-elle en le prenant par le coude et en le poussant gentiment en avant.

Le cœur battant, Christopher fit quelques pas qui l'amenèrent en face du cercueil de son ami. Prêtant à peine attention à la multitude de fleurs disposées autour du dais et dont l'odeur était si forte que l'air semblait presque irrespirable, il regarda les photos encadrées de Greg posées sur le couvercle métallique. Sur l'une d'elles, Greg était vêtu de son uniforme. Sur l'autre, il portait une chemise à manches courtes et la fameuse casquette verte. Et sur chacune, il souriait.

— Tu sais que tu me manques, mon vieux, murmura Christopher en posant sa main sur le couvercle à côté des photos.

Comme la vie était mal faite ! Elle vous apprenait à faire face à toutes sortes de situations — sauf les plus importantes : le mariage, la famille et la mort. Dans ce domaine, tous les gens avançaient en trébuchant et accumulaient les erreurs. Christopher, lui aussi, se sentait très démuni et à nouveau il regretta de ne pas avoir près de lui un des membres de sa famille capable de comprendre ce qu'il éprouvait en cet instant.

— Salut ! lança une voix derrière lui.

Il se retourna et reconnut Joey. L'air inconsolable, le

jeune garçon le regardait, les mains enfoncées dans les poches de son costume.

Christopher lui rendit son salut puis posa une main sur sa nuque. Ils restèrent debout en face du cercueil, à écouter la voix de Vince Gill, les yeux fixés sur les photos de Greg jusqu'à ce que Joey, relevant soudain la tête, laisse échapper un juron.

— Tout à fait d'accord avec toi, lui dit Christopher en posant sa joue sur ses cheveux.

Janice s'approcha à son tour et, saisissant le bras libre de Christopher, elle laissa tomber sa tête sur son épaule.

Debout à l'autre bout de la salle, Lee était en train de regarder son oncle et sa tante qui se dirigeaient vers le cercueil quand elle aperçut soudain Christopher entouré de son fils et de sa fille.

« C'est vraiment quelqu'un de bien, se dit-elle. Un garçon d'une grande délicatesse, plein d'égards pour les autres et sur lequel on peut compter. »

Il avait été un excellent exemple pour Greg : plus âgé, plus mûr et déjà indépendant. Il l'avait pris sous son aile et l'avait fait bénéficier de son expérience, lui expliquant comment il devait s'y prendre aussi bien avec les suspects et les criminels qu'avec les autres membres de la brigade.

Grâce à lui, Greg avait aussi appris à se débrouiller dans la vie : à équilibrer un compte bancaire, gérer un crédit, ne pas dépasser un certain budget, payer ses impôts, entretenir une voiture, faire des courses et s'occuper de son linge. Venant tout juste de quitter sa famille, il avait eu la chance de tomber sur un homme qui lui avait permis de devenir adulte. Christopher Lallek : sérieux, sensible et plein de bonne volonté.

Même Janice et Joey l'avaient senti et c'est pour cette raison qu'ils s'appuyaient sur lui. Peut-être un peu trop depuis la mort de Greg. Comme s'ils demandaient à Christopher de jouer auprès d'eux le rôle de ce grand frère qu'ils venaient de perdre. Lee aurait-elle dû les en empêcher ? Elle était bien mal placée pour le faire puisqu'elle aussi elle était heureuse que Christopher soit là pour lui parler de son fils, rendant du même coup sa disparition moins douloureuse.

Et pourtant, comme il était vulnérable ! Quand il lui avait avoué : « Je ne sais pas ce que je dois faire », son cœur de mère s'était ému de le voir aussi démuni en face de la mort et elle était bouleversée de découvrir qu'il était capable de faire taire ses propres inquiétudes pour remonter le moral de ses enfants.

— Lee...

De nouveaux arrivants désiraient lui faire leurs condoléances et elle se tourna vers eux pour les accueillir.

Deux heures plus tard, alors qu'elle venait de dire au revoir aux dernières personnes et que, complètement épuisée, elle ne songeait plus qu'à rentrer chez elle, Christopher s'approcha d'elle et lui demanda :

— Verriez-vous un inconvénient à ce que j'emmène Joey faire un tour dans ma nouvelle Explorer ?

— Non, pourquoi ?

— Je vais l'emmener à la campagne et le laisser conduire. Ça lui changera les idées.

— Vous avez raison. Ça ne peut que lui faire du bien.

— Ça ne vous gêne pas ? Janice restera avec vous ?

— Ne vous inquiétez pas pour moi. J'ai simplement besoin de me retrouver chez moi et de me reposer.

— C'est sûr ? Je comprendrais très bien qu'à un moment pareil une mère veuille que ses enfants restent près d'elle.

— Emmenez Joey avec vous. C'est exactement ce qu'il lui faut aujourd'hui.

— Ne vous inquiétez pas, dit-il avec un grand sourire. Je vous le ramènerai sain et sauf.

Quand Christopher lui proposa de faire un tour, Joey acquiesça sans enthousiasme. Mais dès qu'ils se retrouvèrent dehors, sur le boulevard baigné par la lumière de cette fin d'après-midi, il sortit de son apathie.

— Elle est neuve ? demanda-t-il en s'asseyant à l'avant de l'Explorer.

— Flambant neuve, répondit Christopher. (Il enleva sa cravate, mit le contact et ajouta :) Greg et moi devions l'étrenner en allant au lac avant-hier.

— Comment peux-tu parler de lui aussi facilement ? demanda Joey en le regardant d'un air surpris.

— Pourquoi pas ? On ne peut quand même pas faire comme s'il n'avait jamais existé...

— Je n'en sais rien. Mais chaque fois que je parle de lui, je me mets à chialer.

— Il n'y a pas de mal à ça. Moi aussi, je n'ai pas arrêté de chialer ces deux derniers jours. Et tous ses collègues policiers ont pleuré, eux aussi.

Les yeux fixés sur la vitre de sa portière, Joey ne dit rien. Comme ils arrivaient à la hauteur d'un Burger King, Christopher s'arrêta et lui demanda :

— Tu veux manger quelque chose ?

— Non, répondit Joey avec une grimace dégoûtée.

— Ça t'ennuie si je prends quelque chose ?

Pas de réponse. Mais quand Christopher réintégra la voiture avec deux cheeseburgers, deux parts de frites et deux Coca-Cola, Joey, alléché par l'odeur, tourna la tête en faisant remarquer :

— J'ai faim, finalement.

— Sers-toi.

Dès qu'ils eurent fini de manger, il quitta Main Street pour s'engager sur l'autoroute et prit la direction de la commune de Ramsey, au nord d'Anoka. En un rien de temps, ils se retrouvèrent en pleine campagne, au milieu des champs de maïs et des bois, tandis qu'à l'horizon se profilaient de hauts silos.

Le lundi matin, lorsque Lee se rendit au magasin pour y préparer la gerbe de son fils, elle se retrouva toute seule. Elle avait décidé, en accord avec Sylvia, que « Côté fleurs » resterait fermé le jour de l'enterrement. Vêtue d'une blouse bleu lavande, elle composa une des plus belles gerbes qu'elle ait jamais réalisées, tout en écoutant du Dvorak sur son magnétophone. Quand elle eut terminé, elle contempla son œuvre : une gerbe d'une grande pureté composée essentiellement de richardias d'Afrique et de quelques gardénias odorants.

Pourquoi avait-elle tenu à la réaliser elle-même ? Les

fleurs, c'était son métier, et cette gerbe représentait le dernier cadeau qu'elle pouvait faire à son fils avant de l'enterrer.

Quittant l'arrière-boutique, elle se rendit dans le magasin et téléphona à Rodney, un jeune homme handicapé qui s'occupait des livraisons.

— La gerbe est prête, Rodney, dit-elle. Tu peux venir la chercher.

Quelques minutes plus tard, il poussait la porte de la boutique en serrant les lèvres pour ne pas éclater en sanglots devant Lee qu'il n'avait pas revue depuis la mort de son fils.

— J'ai beaucoup de peine, madame Lee, avoua-t-il en tenant à deux mains sa casquette qu'il venait de retirer.

— Nous sommes tous très tristes, Rodney, répondit-elle en le prenant affectueusement par l'épaule.

Lorsque le jeune homme fut parti, elle retourna dans l'arrière-boutique, arrêta le magnétophone et s'assit sur un tabouret, entre le climatiseur posé sur le sol et la table de travail en métal. Comme l'endroit était calme quand il n'y avait ni clients ni employées ! Et comme il était reposant de respirer l'odeur familière des fleurs coupées en train de tremper dans des seaux remplis d'eau.

« Cela me fait du bien de me retrouver enfin seule », songea Lee en contemplant ses mains tachées par les fleurs qu'elle avait manipulées. Elle était en train de frotter avec application sa main droite avec son pouce pour en faire disparaître des taches brunâtres quand soudain ses yeux se remplirent de larmes. Elle fouilla dans la poche de sa blouse à la recherche d'un Kleenex, puis s'essuya les yeux. Mais ses pleurs ne firent que redoubler et elle finit par s'effondrer sur le dessus de la table, s'abandonnant pour la première fois depuis la mort de Greg au torrent d'émotions qui la submergeait.

« Ce n'est pas juste ! se disait-elle, la tête enfouie dans ses coudes repliés, le corps secoué par des sanglots incontrôlables. Tout ce temps passé à l'élever ! Tant d'amour et de soins ! Pour qu'il meure si jeune ! Jamais je ne verrai se réaliser les projets que j'avais faits pour lui. »

Quand ses sanglots cessèrent, elle se releva, essuya son visage et regarda les fleurs autour d'elle dans l'espoir de retrouver son calme.

Soudain, elle eut l'impression que Greg était près d'elle, comme s'il avait attendu que son chagrin prenne fin pour s'approcher.

— Nous avons passé ensemble vingt-cinq années merveilleuses, n'est-ce pas, mon grand ? dit-elle à voix haute. Et ça a plus de valeur que de vivre toute une vie avec quelqu'un qu'on n'aime pas. Et puis, je ne suis pas seule, Janice et Joey sont toujours là. Sans parler de tous ceux qui vont venir nous rejoindre pour l'enterrement.

L'enterrement ! Lee prit une profonde inspiration et se leva. Elle avait l'impression d'avoir déjà enterré son fils, toute seule dans cette arrière-boutique. La cérémonie qui devait avoir lieu à deux heures allait lui sembler presque facile comparée à ce qu'elle venait d'éprouver.

Trois cent cinquante représentants de l'ordre s'étaient déplacés pour assister à l'enterrement de Greg. Ils firent grande impression quand ils pénétrèrent dans l'église, deux par deux, en grand uniforme, bleu pâle, bleu marine ou brun pour les sous-officiers, d'un blanc immaculé pour leurs supérieurs. Venus aussi bien des deux villes jumelles, Minneapolis et Saint Paul, que des communes les plus reculées, ils appartenaient à la police ou aux patrouilles qui surveillaient les autoroutes d'État ou encore faisaient partie des quatre-vingt-sept bureaux de shérif que comptait le Minnesota. Marchant d'un pas digne, un crêpe noir en travers de leur insigne, ils remplirent peu à peu les bancs de l'église, si bien qu'à la fin celle-ci ressembla à un paysage impressionniste composé de taches colorées.

En les voyant entrer, Lee ne put cacher sa surprise. Ils étaient si nombreux ! Et tellement impressionnants ! Parmi tous ces visages, tous ces uniformes, elle reconnut aussitôt Christopher qui, vêtu de son uniforme bleu marine, s'approchait d'elle.

— Bonjour, madame Reston, dit-il en retirant sa casquette à visière qu'il plaça sous son bras gauche.

C'était la première fois qu'elle le voyait en tenue de policier, avec son insigne, sa cravate, sa ceinture et son holster, et à nouveau elle ne put réprimer un mouvement de surprise. Ainsi vêtu, il semblait plus grand et plus âgé et le port de l'uniforme lui conférait une dignité peu commune. Elle était fière de lui et tout étonnée de découvrir pour la première fois son côté viril.

— Bonjour, Christopher, répondit-elle tandis qu'ils se serraient cérémonieusement la main.

En revanche, le regard qu'ils échangèrent n'avait rien de cérémonieux, il exprimait une sympathie profonde sans rapport avec la compassion de façade qu'affichent la plupart des gens lors des enterrements. Et tandis que Christopher conservait un peu plus longtemps que nécessaire sa main dans la sienne, Lee sentit en lui une force à laquelle elle répondit aussitôt d'une manière toute nouvelle : elle n'était plus une mère éplorée recevant les condoléances de l'ami de son fils, mais une femme en face d'un homme.

Christopher lâcha sa main et, après avoir salué Janice et Joey, dit :

— J'aimerais vous présenter les autres policiers qui vont porter le cercueil.

Lee serra la main des cinq hommes qui lui firent aussitôt leurs condoléances.

— Votre fils était très aimé, fit alors remarquer Christopher avec gravité.

— Je suis très touchée, avoua Lee. Je ne pensais pas qu'il y aurait autant de policiers.

— C'est toujours le cas quand nous enterrons un des nôtres.

— Je pensais que cela n'avait lieu que lorsqu'un policier était mort en faisant son devoir.

— Non, madame, répondit Christopher.

Il y eut un silence. Croisant le regard de Lee, Chris comprit que son attitude compassée semblait bien étrange compte tenu des rapports qu'ils avaient eus depuis trois jours, et il lui demanda sur un ton plus familier :

— Vous allez réussir à tenir le coup ?

Lee hocha la tête.

— Et toi, Joey, ça va ? demanda-t-il. La balade d'hier m'a fait très plaisir. Si tu veux recommencer, téléphone-moi. La prochaine fois, je te ferai monter dans une voiture de patrouille pendant mon service. Mais je ne te laisserai pas prendre le volant...

Ayant réussi à faire sourire Joey, Christopher s'excusa, puis les quitta pour aller accueillir d'autres membres de la famille avec tout le décorum que lui conférait son uniforme.

Lee s'était imaginée qu'elle vivrait cette cérémonie dans un état second. En réalité, elle en suivit le déroulement en femme lucide qui, ayant déjà pleuré la mort de son fils, éprouve maintenant de la peine pour ceux qui l'entourent.

Lorsque Christopher, le dos droit et la tête haute, transporta le cercueil dans l'église en compagnie de cinq autres policiers, Lee songea à son fils, fier lui aussi de son uniforme et tant aimé de ses collègues, et cette pensée lui remonta le moral.

La gerbe occupait les deux tiers du cercueil et arracha des larmes aux participants qui savaient que c'était elle qui l'avait composée.

Lloyd prononça l'éloge funèbre de son petit-fils sans se départir de son calme habituel et fit rire l'assemblée en rappelant des épisodes amusants de l'enfance de Greg.

Janice et Joey restèrent la main dans la main pendant toute la durée de la cérémonie.

Le révérend Ahldecker avait un rhume et renifla à plusieurs reprises tandis qu'il disait les prières.

Sally Umland joua parfaitement de l'orgue. Malheureusement, Rena Tomland, la soliste, était en vacances et la personne qui la remplaçait était plutôt médiocre.

La mère de Lee étrennait un tailleur noir, acheté spécialement pour l'occasion et, à travers ses larmes, elle ne pouvait s'empêcher de jeter un regard critique aux femmes qui, autour d'elle, portaient des vêtements d'été de couleur claire.

La présence d'un nombre aussi important de policiers était pour beaucoup dans le sentiment de fierté qu'éprouvait Lee et lui permit de tenir le coup pendant le service religieux.

Lorsque celui-ci fut terminé, une file de voitures longue de près de deux kilomètres traversa la ville tandis qu'à chaque intersection des policiers arrêtaient la circulation pour les laisser passer, tête nue, leur casquette posée sur le cœur.

Quand le cortège arriva au cimetière, les policiers entourèrent aussitôt la tombe de Greg, puis se disposèrent sur deux files pour former un couloir qu'empruntèrent les six hommes qui transportaient le cercueil. Après les prières, il y eut une sonnerie de clairon, puis six policiers sortirent du rang et tirèrent une salve pour un dernier au revoir.

C'était fini.

Les voitures des policiers quittèrent le parking du cimetière l'une après l'autre. La famille s'attarda, saluée par les amis qui parlaient à voix basse en se tamponnant les yeux. Une vieille tante emporta en souvenir un des gardénias de la gerbe. Les gens se dirigeaient à pas lents vers leur voiture, appréciant la vie et leurs proches bien plus sans doute qu'ils ne l'avaient fait au cours des jours précédents.

Tenant ses deux enfants par les épaules, Lee ne put s'empêcher de noter que ses hauts talons s'enfonçaient dans le gazon. C'était une sensation liée aux enterrements : il n'y avait qu'à cette occasion qu'une femme marchait sur l'herbe avec des chaussures à talons hauts. Elle se demanda comment elle pouvait se préoccuper d'un détail aussi insignifiant à un moment aussi triste de sa vie. Elle savait bien pourtant que, même dans les moments de désespoir, on trouve toujours des échappatoires. Tandis qu'elle pensait à ses talons hauts, au moins, elle ne pleurait pas.

Un peu plus tard, alors que tout le monde se retrouvait dans la salle paroissiale pour se restaurer après la cérémonie, Lee fut à nouveau frappée par le nombre de gens qui avaient tenu à lui témoigner leur sympathie.

Il y avait là des amis de lycée de Greg, des policiers et leurs épouses, des clients du magasin, d'anciennes relations d'affaires de son mari, certains de ses fournisseurs, des membres de la congrégation luthérienne qu'elle connaissait à peine et des amis de Janice et Joey, parfois accompagnés dc leurs parents. Elle retrouva aussi l'entraîneur de Greg au lycée et un de ses professeurs d'anglais qui lui montra le poème qu'avait écrit son fils lorsqu'il était en quatrième.

— Je n'arrive pas à y croire, ne cessait-elle de répéter, touchée par toutes ces marques de sympathie.

Son fils avait été en contact avec tant de gens ! Et ceux-ci n'étaient pas près de l'oublier. Jane Retting, avec laquelle il était sorti au lycée, avait promis à Lee de lui téléphoner régulièrement. Nolan Steeg lui avait demandé timidement de lui donner en souvenir quelque chose qui lui avait appartenu. Janice conduirait sa voiture. Joey voulait ses cassettes et ses CD. Ses grands-parents penseraient à lui chaque fois qu'ils regarderaient la photo de leur petit-fils dans leur salon. Et Christopher Lallek allait retourner dans l'appartement qu'il partageait avec Greg depuis deux ans.

Maintenant que la plupart des assistants étaient partis, Chris était en train de ranger les chaises pliantes de la salle paroissiale et, de temps à autre, il s'approchait du passe-plat pour tendre aux cuisinières les tasses sales qui avaient été oubliées.

Debout près de la porte, Lee était en train de discuter avec les membres de sa famille des derniers détails afin qu'ils se partagent le travail : enregistrer les dons, adresser des cartes de remerciements, répartir les fleurs dans différentes maisons de retraite. Quand sa mère lui annonça qu'il y avait encore des cartes de condoléances qui n'avaient pas été ouvertes et lui demanda si elle voulait s'en occuper ou si elle préférait que ce soit elle qui s'en charge, Lee jeta un coup d'œil à Christopher et faillit se précipiter vers lui en criant : « Emmenez-moi faire un tour dans votre nouvelle voiture ! Emmenez-moi hors d'ici ! » Elle n'en pouvait plus. Tous ces points de détail qu'il fallait encore résoudre ! Ces décisions à prendre ! Et ces visages attristés !

Elle s'obligea néanmoins à répondre à sa mère, remercia ses proches et exprima sa reconnaissance aux dames de la paroisse qui étaient en train de nettoyer la cuisine. Puis elle quitta l'église en emportant avec elle les cartes de condoléances.

Quand elle se retrouva enfin dehors, elle respira à pleins poumons et poussa un soupir de soulagement. Janice et Joey l'attendaient, assis à l'ombre en compagnie d'un groupe d'amis. Elle regarda autour d'elle pour voir si elle apercevait Christopher. Comme sa voiture n'était plus garée sur le parking, elle demanda à ses enfants :

— Est-ce que Christopher est parti ?

— Oui, répondit Janice. Il m'a dit qu'il était désolé de ne pouvoir te dire au revoir mais qu'il n'avait pas voulu te déranger. Il te téléphonera plus tard.

Lee détourna la tête pour cacher sa déception. Elle n'avait pas le droit de lui reprocher de l'avoir laissé tomber. Il avait fait de son mieux, ne la quittant pratiquement pas depuis jeudi après-midi. Il n'empêche qu'elle aurait aimé l'inviter à passer la soirée chez elle : ils se seraient installés sur la galerie en bois à l'arrière de la maison, auraient bu une bière et seraient restés là assis tous les deux sans dire un mot. Il était le seul dont elle aurait apprécié la compagnie. Quand elle se retrouvait au milieu de ses enfants, parents, voisins ou amis, elle était obligée de s'occuper de tout le monde, de servir à boire et à manger, de supporter les états d'âme de chacun. Alors que ce soir elle n'avait qu'une envie : partager avec quelqu'un un moment de calme.

5

Quand Christopher quitta l'église en début de soirée, il fut tout étonné qu'il y ait autant de circulation malgré l'heure tardive. Il avait oublié qu'on était lundi et que, même si l'heure de pointe était passée, les gens pouvaient avoir besoin de faire des courses ou le plein d'essence avant de rentrer chez eux. Depuis vendredi, il ne savait plus ce que c'était que le train-train quotidien et celui-ci lui apparaissait maintenant à mille lieues de ses propres préoccupations. Il trouvait que les gens qu'il croisait avaient l'air dur et insensible. Il ne pouvait pourtant pas leur reprocher de ne pas être affectés par la mort d'un homme qu'ils ne connaissaient pas !

À l'idée de se retrouver tout seul dans l'appartement, il conduisait beaucoup moins vite que d'habitude, tout en pensant aux enfants Reston, tels qu'il les avait quittés, assis dans l'herbe au milieu de leurs amis. Il avait failli se joindre à eux puis s'était dit qu'il était trop vieux et qu'il aurait l'air déplacé au milieu de tous ces jeunes. Il aurait bien aimé passer la soirée avec Lee mais n'avait pas osé le lui proposer, craignant d'être de trop puisqu'il ne faisait pas partie de la famille.

Il faisait une chaleur étouffante à l'intérieur de l'appartement, aussi ouvrit-il les portes-fenêtres et sortit sur le balcon qui donnait sur l'aire de pique-nique du parc de l'immeuble et, plus loin, sur le Mississippi, masqué en grande partie par une épaisse rangée d'arbres. Le soleil encore haut éclairait la cime des arbres et le toit de l'abri du parc. Sur l'aire de pique-nique, deux mères avaient organisé une soirée d'anniversaire pour un groupe d'enfants en bas âge : les piliers de l'abri étaient décorés de serpentins en papier crépon et de la fumée montait des barbecues. De jeunes gamins étaient en train de faire des bulles aussi grosses qu'un ballon de basket et Christopher les entendait crier leur émerveillement.

Songeant avec nostalgie que sa mère n'avait jamais donné de fête pour son anniversaire, il rentra dans l'appartement, défit sa cravate, déboutonna le col de sa chemise et jeta un coup d'œil à son répondeur. Comme le voyant rouge clignotait, il appuya sur le bouton de l'appareil, rembobina la bande et écouta le message.

« Alors, mec, qu'est-ce qui se passe ? demanda une voix de jeune garçon. T'avais promis de m'appeler ce week-end pour qu'on aille nager ensemble. Tu vaux pas mieux que les autres ! Toi non plus, tu ne tiens pas parole. C'est pas la peine de me rappeler ! J'ai mieux à faire que de rester le cul sur une chaise à attendre qu'un sale flicard me passe un coup de bigophone ! » (Suivi du bruit d'un téléphone qu'on raccroche rageusement.)

Judd !

Christopher avait complètement oublié Judd Quincy, un délinquant de douze ans qui comptait déjà à son actif le vol à l'étalage, le vol de bicyclette et des actes de vandalisme à l'école. Un jeune Noir dont les parents, deux drogués notoires, ne s'occupaient pas plus que les parents de Christopher ne se souciaient de leur fils quand il avait le même âge.

Et, pour couronner le tout, son « père » et sa mère étaient blancs alors que lui, il avait la peau brun clair. Son vieux le lui faisait d'ailleurs payer cher : il lui donnait régulièrement des corrections et frappait aussi sur sa femme.

Christopher le rappela aussitôt.

— Ouais, répondit le jeune garçon. J'écoute.

— Judd ?

Il y eut un instant de silence à l'autre bout du fil.

— Qu'est-ce que tu veux, mec ?

— J'ai reçu ton message.

— Ouais. Et alors ?

— Laisse-moi au moins t'expliquer ce qui s'est passé.

— Tu te fous de moi ou quoi ! J'ai attendu ton coup de bigophone pendant tout le week-end. Et personne a appelé. J'avais l'air de quoi, moi ! D'un pauvre type, mec ! Mon copain Noise, il est persuadé que je lui raconte des bobards. Il veut pas croire qu'un flic s'intéresse à un paumé comme moi.

— Tu recommences à te traiter de paumé ?

— Pourquoi pas, bon Dieu !

Les yeux fixés sur le sol, Christopher se dit qu'il valait mieux le sonder prudemment.

— Il est arrivé quelque chose, Judd ?

— Tous les jours il en arrive des trucs, dans la saloperie de baraque où je crèche.

— Quelque chose de plus grave que d'habitude ?

— Qu'est-ce que ça peut te fiche ?

— Qu'est-ce que tes parents ont encore fait ? insista Christopher.

— Rien, j' te dis !

Christopher essaya une autre tactique.

— Tu sais quoi, Judd... J'aurais bien besoin d'un copain en ce moment.

Qu'on puisse avoir besoin de lui ouvrit une brèche dans les défenses de Judd. Les garçons comme lui, dès qu'ils étaient en âge de réfléchir, savaient bien qu'ils étaient de trop et qu'on n'avait surtout pas besoin d'eux.

— Tu crois que je vais avaler ça, flicard ! se défendit-il.

— Tu pourrais passer une heure avec moi ?

— Pour faire quoi ?

— Un tour en voiture. Je vais passer te prendre.

— Pas chez moi !

— Où ça t'arrange le mieux.

Judd prit le temps de réfléchir.

— Devant l'épicerie, comme d'habitude.

— D'accord. Laisse-moi juste le temps de me changer. Je suis encore en uniforme.

Lorsque Chris se gara sur le parking de l'épicerie, Judd l'attendait, adossé à la devanture, un de ses pieds appuyé sur un muret en brique. Les mains enfoncées jusqu'aux coudes dans les poches de son bermuda vert et noir, il portait un débardeur pourpre délavé dix fois trop grand pour lui. Ses cheveux noirs et bouclés étaient complètement rasés au-dessus de son oreille gauche, dessinant sur son crâne un zigzag tracé par une main malhabile.

Il avait vu arriver l'Explorer mais il ne bougea pas, pour bien montrer qu'il se fichait pas mal que Christopher ait un 4 x 4 rouge tout neuf avec des marchepieds fantaisie, un pare-soleil et des jantes en acier chromé, et se contenta de suivre des yeux la voiture et son conducteur.

Christopher s'arrêta à côté de lui et lui lança par la vitre ouverte :

— Bouge de là !

— Tu parles comme un Noir maintenant ?

— Et toi ?

— Moi, j' suis noir.

— Même si c'est le cas, ce n'est pas une raison pour parler comme un débile. Monte.

Judd s'avança vers la voiture en traînant des pieds pour bien montrer son peu d'empressement à y monter. Puis il s'installa à côté de Christopher et claqua la portière.

— Attache ta ceinture, ordonna Christopher.

— Arrête de jouer les flics !

— J'en suis un. Et je ne démarrerai pas tant que tu ne l'auras pas attachée.

Judd s'exécuta. Dès que la voiture eut démarré, il se mit à râler, le doigt brandi comme s'il espérait impressionner Christopher.

— T'as pas à me dicter ma conduite. J'ai le droit de parler comme je veux. Même les profs à l'école sont d'accord. Nous devons préserver notre culture.

— Tu appelles ça une culture ? demanda Christopher en hochant la tête d'un air scandalisé. Tu parles comme un débile, oui ! Je t'ai déjà dit que si tu voulais t'en sortir et trouver plus tard du travail, il fallait que tu commences par parler comme quelqu'un d'intelligent — ce que tu es. Si encore tu avais toujours parlé comme ça, je comprendrais. Mais la première fois que je t'ai arrêté, le jour où tu jouais les pickpockets à la gare, tu t'exprimais comme les autres jeunes de ton quartier.

— Mes voisins, tu les connais pas, mec ! Alors, la ferme !

— Tu parles que je les connais pas ! Je ne compte plus le nombre de fois où j'ai été obligé de leur botter le cul.

— Je n'ai que douze ans. Tu n'as pas le droit de me parler comme ça !

— Je te propose un marché : je te parlerai correctement le jour où tu feras de même avec moi. D'accord ?

Judd eut une grimace dégoûtée et se tourna vers la fenêtre.

— Je sais que tu parles mal pour faire comme ton père.

— C'est pas mon père, d'abord.

— C'est quand même lui qui paie le loyer.

— Il paie aussi l'herbe et la coke.

— C'est encore ce qui s'est passé chez toi ce week-end ? demanda Christopher.

Mal à l'aise, Judd recommença à s'agiter sur son siège.

— Si tu m'emmènes en voiture pour m'interroger, autant me laisser descendre !

— C'est ce qui s'est passé ? insista Christopher.

— Qu'est-ce que tu vas faire ? demanda Judd d'une voix désespérée, les yeux obstinément fixés sur la vitre de la portière. Me placer à nouveau dans une famille d'accueil ?

— C'est ce que tu veux ?

Judd garda le silence. Christopher n'avait pas besoin de connaître sa réponse pour savoir que cette éventualité le révoltait. Il faisait partie de ces enfants qui sont tellement bringuebalés d'une famille d'accueil à l'autre qu'ils ne croient plus du tout que ce soit la solution à leur problème. Et il n'avait pas entièrement tort. En général, l'enfant restait dans une famille d'accueil deux ou trois jours pendant lesquels l'assistante sociale allait voir ses parents pour discuter avec eux et leur proposer du travail — alors que bien souvent ceux-ci vivaient de prestations sociales. Le résultat était toujours le même : les parents promettaient de s'amender, se conduisaient correctement pendant quelques jours, puis recommençaient à boire ou à se droguer avant la fin de la semaine.

— Je vais te raconter ce qui s'est passé, finit par dire Judd. Samedi soir, ils ont fait la fiesta avec toute une bande d'amis. Et quand tout le monde a été défoncé, ils ont commencé à faire de la gym dans le salon.

— De la gym ! répéta Christopher, complètement éberlué.

— Tu vois bien ce que je veux dire ! s'écria Judd en lui lançant un regard de défi. Si j'emploie le mot, tu vas encore m'engueuler... Quelqu'un a voulu changer de partenaire et ils se sont bagarrés. Mon vieux a tapé sur ma mère, elle s'est mise à saigner de la bouche et elle lui est rentrée dedans à son tour.

— Est-ce que quelqu'un t'a frappé ?

— Non, répondit Judd du bout des lèvres.

Christopher n'insista pas.

— Qu'est-ce que tu as fait ?

— J'ai fichu le camp par la fenêtre, je suis allé à l'épicerie du coin et je t'ai téléphoné comme tu m'avais dit de faire. Mais tu n'étais pas chez toi. Qu'est-ce que tu fichais encore ?

— J'enterrais mon meilleur ami.

Si Christopher avait annoncé ça à n'importe quel autre gamin de douze ans, celui-ci aurait aussitôt exprimé sa surprise ou sa peine. Mais Judd avait trop de problèmes pour s'intéresser à ceux des autres. Il se contenta de tourner la tête en direction de Chris et il lui demanda :

— Qui ?

— Greg. Il a eu un accident de motocyclette vendredi et il est mort sur le coup.

Judd mit un certain temps à réagir. Son visage restait impassible, mais cela n'empêchait pas la nouvelle de faire son chemin. Se retournant vers la portière pour que Christopher ne puisse pas lire dans ses yeux ce qu'il éprouvait, il finit par dire :

— C'est un coup dur, mec.

Christopher ne dit rien, se contentant de continuer à conduire.

— C'est pour ça que t'as le cafard ? demanda Judd un instant plus tard.

— Ouais. Greg me manque. Ce n'est pas facile de se retrouver tout seul dans l'appartement où il vivait avec moi.

Bien que Judd ne dît rien, il était sans doute en train de réfléchir à ce que signifiait le fait de perdre un ami et Christopher sentit qu'il était déjà moins sur ses gardes. Il ne pouvait pas exiger plus de lui : le jeune garçon ne savait pas comment se comporter en face de la douleur des autres et il n'accordait sa pitié qu'au compte-gouttes.

Au bout d'un moment, comme ils arrivaient en vue d'un fast-food, Chris lui demanda :

— T'as faim ?

Au lieu de répondre, Judd haussa les épaules en regardant ailleurs.

Christopher s'approcha du guichet et commanda deux parts de poulet frit, une portion de salade, quatre sachets de sauce douce-amère et deux quarts de lait. Puis il emmena Judd dîner sur l'aire de pique-nique aménagée près du débarcadère de Round Lake, où ils purent s'installer à une table et manger en regardant le soleil se coucher sur les eaux du lac.

— Je m'excuse de ne pas avoir été là samedi soir, lui dit-il.

— C'est dur, ce qui est arrivé à ton copain !

— Il faudra bien que je m'en remette. Personne n'a jamais dit que la vie était une partie de plaisir.

— C'est vrai, reconnut Judd.

— Il n'empêche qu'il faut continuer. Tu vois ce que je veux dire ?

Judd acquiesça.

— Mange la salade, lui conseilla Christopher. Et bois le lait. C'est bon pour toi.

Quand Judd eut fini son repas, il s'essuya la bouche avec le dos de sa main, puis demanda :

— Ton copain, il avait une famille sympa ou il était comme toi et moi ?

— Il avait une famille formidable.

Judd baissa la tête et regarda ses pieds chaussés de vieux sneakers.

— Je vais te dire quelque chose... commença Christopher.

Penché en avant comme un joueur de basket sur le banc de touche, il laissa passer quelques secondes avant de continuer.

— Quand j'avais ton âge, reprit-il, j'étais jaloux des enfants qui avaient une famille bien. Je les traitais comme des moins que rien et je ne leur adressais jamais la parole. Le problème, c'est que j'étais le seul à en souffrir et que je n'avais aucun ami. Plus tard, j'ai compris que ce n'était la faute de personne si mes parents étaient alcooliques. Soit je continuais à en vouloir au monde entier, soit je changeais d'attitude. J'ai préféré changer d'attitude et c'est comme ça que j'ai découvert qu'il y avait des tas de gens bien de par le monde. J'ai décidé que moi aussi, je serais quelqu'un de bien et que je ne me conduirais jamais comme mes vieux. C'est pour ça que je suis devenu flic.

Quand ils regagnèrent le parking, la nuit tombait. Ils marchaient côte à côte et Christopher avait posé sa main sur la nuque de Judd. Juste avant qu'ils atteignent la voiture, le jeune garçon lui dit :

— C'est une sacrée bagnole, mec. J'en aurais une comme ça un jour.

Le lendemain, Christopher reprit le travail. Il était de service entre onze heures du soir et sept heures du matin et arriva une demi-heure à l'avance, comme le prévoyait le règlement. Dans le vestiaire, le haut-parleur crépitait et les portes métalliques claquaient bruyamment chaque fois qu'un policier rentrait ou sortait. Nokes s'approcha de Christopher et, posant sa main sur son épaule, lui demanda :

— Comment ça va, Chris ?

— Le vestiaire me semble étrangement vide sans lui, répondit-il.

Comme la police d'Anoka comptait vingt-neuf agents assermentés, Greg ne se retrouvait pas toujours dans la même équipe que lui mais ils se croisaient souvent dans le vestiaire et en profitaient pour échanger quelques mots ou des plaisanteries — toutes choses qui, ce soir, lui manquaient.

Christopher enfila son gilet pare-balles et noua sa cravate en se regardant dans le petit miroir accroché à la porte de son placard, sur laquelle la plupart de ses collègues collaient des photos de leur famille. Lui, il avait choisi une photo où on le voyait en compagnie de Greg à côté d'une voiture de patrouille noir et blanc. Après avoir bouclé sa ceinture, il la lesta avec l'attirail de sa profession : l'étui contenant un jeu de passe-partout, sa radio portative dans son étui en cuir, sa lampe-torche, sa matraque, des gants en caoutchouc, une paire de menottes et deux chargeurs de rechange pour le Beretta 9 mm qu'il portait dans son étui. En tout, un équipement de douze kilos qui, ce soir, lui paraissait plus pesant que d'habitude.

Dès qu'il fut prêt, il se rendit dans la salle de patrouille pour répondre à l'appel puis s'installa sur une chaise, comme ses quatre collègues qui étaient de service de nuit, pour jeter un coup d'œil au RTIFO — le réseau télévisé d'instructions des forces de l'ordre. Ce soir, les policiers n'accordaient que peu d'attention à l'immense écran de télé et s'entretenaient à voix basse de la disparition de Greg et de son enterrement. L'un d'eux fit passer à Christopher le cahier d'appel, puis celui-ci prit connaissance des informations reçues par le service depuis vendredi : personnes disparues, véhicules volés, fax des mandats d'arrêt expédiés par la prison. L'appel terminé, il se rendit dans la salle des transmissions et, après avoir salué le dispatcher, consulta la liste des appels auxquels avait répondu le commissariat depuis quatre jours.

Même si Anoka était située à une trentaine de kilomètres de Minneapolis, ce n'était qu'une agglomération de dix-sept mille habitants, avec un taux de criminalité beaucoup plus bas que celui de la capitale de l'État. Samedi soir, il y avait eu vingt-trois appels, et dimanche, dix-sept. Les mêmes problèmes que d'habitude : trouble de l'ordre public, tapage nocturne, voies de fait, personnes suspectes. Christopher se dit que, même si Greg lui manquait, il se sentait tout heureux de reprendre le travail.

Comme il l'avait fait tant de fois depuis neuf ans, il passa la nuit à surveiller la ville endormie. Il effectuait des rondes, puis restait assis dans sa voiture à l'arrêt à écouter la voix du dispatcher qui crachotait dans la radio. À un moment donné, il rejoignit Nokes dans un immeuble où on les avait appelés pour mettre fin à une querelle domestique. Quand ils arrivèrent sur place, la porte de l'appartement était ouverte, la télévision allumée et les deux fauteurs de troubles avaient disparu. Christopher frappa à la porte de l'appartement voisin pour essayer d'en savoir plus mais, au lieu d'ouvrir, les occupants l'envoyèrent promener. Dès qu'il eut réintégré sa voiture, il recommença à parcourir la ville jusqu'à ce que le dispatcher l'envoie vérifier une caméra vidéo de surveillance qui venait de se mettre en route et dont l'alarme, comme il le découvrit bientôt, avait été déclenchée par la chute d'un des caissons du faux plafond. Puis il alla se garer sous les pins du Carpenter's Hall pour contrôler au radar la vitesse des voitures qui, venant de Champlin, empruntaient le pont sur le Mississippi. Le signal sonore changea d'intensité quand deux véhicules arrivèrent à sa hauteur, puis le dépassèrent.

Il était garé pas loin de Benton Street, la rue où habitait Lee Reston, et il se demanda si elle dormait ou si elle pensait à Greg. Quittant le parking du Carpenter's Hall, il s'engagea dans Ferry Street, puis tourna dans Benton. La rue était sombre et silencieuse et il n'aperçut que les yeux phosphorescents d'un chat caché derrière un buisson qui, en l'entendant approcher, traversa la rue à toute vitesse. Roulant au pas, il passa devant la maison de Lee. Les lumières étaient éteintes, la porte du garage fermée et il n'y avait dans l'allée que la voiture de Janice. La Toyota de Greg devait être garée dans le garage.

À trois heures du matin, Christopher alla prendre une collation au restaurant Perkins.

À six heures, comme il repassait par Benton Street, il vit que le système d'arrosage de la pelouse marchait : Lee venait sans doute de se lever. Il faillit s'arrêter pour prendre le café avec elle dans la cuisine comme il l'avait fait deux jours plus tôt mais, renonçant à cette idée, il continua sa route.

À sept heures, il rangea son gilet pare-balles dans le vestiaire et, quelques minutes plus tard, rentra se coucher.

À une heure et demie de l'après-midi, la sonnerie du téléphone le réveilla.

— Bonjour, Chris. C'est Lee.

— Bonjour, répondit-il d'une voix éraillée après avoir jeté un coup d'œil à son réveil.

— Oh ! Je parie que je vous ai réveillé.

— Cela ne fait rien. Pas de problème.

— Je suis désolée. J'aurais dû téléphoner d'abord au commissariat pour connaître vos horaires. Vous avez travaillé la nuit derrière ?

— Oui, j'étais de service, répondit-il en s'asseyant dans son lit.

Comme Lee s'excusait à nouveau, il se dit qu'elle pouvait le réveiller tous les jours, il ne lui en voudrait pas pour autant, bien au contraire.

— De toute façon, je me lève toujours vers deux heures, expliqua-t-il. En plus, aujourd'hui il faut que je passe au garage car il y a un léger bruit dans la portière avant de mon Explorer et j'aimerais bien qu'ils s'en occupent.

— Je suis la seule de la famille à ne pas être montée dans cette fameuse voiture, remarqua Lee.

— Je vous emmènerai faire un tour un de ces jours, répondit-il. Je crois que Joey a apprécié la balade.

— Et pour cause ! il m'a dit que vous l'aviez laissé conduire.

— J'espère que vous ne m'en voulez pas pour ça.

— Bien sûr que non. Si c'était un de ses copains qui lui avait confié le volant, je me serais fait un sang d'encre. Mais avec un policier... que voulez-vous que je dise ?

— Nous en avons profité pour parler un peu de Greg.

— Il a besoin de parler avec un homme.

— Et Janice, comment va-t-elle ?

— Elle a le cafard et elle dort beaucoup. Je crois qu'elle aura plus de mal que Joey à prendre le dessus.

— Et vous ? Je ne vais pas faire la gaffe de vous demander comment vous allez.

— J'essaie de me faire à l'idée qu'il va falloir recommencer à travailler. Ça ne va pas être facile car je n'arrive pas à me concentrer sur quoi que ce soit. Il faut pourtant que je retourne à la boutique. Sylvia a travaillé pour deux depuis vendredi et elle sera contente que je prenne le relais. J'irai demain, je pense, car je n'ai pas encore résolu tous les problèmes soulevés par la mort de Greg. C'est d'ailleurs pour ça que je vous téléphone. Au sujet des affaires de Greg qui se trouvent dans l'appartement.

— Je vous ai dit que ce n'était pas pressé. Vous pouvez attendre d'aller mieux avant de vous en occuper.

— Je sais. Mais je suis tellement anxieuse à l'idée de la tâche qui m'attend que j'aimerais mieux en finir au plus vite. J'ai pensé que, si ça ne vous gênait pas, je pourrais faire ça dimanche. Ce jour-là, la boutique est fermée et Janice et Joey pourront me donner un coup de main.

— Je suis de service de nuit samedi. Vous pouvez donc venir dimanche, je serai là toute la journée. À partir de midi, si ça vous va.

— Cinq heures de sommeil, ce n'est pas assez, Christopher ! Nous viendrons à deux heures. Je ne veux pas chambouler votre emploi du temps. Je sais bien qu'en tant que policier, vous n'avez jamais votre content de sommeil.

— D'accord pour deux heures. Vous avez un véhicule pour transporter ses affaires ?

— Mon voisin Jim Clements m'a proposé sa camionnette.

— Vous pensez pouvoir la conduire ou vous préférez que je vienne la chercher ?

— Jim m'a fait la même proposition et je lui ai répondu que je me débrouillerais toute seule.

— Parfait.

— Christopher ?

— Oui ?

— Essayez de vous rendormir. Je m'en veux tellement de vous avoir réveillé.

Lee comptait profiter du dîner pour demander à ses enfants de l'aider à récupérer les affaires de Greg. Mais avant qu'elle ait eu le temps de leur en parler, Joey annonça que Denny Whitman lui avait proposé de venir avec eux au lac dimanche.

— Oh! dit-elle en posant sur la table le gratin de pommes de terre au jambon qu'elle venait de sortir du four. J'avais prévu d'aller chercher les affaires de Greg ce jour-là et je comptais vous demander à tous les deux de m'aider.

Joey attendit que sa mère soit assise à table pour se servir du gratin.

— Pourquoi faire ça dimanche? demanda-t-il d'un ton plaintif. Nous pouvons très bien nous en occuper samedi et, comme ça, j'irai au lac le lendemain. Les Whitman ne sont libres que le dimanche.

« Il n'a que quatorze ans, songea Lee en cachant sa déception. À cet âge-là, les enfants ont du mal à imaginer que leurs parents peuvent avoir besoin d'eux. » L'invitation des Whitman n'était pas un hasard : ils avaient dû se dire que cela ferait du bien à Joey de se changer les idées.

— Et toi, Janice? demanda-t-elle en se tournant vers sa fille.

Janice posa sa fourchette et regarda en direction de la fenêtre. Elle avait à peine touché au gratin, qui était pourtant son plat préféré.

— Je ne me sens pas prête à affronter ça, dit-elle en clignant des yeux pour retenir ses larmes.

Lee ne dit rien et laissa elle aussi retomber sa fourchette.

— De toute façon, reprit sa fille, dimanche, il faut que je retourne travailler. Si je reste trop longtemps absente, je risque de perdre mon travail au centre commercial. Et j'ai besoin de cet argent pour payer mes études en fac à la rentrée. On peut peut-être attendre un peu, non?

— Absolument, répondit Lee en prenant la main de sa fille. Christopher m'a dit que ce n'était pas pressé.

Janice retira sa main et s'essuya les yeux. Elle voulut recommencer à manger mais, après avoir jeté un coup d'œil à sa fourchette, elle la reposa dans son assiette.

— Je n'ai pas faim, maman, dit-elle, les yeux brillants de

larmes. Ton gratin est formidable. Mais je crois que... je ne sais pas... je crois que je vais monter un instant dans ma chambre.

— Vas-y, conseilla Lee. Le gratin peut attendre demain.

Quand Janice eut quitté la cuisine, Lee et son fils luttè-rent sans succès contre le sentiment d'être délaissés.

— Moi non plus, je n'ai pas très faim, dit Joey qui avait à peine mangé la moitié de son dîner. Si tu n'y vois pas d'inconvénient, j'irais bien faire un tour au stade de base-ball pour regarder un ou deux matchs.

— Pas de problème, dit Lee, compréhensive comme d'habitude.

— Veux-tu que je t'aide à débarrasser la table? demanda-t-il en se levant.

— Je m'en occupe. Passe une bonne soirée et soit de retour pour dix heures.

— Promis, répondit Joey en l'embrassant sur la joue.

Toujours assise à la table de la cuisine, elle écouta le bruit que faisait la béquille de sa bicyclette qu'il venait de relever, puis le cliquetis des pédales tandis qu'il descendait l'allée. Maintenant que Joey était parti, elle se sentait effroyable-ment seule. Elle n'avait pas le courage de se lever pour débarrasser la table et se sentait tellement déprimée qu'elle n'avait même pas envie de faire des choses qui, elle le savait pourtant, lui remonteraient un peu le moral. Elle aurait très bien pu sortir dans le jardin et désherber ses plates-bandes, cueillir un bouquet pour la table de la cuisine, téléphoner à sa mère ou à Sylvia, proposer à Janice d'aller au cinéma, nettoyer sa voiture au jet ou aller chez ses voisins pour leur rendre les plats en pyrex et les moules à gâteau qu'ils n'étaient pas encore revenus chercher. Mais rien de tout cela ne la tentait.

Pour une raison bien simple: elle en avait assez d'être toujours la plus forte au seul bénéfice des autres et elle en venait à souhaiter que, pour une fois, quelqu'un prenne le relais. Elle se sentait tellement lasse qu'elle se demandait si elle allait arriver à prendre le dessus.

Ses pensées moroses furent soudain interrompues par la vue d'une voiture de patrouille noir et blanc qui venait de se garer dans l'allée. Elle se leva aussitôt et courut vers la porte d'entrée.

Quand elle aperçut Christopher qui, sans couper le moteur de sa voiture, venait d'en faire le tour pour aller à sa rencontre, elle éprouva un sentiment inattendu. Jusqu'ici, elle l'avait toujours assimilé inconsciemment aux jeunes gens que fréquentait son fils. Mais le policier qui s'approchait d'elle en cet instant n'avait rien d'un jeune homme. Son uniforme bleu marine le faisait paraître plus grand, plus mûr et imposait le respect. Sa chemise était parfaitement repassée, son nœud de cravate impeccable autour de son cou bronzé, les étuis en cuir noir suspendus à sa ceinture ajoutaient encore à son autorité naturelle et, à cause de son gilet pare-balles, il semblait plus baraqué que d'habitude.

— Je ne m'attendais pas à vous voir aujourd'hui, dit-elle en enfonçant ses mains dans les poches de son short blanc.

— Il y avait du courrier pour Greg, expliqua-t-il en lui tendant quatre lettres.

— Il va falloir que j'aille à la poste pour faire suivre son courrier, dit Lee en jetant un coup d'œil aux enveloppes. Je vais ajouter ça à ma liste. J'avais oublié le nombre de paperasses qu'il faut remplir quand quelqu'un meurt. (Relevant la tête pour le regarder, elle dit :) Je pensais que vous travailliez à nouveau entre onze heures et sept heures.

— C'est en effet ce qui était prévu. Mais un de mes collègues m'a demandé si nous pouvions échanger nos heures de service.

La radio qu'il portait à la ceinture crachota un message et il la saisit sans éprouver le besoin d'augmenter le volume. Greg faisait exactement la même chose et Lee s'était toujours demandé comment il se débrouillait pour déchiffrer ces messages presque inaudibles tout en continuant à parler.

— J'ai rencontré Joey au bout de la rue. Il m'a dit qu'il allait au stade.

— Il assiste aux championnats d'été. C'est mieux que de rester dans cette maison vide.

— Et vous, vous supportez de rester dans une maison vide ?

— Je ne vais pas tarder à reprendre le travail. Mais je voulais vous dire, Christopher, que pour dimanche... (Lee se tut un court instant, puis ajouta :) Les enfants ne pourront pas m'aider ce jour-là. Joey veut aller au lac avec Denny et Janice ne se sent pas de taille à affronter cette tâche. Nous allons donc reporter la date.

— Je peux vous donner un coup de main.

— Mais vous avez déjà tellement fait pour nous.

— Je comptais vous aider, de toute manière. Si vous voulez que nous déménagions dimanche, je pense que nous y arriverons à nous deux. Si vous préférez que vos enfants soient là, ça ne me gêne pas non plus.

— Ce n'est pas une tâche agréable, rappela Lee. Je me suis déjà occupée de ce genre de chose après la mort de Bill et je sais que c'est complètement démoralisant.

— Si c'est le cas, autant éviter ça à vos enfants, dit-il. (Puis, après l'avoir observée avec attention, il reprit :) J'imagine que parfois vous en avez assez de ce rôle et que vous aimeriez bien que vos enfants vous donnent un coup de mains à leur tour.

« Comme il est perspicace ! songea Lee. Il est si jeune, mais il devine sans difficulté ce que je ressens. »

Parfois, elle se sentait un peu coupable d'avoir ce genre de pensées vis-à-vis de ses enfants, mais le fait que Christopher les exprime à sa place lui faisait du bien.

— Comment le savez-vous ? demanda-t-elle.

Venant de sa radio, telle une décharge électrique, une voix prononça distinctement :

— Trois Bravo Dix-huit.

— Une minute, dit-il à l'intention de Lee en approchant l'appareil de sa bouche — si bien qu'elle remarqua pour la première fois à quel point ses lèvres étaient bien dessinées. Trois Bravo Dix-huit, répéta-t-il aussitôt.

— Deux cent deux ouest Main Street, annonça la voix crachotante. Appartement G-trente-sept. On nous signale des cris. Peut-être une querelle de ménage.

— Bien reçu, répondit Christopher. (Puis il ajouta à

l'intention de Lee :) Désolé, il faut que j'y aille. Passez-moi un coup de fil au sujet du déménagement. À mon avis, vous devriez attendre que vos enfants soient là. Mais si vous décidez de déménager sans eux, nous en avons pour trois heures au maximum. Et peut-être qu'ensuite, vous vous sentirez mieux.

Lee hocha la tête, puis le suivit jusqu'à sa voiture et, debout à côté de la portière, le regarda inscrire l'adresse qu'on lui avait indiquée sur un bloc. Il se servit de la radio de bord pour indiquer le numéro de sa voiture et l'heure de son départ. Puis il passa la marche arrière et lui dit :

— Vous avez l'air fatiguée. Vous devriez aller vous coucher.

Une manière toute simple de lui dire au revoir mais qui la toucha profondément, car c'était là le genre de réflexion que pouvait vous faire un mari, et ce conseil laissait entendre que Christopher se souciait d'elle bien plus qu'il ne le laissait voir.

Les bras croisés, elle le regarda reculer dans l'allée, un bras posé sur le dossier du siège, la tête tournée vers la vitre arrière — comme tant de fois elle avait vu Greg le faire. Après un signe de la main pour lui dire au revoir, il s'engagea dans Benton Street. Et Lee resta debout dans l'allée, bien après qu'il soit parti, à penser à lui.

Elle recommença à travailler en fin de semaine, heureuse de retrouver la routine habituelle. Elle ouvrait le magasin à huit heures, puis préparait du café, arrosait les gerbes de fleurs entreposées dans la chambre froide en vérifiant à chaque fois la fiche indiquant le jour où elles avaient été composées. Ces gestes familiers lui faisaient du bien même si elle se surprenait souvent à regarder dans le vide. Sylvia lui demandait régulièrement : « Ça va, Lee ? » et les deux employées du matin lui posaient aussi cette question. Elle leur répondait en plaisantant au lieu d'exprimer ce qu'elle ressentait réellement : son angoisse à l'idée de devoir débarrasser l'appartement où Greg avait vécu deux ans.

Quand arriva dimanche, elle était toujours aussi inquiète et se réveilla à six heures. Elle s'occupa comme elle put avant d'aller à l'église luthérienne : pendant trois heures elle désherba les plates-bandes qui se trouvaient à l'arrière de la maison.

À deux heures, le thermomètre affichait 29° et il était prévu que la température monte encore de trois degrés dans l'après-midi. Vêtue d'un vieux short et d'une chemisette en coton défraîchie, Lee alla chercher la camionnette garée devant chez son voisin et partit en direction de l'appartement, le cœur serré d'inquiétude.

Christopher répondit aussitôt à son coup de sonnette. Il portait un jean coupé au-dessus du genou et un T-shirt blanc. La radio marchait dans l'appartement et, en entendant chanter Gloria Estephan, Lee souhaita de tout son cœur que ne passe pas sur les ondes une chanson de Vince Gill.

Après l'avoir débarrassée des cartons qu'elle avait apportés avec elle, Christopher lui dit :

— Quel dommage d'être obligé de faire ça par une si belle journée.

Voyant que le visage de Lee se décomposait, il ajouta aussitôt :

— Nous aurions mieux fait d'attendre que vos enfants soient là.

— Non, je vous promets de tenir le coup, dit-elle, autant à son intention que pour se convaincre elle-même.

Se doutant d'avance à quel point cette tâche allait être douloureuse pour elle, Christopher avait pris les devants.

— J'ai déjà défait son lit, expliqua-t-il. Et mis de côté les CD qui lui appartenaient. Nous pourrions peut-être commencer par la chambre.

Lee le suivit dans cette pièce où en effet le sommier et le matelas étaient déjà posés contre le mur.

— J'ai lavé les draps et je les ai mis dans ce sac en plastique, dit-il. J'ai aussi enlevé ce qui se trouvait sur les murs et sur la commode — photos, diplômes, etc. Et j'ai tout emballé dans du papier journal. J'ai rapporté au commissariat son revolver et ses affaires de policier. J'espère que j'ai bien fait, conclut-il en la regardant d'un air interrogateur. Je voulais vous faciliter un peu les choses.

— C'est le cas, répondit Lee.

Elle ouvrit la penderie de son fils et commença à ranger ses vêtements dans des cartons tandis que Chris transportait le cadre du lit jusqu'à la camionnette.

Dès qu'ils eurent fini de remplir les cartons, ils les portèrent dans la camionnette, puis s'occupèrent de la commode, du matelas et du sommier. Il leur fallait à chaque fois descendre deux volées de marches et avancer, lourdement chargés, jusqu'à la camionnette garée sur le parking en plein soleil.

Quand ce fut terminé, ils transpiraient tous les deux abondamment et Christopher proposa :

— Voulez-vous boire un Sprite ?

— Avec plaisir.

Il était en train de remplir les verres posés sur la table quand, soudain, il se retourna et interrompit son geste.

Debout devant l'évier, Lee était en train de s'asperger le visage et le cou, écartant le col de sa chemisette pour mieux se rafraîchir. En bas de sa nuque, ses cheveux étaient tout humides et formaient de courtes pointes brunes. Comme elle était penchée au-dessus de l'évier, son short laissait apparaître un sous-vêtement blanc. Lorsqu'elle ferma le robinet, Christopher lui toucha le bras et lui tendit un essuie-mains.

— Merci, dit-elle.

Elle se tapota le front, les joues et le cou d'une manière typiquement féminine. Lorsqu'elle eut fini de s'essuyer et qu'elle le regarda, Christopher était à nouveau en train de remplir les verres.

— Qu'est-ce qu'il fait chaud dehors ! s'écria-t-elle.

— Cela va vous rafraîchir, dit-il en lui tendant un verre.

Il attendit qu'elle ait fini de boire pour lui proposer :

— Nous pourrions peut-être nous occuper de la cuisine.

— D'accord.

Ouvrant au fur et à mesure les portes des différents placards, Christopher lui expliqua :

— L'appareil qui sert à faire du pop-corn appartenait à Greg. C'est aussi le cas du grille-pain. Il en avait racheté un neuf quand le mien a rendu l'âme. Il avait aussi rapporté quelques plats de chez vous. Nous partagions les achats d'épicerie. Mais chacun achetait sa propre viande. Il doit rester deux ou trois côtes de bœuf dans le congélateur, que je vous donnerai.

— C'est ridicule, Christopher ! Je n'ai pas besoin de tout ça. Vous allez aussi garder le grille-pain et l'appareil qui vous sert pour le pop-corn.

— Et la viande ?

— Vous apporterez les côtes de bœuf pour le pique-nique du 4 juillet. J'ai décidé de ne pas faire de dinde, car c'était le plat favori de Greg, et de demander à chacun d'apporter de la viande.

— Vous n'avez pas annulé le pique-nique ? demanda-t-il, tout étonné.

— J'imagine que nous pourrions faire comme si nous étions morts en même temps que Greg. Mais je ne suis pas très forte à ce petit jeu. Et vous ?

— Moi non plus.

— Ça nous fera du bien. Nous ferons un barbecue, nous jouerons au volley et nous irons voir le feu d'artifice. Je pense que vous viendrez, n'est-ce pas ?

— Je ne voudrais manquer ça pour rien au monde, dit Christopher.

Il finit son verre, le posa sur le comptoir et proposa à Lee :

— Pendant que je vais emballer ce qui se trouve dans la salle de bains, vous pourriez peut-être jeter un coup d'œil dans le salon.

Bien que les stores fussent baissés, il faisait plus chaud dans cette pièce que dans la cuisine, à cause de la baie vitrée. Lee aperçut, posée au pied de la stéréo, une boîte pleine de CD et de cassettes que Christopher avait déjà triés. Le ficus se portait toujours aussi bien et ses longues branches touchaient presque l'extrémité du divan. Les casquettes de son fils étaient toujours accrochées au portemanteau.

En remarquant les deux patères vides, la respiration de Lee s'accéléra comme si elle manquait soudain d'air et, sentant qu'elle allait flancher malgré ses bonnes résolutions, elle se traita de tous les noms. Dans l'espoir de retrouver son calme, elle saisit une casquette blanche ornée d'un A marron au-dessus du nom de la ville d'Anoka. Une casquette que Greg portait quand il était encore au lycée. Elle sortit de la pièce avec, se dirigea vers la salle de bains et s'arrêta dans l'encadrement de la porte ouverte.

— Je ne suis pas sûre de reconnaître les siennes, dit-elle.

Christopher était en train de ranger dans un sac marin noir les divers objets de toilette. Il releva la tête pour la regarder. Les lèvres de Lee tremblaient et elle semblait soudain extrêmement vulnérable. S'adossant au montant de la porte, elle posa la casquette sur sa tête et mit ses mains dans les poches de son short.

— C'est un test, dit-elle. Tenir le coup tout l'après-midi sans se mettre à chialer... sous prétexte qu'on ne le verra jamais plus.

— Je sais, reconnut Christopher en regardant la brosse à dents et le tube de dentifrice qu'il tenait à la main. Ici aussi c'est dur. Sa brosse, son rasoir, sa lotion après rasage... Ce sont des objets tellement personnels ! conclut-il en jetant presque avec rage brosse et dentifrice au fond du sac marin.

Lee s'en voulut aussitôt de son égoïsme.

— Je suis désolée, Christopher, dit-elle en pénétrant dans la salle de bains. Il vous manque, à vous aussi.

Christopher pivota sur lui-même et l'enlaça. Lee se blottit dans ses bras et ils fermèrent tous les deux les yeux.

— Quelle sacrée équipe nous faisons, tous les deux ! s'exclama-t-il enfin. Nous nous raccrochons l'un à l'autre toutes les cinq minutes comme si le monde allait se dérober sous nos pieds.

— J'ai bien tenu le coup toute la semaine et j'espérais ne pas flancher aujourd'hui. Mais en voyant ces casquettes, j'ai eu l'impression que ce déménagement était au-dessus de mes forces.

Rouvrant les yeux, Lee aperçut leur reflet dans le miroir. La tête de Christopher était posée sur son épaule, ses mains étreignaient son dos et leur buste et leurs jambes nues se touchaient.« Nous devrions nous méfier », se dit-elle. Mais elle ne fit rien pour quitter l'abri de ses bras.

Ce fut Christopher qui s'écarta le premier. La prenant par les épaules, il l'obligea à se retourner vers le miroir et lui dit :

— Regardez-vous. Que voyez-vous dans ce miroir ? Une femme coiffée d'une casquette. Quel mal y a-t-il à ça ? En plus, ça vous va bien. Vous devriez porter plus souvent des casquettes.

Lee répondit à son sourire malicieux en souriant à son tour. Puis elle respira profondément et dit :

— Ça y est, ça va déjà mieux.

— Finissons de remplir la camionnette et ramenons tout ça chez vous, proposa Christopher. Encore que...

— Qu'y a-t-il ?

— J'étais en train de penser à un jeune garçon que je connais et qui est sur la mauvaise pente. Pas de vie de famille, deux parents drogués qui revendent les bons d'alimentation de l'aide sociale pour acheter leurs doses. Si vous n'y voyez pas d'inconvénient, j'aimerais bien lui donner une des casquettes de Greg. Ce gamin respecte les flics — même s'il essaie de se persuader du contraire. Et pour lui, ça pourrait être important.

— Bien sûr, répondit Lee. Offrez-lui une de ces casquettes et même deux.

Ils finirent de vider la salle de bains et placèrent à part les papiers qui se trouvaient dans un des tiroirs du meuble de la cuisine.

Dès qu'ils furent arrivés chez Lee, ils déchargèrent le contenu de la camionnette dans le garage, y compris le lit de Greg, que Janice utiliserait dans sa chambre d'étudiante lorsqu'elle rentrerait en fac en septembre. Puis Lee alla garer le véhicule devant chez Jim Clements.

Lorsqu'elle le rejoignit dans le garage où il finissait de mettre de l'ordre dans les cartons, Christopher lui demanda :

— Vous savez nager ?

— Bien sûr.

— Nous pourrions peut-être aller nous baigner à la plage publique du lac Crooked. Histoire de nous rafraîchir un peu.

— Quelle bonne idée ! s'écria Lee. Je vais mettre un maillot. J'ai ai pour deux minutes.

Et en effet, deux minutes plus tard, elle rejoignait Christopher, vêtue d'un long T-shirt par-dessus son maillot de bain, et portant sous son bras deux serviettes.

Christopher s'installa derrière le volant de son Explorer et elle s'assit à côté de lui en disant :

— J'adore ce genre de voiture. Votre portière a été réparée ?

— Oui, ce n'était pas grand-chose.

Pendant tout le trajet jusqu'au lac, ils ne cessèrent de discuter. D'abord des voitures, puis du travail de Lee. Elle lui expliqua que sa boutique marchait très bien et qu'elle n'avait même plus besoin de faire passer des encarts publicitaires dans les pages jaunes de l'annuaire.

La plage aménagée au bord du lac était pleine de monde. Après avoir enlevé leur T-shirt, ils se précipitèrent dans l'eau au milieu des enfants qui jouaient là où ils avaient pied, puis ils nagèrent en direction d'un des plongeoirs. Ils nagèrent à nouveau puis parlèrent, accrochés à un flotteur, du surf qu'ils avaient vu pratiquer à la télévision et de Hawaï où ils avaient tous les deux envie d'aller un jour. Un ballon atterrit à quelques mètres de Christopher. Il lâcha le radeau pour le renvoyer à ses propriétaires qui leur proposèrent aussitôt de jouer avec eux.

Toute cette dépense physique leur avait ouvert l'appétit et, quand Christopher gara son Explorer dans l'allée, Lee lui dit :

— Je peux faire réchauffer un plat de spaghettis, si ça vous tente.

— Je ne dis pas non.

Lee mit les spaghettis à chauffer avec deux portions de viande hachée et de la sauce tomate pendant que Christopher sortait de la glace du réfrigérateur et allait chercher des couverts dans le tiroir qu'elle lui avait indiqué.

Ils s'attaquèrent enfin aux spaghettis.

— Et votre mère ? demanda Lee. Vous n'en parlez jamais. Comment est-elle ?

Christopher cessa de manger et but une gorgée d'eau avant de répondre :

— Rien à voir avec la vôtre.

— Vous préférez ne pas parler d'elle ?

Christopher réfléchit un bref instant, les yeux fixés sur Lee.

— Ma mère est alcoolique et mon père aussi, lui confia-t-il.

— Ils l'ont toujours été ?

— Toujours. Ma mère travaillait dans les cuisines d'un restauroute et mon père touchait une pension d'invalidité. La plupart du temps, quand je rentrais de l'école, ils étaient à picoler dans un bar du voisinage. Leurs seuls amis, c'étaient des soûlards comme eux qu'ils rencontraient chaque soir au bar.

— Vous aviez des frères et sœurs ?

— Une sœur, qui a quatre ans de moins que moi.

— Où est-elle maintenant ?

— Quelque part sur la côte ouest. Elle a la bougeotte.

— Vous ne la voyez jamais ?

— Rarement. Elle a fichu le camp à quinze ans et a déjà divorcé à trois reprises. La dernière fois que je l'ai vue, elle pesait pas loin de cent dix kilos et elle vivait de l'aide sociale, comme nos parents. Elle et moi, nous n'avons pas grand-chose en commun.

— Et vos parents, où vivent-ils ?

— De l'autre côté de la ville, dans une HLM sordide. Ils n'ont rien changé à leurs habitudes, sauf que maintenant, ils se saoulent chez eux, pour ne pas avoir à descendre et monter les escaliers.

— Peut-être n'aurais-je pas dû vous poser toutes ces questions...

— Ça ne me gêne pas. Il y a longtemps que je n'espère plus les voir changer.

— Ils doivent quand même être fiers de vous.

— Là, vous vous trompez complètement. Ce n'est pas leur genre. Pour être fiers de leur fils, il faudrait qu'ils soient sobres. Et ça doit bien faire trente-cinq ans que ça ne leur est pas arrivé.

— Je suis désolée, Christopher.

Ils cessèrent de discuter et finirent leurs spaghettis.

La journée avait été fertile en émotions qui, à chaque fois, les avaient un peu plus rapprochés l'un de l'autre. Et maintenant qu'ils se détendaient, assis dans cette cuisine confortable, les yeux dans les yeux, le silence entre eux s'éternisait.

Ils étaient en train de débarrasser la table quand Janice les rejoignit dans la cuisine.

— Salut, Christopher ! Que fais-tu là ?

— Ta mère m'a invité à dîner.

Le sourire de Janice disparut.

— Tu l'as aidée à déménager les affaires de Greg, c'est ça ? (Sans attendre sa réponse, elle ajouta :) J'ai vu les cartons dans le garage. (Puis, se tournant vers sa mère, elle lui dit :) Je suis désolée, maman, de ne pas t'avoir donné un coup de main.

— Tout va bien, ma chérie, répondit Lee en l'embrassant sur la joue. C'est fini, maintenant. Tu as faim ?

Cette question suffit à convaincre Janice que sa mère ne lui en voulait pas.

— Un peu, répondit-elle en se penchant sur le Tupperware qui contenait le reste de spaghettis. Il fait une chaleur d'enfer dehors. Je pensais aller me baigner après le dîner. Tu veux venir avec moi, Christopher ?

— Je suis déjà allé nager avec ta mère, répondit-il.

— C'est vrai ? demanda-t-elle en leur jetant un regard inquisiteur.

Il y eut un bref silence gêné, que Lee rompit en expliquant à sa fille :

— Ça nous a donné très chaud de déménager tous ces meubles. Nous sommes juste allés à la plage pour nous rafraîchir. Puis nous sommes rentrés dîner. Veux-tu que je te fasse réchauffer des spaghettis ?

— J'ai vingt-trois ans, maman, rappela Janice d'un air faussement bourru. Ce n'est plus à toi de faire réchauffer mon dîner.

— La force de l'habitude, s'excusa Lee en souriant.

— Il faut que j'y aille, annonça Christopher. Je suis de service ce soir. Merci pour le dîner, madame Reston.

— C'était la moindre des choses. Merci pour tout ce que vous avez fait aujourd'hui.

— Je t'accompagne, lui proposa Janice.

En voyant sa fille s'éloigner avec Christopher, Lee éprouva une intense jalousie. Un sentiment inattendu qui ne dura que quelques secondes et qu'elle chassa en se disant que sa place n'était pas auprès de lui. Néanmoins, elle se sentit abandonnée. Ils paraissaient si jeunes tous les deux et ils allaient si bien ensemble !

6

À Anoka, les délits graves étaient exceptionnels et les policiers risquaient rarement leur vie. Il leur arrivait d'appréhender un malfaiteur ou de demander du renfort pour faire une descente de police dans les milieux de la drogue. Mais en général, Christopher Lallek et ses collègues accomplissaient leur tâche sans trop de difficultés.

Début juillet, par une matinée torride, Christopher, assis dans sa voiture de patrouille, consulta sa montre en bâillant. Six heures vingt. Dans quarante minutes, il aurait terminé son service et pourrait rentrer chez lui. Jetant un coup d'œil aux véhicules qui roulaient sur l'autoroute A-10 en direction de l'ouest, il remarqua une Grand Prix qui se faufilait entre les autres voitures à vive allure.

Soudain sur le qui-vive, il alluma son gyrophare et s'engagea sur l'autoroute. Aussitôt que le conducteur aperçut sa lumière rouge clignotante, il accéléra et changea de voie. Dans l'autre sens, en direction du centre-ville, il y avait plus de circulation que sur le tronçon où roulait Christopher, mais il dut néanmoins tenir fermement le volant tandis qu'il doublait voitures après voitures pour rattraper le chauffard.

Il réussit à rejoindre la Grand Prix et se faufila juste derrière elle. Le type l'ignora superbement.

Sentant la moutarde lui monter au nez, Christopher actionna sa sirène. Toujours pas de réaction : le conducteur continuait comme si la voiture de patrouille noir et blanc n'existait pas. Christopher décrocha la radio de bord, indiquant sa position et le numéro minéralogique du véhicule. Finalement, au bout de deux kilomètres, la Grand Prix se gara sur le bas-côté.

Fou de rage, Christopher sortit de sa voiture et s'approcha du véhicule rouge à la carrosserie rouillée.

Le conducteur avait baissé sa vitre et l'attendait, légèrement penché au-dessus de son volant. Trente ans maximum, pas rasé, il aurait bien eu besoin d'aller chez le coiffeur et semblait avoir passé la nuit à se cuiter. Sur le siège, à côté de lui, se trouvait une bouteille de whisky entamée.

— Votre permis de conduire, s'il vous plaît, demanda Christopher.

— Pour quoi faire ?

Son haleine empestait l'alcool.

— Montrez-le-moi, s'il vous plaît.

— Avant de vous montrer mon permis, dites-moi ce que j'ai fait de mal.

— Vous avez un permis de conduire ? insista Christopher.

Le type haussa les épaules et lui jeta un regard dédaigneux.

— On me l'a retiré, marmonna-t-il.

Passant le bras à travers la vitre ouverte, Christopher le prit par l'épaule en lui disant :

— Vous allez sortir de cette voiture, s'il vous plaît.

Au lieu d'obtempérer, le conducteur le traita de tous les noms et démarra sur les chapeaux de roues. L'arrière de la Grand Prix heurta Christopher, le projeta deux mètres plus loin, en contrebas de l'autoroute. Heureusement, il n'eut rien de cassé et se précipita vers sa voiture.

Claquant la portière, le cœur battant, il mit en marche sa sirène et démarra en trombe. Il saisit aussitôt la radio de bord et, s'obligeant à retrouver son calme, annonça :

— Deux Bravo Trente-sept. Le suspect est en fuite. Je le prends en chasse.

Le dispatcher lui répondit en précisant sa position et l'heure à laquelle il venait d'enregistrer le message.

Le pouls de Christopher s'accéléra au fur et à mesure

que la vitesse de sa voiture augmentait. Quatre-vingts, cent, cent vingt kilomètres heure. Il se concentra sur la conduite : la seule méthode pour chasser de son esprit toute inquiétude.

Venant de la radio, une voix annonça :

— Trois Union trente et un. Je suis sur l'A-10, direction est, juste avant Ramsey Boulevard. C'est là que je vais l'intercepter.

C'était une des voitures de patrouille de Ramsey qui venait à son secours.

Cent trente kilomètres heure ! Devant lui, la voiture de patrouille de Ramsey venait de se faufiler dans la voie de gauche, le gyrophare clignotant sur le toit. La Grand Prix la dépassa en rugissant comme si elle ne l'avait pas vue. Christopher sentit la sueur dégouliner dans son cou. Ses paumes étaient moites et il devait faire un effort pour que le volant ne lui glisse pas des mains.

De temps à autre, il prenait la radio pour signaler sa position.

— Toujours sur l'A-10, à l'intersection d'Amstrong... En train de dépasser le pont à bascule...

Une autre voix annonça :

— Elk River trente-six treize. À l'embranchement entre l'A-169 et l'A-10, accompagné d'une voiture du SP 43.

« Mon dieu ! » se dit Christopher. Cela faisait maintenant quatre voitures de patrouille qui roulaient à cent quatre-vingts à l'heure sur l'A-10 tandis que le conducteur de la Grand Prix mettait en danger la vie des autres automobilistes en se prenant pour Fangio. Et le pire était encore à venir : à quinze kilomètres de là se trouvait le virage construit au pied de la centrale électrique d'Elk River. C'est à lui que Christopher songeait avec inquiétude, à la rivière qui à cet endroit-là longeait l'autoroute sur la gauche, ainsi qu'aux impressionnants et dangereux piliers en béton qui soutenaient le pont autoroutier reliant l'A-169 à l'A-10.

Devant lui, il apercevait la voiture de patrouille marron de l'État, la SP 43, et le véhicule bleu marine de la brigade d'Elk River, orné sur sa portière de l'élan qui avait donné son nom à la rivière. En apercevant dans leur rétroviseur les feux clignotants, les autres automobilistes s'écartaient pour les laisser passer.

Les quatre voitures de patrouille finirent par se rejoindre. Les oreilles assourdies par le rugissement des sirènes, Christopher n'avait plus sous les yeux que les éclairs rouge et blanc des gyrophares. Juste au moment où ils allaient aborder le fameux virage, ils réussirent à rattraper la Grand Prix !

Lancées à cent quarante à l'heure dans le virage en épingle à cheveux, les voitures se frôlèrent. Celle de Christopher reçut un léger choc. Le monde oscilla puis retrouva sa place. Sur sa droite, le véhicule de Ramsey mordit sur le gravier du bas-côté et dut ralentir. Au moment où ils abordaient la seconde courbe du virage, la voiture du suspect sortit sur la droite, tomba dans le fossé, se redressa et, après avoir perdu son pare-chocs arrière, vint heurter un énorme arbre. Le pare-chocs — transformé en missile — s'envola et vint se ficher dans une des fourches de l'arbre. Autour de la Grand Prix, il y eut un éclaboussement de poussière et d'herbe, comme si une bombe venait d'exploser. Le véhicule retomba sur ses quatre roues, aussitôt rejoint par les quatre voitures de patrouille qui pilèrent brutalement dans l'herbe. Les policiers se précipitèrent, laissant leurs portières grandes ouvertes, leur radio et leur gyrophare allumés, tandis qu'un peu plus haut, des automobilistes s'arrêtaient, curieux de voir ce qui se passait.

Fou de rage, Christopher se précipita vers la vitre ouverte de la Grand Prix. Le conducteur était vivant et il frappait comme un forcené sur son volant en jurant.

— Vous êtes blessé ? demanda Christopher.

Au lieu de répondre, le suspect le traita une fois de plus de tous les noms.

Christopher voulut ouvrir la portière mais celle-ci était coincée.

— Pouvez-vous sortir ? demanda-t-il.

— Va te faire voir ! Regarde ce que tu as fait !

Cette fois-ci, c'en était trop. Christopher l'attrapa par sa chemise et s'écria :

— Sors de là ! Et vite !

Comme l'homme refusait d'obéir et se débattait, Christopher et le policier de Ramsey l'extirpèrent de force par la vitre baissée. L'agent d'Elk River avait sorti son pistolet et le pointait en direction de la tête du suspect. Le policier d'État se trouvait derrière lui.

— À plat ventre ! hurla Christopher.

Cette fois-ci, le suspect s'exécuta. Chris lui passa aussitôt les menottes.

Étendu par terre, il continua à injurier copieusement les policiers. Christopher l'attrapa par la chemise, le hissa brutalement sur ses pieds et le poussa en direction de sa propre voiture.

— Rentre là-dedans, minable ! lui ordonna-t-il.

Toujours aussi furieux, il enferma le suspect à l'arrière de son véhicule, remercia les policiers qui lui avaient prêté main-forte, fit son rapport au dispatcher et regagna le commissariat d'Anoka où il remplit les formalités relatives à l'arrestation du chauffard.

Quarante-cinq minutes après la fin de la poursuite, Christopher ressentit le contrecoup des émotions qu'il venait d'éprouver. Ses mains tremblotaient comme celles d'un vieillard lorsqu'il actionna l'ouverture de la porte de son garage et il flageolait sur ses jambes en montant les marches qui conduisaient à son appartement. Il eut du mal à introduire la clef dans la serrure de sa porte et tout autant à la retirer.

Dès qu'il se retrouva chez lui, il fit le tour de toutes les pièces sans but précis, puis retira son uniforme et le laissa traîner dans le salon. Comme il avait l'impression d'étouffer entre ces quatre murs, il se passa la tête sous l'eau et se rendit dans le parc pour faire une demi-heure de marche. De retour chez lui, il prit une douche, baissa les stores et alla se coucher.

Impossible de dormir ! Il avait l'impression d'avoir le visage en feu, son cœur battait à tout rompre et son épaule droite commençait à le faire souffrir. Il était allongé dans son lit depuis une demi-heure au moins mais ne parvenait pas pour autant à se détendre. Il essaya de penser à autre chose. Il songea à Lee Reston en train de travailler dans sa boutique de Main Streep. À Judd Quincy et aux projets qu'il faisait à son sujet pour le 4 juillet. À Lee Reston et à son système d'arrosage toujours défectueux. À l'intérêt qu'elle montrait pour lui. À Lee Reston en train de se rafraîchir le visage au robinet de l'évier.

Régulièrement, il jetait un coup d'œil au cadran de son réveil et, quand celui-ci marqua dix heures trente, il comprit qu'il n'arriverait jamais à dormir : il était tellement à cran qu'il avait l'impression d'avoir pris des amphétamines.

Il s'assit sur le bord du lit et réfléchit au cours qu'avaient suivi ses pensées depuis deux heures. Il dut reconnaître que celles-ci le ramenaient sans cesse à Lee Reston et qu'il ne s'agissait pas seulement de chagrin partagé. Inutile d'être Freud pour deviner qu'il était attiré par son côté maternel. Et au fond, c'était normal : elle le serrait dans ses bras, lui donnait des restes et faisait appel à lui pour effectuer certaines tâches comme elle l'aurait fait s'il avait été son fils.

Il repensa une fois de plus à son tuyau d'arrosage qui n'avait jamais été réparé. Il avait enfin trouvé quelque chose à faire pour se changer les idées !

Il se précipita hors du lit, enfila un jean et un T-shirt de la police, mit ses sneakers et, coiffé d'une casquette jaune d'or, se rendit au garage pour vérifier si sa boîte à outils se trouvait bien dans le coffre de l'Explorer.

Lee ne serait pas chez elle. Et cela valait mieux. Il n'allait pas là-bas pour la voir mais pour dépenser cet excès d'énergie qui l'étouffait.

Il ne s'était pas trompé : la mère et la fille étaient absentes. Leurs deux voitures ne se trouvaient pas dans le garage. Et la porte de celui-ci était grande ouverte, comme d'habitude ! La porte d'entrée étant elle aussi ouverte, il en déduisit que Joey devait être dans les parages.

Il se servit de son couteau de poche pour couper l'extrémité du tuyau, puis se rendit en voiture dans une quincaillerie pour acheter un embout neuf.

De retour chez Lee, il gara sa voiture dans l'allée, puis s'installa au pied des marches qui menaient à la porte d'entrée pour réparer le tuyau. Il faisait frais à cet endroit, à cause de l'ombre des arbres. Une colonie de fourmis s'activait dans les fentes de l'asphalte qui recouvrait l'allée, cinq espèces différentes d'oiseaux chantaient et les géraniums plantés des deux côtés de la porte dégageaient une odeur poivrée.

Assis là, Christopher sifflotait en travaillant sans se rendre compte que sa nervosité était partie. À un moment donné, comme il avait besoin d'une paire de tenailles, il retourna à sa voiture. Elles n'étaient pas dans sa boîte à outils : il s'en était servi pour démonter le lit de Greg et avait dû les laisser dans l'appartement.

Il se rendit alors dans le garage et examina l'établi du mari de Lee. Bill Reston devait être bricoleur car il possédait toutes sortes d'outils. Et c'était aussi un homme méticuleux, comme en témoignaient les casiers remplis de minuscules tiroirs en plastique où étaient rangés des vis, des boulons, des clous et des joints. Sur le mur au-dessus de l'établi était fixé un panneau alvéolé où chaque outil avait sa place. Maintenant qu'il n'était plus là, certains outils traînaient sur l'établi, à côté d'une pelote de ficelle, d'ustensiles pour barbecue et de quelques outils de jardinage rangés dans un seau.

Christopher regarda à nouveau le panneau, fasciné par ces outils qui révélaient le genre d'homme auquel Lee avait été marié : cisailles pour découper le fer, diamants pour les vitres, serre-joints de menuisier... et la paire de tenailles dont il avait besoin.

Il s'était réinstallé sur les marches et venait de fixer l'embout neuf à l'extrémité du tuyau d'arrosage quand il entendit derrière lui une voix demander :

— Salut, Chris, qu'est-ce que tu fais là ?

Il se retourna et aperçut Joey. Vêtu d'un short gris, le jeune garçon frottait ses yeux tout ensommeillés.

— Je répare le tuyau d'arrosage de ta mère. Tu viens de te lever ?

— Ouais.

— Cette pelouse aurait bien besoin d'un coup de tondeuse, dit-il, à nouveau penché sur son travail.

— Tu viens juste de la tondre !

— C'était la semaine dernière et l'herbe a eu largement le temps de repousser. Tu as de l'essence ?

— Je n'en sais rien.

— Va vérifier.

— Je viens juste de me réveiller, se plaignit Joey.

— Ça ne t'empêche pas d'aller voir.

Joey se rendit dans le garage, pieds nus, et revint quelques secondes plus tard.

— Il n'en reste plus beaucoup, dit-il.

— Je vais aller en acheter. Ça te laissera le temps de retrouver tes esprits. À mon retour, tu tondras la pelouse pour ta mère, d'accord ?

— D'accord.

Christopher avait fini de réparer le tuyau d'arrosage. Avant de reprendre sa voiture, il se rendit dans le garage pour y prendre le jerrican.

Quand il revint quelques minutes plus tard, la porte d'entrée était toujours ouverte mais Joey n'était plus là. Debout dans l'encadrement de la porte, Christopher cria :

— Joey ?

Le jeune garçon mit un certain temps avant de venir le rejoindre, et il était clair qu'il ne débordait pas d'enthousiasme à l'idée de la tâche qui l'attendait. Au lieu de se peigner, il avait posé sur sa tête une casquette de base-ball, mais il avait quand même pris la peine de mettre des chaussettes et des Adidas. Il était en train de manger un biscuit au beurre de cacahuète et tenait à la main cinq autres biscuits provenant du même paquet.

— J'ai acheté de l'essence, annonça Christopher. Et rempli la tondeuse.

La bouche trop pleine pour répondre, Joey se contenta de hocher la tête.

Christopher repoussa sa casquette en arrière et, les yeux fixés sur la maison d'en face, derrière laquelle on apercevait le Mississippi, il lui dit :

— Je sais que ta mère vous a toujours demandé de l'aider à entretenir la maison. Ça va certainement être plus dur maintenant que Greg n'est plus là, mais je crois qu'il faut partir du fait que rien n'est changé. Elle a encore besoin que vous lui donniez un coup de main… peut-être même encore plus qu'avant. Il faut qu'elle puisse respirer de temps en temps. Et qu'elle ne soit pas obligée de vous demander votre aide. D'accord ? demanda-t-il en regardant Joey du coin de l'œil.

Les yeux fixés sur le revêtement de l'allée, le jeune garçon prit le temps de réfléchir.

— D'accord, dit-il finalement.

— Formidable ! Quand tu auras fini de passer la tondeuse, veux-tu brancher l'arrosage ?

— Pas de problème.

— Merci, Joey, dit Christopher en lui donnant une claque amicale dans le dos.

Quelques minutes plus tard, il était de retour chez lui.

Le téléphone sonna peu après cinq heures. Chris dormait à poings fermés.

— Ne me dites pas que je vous ai encore réveillé ! s'écria Lee en l'entendant marmonner à l'autre bout du fil.

— Quelle heure est-il ? demanda-t-il en bâillant.

— Cinq heures dix. Vous m'aviez dit que vous dormiez jusqu'à deux heures quand vous étiez de service de nuit.

— Ce matin, je n'ai pas pu m'endormir. J'ai pris en chasse un type sur l'autoroute et j'avais les nerfs en pelote.

— Vous l'avez rattrapé ?

— Oui, mais seulement quand sa voiture s'est retrouvée dans le fossé et son pare-chocs arrière à la cime d'un arbre.

À l'autre bout du fil, Lee ne put s'empêcher de rire.

— Il était saoul ?

— Comment expliquer ça autrement ? Ces types-là sont une véritable plaie.

— Je suis désolée que votre journée ait si mal commencé.

— Maintenant que j'ai dormi, je me sens mieux.

Lee se tut un court instant, puis elle lui dit :

— Je tenais à vous remercier pour le tuyau d'arrosage. Et aussi d'être allé acheter de l'essence pour la tondeuse.

— De rien !

— Merci aussi d'avoir secoué les puces à Joey. Car j'imagine que vous êtes responsable du fait qu'il ait tondu la pelouse.

— C'est vrai que je lui ai fait un peu la leçon.

— Que puis-je faire pour vous remercier de votre gentillesse ?

— Vous voulez vraiment le savoir ?

La question de Christopher dut étonner Lee car elle resta quelques secondes silencieuse avant de répondre :

— Oui, bien sûr.

— Est-ce que cela vous gênerait si je venais avec quelqu'un le 4 juillet ?

— Pas du tout.

— Je pensais à Judd Quincy. Le jeune garçon dont je vous ai parlé.

— Celui dont les parents se droguent ?

— C'est ça. J'ai pensé à lui ce matin quand je n'arrivais pas à m'endormir. Judd ne sait pas ce que c'est qu'une famille normale. Avant de pouvoir croire que cela existe, il faudrait qu'il en ait la preuve. Pour l'instant, son seul modèle, ce sont ses parents et il risque de leur ressembler plus tard si personne ne lui montre qu'on peut vivre autrement. Vous formez une famille très unie et ce serait un très bon exemple pour lui.

— Pas de problème, Christopher, répondit Lee d'une voix émue. Venez avec lui.

— À une seule condition : que Judd fasse partie de mon équipe, quand nous jouerons au volley.

— Là vous en demandez trop.

— Ce pauvre gamin est empoté comme ce n'est pas possible. Vous ne pensez tout de même pas que je vais le refiler à l'équipe adverse ?

— Je pense que l'hôtesse peut prendre certains risques. Nous en reparlerons quand je l'aurai vu.

— D'accord, ça me va, répondit Christopher en souriant.

Comme Lee ne disait plus rien, Chris déclara :

— Je ferais mieux de me lever.

— Et moi, je ferais mieux d'aller préparer des sandwiches. Joey joue au stade ce soir et je lui ai promis d'assister au match. (Elle s'interrompit un court instant puis demanda d'une voix hésitante :) Voulez-vous venir avec nous ?

— Impossible. Moi aussi, je joue ce soir.

— Dans l'équipe de la police. Vous êtes première base, c'est ça ?

— Exact.

— Qui joue maintenant au centre ? demanda Lee.

C'était la place de Greg dans l'équipe.

— Lundgreen, je pense. C'est la première fois que je rejoue depuis...

Lee finit la phrase laissée en suspens :

— Depuis que Greg est mort.

— Je suis désolé...

— Il faut bien que nous apprenions à le dire.

— Je sais bien !

D'un ton plus enjoué, Lee lui souhaita bonne chance pour son match. Puis elle ajouta :

— On se voit le 4 juillet. À onze heures ?

— Nous serons là à onze heures tapantes, promit Christopher.

Dès que Lee eut raccroché, il appela Judd.

— Qu'est-ce que tu fais ce soir ?

— *Nada.*

— Tu veux venir me voir jouer ? Je passerai te prendre à l'endroit habituel à six heures et demie.

— Pourquoi pas, répondit Judd, toujours aussi laconique.

Ce soir-là, quand il se gara en face de l'épicerie, Judd l'attendait, debout devant la vitrine. Dès qu'il fut installé dans la voiture, Christopher annonça :

— J'ai quelque chose à te proposer.

— Je me méfie de tes propositions à la noix, répondit Judd aussitôt.

— Cette fois-ci, je crois que ça va t'intéresser. Je compte t'emmener à un pique-nique pour le 4 juillet. Chez ces amis dont je t'ai parlé.

Incapable de conserver son masque impassible, Judd tourna la tête et ouvrit de grands yeux.

— Un pique-nique ?

— Ouais. Des steaks grillés. Une partie de volley dans le jardin. Et le feu d'artifice du parc Sand Creek en fin de soirée. Qu'est-ce que tu en dis ?

— Merde, mec, pourquoi pas ?

— Il faudra que tu parles un peu mieux que ça, ce jour-là. Ce sont des gens bien.

— C'est faisable, répondit Judd en haussant les épaules.

Christopher prit la casquette posée à côté de lui et la lui tendit.

— C'est pour toi, dit-il.

— Pour moi ?

— Oui. Cette casquette appartenait à mon ami Greg. Sa mère m'a dit que je pouvais t'en faire cadeau. C'est chez elle que nous allons le 4 juillet.

Judd hésita un court instant, puis il prit la casquette.

— Il faudra que tu portes cette casquette avec respect, reprit Christopher. Greg était un bon flic. Et son travail représentait quelque chose à ses yeux. Quand tu mettras cette casquette, pas question que tu voles une bicyclette et autres bêtises du même genre. D'accord ?

Judd contempla la casquette un long moment avant de répondre.

— Marché conclu, dit-il.

— Encore une chose, ajouta Christopher. Il va falloir que nous t'achetions une nouvelle paire de tennis. Si tu dois faire partie de mon équipe au volley, je ne veux pas que tu te casses la figure. Ça risque de nous faire perdre des points, tu comprends.

Judd jeta un coup d'œil à ses vieux tennis. Sentant qu'il risquait de laisser paraître ses sentiments, il appuya ses épaules contre le dossier et regarda droit devant lui sans rien dire.

— Je te les paierai, dit Chris.

Ils étaient presque arrivés au stade quand Judd lui demanda :

— Des tennis à coussins d'air ?

— Là, tu y vas un peu fort ! Tu sais combien ça coûte, ce genre de chaussures ?

Judd haussa les épaules, puis les laissa retomber de l'air

de dire : Qui diable peut avoir besoin de chaussures pareilles ?

Il n'avait pas lâché la casquette et, quand ils sortirent de l'Explorer, il la posa sur sa tête, la visière placée au-dessus de son oreille gauche.

Le 4 juillet à onze heures, lorsque Christopher arriva chez les Reston, l'allée était déjà pleine de voitures. La porte du garage et tous les arbres du jardin étaient ornés de drapeaux rouges, blancs et bleus, le drapeau américain flottait au-dessus de la porte d'entrée au bout d'une hampe et on avait même planté des petits drapeaux au milieu des géraniums. Les arceaux d'un jeu de croquet avaient été installés non loin de la maison et on entendait de la musique venant du jardin de derrière.

Lorsqu'ils arrivèrent dans le jardin, Orrin Hillier, le père de Lee, était en train de remplir de charbon de bois les barbecues installés sur la galerie en bois. Un haut-parleur placé près d'une des fenêtres diffusait à plein volume une marche — qui donna aussitôt envie à un ex-joueur de tuba de sentir contre son épaule le contact de l'instrument en cuivre. Juste en dessous de la galerie, Janice, son amie Kim, Sandy Adolphson et Jane Retting étaient en train de passer un coup de chiffon sur les chaises de jardin. Lloyd Reston et Joey étaient pour leur part occupés à dérouler le filet de volley au fond du jardin. Peg, la mère de Lee, coupait des fleurs à l'aide d'un sécateur tandis que Sylvia, qui installait une nappe en plastique sur la table du jardin, lui disait : « Cueille aussi des delphiniums, pour que ça fasse un bouquet rouge, blanc et bleu. » Il y avait aussi quelques voisins et cousins de Lee Reston que Christopher avait croisés à l'enterrement. Une femme était en train de remplir d'eau un vase pour les fleurs. Comme un des invités marchait exprès sur le tuyau pour couper l'eau, elle voulut le chasser, le traita en riant de tous les noms puis finit par l'asperger avec l'eau du vase. À ce moment-là, Lee apparut sur la terrasse avec un bidon d'alcool à brûler.

— Tiens, papa, dit-elle. Je t'ai aussi apporté des allumettes.

Elle portait un bermuda blanc et un T-shirt orné du drapeau américain. Tendant la boîte d'allumettes à son père, elle jeta un coup d'œil dans le jardin et aperçut les nouveaux arrivants.

— Heureuse de vous voir, Christopher ! s'écria-t-elle avec un grand sourire.

En entendant prononcer son nom, Janice posa son chiffon sur une des chaises et s'approcha de Christopher avec un enthousiasme évident.

Sa mère était en train de serrer la main à Judd. Janice se présenta à son tour au jeune garçon puis, jetant un coup d'œil au bermuda de Christopher, elle s'exclama :

— Quelle tenue ! Dans quel cirque es-tu allé chercher ce short fluo ?

— Je suis sûr que tu voudrais avoir le même, répondit-il, les mains sur les hanches, en regardant son bermuda. C'est Judd qui l'a choisi. Il trouvait que ma garde-robe n'était pas assez colorée.

— Ici, chacun se sert, Judd, expliqua Lee. Il y a des boissons gazeuses dans le réfrigérateur et les toasts sont sur cette table. Fais attention à ceux dans lesquels sont piqués un petit drapeau, ils sont brûlants. Christopher, ajouta-t-elle, vous pouvez mettre les steaks dans le réfrigérateur en attendant que le charbon de bois soit prêt, et peut-être donner un coup de main à Lloyd et à Joey pour installer le filet de volley.

— Avec plaisir.

Debout à l'extrémité du jardin, Kim lança :

— Bonjour, Chris ! Qui avez-vous amené avec vous ?

— Il s'appelle Judd et va faire partie de mon équipe de volley.

Saluant au passage les invités, Christopher entraîna Judd au fond du jardin où, après avoir déployé le filet de volley sur le gazon, Joey était en train de sortir d'une boîte en carton un jeu de montants en aluminium qui allaient servir de poteaux.

— Heureux de faire ta connaissance, Judd, dit Lloyd. (Puis, se tournant vers son petit-fils, il ajouta :) Viens ici, Joey.

113

Abandonnant les montants qu'il était en train d'encastrer les uns dans les autres, Joey s'approcha du jeune garçon avec une certaine timidité, comme tous les adolescents.

— Bonjour, dit-il en reculant légèrement. Je m'appelle Joey.

— Et moi, Judd.

Après une seconde d'hésitation, les deux garçons se serrèrent la main.

— Tu veux me donner un coup de main pour monter ces poteaux ? demanda Joey.

— Pas de problème, répondit Judd.

Et c'est ainsi que commença le pique-nique.

Au moment où Orrin enflammait le charbon de bois, le haut-parleur diffusa *The stars and Stripes Forever* et les amies de Janice improvisèrent aussitôt un défilé de majorettes. Lee alla chercher dans la chambre de sa fille un vieux bâton et tout le monde essaya de le faire tourner en l'air. Peg semblait particulièrement douée pour ce genre d'exercice et elle avoua qu'elle avait été majorette dans sa jeunesse. Tandis qu'elle faisait tournoyer le bâton au-dessus de sa tête, vêtue d'une ample chemise qui cachait sa légère bedaine et dont les pans retombaient sur son caleçon long, Orrin murmura à l'oreille de Joey :

— Quand ta grand-mère était en dernière année au lycée, tous les garçons voulaient sortir avec elle. Mais c'est moi qui ai eu cette chance !

Peg venait de jeter le bâton en l'air, mais cette fois elle ne réussit pas à le rattraper. Les invités crièrent :

— Recommence, Peg ! Vas-y grand-mère !

Sa troisième tentative fut couronnée de succès, et cette fois, tout le monde l'applaudit. Lorsque la chanson se termina, elle riait comme une gamine, une main pressée contre sa poitrine, cachant de l'autre son visage. Orrin lui murmura quelque chose à l'oreille, qui la fit rire à nouveau, puis elle passa le bâton aux jeunes invitées.

Quelques minutes plus tard, Lee sortait de la maison et, après s'être approchée de Christopher, elle annonça :

— Holà, tout le monde ! Le moment est venu de composer les équipes de volley ! Cette année, c'est Christopher et moi qui sommes capitaines.

Un peu surpris par cette sortie, il répondit aussitôt :

— À vous l'honneur, Lee !

— Je choisis Judd ! dit-elle en lui jetant un regard de défi malicieux.

— Vous êtes drôlement sournoise, murmura-t-il. (Puis il ajouta, plus fort cette fois :) Joey !

— Papa !

— Madame Hillier !

Ce choix déclencha un tollé général dans les rangs de ceux qui n'avaient pas encore été choisis et craignaient de se retrouver dans une équipe par trop déséquilibrée.

— Une femme ne peut pas se retrouver dans la même équipe que son mari ! trancha Christopher. Ils risquent de se taper dessus. Par ailleurs, Mme Hillier sait manier le bâton. Je suis sûr que c'est une bonne recrue.

— Appelez-moi Peg, je vous en supplie, dit-elle en rejoignant son équipe.

— Barry ! cria Lee.

Son beau-frère la rejoignit.

— Janice.

— Sylvia.

— Je croyais qu'un mari et une femme ne pouvaient pas jouer dans la même équipe ! cria un invité.

Ils continuèrent à se sermonner mutuellement jusqu'à ce que les équipes soient constituées. Ils venaient juste de terminer quand Nolan fit son apparition. Grand et musclé, il courut les rejoindre au fond du jardin.

— Nous voulons Nolan !

— Nolan, dans notre équipe !

Bombant la poitrine, il ouvrit grands les bras et cria :

— Qui me veut ? Venez me chercher !

Heureusement, il était venu en compagnie de son cousin, un rouquin nommé Ruffy, si bien que chaque équipe eut droit à une bonne recrue.

Ils jouèrent affreusement mal, la plupart des participants étant incapables de rattraper le ballon quand il passait à cinquante centimètres de leur visage. Il y eut une nouvelle discussion concernant les limites du terrain et, finalement, ils posèrent une chaussure de tennis dans chaque angle pour éviter les contestations.

Sylvia et son mari s'occupèrent de faire griller les épis de maïs. Ils les sortirent un à un de la bassine d'eau salée où ils étaient en train de tremper, sans avoir été débarrassés de leurs feuilles, et les placèrent sur le gril. Puis, les mains protégées par des gants en amiante, ils les retournèrent pour qu'ils cuisent convenablement tandis qu'Orrin et Lloyd faisaient griller les steacks dont l'odeur mit aussitôt l'eau à la bouche des invités. Il fallut changer de place les tables car le soleil avait tourné et elles n'étaient plus à l'ombre, puis aller chercher dans la cuisine des saladiers et les disposer en bon ordre sur la table où était dressé le buffet.

— Les steaks ne vont pas tarder à être cuits, annonça Orrin.

De son côté, Sylvia était en train de débarrasser les épis de maïs de leurs feuilles. Puis elle les enduisit de beurre frais à l'aide d'un pinceau et cria :

— Le maïs est prêt !

Chacun prit son tour dans la file, s'arrêtant d'abord devant le buffet, puis près de Sylvia et enfin à l'endroit où étaient installés les barbecues.

— Qui veut du thé glacé ? demanda Lee.

— Je m'en occupe, maman, intervint Janice en lui prenant le pichet des mains puis en distribuant aux amateurs de thé des verres en carton.

Lee fut la dernière à remplir son assiette en plastique : salade de pommes de terre, haricots blancs à la sauce tomate, pickles et un steak. Puis elle s'approcha de la seconde table, celle où était assis Christopher en compagnie de Judd, Joey et de quelques autres.

— Faites-moi un peu de place, dit-elle en le poussant de la hanche.

Christopher déplaça son assiette et elle se glissa sur le banc à côté de lui.

— Comment est le maïs ? demanda-t-elle.

— Extra ! répondit-il en lui souriant.

Les coudes posés sur la table, tenant l'épi à deux mains, il mordit à nouveau dans les grains dorés et croustillants. Puis il saupoudra son épi d'un peu de sel et remit la salière en place, frôlant sans le faire exprès le bras nu de Lee.

Ils s'écartèrent un peu l'un de l'autre et continuèrent à manger comme si de rien n'était.

Ils terminèrent le repas en mangeant de la pastèque. Puis ils refirent une partie de volley et jouèrent au croquet devant la maison. En fin de journée, après avoir mangé les restes, ils remirent le jardin et la cuisine en ordre. Si bien que quand vint l'heure de se rendre au parc Sand Creek, Lee n'avait plus rien à faire.

Judd, Joey et Lloyd montèrent dans la voiture de Christopher, Lee accompagna ses parents et Janice monta avec ses amies. Ils quittèrent la maison en file indienne au moment où le soleil se couchait à l'horizon et alors que les premiers pétards commençaient à éclater dans le voisinage.

Quand ils arrivèrent à Sand Creek — un énorme complexe de terrains de base-ball dont les aires de parking n'étaient pas pavées —, les voitures roulaient au pas et soulevaient derrière elles un léger nuage de poussière qui retombait aussitôt, si bien que chaque véhicule semblait recouvert d'un fin duvet. Les dernières lueurs du couchant avaient disparu et le ciel avait pris une teinte crayeuse. Dans le lointain, les lumières pastel de la fête foraine clignotaient et son tumulte attrayant parvenait jusqu'aux aires de parking tandis qu'éclatait de temps à autre dans l'air du soir le bruit d'un pétard. Les enfants couraient entre les voitures et certaines personnes âgées portaient des chaises pliantes pour pouvoir assister confortablement au feu d'artifice.

Joey et Judd partirent en avant, impatients d'arriver à la fête foraine.

Marchant à une allure plus raisonnable, Lloyd fit remarquer à Christopher :

— Ces deux-là ont l'air de bien s'entendre.

— Mieux que je ne m'y attendais.

Derrière eux, Lee les appela :

— Attendez-nous, vous deux !

Lorsqu'elle les eut rejoints, elle demanda à ses parents :

— Voulez-vous faire un tour à la fête foraine ?

— Non, répondit sa mère. Je me suis suffisamment amusée pour aujourd'hui. Je vais m'asseoir sur une couverture et attendre le feu d'artifice.

Orrin et Lloyd préféraient eux aussi rester sur place.

— Ça vous ennuie si nous allons faire un tour avec Christopher ? demanda Lee.

— Pas du tout, répondit Peg. Amusez-vous bien.

— À plus tard, alors.

Marchant dans l'herbe poussiéreuse, ils se dirigèrent vers les néons rouge, bleu et jaune de la fête, au milieu des odeurs de pop-corn et de barbe à papa, tandis que s'amplifiait à leur approche la musique des manèges.

— Merci pour ce pique-nique, dit Christopher. Et merci aussi d'avoir invité Judd.

— Il peut revenir quand il veut.

— Pourquoi pas ? Joey et lui ont l'air de bien s'entendre. Ils ont passé la journée à discuter et à plaisanter ensemble.

Quand ils arrivèrent à la hauteur des premières attractions, Christopher, qui observait le visage de Lee éclairé par les néons, le vit se figer sous l'effet d'une indicible tristesse. Son instinct lui souffla que la vue des manèges venait de lui rappeler Greg lorsqu'il était enfant. Combien de fois était-il venu à Sand Creek avec ses parents ? Chaque année sans doute, jusqu'à ce que cela devienne une tradition. Et maintenant la tradition se poursuivait sans lui.

— Si nous allions faire un tour sur la roue Ferris ?

— Je n'en ai pas envie.

— Moi non plus, mais cela nous fera du bien.

Jetant un coup d'œil à la grande roue, Lee se dit qu'il avait raison. Il fallait absolument qu'ils chassent l'espèce de torpeur qui venait de s'abattre sur eux.

— D'accord, dit-elle. Mais ma compagnie risque de ne pas être très drôle.

Dès que Christopher eut acheté un carnet de tickets, ils s'installèrent dans une des nacelles.

Lee ne pleurait pas mais ses lèvres serrées indiquaient quel effort elle faisait pour ne pas s'effondrer. La roue se mit en marche et leur voiture oscilla en arrière, puis en avant.

— Avant de devenir policier, j'ai suivi des cours de psychologie, expliqua Christopher. On nous a expliqué que le plus dur, après un deuil, c'est de revoir les lieux qui vous rappellent celui qu'on vient de perdre. Qu'il faut laisser passer un certain temps avant de le faire. Vous auriez dû attendre un peu. Vous en faites trop, conclut-il.

— Je n'en fais pas trop ! se défendit Lee.

— Vous croyez ? Vous avez composé vous-même la gerbe, débarrassé son appartement et organisé le pique-nique du 4 juillet comme si de rien n'était. J'admire votre courage. Mais je me demande aussi comment vous faites pour tenir le coup. C'est normal que vous finissiez par vous effondrer.

— Comment osez-vous me critiquer ! s'écria-t-elle, ses yeux brun-roux flambant de colère. Vous n'êtes jamais passé par là ! Vous ne savez pas ce que c'est !

— C'est vrai, reconnut-il. Mais personne ne vous a demandé d'être Superwoman.

Au moment où la roue entamait son mouvement ascensionnel, Christopher jeta un coup d'œil à Lee. En voyant ses joues mouillées de larmes, il fut pris de remords.

— Venez là, dit-il en la prenant par l'épaule. Je ne voulais pas vous faire de peine. J'essayais seulement de vous dire qu'il ne sert à rien de brûler les étapes. Personne n'exige autant de vous. Donnez-vous un peu de temps.

Se serrant soudain contre lui, Lee s'agrippa à son épaule en pleurant tandis que la roue s'élevait dans le ciel sombre, leur donnant soudain l'impression d'être seuls au monde. La roue s'arrêta. Tout en bas, les lumières et le bruit de la fête semblaient soudain très loin. Et au-dessus de leur tête, les premières étoiles venaient de faire leur apparition.

— Je suis désolé, murmura Christopher, la bouche posée sur les cheveux de Lee.

— Vous avez raison, dit-elle d'une voix hachée. Je me suis prise pour Superwoman. J'aurais dû attendre que les enfants m'aident pour l'appartement. Et ce soir, après le pique-nique, j'aurais dû rester chez moi. Si je n'étais pas venue à Sand Creek, je ne me serais sans doute pas effondrée.

Échappant à son étreinte, elle chercha un mouchoir dans sa poche et s'essuya les yeux.

— Ça va mieux maintenant ? demanda-t-il en la prenant par la taille.

Lee hocha vigoureusement la tête, comme si elle avait aussi besoin de se convaincre elle-même.

— Et vous ne m'en voulez pas ?

— Non, répondit-elle.

La main posée sur sa nuque, Christopher l'obligea à le regarder et l'embrassa entre les yeux. La roue Ferris bougea à nouveau, puis s'immobilisa. Il lâcha Lee et ils restèrent ainsi, les yeux dans les yeux, étonnés l'un et l'autre par l'étrange relation qui était en train de naître entre eux.

Au moment où la roue, reprenant son mouvement, commençait à les ramener vers le sol, Lee sourit à Christopher qui lui prit la main. Ils restèrent assis, main dans la main, jusqu'à ce que les visages levés vers eux deviennent distincts. Craignant qu'il y ait dans la foule quelqu'un qui les connaisse, Christopher lâcha la main de Lee et s'écarta d'elle.

Ils venaient juste de descendre quand Joey s'approcha de sa mère pour lui demander de l'argent. Christopher en profita pour lui offrir les tickets qui lui restaient.

— Tu partageras avec Judd, dit-il.

— Super ! s'écria Joey. Merci.

— Ouais, merci, mec ! renchérit Judd.

— Rendez-vous à la voiture après le feu d'artifice, rappela Lee en les voyant fendre la foule.

Lorsqu'ils se retrouvèrent sur les terrains de base-ball où les gens avaient pris place pour assister au feu d'artifice, il faisait nuit et la foule était si dense qu'ils comprirent très vite qu'ils n'arriveraient pas à retrouver les autres.

— Nous pouvons peut-être nous asseoir ici, proposa Christopher en montrant un étroit périmètre qui n'était pas encore occupé.

Lee étendit son gilet par terre et lui dit :

— Nous allons le partager.

Ils s'installèrent, si près l'un de l'autre que leur hanches se touchaient et, prenant appui sur leurs mains posées par terre dans leurs dos, étendirent leurs jambes devant eux.

Tandis que le ciel se couvrait de strass et de paillettes, ruisselait de diamants, de rubis et de saphirs, ils restèrent assis l'un à côté de l'autre, leur bras se touchant comme un peu plus tôt au cours du pique-nique, sans qu'ils éprouvent cette fois le besoin de s'écarter, le visage levé vers le ciel comme tous les autres spectateurs.

— Christopher ? murmura Lee, profitant d'un court répit entre deux panaches scintillants.

— Oui ? demanda-t-il en tournant la tête vers elle.

— Vous me faites du bien, dit-elle sans quitter le ciel des yeux.

7

Deux semaines après le pique-nique, Lee était en train de lire dans sa chambre, allongée sur son lit, quand Janice rentra de son travail à dix heures moins le quart.

— Bonsoir, maman, dit-elle, en s'appuyant au chambranle de la porte.

— Beaucoup de travail aujourd'hui au magasin ? demanda Lee en voyant que sa fille semblait fatiguée.

— Pas plus que d'habitude. Mais je suis vannée. Ça doit être à cause de la chaleur.

— Tu devrais aller prendre une douche tiède, ça te ferait du bien.

Au lieu de suivre le conseil de sa mère, Janice sortit son chemisier de sa jupe et retira ses chaussures. Puis, toujours adossée à la porte, elle dit :

— J'aimerais bien te demander quelque chose.

— Bien sûr. Viens t'asseoir à côté de moi.

Janice s'installa sur le lit, sa jambe droite repliée sous elle, son pied gauche posé par terre.

— Comment réagirais-tu, demanda-t-elle, si tu avais fait tout ton possible pour qu'un homme s'intéresse à toi et que tu n'arrives à rien ?

— Tu penses à quelqu'un en particulier ?

— Oui. A Christopher.

Lee referma le magazine qui se trouvait sur ses genoux et le posa sur la table de nuit.

— Il me traite comme si j'étais sa sœur cadette, reprit Janice. Je déteste ça !

— Vous avez une certaine différence d'âge.

— Sept ans. Ce n'est pas grand-chose. Papa avait cinq ans de plus que toi quand tu l'as épousé.

— C'est vrai.

— Pourquoi ne fait-il pas attention à moi ? J'ai pourtant tout fait pour qu'il comprenne qu'il me plaisait. Chaque fois que je le vois, je lui parle, je lui fais des compliments. Je m'habille bien dans l'espoir qu'il le remarque. Mais ça ne sert à rien.

— Je ne sais pas quoi te dire.

— Tu l'as vu pas mal ces derniers temps. Est-ce qu'il t'a parlé de moi ?

— Il me demande de tes nouvelles. Il se fait du souci à ton sujet comme il s'en fait pour nous tous.

— Du souci ! répéta Janice en faisant la grimace. Ça me fait une belle jambe !

Elle se tut pendant quelques secondes, prêtant l'oreille au son de la télévision que Joey était en train de regarder dans le salon et au chant des grillons dans le jardin.

— Quand Greg me l'a présenté, j'ai tout de suite eu le béguin pour lui, avoua-t-elle. Il venait juste de sortir de sa voiture de patrouille et, en le voyant dans son uniforme, mon cœur a fait un bond dans ma poitrine. Je suis certaine qu'il sait ce que j'éprouve. Kim m'a dit que quand il est là, je le dévore des yeux. Comme si j'avais envie de le manger.

Elles rirent toutes les deux d'un rire un peu forcé.

— Viens là, ma chérie, dit Lee en ouvrant les bras.

Janice se nicha contre l'épaule de sa mère.

— Nous, les femmes, nous n'avons pas la partie facile, hein ? demanda Lee en lui caressant les cheveux.

Janice avait hérité des cheveux de son père : auburn, épais et bouclant naturellement.

— Maintenant c'est différent. Une femme peut dire à un homme qu'elle a envie de sortir avec lui.

— Pourquoi ne le fais-tu pas, alors ?

Janice haussa les épaules.

— Je préférerais que ce soit lui qui fasse le premier pas.

123

Joey interrompit soudain leur conversation.

— Qu'est-ce qui vous arrive ? demanda-t-il, debout sur le seuil de la pièce.

Vêtu d'un short et d'un T-shirt gris, il portait des chaussettes sales et trouées.

— Nous étions en train de discuter, répondit Lee.

— Je sais de qui vous parlez ! De Christopher. Janice est amoureuse de lui, n'est-ce pas ? demanda-t-il en gloussant.

— Peut-être que ça te ferait du bien à toi aussi d'être amoureux, intervint Janice en relevant la tête. Tu cesserais de te conduire comme un gamin de douze ans et tu ferais un peu plus attention à ton·hygiène personnelle. Ton T-shirt est dégueulasse et tu ne sens pas bon, c'est le moins qu'on puisse dire !

— Nous aimerions pouvoir continuer à discuter tranquillement, intervint Lee.

— D'accord. Je vais me coucher.

— Après avoir pris une douche !

Joey eut une grimace dégoûtée, puis il fit demi-tour, le dos voûté à dessein pour bien montrer à quel point cette future douche représentait une corvée.

Dès qu'il eut refermé derrière lui la porte de la salle de bains, Janice se redressa et s'assit sur le lit en tournant le dos à sa mère.

— Kim m'a dit que je devrais lui téléphoner et lui proposer d'aller au cinéma. Qu'est-ce que tu en penses, maman ?

— C'est à toi de décider, ma chérie. Quand j'avais ton âge, les filles ne prenaient pas ce genre d'initiative. Mais je me rends bien compte qu'aujourd'hui c'est différent.

— Le problème, c'est que j'ai peur qu'il refuse. Je me sentirais vraiment minable. Comme la dernière fois.

— La dernière fois ? demanda Lee, un peu étonnée.

— Le soir où je lui ai demandé s'il voulait venir nager et où il m'a répondu qu'il était déjà allé se baigner avec toi. Si je lui téléphone, je m'y prendrai plus tôt dans la semaine et je lui proposerai de sortir un samedi soir. Pour aller au restaurant, par exemple. Qu'en penses-tu ? demanda-t-elle en jetant un coup d'œil à sa mère par-dessus son épaule.

Lee regarda sa fille avec une tendresse toute maternelle. Janice était ravissante. Comment un homme à peu près de son âge pouvait-il l'envoyer balader ?

— Je crois qu'une mère ne doit pas intervenir dans une décision de ce genre, répondit-elle.

Les yeux fixés sur ses genoux, Janice eut un rire sans joie.

— On ne peut pas dire que tu me sois d'un grand secours, dit-elle en se levant.

Une demi-heure plus tard, quand ses enfants furent couchés, Lee éteignit sa lampe de chevet et, la tête posée sur l'oreiller, réfléchit à la réaction qu'elle avait eue un peu plus tôt. Quand Janice avait prononcé le nom de Christopher, elle s'était aussitôt affolée. Était-ce de la jalousie ? Quoi qu'il en soit, sa réaction était ridicule. Christopher avait quinze ans de moins qu'elle, elle n'avait aucune raison de le considérer autrement que comme un ami. Et pourtant, à ses yeux, il était plus que cela. Un homme sur lequel elle pouvait compter, une personne aguerrie par son enfance et son métier.

Depuis la mort de Greg, elle l'avait vu au moins une douzaine de fois. Il était clair qu'elle le considérait comme un substitut de son fils. Et cette réaction était sans doute tout à fait normale. N'importe quelle mère qui vient de perdre un enfant recherche la compagnie de ses plus proches amis car ils l'aident à surmonter cette épreuve. Quand un ami de Greg — quel qu'il soit — venait la voir, elle pouvait parler de son fils avec lui et se sentait aussitôt moins triste.

Dans ce cas, pourquoi était-ce différent avec Christopher ?

Lee se retourna sur le dos et rejeta le drap au pied de son lit. Elle aurait dû faire installer l'air conditionné dans la maison. Elle pouvait se permettre cette dépense maintenant que sa boutique avait fait ses preuves. Une fois la chambre climatisée, elle pourrait laisser les fenêtres fermées et ne plus entendre ces fichus grillons !

Pourquoi était-ce différent avec Christopher ? se demanda-t-elle à nouveau en s'installant de l'autre côté du lit, là où les draps n'avaient pas été réchauffés par le contact de son corps.

Parce qu'il portait l'uniforme et conduisait une voiture de patrouille noir et blanc, comme son fils ? C'est vrai qu'il lui rappelait Greg. Lui aussi, il avait les cheveux bruns, les yeux bleus, le visage bronzé, un corps trapu et musclé comme tous les policiers qui allaient s'entraîner régulièrement.

S'il lui rappelait simplement son fils, pourquoi lui avait-elle abandonné sa main quand ils étaient montés dans la grande roue ? Pourquoi l'avait-elle laissé l'embrasser sur le front ? Pourquoi appréciait-elle le contact de son bras nu contre le sien ?

« C'est la dernière fois que je bois du thé glacé après huit heures du soir ! » se promit-elle. À nouveau, elle changea de place dans son lit et jeta un coup d'œil à la fenêtre éclairée par la lune. Dehors, les grillons chantaient toujours et le vent avait dû se lever car les feuilles des arbres remuaient légèrement. Elle entendit au loin le hululement d'une sirène.

Est-ce que Christopher était encore de service cette nuit ? Avait-il pris à nouveau un chauffard en chasse sur l'autoroute ? Elle était bien incapable de répondre à ces questions, puisqu'elle ne l'avait pas revu depuis deux semaines. N'était-ce pas là la preuve qu'il n'y avait rien d'inconvenant dans leurs relations ?

Deux semaines s'écoulèrent encore sans qu'elle revoie Christopher. Quinze jours au cours desquels elle passa un temps fou à essayer de régler les problèmes financiers posés par la mort de son fils. Cela faisait près d'un mois qu'elle se battait avec la banque et, ce jeudi-là, alors qu'elle travaillait à la boutique, elle leur téléphona à nouveau.

Elle était toujours au bout du fil quand soudain la porte de la boutique s'ouvrit. Christopher apparut, en uniforme.

Christopher attendait qu'elle ait fini pour s'approcher et semblait totalement déplacé au milieu des pots de chrysanthèmes et d'hortensias.

Debout derrière le comptoir, Lee donna un coup de

poing sur le dessus en formica en jurant, puis elle ferma les yeux.

— Qu'est-ce qui se passe ? demanda Christopher en se frayant un passage entre les fleurs coupées et les présentoirs de cartes de vœux.

Posant ses coudes sur le comptoir, il se pencha en avant pour que son visage se retrouve au niveau de celui de Lee.

— Un mauvais jour ? demanda-t-il.

Lee lui tourna le dos et, s'agrippant des deux mains au comptoir, elle battit des paupières.

— Pourquoi faut-il que chaque fois que vous me voyez, je sois en train de pleurer ? Je vous jure que cela fait plusieurs jours que je n'ai pas versé une larme ! Et il suffit que vous arriviez pour que je recommence.

— Je ne sais pas, répondit calmement Christopher. Je crois que nous avons tous des hauts et des bas. Moi non plus, aujourd'hui, je n'avais pas le moral. C'est pour ça que je suis passé vous voir. Je voulais savoir ce que vous deveniez.

Lee se retourna pour le regarder et lui adressa un sourire d'excuse. Maintenant qu'il était là, elle se sentait déjà moins mal.

— Que s'est-il passé au téléphone ? demanda-t-il.

— Les joies inhérentes à la liquidation d'une succession.

— Je comprends...

Christopher était toujours penché par-dessus le comptoir, en appui sur ses avant-bras. Ses lunettes de soleil dépassaient de la poche de sa veste et sa cravate parfaitement nouée était maintenue en place par une épingle qui portait les deux lettres P et A. Comme toujours, le port de l'uniforme le vieillissait de dix ans et Lee avait l'impression d'avoir en face d'elle un homme de son âge.

— Si nous faisions quelque chose pour nous changer les idées, proposa-t-il. Nous pourrions aller au cinéma ? Marcher ?

— Quand ? Ce soir ?

— Oui. Je suis en congé.

Lee eut soudain une idée.

— Puis-je proposer à Janice de nous accompagner ? demanda-t-elle.

— Bien sûr, répondit-il sans marquer d'hésitation. (Il se redressa, remit en place sa ceinture en cuir lestée de tous ses accessoires et ajouta :) Joey peut venir aussi. Qu'aime-riez-vous faire ?

— Une bonne marche. Longue et pas trop facile.

— Nous pourrions choisir le chemin de randonnée gou-dronné qui part de la digue de Coon Rapids.

— Parfait.

— À quelle heure voulez-vous que je vienne vous cher-cher ?

— Je ferme le magasin à cinq heures et demie. Je serai prête à six heures. J'apporterai des sandwiches.

— D'accord. Je passe vous prendre à six heures.

Dès que Christopher eut quitté le magasin, Lee télé-phona chez elle. Comme personne ne répondait, elle appela par acquit de conscience le magasin où Janice travaillait. La caissière lui répondit que sa fille était en congé ce jour-là — ce qu'elle savait déjà. Elle téléphona alors chez Kim. La mère de Kim lui répondit que Janice et sa fille étaient allées à l'université pour se renseigner au sujet de leur inscription et qu'elle ne savait pas à quelle heure elles rentreraient.

— Si vous la voyez, expliqua Lee, dites-lui de me rejoin-dre à la maison avant six heures.

— Ce sera fait.

Comme Sylvia ne travaillait pas ce jour-là, ce fut Lee qui ferma la boutique. Puis elle acheta quatre sandwiches et rentra chez elle.

— Joey ! fit-elle en rentrant.

— Ouais ! cria-t-il du fond de sa chambre.

— Tu veux venir te balader avec Christopher et moi ?

— Où ça ?

Lee s'avança jusqu'à la porte de sa chambre. Allongé sur son lit, Joey était en train de lire un magazine de bandes dessinées.

— Sur les chemins de randonnée qui partent de la digue.

— Super ! À condition que tu me laisses prendre mes patins à roulettes ! J'ai horreur de marcher sur le goudron !

Lee éclata de rire et se rendit dans sa propre chambre.

— Tu peux emporter tes patins mais dépêche-toi de te préparer. Christopher vient nous prendre à six heures. Est-ce que Janice est passée à la maison ?

— Je ne l'ai pas vue de la journée.

Tant pis ! Lee avait fait tout son possible.

Elle se déshabilla rapidement, enfila un short rose et un T-shirt assorti, mit des chaussettes et des Adidas. Puis elle se donna un coup de peigne et remit du rouge à lèvres. Au moment où elle sortait de sa chambre, Christopher frappait à la porte.

— Janice n'est pas là mais Joey va venir avec nous, lui expliqua-t-elle. Joey, tu es prêt ?

Tenant ses patins à la main, il sortit de sa chambre en chaussettes et en profita pour faire une glissade sur le parquet de l'entrée.

— Où sont tes chaussures ? demanda Lee.

— Je n'en ai pas besoin puisque je vais faire du patin.

— Va mettre des chaussures ! ordonna-t-elle en montrant du doigt la porte de sa chambre.

Joey retourna dans la pièce en grommelant. Quand Lee se retourna vers Christopher, elle s'aperçut qu'il riait sous cape.

— Les adolescents sont impossibles ! murmura-t-elle.

Elle écrivit rapidement un petit mot pour Janice et le laissa bien en évidence sur la table de la cuisine.

— Ferme la porte d'entrée derrière toi, Joey ! lança-t-elle à l'adresse de son fils, puis elle rejoignit Christopher dehors.

Elle s'installa à l'avant de l'Explorer, Joey sur le siège arrière, et Christopher démarra. Toutes les vitres étaient baissées, laissant entrer la brise du soir.

Bien calée contre le dossier, Lee releva la tête et ferma les yeux en faisant bouffer ses cheveux.

— Merci d'avoir proposé cette balade, Christopher. Je me sens déjà mieux. J'en ai tellement marre des banquiers et des assureurs !

— Ne parlons pas de ça ce soir, dit-il en tournant la tête pour la regarder. Le but de cette sortie, c'est justement que vous vous changiez les idées.

— D'accord ! répondit Lee.

Elle rouvrit les yeux et lui adressa un sourire éblouissant.

Il faisait beaucoup moins chaud qu'en juillet et, quand ils arrivèrent à la digue à six heures et demie, la température était tout à fait supportable. Le ciel, bleu lavande et strié de lueurs orangées, était légèrement brumeux, ce qui atténuait les rayons du soleil. L'air était imprégné d'odeurs qui annonçaient la fin de l'été : il sentait l'herbe sèche et les récoltes prêtes à être engrangées.

Le Mississippi grondait derrière la digue et le parking payant était plein à craquer. Coiffés d'un casque et gantés, des cyclistes se reposaient contre les barrières de sécurité, assis sur leur selle, tout en regardant les pêcheurs installés à l'endroit où les eaux du fleuve étaient le plus calme.

Joey était en train d'enfiler ses patins en râlant.

— Je t'avais bien dit que je n'avais pas besoin de mettre de chaussures ! (Dès qu'il fut prêt, il ajouta :) J'ai faim, tu peux me donner mon sandwich tout de suite, m'man ?

Lee fouilla dans le sac qu'elle avait emporté et lui tendit un sandwich par-dessus le dossier du siège avant.

— Ne jette pas le papier sur le chemin ! dit-elle. Est-ce que tu as une poche ?

— Ouais ! Pas de problème ! répondit-il en sortant de l'Explorer.

Debout à côté de la voiture, faisant des ciseaux sur place pour conserver son équilibre, il ouvrit le sachet de son sandwich et mordit dedans. La joue droite gonflée par le morceau de sandwich, il lança :

— Dépêchez-vous !

En l'espace d'un an, son nez avait poussé comme un champignon et perdu son côté enfantin alors que le reste de son visage avait très peu changé. Quant à ses mains, elles atteignaient maintenant la taille d'un homard du Maine.

Lee venait de sortir de la voiture et regardait son fils en se demandant comment faire pour qu'il ait dix-neuf ans le plus vite possible. Elle avait beau l'aimer, elle trouvait que l'adolescence était vraiment une période infernale et avait parfois du mal à supporter ce garçon dégingandé, aux manières frustes.

— Vous aussi, vous voulez votre sandwich maintenant ? demanda-t-elle à Christopher.

— Je préfère avoir l'estomac vide pour marcher, répondit-il en mettant ses lunettes de soleil.

— Moi aussi. Nous mangerons au retour.

— Si vous voulez, je peux prendre ma banane et y mettre les sandwiches. Nous les mangerons sur une aire de pique-nique.

— C'est une bonne idée.

Joey était déjà parti et il évoluait avec grâce sur ses patins à roulettes tout en finissant son sandwich.

— S'il pouvait être aussi élégant sur ses pieds ! fit remarquer Lee en le suivant des yeux.

— Vu sa taille, c'est déjà un miracle que ceux-ci arrivent à le porter.

— Il pousse tellement vite que parfois j'ai l'impression d'élever un ouragan hormonal.

Ils rirent de bon cœur tous les deux puis s'engagèrent sur le chemin, traversant des prairies parsemées d'asters sauvages et des champs de blé mûr qui faisaient le bonheur des faisans. De temps à autre, ils avançaient à l'ombre d'une rangée d'arbres ou longeaient de petits marais remplis de carouges à épaulettes rouges qui s'envolaient sur leur passage en poussant leur cri d'été. Quelquefois, ils apercevaient dans le lointain les ruines d'une ferme ou de rares maisons neuves qui semblaient totalement déplacées dans cet environnement de parc naturel. Quand ils rencontraient d'autres marcheurs ou des amateurs de jogging, ils les saluaient d'un signe de tête ou en leur disant bonsoir. Il leur arrivait aussi d'être surpris par des cyclistes qui arrivaient derrière eux en pédalant à toute allure et les dépassaient avant qu'ils aient eu le temps de réagir. Régulièrement, Joey disparaissait loin devant, puis il faisait demi-tour et revenait vers eux, la visière de sa casquette sur la nuque, comme s'il prenait un malin plaisir à s'enlaidir.

Les ombres s'allongeaient sur le chemin devant eux, l'air était plus frais et les grenouilles croassaient. À l'endroit où le chemin de randonnée croisait une route, il y avait une aire de pique-nique et ils décidèrent de s'installer pour manger. Il y avait là une table en bois, des barres pour les bicyclettes, une poubelle et une fontaine avec de l'eau potable. Lee s'approcha de la fontaine la première tandis que Christopher attendait, debout derrière elle, tout en observant la courbe de ses hanches qu'il commençait à bien connaître.

Quand elle eut fini de se rafraîchir et qu'elle se retourna vers lui en souriant, il prit sa place et se pencha vers la fontaine, s'arrosant le visage des deux mains. Lee le regardait faire en admirant son cou musclé et la ligne que dessinait sa colonne vertébrale sous son T-shirt. Elle se disait qu'il y avait bien longtemps qu'elle n'avait pas regardé un homme avec autant d'intérêt.

Il se releva en poussant un « Ahh ! » de plaisir, un son guttural et typiquement masculin qui lui rappela aussitôt son mari.

— Sandwiches ! Sandwiches ! dit-elle en tapant dans ses mains.

— Sortez-les du sac, proposa Christopher en cambrant le dos.

Lee fit glisser la fermeture-éclair tout en se maudissant intérieurement — fallait-il qu'elle soit idiote pour être troublée par un homme qui avait quinze de moins qu'elle ! — et sortit leur repas. Ils s'assirent sur les bancs placés de chaque côté de la table, l'un en face de l'autre, et mangèrent leur sandwich sans se quitter des yeux, le visage encore rouge de l'effort qu'ils venaient de fournir, les cheveux en désordre, appréciant de pouvoir être aussi décontractés l'un vis-à-vis de l'autre.

Lee dut faire un effort pour revenir à ses propres soucis.

— Début septembre, Joey va reprendre le lycée et, quinze jours plus tard, Janice retournera à l'université. C'est elle qui paie ses études et il lui faut donc plus de temps que les autres pour avoir ses diplômes. Quant à Joey, il va reprendre le foot dès la semaine prochaine et il va falloir que j'aille faire des courses avec lui. Il n'y a pas que son nez qui a grandi. Tous ses jeans sont trop courts. (Lee se tut un court instant. Puis, après avoir jeté un coup d'œil aux prairies illuminées par les derniers rayons du crépuscule, elle ajouta :) Je redoute le moment où Janice va entrer en fac. La maison va nous sembler bien vide.

— Elle a une chambre sur place ?

— Oui.

— Vous allez donc déménager ses affaires. S'il faut vous donner un coup de main, je suis là.

— Je vais à nouveau emprunter la camionnette de Jim Clements.

Ils restèrent assis sans parler pendant un certain temps. Un moineau en profita pour s'approcher de la poubelle et picorer les miettes de pain qui se trouvaient par terre. Un couple de gens âgés passa non loin de la table en les saluant. Lorsqu'ils se furent éloignés, Christopher se dit que le moment était venu de poser à Lee une question qui lui brûlait les lèvres. C'était une question indiscrète et il craignait, s'il la lui posait, qu'elle l'envoie promener, mettant fin du même coup à leurs relations amicales. D'un autre côté, ils avaient parlé à plusieurs reprises de ce qu'ils éprouvaient l'un et l'autre sans rien se cacher et il n'y avait pas de raison qu'il y ait entre eux un sujet tabou.

— J'aimerais vous demander quelque chose, Lee... Depuis que votre mari n'est plus là, est-ce que vous êtes sortie avec d'autres hommes ?

— D'autres hommes, répéta-t-elle, comme si l'idée lui semblait totalement incongrue. Non, jamais.

— Vous comprenez, reprit Christopher, pressé de s'expliquer, Greg m'a beaucoup parlé de vous mais il ne m'a jamais dit qu'il y avait eu d'autres hommes dans votre vie.

— Il disait vrai.

— Pourquoi ?

— Parce que mes enfants me suffisaient. Je n'éprouvais pas le besoin de sortir avec qui que ce soit.

— Pendant neuf ans ! s'écria-t-il.

— Désolée de vous faire perdre vos illusions, jeune homme, dit-elle. (Avant que Christopher ait pu réagir à sa remarque, elle poursuivit :) J'ai été très occupée pendant toutes ces années. Il a fallu que je suive une formation puis que je me mette à travailler. Joey n'avait que cinq ans quand son père est mort. Les deux autres, quatorze et seize ans. J'étais loin d'avoir fini de les élever. Je n'avais pas le temps d'avoir un petit ami. Pourquoi m'avez-vous posé cette question ?

— Parce qu'il me semble que cela serait bien pour vous, répondit-il, toujours sans la regarder. Cela vous permettrait d'oublier un peu vos soucis. Et aussi de partager vos sentiments avec quelqu'un.

— Je les partage avec vous, rappela Lee. (Puis, craignant d'avoir été trop loin, elle ajouta aussitôt :) J'ai une famille, des enfants... Je ne suis pas seule. D'ailleurs, je pourrais vous retourner votre question.

— Est-ce que j'ai une petite amie ?

— Il me semble que c'est de ça dont nous parlons.

— Ça m'arrive de temps en temps.

— Avec qui sortez-vous actuellement ?

— Personne en particulier. Les filles ne sont pas très chaudes pour sortir avec vous quand elles savent que vous êtes flic. Elles ne veulent pas s'engager de crainte qu'il vous arrive quelque chose un jour, comme de vous faire descendre. Elles disent aussi que notre vie est trop stressante, surtout pour l'épouse d'un policier... Quoi qu'il en soit, Ostrinski aimerait bien que je sorte avec sa belle-sœur. Elle est divorcée, elle a deux enfants et son mari lui en a fait voir de toutes les couleurs. Je suis invité chez les Ostrinski samedi soir pour faire sa connaissance. Mais ça ne m'enchante guère.

— Pourquoi ?

— Un ex-mari, deux enfants, tout un passé dont elle n'arrive pas à se sortir...

— Je suis dans le même cas.

— Vous ne m'avez jamais dit que votre mari était un salaud...

— Grand Dieu, non ! J'avais épousé un homme exceptionnel. C'est peut-être pour ça que je n'ai jamais cherché à le remplacer...

Lee s'interrompit soudain en voyant Joey arriver. Quittant le chemin comme une flèche, il atterrit sur l'herbe en vol plané, s'approcha en cahotant et posa ses deux mains sur la table. Il était complètement essoufflé et sentait la sueur.

— Tu sais jusqu'où je suis allé ? demanda-t-il à sa mère.

— Jusqu'au Dakota, si j'en crois l'heure qu'il est.

— Qu'est-ce qui te prend, m'man ?

— Rien. J'ai tellement discuté avec Christopher que je ne me suis même pas rendu compte qu'il allait bientôt faire nuit.

— Tant mieux ! Tu sais quoi ? Je suis tombé sur une fille que je connais. Sandy Parker. Elle donne une fête chez elle la semaine prochaine, juste avant la rentrée, et elle m'a invité.

— Une fête ? Avec des filles ? Et tu as envie d'y aller ?

— Sandy n'est pas comme les autres filles. Elle fait du patin, elle pêche, enfin, tu vois ce que je veux dire... (Joey remit sa casquette en place et demanda :) Je peux y aller, m'man ?

— D'accord, répondit Lee en se levant.

Christopher l'imita et ils se dirigèrent tous les trois vers le chemin. Arrivé là, Joey fila en avant comme une flèche.

— Rendez-vous à la voiture ! cria Lee dans son dos.

Pendant la fin de la balade et le retour en voiture jusqu'à Anoka, ni Lee ni Christopher ne dirent grand-chose. Ce dernier devait rencontrer quelqu'un samedi soir et ils savaient bien tous deux que ce rendez-vous était un antidote à la situation qui s'était créée entre eux depuis juin : ils appréciaient un peu trop de se retrouver ensemble, compte tenu de leur différence d'âge.

Dans la voiture, Joey n'arrêtait pas de jacasser, sans se rendre compte que ni sa mère ni Christopher n'étaient d'humeur à l'écouter. En arrivant, à peine Lee avait-elle ouvert la porte qu'il passa devant elle et se dirigea en chaussettes vers sa chambre, tenant à la main ses chaussures et ses patins.

— Là, il exagère ! dit-elle. (Cette remarque ne les fit rire ni l'un ni l'autre, comme si leur bonne humeur s'était envolée, et Lee lança à l'adresse de son fils :) Viens ici, Joey, et remercie Christopher !

Le jeune garçon revint dans l'entrée et fit ce que sa mère

lui avait demandé. Puis ils l'entendirent refermer bruyamment la porte de la salle de bains. Debout sur le palier devant la porte à moustiquaire, Lee se dit qu'elle n'avait pas le droit de se sentir frustrée à l'idée que Christopher rencontre samedi une jeune femme de son âge.

— La balade était vraiment formidable, dit-elle. Merci d'être venu une fois de plus à mon secours. J'avais bien besoin de me changer les idées.

— Moi aussi.

La porte de la salle de bains claqua à nouveau. Joey fit une brève apparition dans l'entrée avant de se diriger vers la cuisine où il se mit cette fois à ouvrir et refermer la porte du placard puis celle du réfrigérateur. Difficile d'avoir une conversation suivie quand il était là !

— Amusez-vous bien samedi soir, dit Lee. Donnez sa chance à cette femme. Qui sait ? Peut-être finira-t-elle par vous plaire...

— Vous avez raison, dit-il en faisant tourner l'anneau de son porte-clefs autour de son index. Qui sait ? (Puis il fit demi-tour et lança sans se retourner :) Bonsoir, madame Reston.

8

Pete Ostrinski avait proposé à Christopher de passer le samedi soir au bowling avec Marge, sa femme, et Cathy Switzer, sa belle-sœur, et il lui avait demandé de passer les prendre chez eux.

Les Ostrinski habitaient une belle maison neuve où ils venaient juste d'emménager et qui sentait encore la peinture fraîche. Ce fut Pete qui ouvrit la porte à Christopher et il l'emmena aussitôt dans le salon, une grande pièce où il y avait autant de jouets que de meubles. Christopher embrassa Madge sur la joue puis, quand Pete eut fini de faire les présentations, il serra la main de Cathy Switzer, une blonde aux traits anguleux, assez attirante pour ceux qui aimaient les femmes maigres, mais dont le sourire malheureusement dévoilait les gencives.

— Bonsoir, Chris, dit-elle. J'ai beaucoup entendu parler de vous.

— Moi aussi, j'ai déjà l'impression de vous connaître, répondit-il en souriant.

— Allons prendre l'apéritif dans le patio, proposa Pete.

Dès qu'ils furent installés, Christopher but un Sprite tandis que les trois autres dégustaient les cocktails préparés par Marge. Le policier en profita pour observer Cathy Switzer.

Sa coiffure — une masse complexe et bouclée qu'elle avait dû mettre pas mal de temps à réaliser — était loin de lui plaire. La fille avait des seins minuscules, des hanches étroites et était si maigre qu'elle donnait l'impression de ne pas être en bonne santé.

Se souvenant de ce que Lee lui avait conseillé, Christopher essaya néanmoins de lui donner sa chance.

— Pete m'a dit que vous travaillez dans un magasin de matériel de plomberie.

— Oui, je travaille dans les bureaux. Mais je suis des cours du soir deux fois par semaine pour devenir agent immobilier.

Ainsi, elle avait un but dans la vie et de l'ambition.

— Il paraît que vous participez à des championnats de bowling ?

Cette conversation décousue se poursuivit jusqu'à ce que la baby-sitter revienne du parc avec les enfants des Ostrinski, créant une diversion bienvenue. Ils partirent tous les quatre pour le bowling dans la voiture de Pete.

Cathy Switzer avait apporté sa boule personnelle et quand elle la lança pour la première fois, son bras était si maigre que Christopher se dit qu'elle allait se démettre l'épaule. Mais il n'en fut rien. Elle balança son bras droit d'une manière parfaite, la jambe droite croisée derrière la gauche, les épaules penchées en avant pour accompagner le mouvement et, calculant son effet à la perfection, renversa toutes les quilles en un temps record.

Tout le monde l'applaudit et c'est rougissante qu'elle retourna s'asseoir à côté de Christopher.

— Bravo, dit-il en souriant.

— Merci, dit-elle avec un mélange d'orgueil et de timidité.

Ils jouèrent trois parties qui toutes furent gagnées par Cathy, puis décidèrent d'aller dîner au T. T. McCoy de Fridley où ils mangèrent des hamburgers avec des frites tout en écoutant, *Walkin* de Fats Domino, sur le juke-box.

— J'adore cet endroit, dit Cathy. Mark et moi venions souvent... (Elle s'interrompit soudain puis, baissant les yeux, murmura :) Désolée.

— Pas de problème, dit Christopher. Mark est votre ex-mari ?

— Le divorce a été prononcé il y a neuf mois mais il

138

m'arrive encore de mentionner son nom alors que je ne devrais pas...

— C'est un salopard ! s'écria Marge, assise en face d'eux.

— Ne parlons pas de ça ce soir ! intervint Pete.

— D'accord, mais ça ne l'empêche pas d'être un beau salaud.

L'atmosphère étant un peu tendue après cette sortie, ils préférèrent abréger la soirée. Lorsqu'ils arrivèrent chez les Ostrinski, comme Cathy n'avait pas de voiture, Christopher lui proposa de la raccompagner chez elle.

Pendant toute la durée du trajet, Cathy parla de son ex-mari, prenant à peine le temps de s'interrompre pour donner à Christopher les indications dont il avait besoin pour trouver son appartement.

— Ça y est, nous sommes arrivés ! s'écria-t-elle quand il se gara sur le parking de l'immeuble.

Christopher fit le tour de la voiture et ouvrit sa portière.

— Ça fait longtemps que ça ne m'était pas arrivé, dit-elle. Mark a cessé d'ouvrir ma portière bien avant que nous divorcions. Quand un homme n'a plus ce genre d'attentions, on se doute qu'il y a anguille sous roche.

Christopher la suivit tandis qu'elle s'engageait sur une allée cimentée entre deux immeubles et l'accompagna jusqu'à sa porte.

— Cette soirée m'a fait très plaisir, dit-elle. Merci pour le bowling et les burgers.

— Moi aussi, j'étais content. C'est impressionnant de voir quelqu'un qui se débrouille aussi bien que vous au bowling.

— Vous êtes vraiment chou !

— Chou ? répéta-t-il, avec un petit rire. Je suis beaucoup de choses, mais pas chou.

— Vous m'avez laissée pleurer dans votre gilet toute la soirée. Je trouve ça tellement gentil de votre part !

— Bonne chance, dit-il en reculant d'un pas. Je sais bien que c'est dur de divorcer, mais j'espère que tout va s'arranger pour vous et vos enfants.

Cathy ne dit rien. Comme il n'y avait pas de lumière

au-dessus de la porte, il ne pouvait pas voir son visage et apercevait seulement ses cheveux blonds et crêpés qui formaient une sorte de halo dans l'obscurité. Et soudain, il eut pitié d'elle.

— Vous devriez l'oublier, Cathy, lui dit-il. Un homme qui traite sa femme et ses enfants comme ça ne mérite pas qu'on verse des larmes pour lui.

— Qui vous dit que j'en versais ? demanda-t-elle.

Christopher n'avait aucune envie de s'engager plus avant.

— Il faut que j'y aille, dit-il. Bonne chance, Cathy !

Il avait fait demi-tour pour rejoindre sa voiture quand elle le rappela :

— Voulez-vous... vous approcher ?

Il savait ce qui l'attendait et n'en éprouvait d'avance aucun plaisir. Mais la pitié l'emporta et il la rejoignit, restant au pied des marches, si bien que leurs deux visages se trouvaient à la même hauteur.

— Je sais bien que vous ne reviendrez pas, murmurat-elle en posant ses mains autour de son cou. Et ça n'est pas grave. Mais avant que vous me quittiez, j'aimerais vous embrasser. Ça fait tellement longtemps que Mark est parti et je sais bien que vous ne m'aimez pas, mais c'est sans importance. N'allez pas croire que je saute au cou de tous les types que je rencontre. Seulement, vous êtes flic, comme Pete, et j'ai confiance en vous... Je suis sûre que vous trouvez ça complètement idiot... mais je suis seule depuis si longtemps. Ce serait vraiment sympa de votre part de me laisser vous embrasser même si vous pensez à quelqu'un d'autre.

Christopher sentit son cœur se serrer : il savait ce que c'était que la solitude, celle de Judd Quincy en train de l'attendre devant la vitrine de l'épicerie ou celle du jeune Christopher Lallek en train d'attendre que son père et sa mère rentrent à la maison. Cette femme se sentait seule, elle se faisait des illusions et croyait toujours aimer son mari volage.

Il n'attendit pas qu'elle prenne l'initiative et l'embrassa sur la bouche, en essayant d'oublier son corps maigrichon,

140

son sourire qui dévoilait ses gencives et sa coiffure si peu naturelle, trois fois plus haute que son petit visage étroit.

Pendant quelques secondes, il se laissa aller complètement, mais quand les mains de Cathy descendirent vers les poches arrière de son jean et qu'elle écarta les cuisses, il lâcha son cou. Il avait pitié d'elle, mais pas au point de franchir le pas.

— Il faut que je m'en aille, dit-il en se reculant. Prenez bien soin de vous.

— Vous aussi.

Dès qu'il eut rejoint l'allée, il ne put s'empêcher de pousser un soupir de soulagement.

Quelques jours après cette soirée, il était chez lui, debout à côté de la table de la cuisine, et venait de se servir une glace quand soudain quelqu'un glissa une enveloppe sous la porte de l'entrée. Il réagit aussitôt en policier, s'approcha de la porte sans faire de bruit et l'ouvrit brusquement.

— Christopher ! s'écria Lee, la main posée sur son cœur. Vous m'avez fait peur. Je ne savais pas que vous étiez chez vous. Je pensais que vous travailliez.

— C'est mon jour de congé, dit-il. (Puis, après avoir jeté un coup d'œil à l'enveloppe qui se trouvait toujours sur le sol, il demanda :) Qu'est-ce que c'est que ça ?

— Une carte d'assurance que j'ai trouvée dans les papiers de Greg et qui vous appartient. J'ai dû la prendre par mégarde quand j'ai sorti les papiers du tiroir du meuble de la cuisine.

Christopher ramassa l'enveloppe, l'ouvrit et regarda à l'intérieur.

— Vous avez raison. J'ai cherché cette carte partout.

— Je suis désolée.

— Vous auriez pu me la poster, tout simplement.

— Je sais bien mais, comme je passais devant chez vous, j'en ai profité.

Après avoir jeté un coup d'œil à sa tenue toute simple, jupe en toile verte et chemisier blanc, et à son corps robuste de femme mûre, Christopher se dit à nouveau que la rencontre avec Cathy Switzer lui avait fait du bien : il savait maintenant à quel point la femme debout en face de lui lui plaisait.

— Vous voulez entrer ? proposa-t-il.

— Non, il faut que je rentre préparer le dîner pour Joey.

— Vous avez bien une minute ?

— Qu'étiez-vous en train de faire ?

— Je me préparais une glace. Vous en voulez une ?

— Pourquoi pas, répondit-elle.

Christopher lui indiqua d'un geste la direction de la cuisine, puis il referma la porte derrière elle. Après avoir servi une seconde portion de glace à la vanille dans un bol en verre et l'avoir nappée de chocolat, il s'assit en face de Lee. Lorsqu'ils eurent fini de manger, Lee demanda :

— Comment s'est passé votre rendez-vous de samedi soir ?

— Formidable. La belle-sœur de Pete avait apporté sa propre boule de bowling et elle nous a tous battus à plate couture.

— Vous allez la revoir ?

— Pourquoi me demandez-vous ça ?

— Je me posais simplement la question, répondit Lee sans le regarder.

Christopher prit les deux bols et, après les avoir rincés, les plaça dans le lave-vaisselle.

— Non, répondit-il, toujours penché sur le lave-vaisselle.

Puis il se redressa et vint se rasseoir en face de Lee.

— Elle m'a fait de la peine, reprit-il aussitôt. Une pauvre petite bonne femme que son mari a emmenée en bateau avant de la quitter pour épouser sa meilleure amie.

Les bras croisés sur la table, Lee l'étudiait sans rien dire.

— Elle n'a pas cessé de parler de lui pendant toute la soirée. Quand je l'ai ramenée chez elle, elle m'a dit qu'elle savait qu'on ne se reverrait pas et elle m'a demandé de l'embrasser.

— Et c'est ce que vous avez fait ?

Christopher prit un certain temps avant de répondre, pendant lequel ils ne se quittèrent pas des yeux.

— Oui, finit-il par dire, si bas qu'on aurait pu croire que

sa réponse avait été prononcée par quelqu'un qui se trouvait dans une autre pièce.

Lee n'avait toujours pas bougé. Quant à Christopher, bien qu'il ait répondu par l'affirmative à la question qu'elle lui avait posée, il se demandait toujours s'il avait vraiment embrassé Cathy ou pensé à une autre femme en lui donnant ce baiser. Il n'osait pas aborder le sujet d'une manière directe, car il sentait à quel point ils étaient tendus tous les deux. Cela faisait un bout de temps qu'ils tournaient autour du pot, ne voulant pas s'avouer ce qu'ils éprouvaient l'un pour l'autre, effrayés par leur différence d'âge et le fait d'enfreindre les convenances. Ils pouvaient continuer encore longtemps à faire comme s'il n'était question entre eux que d'amitié mais ils savaient bien tous les deux qu'il s'agissait d'autre chose. Il fallait donc que l'un d'eux se décide à en parler.

— Samedi soir, quand j'ai rencontré cette femme, elle m'a demandé de l'embrasser et elle m'a dit que cela ne la gênait pas si je pensais à quelqu'un d'autre. Et je suis sûr, Lee, que vous savez à qui j'ai pensé...

— Taisez-vous ! s'écria-t-elle en se levant d'un bond.

Elle se précipita vers l'évier et lui tourna le dos.

— Vous ne voulez pas savoir ? demanda-t-il.

— Je ne veux pas perdre votre amitié et c'est ce qui va arriver si vous continuez sur ce sujet.

— C'est bien ce que je craignais.

— Alors, laissez tomber, lui conseilla-t-elle. Inutile d'en dire plus.

Christopher espérait qu'elle allait se retourner et le regarder. Comme elle n'en faisait rien, il murmura :

— D'accord.

Lee se servit un verre d'eau qu'elle but d'un trait. Puis elle annonça d'une voix calme, toujours sans le regarder :

— Il faut que je parte.

Ils n'avaient toujours pas bougé ni l'un ni l'autre.

— Quel âge avez-vous ? demanda Christopher.

Elle émit un son étranglé — grognement ou gloussement, Christopher aurait été incapable de le dire — et se dirigea vers la porte d'entrée.

— Je suis assez vieille pour être votre mère, répondit-elle en ouvrant la porte.

Avant qu'il ait pu ajouter quoi que ce soit, elle avait disparu.

Toujours assis à la même place, Christopher se mit à broyer du noir. Il était déçu et s'en voulait. Il s'était trompé sur le compte de Lee. Il n'aurait pas dû lui avouer ses sentiments. Maintenant qu'il l'avait fait, il risquait de perdre son amitié. C'est bien ça qui l'avait effrayée elle aussi car, dans l'histoire, elle avait encore plus à perdre que lui.

Au bout d'une vingtaine de minutes, il se leva, alla chercher ses clefs de voiture et quitta l'appartement. Quelques instant plus tard, il arrivait au commissariat. Il se rendit aussitôt dans la salle de patrouille, s'approcha de l'ordinateur et, comme l'écran de celui-ci était allumé, se contenta d'appuyer sur la touche VM. Il était en train d'attendre les instructions qui n'allaient pas tarder à apparaître sur l'écran quand Nokes s'approcha de lui, tenant à la main une pomme entamée.

— Qu'est-ce que tu fiches là ? demanda-t-il.

— J'ai besoin de vérifier quelque chose.

— Tu n'es pas en congé aujourd'hui ?

Christopher se retourna et le fusilla du regard.

— Tu n'as rien de mieux à faire qu'à me tourner autour en croquant ta pomme ?

Nokes haussa les épaules et se dirigea vers la salle de transmissions.

Quand Christopher se retourna vers l'ordinateur, celui-ci affichait *Véhicules à moteur* et lui demandait de taper ses initiales avant de pouvoir fournir des informations. Il s'exécuta et, après avoir entendu le bip sonore, tapa le numéro d'immatriculation de la voiture de Lee. Puis il appuya sur une touche et guetta le bruit de l'imprimante dans la salle des transmissions. Quand le premier cliquetis retentit, il se leva et alla surveiller l'impression.

Toni Mansetti, qui répondait aux appels ce soir-là, et Ruth Randall, qui établissait les rapports, étaient assises à leurs bureaux respectifs. Quant à Nokes, il s'était installé dans un fauteuil, les pieds posés sur la table la plus proche,

144

et finissait sa pomme tout en jetant un coup d'œil distrait aux écrans de contrôle qui permettaient de surveiller les rampes du parking municipal situées en face du commissariat.

Quand l'imprimante cessa de cliqueter, Christopher s'approcha du bureau de Ruth Randall et, se penchant pardessus son épaule, il retira la feuille de la machine. Puis il retourna dans la salle de patrouille pour y lire les informations que venait de lui fournir le service des permis de conduire de l'État du Minnesota.

Lee Therese Reston
1225 Benton Street   Anoka 55303
Sexe : F Taille : 1,67 m Poids : 58 kg
Couleur des yeux : bruns
Photo : 8082095102
Pas d'infraction
Pas d'accident
Nom : Reston Lee Therese née le 18/09/48

Christopher relut la dernière information : elle était née le 18 septembre 1948. Elle avait donc quarante-quatre ans.

« Comment a-t-il osé !, » se demanda Lee ce soir-là dès qu'elle fut couchée. Comment avait-il osé rompre le fragile équilibre qu'ils avaient réussi à créer depuis deux mois ! Elle avait besoin de lui et appréciait sa compagnie parce qu'elle pouvait lui parler de choses que personne d'autre autour d'elle ne semblait comprendre. Devant lui, elle pouvait être elle-même — triste ou gaie — et il l'acceptait sans restrictions quelle que soit son humeur.

Comment avait-il osé mettre fin à tout ça en lui disant qu'il éprouvait autre chose que de l'amitié pour elle ? Tout autre sentiment était impensable, vu leur différence d'âge et les relations qu'il entretenait avec ses enfants. Janice était amoureuse de lui et Joey l'admirait. Quant aux autres membres de la famille, ils savaient tous qu'il venait régulièrement chez Lee.

Quel scandale si jamais l'un d'entre eux avait vent de quoi que ce soit !

En particulier sa mère.

Début septembre, Joey reprit l'entraînement et rentra au lycée. Lee organisa son emploi du temps de manière à pouvoir assister une fois par semaine aux matchs qui avaient lieu en fin d'après-midi au lycée.

À la boutique, on leur livra d'énormes chrysanthèmes bruns et couleur bronze, et ils purent ajouter dans leurs bouquets de fleurs fraîches des massettes miniatures et des feuilles d'érable.

Puis Janice entra à l'université. Bien décidée à ne pas faire appel à Christopher, Lee obligea son paresseux de fils (qui passait deux heures par jour à cavaler sur un terrain de foot mais se disait trop fatigué pour bouger des meubles) à participer au déménagement. À la mi-septembre, un dimanche après-midi, ils transportèrent le matelas, le sommier et les montants du lit de Greg dans la camionnette de Jim Clements. Puis, arrivés sur le campus, ils montèrent tout leur chargement jusqu'à la chambre qu'allait occuper Janice au premier étage du dortoir.

Quand ils eurent terminé, Janice leur dit au revoir et promit à sa mère de venir les voir tous les week-ends.

La semaine suivante fut pour Lee parmi les pires qu'elle ait jamais vécues et elle commença à comprendre qu'une femme seule puisse demander à un homme de l'embrasser tout en sachant bien qu'elle ne le reverra jamais.

De si belles journées d'automne ! Et encore de si belles soirées ! Au cours desquelles Joey allait sortir de la salle de bains sentant le déodorant, bien coiffé et portant des chaussettes propres *et* des chaussures.

— Je descends en ville avec une bande de copains pour boire un coke, dirait-il.

Et en effet une bande de garçons et de filles viendrait le chercher et il disparaîtrait pour la soirée en leur compagnie. Plus tard, à une heure décente, ces jeunes allaient le raccompagner chez lui, riant et discutant dans le jardin à la lueur de la lune et, parmi eux, il y aurait une certaine Sandy Parker, dont Lee avait déjà entendu parler.

Elle commençait à se sentir une vieille femme inutile.

Et pourtant, le 18 septembre au matin (une journée qui, d'avance, l'effrayait) à dix heures trente-deux très exactement, Ivan Small, le livreur de « Florilège », son concurrent le plus important, se présenta à la boutique, portant un bouquet de roses American Beauty si énorme qu'on ne lui voyait plus que les jambes.

— Mams'elle Reston ? demanda-t-il en posant le bouquet sur le comptoir, puis en faisant un pas de côté pour regarder Lee. Je ne sais pas ce qui se passe mais on nous a dit de vous livrer cette commande dans votre boutique.

— Vous plaisantez ?

— Je vous jure que non ! Quarante-cinq roses.

— Mon Dieu ! s'écria Lee qui, voyant arriver Sylvia, Pat et Nancy, ne put s'empêcher de rougir. Elles doivent m'être envoyées par maman et papa, dit-elle en souhaitant de tout son cœur que ce soit le cas. Ou par Lloyd. Oui, je parie que c'est Lloyd qui a fait cette folie.

— Il y a une carte, dit Ivan en lui tendant le bristol qui accompagnait le bouquet.

« S'il s'agit de Christopher, se dit Lee, complètement affolée, et que Sylvia lit son nom par-dessus mon épaule, il va avoir de mes nouvelles ! »

Sur le bristol était seulement écrit : *Votre secret est percé à jour.*

Puisqu'il n'y avait pas de nom, elle pouvait inventer n'importe quoi pour expliquer cet envoi.

— Attendez, Ivan ! dit-elle en voyant le livreur prêt à repartir.

Elle sortit cinq dollars du tiroir-caisse et, tout en se sentant complètement ridicule de devoir donner un pourboire au livreur de son concurrent dans sa propre boutique, les tendit à Ivan.

Dès qu'il eut quitté la boutique, Sylvia demanda :

— Qui t'a envoyé ces fleurs ?

— Je n'en sais rien, mentit Lee.

— Est-ce que tu... sors avec quelqu'un ? insista Sylvia.

— Grand Dieu, non !

— Comment expliques-tu ça, alors ?

— Je n'en sais pas plus que toi, Sylvia.

Lee ramena le bouquet chez elle et le posa sur la table de la cuisine. « Quel idiot ! » se dit-elle en pensant à la folie qu'avait faite Christopher. Cette variété de roses coûtait trente-six dollars la douzaine quand on les achetait au détail. Ce bouquet lui avait donc coûté plus de cent dollars, sans compter les taxes et les frais de livraison, alors qu'elle l'aurait payé moitié prix si elle l'avait commandé à son fournisseur.

Cela ne l'empêchait pas d'être ravie. Assise sur une chaise de la cuisine, elle finit par éclater de rire, se sentant soudain le cœur plus léger.

— Qu'est-ce que je vais faire de vous, jeune Lallek ? se demanda-t-elle à voix haute.

Quelques minutes plus tard, quand Joey rentra du foot, il ne put s'empêcher de marquer un temps d'arrêt de quinze secondes à la vue du bouquet. Au lieu de se précipiter vers le réfrigérateur comme il en avait l'intention, il demanda à sa mère :

— C'est toi qui as rapporté ces roses à la maison ?

— Elles ne viennent pas de la boutique, si c'est ce que tu veux savoir.

— Qui te les as offertes ?

— Je n'en sais rien, répondit Lee qui avait glissé la carte dans son porte-billets. Il y en a quarante-cinq.

— Autant que le nombre de hamburgers que je vais manger ce soir dès que Janice sera venue nous chercher pour aller au restaurant.

— C'est vrai, Joey ? Janice compte passer à la maison ? demanda Lee en se levant d'un bond.

— Oh oui, et tu ferais bien d'aller t'habiller car nous comptons t'emmener dîner dans le restaurant de ton choix. À condition que la note ne dépasse pas vingt dollars.

Janice arriva sur ces entrefaites.

— Bon anniversaire, maman ! s'écria-t-elle en serrant sa mère dans ses bras. Joey a réussi à tenir sa langue ? (Mais avant que Lee ait pu répondre, elle lui demanda :) Qui t'a offert ces roses ?

— Je pense que c'est grand-papa Lloyd. Papa et maman ne sont pas du genre à faire une telle folie pour mon anniversaire.

Après avoir jeté un dernier coup d'œil aux fleurs, Janice se dirigea vers la salle de bains. Puis elle referma la porte derrière elle et demanda à sa mère :

— Il n'y avait pas de carte ?

Lee fit celle qui n'avait pas entendu et, quand ils se retrouvèrent tous les trois dans la voiture de Janice en route pour le Vineyard Café, la carte était oubliée.

9

Lee n'osait pas téléphoner à Christopher. Deux semaines passèrent. Puis une troisième. Elle ne l'avait toujours pas revu quand, début octobre, elle alla assister au match que disputaient Joey et son équipe sur le stade du lycée Fred Moore. Cet après-midi-là, le temps était instable. Le vent charriait une épaisse couche de nuages gris et bas et on entendait claquer contre les barrières du stade des sacs en plastique qui s'étaient pris dans les chaînons. Le terrain était humide car il avait plu pendant la nuit. Assise sur les gradins au milieu d'un petit groupe de parents, Lee se disait qu'elle allait avoir du mal à nettoyer la tenue bleue de Joey après le match.

Il jouait à l'arrière, en défense, position peu glorieuse, surtout aux yeux d'une mère qui avait parfois du mal à comprendre ce qui se passait exactement sur le terrain. Mais tout d'un coup, la défense adverse se rompit et elle vit alors son fils, si gauche dans la vie courante, littéralement s'envoler, esquiver les joueurs qui voulaient le plaquer au sol et, les bras collés au corps, effectuer un quart de tour avant de percuter l'ouvreur adverse qu'il envoya valser en l'air !

Elle mit ses deux petits doigts dans sa bouche et siffla.

— Bravo, Joey ! s'écria-t-elle, en sautant sur ses pieds, le pouce brandi, avant de siffler à nouveau. Montre à ces Vikings de quoi tu es capable !

Dans la rue qui surplombait le terrain, une voiture de

patrouille venait de s'arrêter. Christopher en sortit, claqua la porte et remonta le col de sa veste d'hiver bleu marine.

Il jeta un coup d'œil au terrain de foot sur lequel se déplaçaient des taches blanches et bleues comme sur un écran vidéo. Il se faufila entre les chaînes et commença à descendre les gradins, tout en déchiffrant les numéros inscrits sur le dos des joueurs. Dix-huit ! C'était le numéro de Joey. Il se trouvait à mi-hauteur des gradins quand Joey marqua soudain un superbe essai, provoquant les applaudissements des parents. Tournant la tête dans cette direction, Christopher aperçut Lee Reston. Vêtue d'une veste en jean qui lui arrivait presque aux genoux et dont elle avait remonté le col pour se protéger du vent, elle avait les joues rouges et était en train de siffler pour encourager son fils.

Il ne put s'empêcher de sourire et se dirigea vers elle. Lee leva le pouce, cria et, après avoir applaudi son fils, remit les mains dans ses poches, rentrant les épaules pour se protéger du vent. Entendant des bruits de pas sur le banc en métal à quelques mètres d'elle, elle tourna la tête et reconnut Christopher. Aussitôt, elle redressa les épaules et ses yeux s'illuminèrent.

— Bonjour, dit-il en s'arrêtant à côté d'elle.

Le pouls de Lee s'accéléra et ils se regardèrent longuement, comme s'ils espéraient rattraper le temps perdu. Puis elle répondit à son salut.

— Cela fait un certain temps que je ne vous ai pas vue, dit-il.

— C'est vrai, reconnut-elle en détournant la tête pour regarder à nouveau le terrain.

— Où en est le match ? demanda-t-il en jetant lui aussi un coup d'œil en bas des gradins.

— Le lycée est mené au score mais Joey se défend comme un chef.

— J'ai vu ça. J'étais là aussi quand vous avez sifflé. Plutôt impressionnant. Peu de femmes sont capables de siffler comme des conducteurs de bestiaux.

Ils se sourirent. Puis Lee reporta son attention sur le match.

— Vas-y, Joey ! cria-t-elle.

Les équipes se regroupèrent et Christopher en profita pour lui demander :

— Qu'êtes-vous devenue depuis la dernière fois que nous nous sommes vus ?

— J'ai vieilli, répondit-elle sans le regarder.

— C'est ce que j'ai entendu dire.

Elle se tut pendant quelques minutes avant de reprendre :

— J'ai bien reçu vos fleurs. (Puis elle se retourna vers lui et ajouta avec un regard malicieux :) Je ne savais pas si je devais vous remercier ou vous les envoyer à la figure.

— Si mes souvenirs sont bons, vous n'avez fait ni l'un ni l'autre.

— Comment avez-vous su que c'était mon anniversaire ?

— J'ai interrogé l'ordinateur en lui fournissant votre numéro d'immatriculation.

— Maintenant que vous connaissez mon âge, peut-être comprenez-vous pourquoi j'étais dans tous mes états ce jour-là.

— Si nous oubliions toute cette histoire, proposa-t-il. Cela ne se reproduira plus.

Lee se retourna vers le terrain et se mit à piétiner sur place dans l'espoir de se réchauffer. Elle portait des caleçons noirs dans des bottines vernies, garnies de fourrure à la hauteur de la cheville.

— Vous m'avez manqué, dit Christopher en observant sa réaction.

Elle cessa de trépigner, resta un long moment immobile, les mains enfoncées dans les poches.

— Vous aussi, dit-elle, sans le regarder. (Puis elle tourna son visage vers lui et ajouta :) Jamais on ne m'avait offert autant de roses d'un coup. Merci.

— Tout le plaisir était pour moi.

— Vous êtes complètement idiot ! dit Lee avec un grand sourire. J'aurais pu vous avoir le même bouquet pour moitié prix !

— Mais cela aurait été deux fois moins amusant, non ? fit-il remarquer en éclatant de rire.

L'arbitre siffla un temps d'arrêt et les équipes se regroupèrent chacune de son côté.

— Voulez-vous venir dîner avec Joey et moi samedi soir, proposa Lee comme si rien ne s'était passé entre-temps. Je ferai un rosbif.

Cette invitation toute simple lui faisait très plaisir.

— Je ne me le ferai pas dire deux fois, répondit-il.

Avant qu'il ait pu ajouter quoi que ce soit, sa radio crachota : « Un Bravo Dix-sept ». Il la saisit aussitôt, écouta le message et répondit :

— C'est noté. (Puis il expliqua à Lee qui n'avait pas compris un mot de ce que disait le dispatcher :) Un gamin de treize ans qui a fichu le camp de chez lui. Il faut que je le retrouve. À quelle heure samedi ?

— Six heures et demie.

— À bientôt, dit-il en la regardant d'une manière qui disait clairement qu'il aurait préféré rester avec elle plutôt que de rechercher un adolescent en fuite.

Lee se retourna pour le suivre des yeux : ses chaussures à semelles épaisses faisaient trembler les gradins métalliques, sa veste bouffait au-dessus de sa taille et tout son attirail de policier bringuebalait autour de ses hanches au rythme de son pas. Arrivé à l'extrémité du gradin, il tourna à gauche, monta les marches deux par deux, franchit les chaînes et se précipita vers sa voiture. Tout en ouvrant la portière, il se retourna vers les gradins et, apercevant Lee qui le regardait, lui fit au revoir de la main.

Lee agita la main à son tour et suivit des yeux la voiture de patrouille jusqu'à ce qu'elle ait disparu au coin de la rue, tout étonnée que la perspective de le revoir suffise à lui rendre sa gaieté. Peut-être faisait-elle une erreur... Tant pis ! Elle était tellement heureuse à l'idée de passer une soirée avec lui.

Le samedi soir, lorsque Christopher arriva chez elle, il pleuvait, une pluie glaciale comme il en tombait souvent au mois d'octobre. Ce fut Joey qui répondit à son coup de sonnette.

— Salut, Chris !

— Quoi de neuf, Joey ?

— Je t'ai vu au stade mercredi.

— J'aurais bien aimé rester, mais j'ai reçu un appel. J'ai quand même eu le temps de voir ton essai. Tu l'as eu en beauté, mec !

— Je me le suis repayé pendant le dernier quart-temps. Tu l'aurais vu, le gars ! Il a eu besoin de tout le temps mort pour se remettre debout. Et la défense adverse ne m'a plus lâché. Cette espèce de grand malabar...

La tête de Lee apparut à l'angle de la cuisine. Comprenant qu'elle ne pourrait pas placer un mot, elle se contenta d'agiter la main à l'intention de Christopher. Il se dirigea vers la cuisine, suivi par Joey qui continuait à parler avec animation de son match.

En pénétrant dans la cuisine, Christopher eut l'étrange sentiment de se retrouver chez lui. La table était mise pour trois et décorée en son centre de fleurs couleur bronze, mélangées à des épis de blé. Toutes les lumières étaient allumées, les rideaux tirés et la pièce semblait d'autant plus confortable qu'on entendait la pluie cingler la porte vitrée. La cuisine était remplie de bonnes odeurs qui vous faisaient venir l'eau à la bouche : le rosbif était en train de cuire au four avec des oignons et des effluves s'échappaient des casseroles posées sur la plaque de cuisson. Et bien entendu, Lee était là, en pantoufles, vêtue d'un ensemble en laine bleue, occupée à mettre la dernière main au repas tandis que son fils ne cessait de discourir comme il l'aurait fait avec son père ou un grand frère.

Ils s'installèrent tous les trois autour de la table. Il y avait du rosbif, servi avec une belle sauce brune, des carottes à l'étuvée, des petits pois en sauce, une salade mélangée et une mixture brune, impossible à identifier, servie dans un plat en pyrex si chaud que Christopher s'y brûla les doigts.

— Ouille !

— Ça va ?

— Oui, répondit-il en renouvelant sa tentative mais avec une cuillère cette fois. Qu'est-ce que c'est que ça ?

— Une tourte au maïs fourrée aux saucisses.

— Mon Dieu ! s'écria-t-il, comme s'il chantait un cantique.

Ils festoyèrent pendant près d'une heure dans la pièce réchauffée par la chaleur du four tandis que la pluie tambourinait contre les vitres. Joey reparla du foot et raconta les dernières blagues du lycée. Puis il demanda à Christopher :

— Est-ce que tu te souviens de ta première arrestation ?

Avec un sourire contraint, Chris leur raconta que pour son tout premier jour de travail, on l'avait envoyé surveiller le passage clouté en face de l'école primaire Lincoln et qu'il était tombé sur un môme de sept ans en train d'uriner contre le mur de l'établissement. Le garçon avait eu une peur bleue en voyant ce grand policier en uniforme s'approcher de lui et lui faire la leçon. L'histoire avait fait le tour du commissariat et on la lui rappelait encore aujourd'hui chaque fois qu'on voulait le mettre en boîte.

La mésaventure de Christopher les amusa beaucoup. Puis Lee annonça :

— Comme dessert, il y a de la tourte aux pommes et de la glace.

Christopher prit une profonde inspiration et se frotta l'estomac.

— Je ne pourrai rien avaler de plus, dit-il. Mais donnez-moi quand même un peu de glace.

Quand le repas fut terminé, il dit à Lee :

— Je n'avais pas mangé aussi bien depuis le 4 juillet.

— Cela me fait plaisir de cuisiner à nouveau pour un homme, avoua-t-elle. Joey se fiche pas mal de ce qu'il y a dans son assiette. Je crois que si je prenais la peine de faire sauter des boulons à la poêle, il les mangerait.

Quand ils eurent débarrassé la table et mis le lave-vaisselle en route, Lee proposa :

— Si nous faisions une partie de cartes ?

Christopher accepta de bon cœur.

Ils étaient tous absorbés par la partie quand le téléphone sonna. Joey décrocha. Ce devait être une fille qui l'appelait car il répondit d'une voix plus grave qu'à l'ordinaire :

— Oh ! Salut ! Je croyais que tu devais aller dîner ce soir

chez ta tante avec toute la famille. Attends une seconde. (Posant sa main sur l'écouteur, il demanda à sa mère :) Tu peux raccrocher quand j'aurai pris la communication dans ta chambre ?

Lee fit ce qu'il lui demandait puis revint vers la table de la cuisine et expliqua à Christopher :

— Il en a pour deux heures. Le téléphone est son nouveau jouet. Voulez-vous que nous continuions la partie ou préférez-vous regarder la télé ?

— Et vous ?

— Je préfère la télé. J'ai travaillé toute la journée et je suis fatiguée.

— Moi aussi.

Ils s'installèrent dans le salon : Lee s'assit dans un des coins du divan tandis que Christopher s'allongeait sur le tapis.

— Et les fauteuils, alors ? demanda-t-elle.

— Je suis mieux comme ça.

— Quelle tête de mule ! s'écria-t-elle en lui expédiant un des coussins du divan sur le crâne.

— Merci, dit-il en installant le coussin sous sa tête.

Lee zappa d'une chaîne à l'autre jusqu'à ce qu'elle ait trouvé un programme qui lui convenait, puis elle baissa le son. Derrière les rideaux, la pluie continuait à fouetter les vitres et, dans sa chambre, la voix de Joey n'était qu'un murmure. De temps à autre, Lee regardait la silhouette étendue de Christopher sur le tapis, son ventre plat, ses jambes croisées l'une sur l'autre, un peu gênée de l'observer à la dérobée. Puis elle finit par dire :

— Vous savez, Christopher, j'ai réfléchi à ce que vous m'avez dit l'autre fois, quand vous m'avez parlé de votre enfance. Je suis heureuse que vous vous soyez confié à moi. Cela m'a permis de mieux comprendre votre relation avec Judd.

— Je ne vous ai pas raconté tout ça pour que vous ayez pitié de moi.

— Je sais bien. Mais il n'empêche que ça m'a fait réfléchir. Vos parents... m'ont l'air d'être des pauvres gens. (Elle se tut un court instant, attendant une réaction. Comme

Christopher ne disait rien, elle lui demanda :) Vous ne croyez pas que ça changerait quelque chose si vous essayiez de faire la paix avec eux ?

— Non, je ne pense pas.

— Avez-vous au moins essayé ?

— Laissez tomber, Lee.

— Mais ce sont quand même vos parents.

Christopher se redressa et se retourna vers elle pour la regarder.

— Écoutez-moi bien, dit-il d'une voix calme. Inutile d'essayer de me convaincre. Même si pour vous c'est dur à avaler, je déteste mes parents. Et à juste titre. Je considère que les enfants ne doivent pas obligatoirement le respect à leurs parents, qu'il faut que ceux-ci le méritent. Et mes parents à moi n'ont pas fait le minimum pour que je les respecte.

— Mais tout le monde a droit à une seconde chance.

— Je vous ai dit de laisser tomber, Lee.

Au son de sa voix, elle comprit qu'il faisait un effort pour se contrôler.

— Mais la famille est quelque chose de tellement important et ils sont quand même vos...

— Pour moi, c'est comme s'ils étaient morts.

— C'est horrible de dire une chose pareille, Christopher !

Il bondit sur ses pieds, lança le coussin sur le divan et se dirigea vers l'entrée pour y récupérer sa veste.

Lee se précipita à la suite et l'attrapa par le bras avant qu'il ait atteint la porte.

— Je suis navrée.

Quand Christopher se retourna vers elle, elle se dit qu'elle ne l'avait jamais vu ainsi : les lèvres serrées, le visage dur et fermé.

— Vous vivez dans un rêve, Lee, dit-il. Et vous êtes tellement naïve ! Comme vos parents sont des gens sympas et que vous formez avec vos enfants une famille idéale, vous croyez qu'il en est de même partout. Mais c'est faux ! Il y a des millions de Judd dans ce pays. Des enfants qui ont faim, dont personne ne s'occupe et qui sont morts de

157

trouille parce qu'ils ne savent pas ce qui va leur arriver le jour suivant. C'est pour ça qu'ils se droguent ou qu'ils rentrent dans des gangs. Moi, je fais partie du petit nombre de ceux qui ont réussi à s'en sortir. Mais je peux vous assurer que ce n'est pas grâce à mes parents. Alors ne me demandez pas de leur pardonner. Car je ne le ferai jamais.

Lee lui prit le visage et murmura :

— Je ne vous avais jamais vu aussi en colère.

Il se recula et, tournant la tête, s'écria :

— Arrêtez !

— Désolée, murmura-t-elle.

Il ouvrit la penderie de l'entrée et en sortit sa veste.

— C'est à moi de m'excuser, dit-il. J'ai gâché cette merveilleuse soirée alors que vous aviez passé tant de temps à cuisiner. (Il enfila sa veste et remonta la fermeture-éclair.) Je suis navré.

— Je n'aurais jamais dû aborder ce sujet. Je vous promets de ne pas recommencer.

— Je vais aller dire au revoir à Joey, proposa-t-il en sortant ses gants de sa poche.

Il se rendit dans la chambre de Lee qu'il n'avait encore jamais vue : des bouteilles de parfum sur la commode, une armoire ouverte à l'intérieur de laquelle on apercevait ses robes suspendues sur des cintres. Joey était allongé sur le lit de sa mère, la tête posée sur l'oreiller et une de ses jambes levée en direction de la porte.

— À bientôt, Joey. Il faut que je rentre.

— Déjà ? s'étonna-t-il. Une minute, ajouta-t-il dans l'écouteur.

— Merci pour cette soirée, Joey. J'essaierai de repasser au stade avant la fin de la saison.

— Entendu. Ça me fera plaisir.

Lee l'attendait dans l'entrée. Il s'arrêta devant elle. Ils n'osaient pas se regarder.

— Je ne vous en veux pas, dit Christopher. J'étais simplement un peu... contrarié.

Cette fois, il regarda Lee. Ses yeux d'un roux automnal lui rappelaient les fleurs qui décoraient la table. Quand il était loin d'elle, c'était toujours à ses yeux qu'il pensait, et il les connaissait si bien qu'il lui suffisait de plonger son regard dans le sien pour savoir quel était son état d'esprit du moment.

— Qu'allons-nous faire, Lee ? demanda-t-il dans un murmure.

— Guérir.

— C'est tout ce que vous me proposez ?

— Christopher, s'il vous plaît.

Il soupira et enfila ses gants. Ainsi elle voulait qu'ils fassent comme si leur relation n'était qu'amicale. Cette idée l'effrayait encore plus que ce qu'il éprouvait pour elle.

— Puis-je vous rappeler un de ces quatre ?

— Je ne sais pas, dit-elle. Cela devient vraiment trop compliqué pour moi.

— Si s'est comme ça, je vais encore ajouter à vos soucis, dit-il en se penchant vers elle et en l'embrassant sur la bouche.

Un baiser trop bref pour l'embarrasser mais suffisamment appuyé pour qu'elle ne l'oublie pas : rien à voir avec le baiser sur la joue dont on gratifie une femme qui vous rappelle votre mère.

— Je m'excuse, dit-il.

Et sans attendre qu'elle soit revenue de sa surprise, il sortit de la maison.

Il se doutait qu'elle allait lui téléphoner et c'est ce qu'elle fit, mais à onze heures passées. Joey avait dû monopoliser le téléphone pendant toute la soirée, l'obligeant à attendre jusqu'à cette heure tardive.

Christopher était déjà couché mais il ne dormait pas et pensait à elle, étendu sur son lit, dans le noir.

— J'imagine que maintenant, c'est vous qui m'en voulez, dit-il.

— Ne refaites jamais une chose pareille quand mon fils est à la maison !

— Pourquoi ?

— Pour l'amour du ciel, Christopher, que vous arrive-t-il ?

— Il m'arrive que je ne sais pas si je dois vous traiter

comme ma mère ou comme la femme que j'aime ! Voilà ce qui se passe ! Que voulez-vous que je fasse ? Que je ne mette plus les pieds chez vous ? Parce que j'en suis capable, vous savez !

Lee ne dit rien pendant un long moment, puis elle laissa échapper un juron.

— Est-ce que vous êtes en train de pleurer ? demanda-t-il.

— Non, pour une fois, je ne chiale pas !

— Je ne sais pas quoi vous dire, Lee...

— Au fond, je suis comme vous, dit-elle. Moi non plus, je ne sais pas quelle attitude adopter vis-à-vis de vous. Quand vous arrivez à la maison, j'ai l'impression de retrouver Greg. Mais ça ne dure pas car je sais bien que... vous n'êtes pas mon fils. Vous ne lui ressemblez pas du tout. Et le plus drôle, c'est que quand vous êtes là, je ne pense plus à lui... Mais dès que vous partez, je me sens affreusement coupable.

— Coupable de quoi ?

— Laissez tomber... Nous ne sommes pas en train de jouer dans un mélo. Il s'agit de la vie réelle et vous ne m'obligerez pas à dire des choses dont je ne veux pas parler.

Christopher resta silencieux : il se sentait aussi perdu qu'elle.

— Je crois qu'il vaudrait mieux ne pas se voir pendant quelque temps, proposa Lee. Je suis encore sous le coup de la mort de Greg et cela explique bien des choses.

— Si c'est ce que vous voulez...

— Ce n'est pas ce que je veux, corrigea Lee d'une voix empreinte de tristesse. Mais c'est ce que nous avons de mieux à faire.

— Je comprends.

Il y eut à nouveau un silence que Lee finit par rompre.

— Il est tard. Et demain, il faut que nous allions à l'église.

— Bien sûr.

— Au revoir.

— Au revoir...

Aucun d'eux n'osait raccrocher car il savait bien que ce

geste signifiait la fin de leur relation. Christopher imaginait Lee couchée dans son lit sous la courtepointe bleue et elle l'imaginait allongé dans sa chambre.

— Merci encore pour le dîner, dit-il finalement. J'ai tellement bien mangé que j'ai l'impression d'avoir un ventre aussi gros que celui d'Orson Welles.

Lee se sentait trop triste pour rire. Ils se dirent à nouveau au revoir et, cette fois, Christopher raccrocha. Puis il resta étendu dans le noir à se demander si Lee avait elle aussi les yeux qui la piquaient.

La belle saison était terminée, les premiers froids n'allaient pas tarder à arriver. À la perspective de devoir rester enfermée pendant les six mois à venir, Lee se sentait complètement déprimée.

Néanmoins, elle tint bon. Elle n'avait toujours pas rappelé Christopher quand, fin octobre, la ville d'Anoka se prépara à fêter Halloween.

Les festivités étaient excellentes pour le commerce, et la boutique de Lee, située dans le centre-ville, ne désemplissait pas. Tout le monde voulait acheter un pot de chrysanthème pour le mettre sur le seuil de sa maison ou une couronne de fleurs sèches à suspendre sur la porte.

Partout, on vendait des citrouilles que les habitants d'Anoka transformaient en lanternes : deux trous pour les yeux, un pour le nez, un pour la bouche et une bougie posée à l'intérieur. La plupart des gens qui possédaient une maison décoraient leur jardin en suspendant aux arbres des effigies de fantôme et des squelettes noirs dans les embrasures de porte. Près des réverbères, les bottes de foin, les épouvantails et les citrouilles faisaient leur apparition.

Le jour où les lycéens vinrent peindre la devanture de « Côté Fleurs », Lee et Sylvia travaillaient dans l'arrière-boutique. Près de la porte se trouvait un pot de cidre chaud, sous une affiche qui disait : *Servez-vous*. Les lycéens buvaient du cidre et s'amusaient comme des fous tandis qu'à l'intérieur du magasin Pat Galworthy renseignait deux clients. Lee était en train de changer l'eau des giroflées, une fleur de la famille du radis, et l'odeur que dégageait le récipient en métal lui faisait venir les larmes aux yeux.

— C'est dégoûtant ! dit-elle en plaçant les giroflées dans un autre seau.

Puis elle remplit d'eau javellisée le récipient où avaient trempé les fleurs.

— Maman m'a téléphoné hier, annonça Sylvia. Ils sont arrivés à Brattleboro, dans le Vermont. Elle t'a appelée ?

— J'ai eu des nouvelles mardi dernier.

— Elle m'a dit que le Vermont était magnifique.

— Je sais. Et j'ai l'impression qu'ils auront du mal à rentrer.

— Elle m'a parlé de ses projets pour Thanksgiving. Cette année, elle veut que le repas ait lieu chez eux.

— Tant mieux. Je suis contente de ne pas avoir à m'en occuper. Je ne suis pas d'humeur à ça.

— Bien entendu, elle veut que chacune de nous apporte quelque chose.

— Elle adore mes tourtes et je suis sûre que c'est ce qu'elle va me demander de faire.

— Moi, je compte cuisiner un plat de brocolis au riz sauvage. Au fait, ajouta Sylvia, elle m'a demandé de te dire d'inviter Christopher.

Lee cessa de remplir le récipient, mais Sylvia, qui ne s'était rendu compte de rien, continua :

— Maman et papa l'aiment beaucoup. Je ne sais pas si tu es au courant, mais quand Greg est mort, il leur a adressé un mot de condoléances. C'est le genre d'attention auquel maman est très sensible. Elle a aussi beaucoup apprécié qu'il la prenne dans son équipe de volley le jour du pique-nique. Est-ce que tu l'as vu récemment ?

Comme Sylvia la regardait, Lee recommença à nettoyer le récipient.

— Non, je ne l'ai pas revu.

— Passe-lui un coup de fil et dis-lui qu'il est invité pour Thanksgiving.

— D'accord. Je vais le faire.

— Et Joey alors ? Où en est son histoire d'amour avec Sandy ?

Lee profita de la question de sa sœur pour changer de sujet. Puis elles retournèrent dans le magasin. Les lycéens avaient fini de décorer la vitrine et ils vinrent les remercier et leur serrer la main. Sylvia leur offrit à chacun un œillet orangé. Le comptable du magasin, qui venait travailler deux fois par semaine dans le bureau situé au premier étage, les rejoignit et leur demanda quelques signatures. Lee s'essuya les mains et signa les factures qu'il avait préparées à son intention. Sylvia et Pat Galworthy se mirent à rentrer les plantes qui se trouvaient sur le trottoir. Puis Pat s'en alla et Lee alla éteindre la radio. En voyant sa sœur enfiler son manteau, elle ouvrit la bouche pour lui dire qu'elle ne voulait pas inviter Christopher. Mais, imaginant d'avance la réaction de Sylvia, elle garda le silence.

Lorsqu'elles sortirent dans la rue, le vent faisait tourbillonner les feuilles mortes sur le trottoir. Remontant le col de son manteau, Sylvia se dirigea vers sa voiture et avait déjà ouvert la portière quand Lee la rappela :

— Pour Thanksgiving... commença-t-elle.

Sa sœur tourna la tête, attendant la suite.

Incapable de trouver une bonne excuse pour écarter Christopher, Lee improvisa.

— J'aimerais bien essayer une nouvelle recette de légumes, dit-elle. Veux-tu faire les tourtes à ma place ?

— Maman va être déçue. Elle trouve que ta pâte est meilleure que la mienne.

— Si c'est comme ça, je peux faire les deux.

— Attendons qu'elle soit rentrée pour nous organiser, proposa Sylvia.

« Espèce de froussarde ! », se dit Lee en s'installant dans sa voiture. Au lieu de mettre le contact, elle agrippa le volant, furieuse contre elle-même. Non seulement elle était triste de ne pouvoir l'inviter mais elle s'en voulait de le priver de ce repas de famille qui, elle le savait, lui aurait fait tellement plaisir. Elle était d'autant plus malheureuse que, pour expliquer son absence, elle allait être obligée de mentir et de dire à sa mère qu'il était de service ce jour-là.

Le jour du grand défilé, Anoka entra en effervescence bien avant midi. Des milliers de personnes envahirent le centre-ville. Les rues qui donnaient dans Main Street étaient pleines de voitures, garées pare-chocs contre pare-chocs et des enfants costumés grouillaient sur les trottoirs sous la bonne garde de leur mère. Devant la vitrine de « Côté Fleurs », sur laquelle les lycéens avaient peint à la détrempe de grandes gerbes de maïs, des spectateurs avaient déjà installé des sièges pliants, et à l'intérieur de la boutique on se serait cru dans une maison de fous. Il y avait un ou deux acheteurs sérieux mais les autres clients n'étaient que des curieux qui fichaient la pagaïe. Une femme portant dans ses bras un bébé en pleurs abîma les cartes de vœux qu'elle était en train de regarder quand son rejeton eut un soudain sursaut en arrière. Un groupe de jeunes garçons avait découvert le pot de cidre et n'arrêtait pas d'entrer et de sortir du magasin, utilisant les gobelets en papier fournis par Lee pour servir à boire à leurs copains qui attendaient sur le trottoir. À un moment donné, une vieille femme au regard fou entra en trombe dans le magasin et demanda à Sylvia : « Puis-je utiliser vos toilettes ? » Une demi-heure plus tard, une jeune fille qui faisait partie du cortège de Miss Anoka se précipita vers Lee en lui disant, affolée : « Vite ! Donnez-moi les corsages des candidates du concours de beauté ! » Le téléphone n'arrêtait pas de sonner et les clients faisaient la queue devant le comptoir. La porte s'ouvrit à nouveau et le courant d'air envoya valser le support en treillis métallique sur lequel était posé un pot de cyclamen.

À une heure, Lee tapa dans ses mains et annonça :

— C'est fini ! On ferme !

Lorsqu'elle se retrouva dans la rue au milieu de la foule qui attendait l'arrivée de la garde, elle poussa un soupir de soulagement.

Quelle belle journée ! Le ciel était d'un bleu profond, parsemé de quelques rares nuages blancs. Le thermomètre placé à côté de la devanture annonçait huit degrés et le soleil brillait, réchauffant Lee à travers sa veste en jean.

Main Street était pavoisée de drapeaux orange et noir et de drapeaux américains.

Une voiture de police descendit Main Street, faisant bondir le cœur de Lee. Mais ce n'était pas Christopher qui la conduisait.

10

Lee ne téléphona pas à Christopher pour lui transmettre l'invitation de ses parents.

Le 18 novembre, quand ceux-ci rentrèrent de voyage, Peg téléphona aussitôt à sa fille. Après lui avoir annoncé que le repas aurait lieu le 23 novembre et qu'elle voulait que Lee se charge des tourtes, elle lui demanda :

— Christopher sera là, n'est-ce pas ?

— Je ne pense pas, répondit Lee. Je crois qu'il travaille ce jour-là.

— Quel dommage !

Lee raccrocha tout en se sentant horriblement coupable.

Le mardi précédant Thanksgiving, Peg et Orrin Hillier se trouvaient au supermarché Red Owl et ils venaient de s'engager dans le rayon des surgelés quand, soudain, ils tombèrent sur Christopher qui, ayant fini son service, faisait quelques courses avant de rentrer chez lui.

— Christopher ! s'écria Peg. Je ne m'attendais pas à vous trouver ici !

— Comment allez-vous, madame Hillier ?

Peg l'embrassa sur les deux joues et Orrin lui serra la main. Debout au milieu du rayon, les Hillier lui parlèrent du voyage qu'ils venaient de faire en Nouvelle-Angleterre, des somptueuses couleurs d'automne qu'il leur avait été donné de voir dans le Vermont et de leur long périple le long de la côte est jusqu'à Charleston.

Puis Peg lui dit :

— J'ai vraiment été désolée d'apprendre que vous ne pourriez pas venir déjeuner chez nous pour Thanksgiving.

Ne comprenant pas très bien ce qui se passait, Christopher réussit à cacher sa surprise.

— J'en suis navré moi aussi, dit-il. Vous savez à quel point les célibataires apprécient la cuisine familiale.

— J'espérais que vous seriez en congé ce jour-là. Mais Lee m'a dit que vous étiez de service.

Poussé par il ne savait quel démon, Christopher lui dit la vérité :

— Je ne prends mon service qu'à trois heures.

— Alors, ça ira très bien ! Nous nous mettrons à table à une heure et vous pourrez déjeuner avec nous avant d'aller travailler.

— C'est très gentil à vous, madame Hillier. Je viendrai avec plaisir.

— Nous servirons le cidre chaud à partir de onze heures. Venez nous rejoindre à ce moment-là.

— Je n'y manquerai pas. Merci d'avoir pensé à m'inviter pour cette fête familiale.

— C'est normal, répondit Peg, qui semblait flattée. Vous faites en quelque sorte partie de la famille.

Et pour lui en donner la preuve, elle le serra à nouveau dans ses bras au moment de lui dire au revoir.

La veille de Thanksgiving, Lee composa un bouquet de table plein d'élégance, que Rodney irait livrer en fin de journée chez ses parents. Il s'agissait d'un mélange de renoncules couleur abricot, de choux frisés et de grenades séchées, attachés ensemble à l'aide de longues tiges de lierre grimpant et d'un ruban armé de fil de fer en gros grain bicolore. Elle posa le milieu de table sur un support ovale en cuivre poli et écrivit sur la carte qui l'accompagnait : *Joyeux Thanksgiving, grosses bises, Sylvia et Lee.*

Tout en composant ce décor de table, elle n'avait pas cessé de penser au Thanksgiving de l'année précédente, qui avait eu lieu chez elle, avec Greg bien sûr. Cela faisait maintenant cinq mois qu'il était mort et, pourtant, elle ne s'était pas encore faite à l'idée qu'elle ne le reverrait plus jamais, et elle appréhendait cette réunion de famille où l'absence de son fils serait encore plus dure à supporter que d'habitude.

Debout à un mètre de la table, elle jetait un dernier coup d'œil à son travail quand Sylvia la rejoignit dans l'arrière-boutique.

— Un vrai chef-d'œuvre, dit-elle après avoir admiré l'équilibre et les couleurs de la composition. (Puis elle ajouta en posant sa main sur l'épaule de sa sœur :) J'aimerais bien réaliser quelque chose comme ça au moins une fois dans ma vie.

— Et moi, j'aimerais bien être aussi douée que toi en affaires, répondit Lee en la prenant par la taille. C'est pour ça que nous travaillons ensemble, non ?

— Maman va être folle de joie.

Comme Lee ne semblait pas partager son enthousiasme, elle lui demanda :

— Ça ne va pas ?

Au lieu de répondre, Lee regarda les fleurs.

— Tu penses à Greg ?

Lee ne put retenir plus longtemps ses larmes. Sylvia la prit dans ses bras et posa son front contre le sien.

— C'est à cause de Thanksgiving, dit Lee. Le premier que je vais passer sans lui. Ce jour-là, nous sommes censés remercier le ciel de ses bienfaits. Mais cette année, je ne me sens pas particulièrement heureuse.

— Je sais bien, murmura Sylvia.

Elles restèrent quelques instants silencieuses à regarder ce milieu de table qui semblait avoir perdu toute importance.

— Je me sens parfois tellement seule, Sylvia.

— Ma pauvre chérie !

Lee sortit un mouchoir de sa poche et s'essuya les yeux.

— Je ne sais pas ce qui m'arrive, dit-elle. Je n'ai pourtant pas de raisons de me plaindre. Et j'ai bien de la chance de travailler avec toi, Sylvia. Merci. Cela m'a fait du bien de dire ce que j'avais sur le cœur.

Ce soir-là, Lee n'eut guère le temps de penser à Greg : Janice était là, Joey renonça à aller voir Sandy Parker et ils passèrent une agréable soirée à préparer quatre tourtes au potiron et la nouvelle recette d'artichauts de Lee. Et comble de bonheur, dans la nuit, la neige se mit à tomber pour la première fois de l'année.

Compte tenu du nombre d'invités, Peg avait installé deux tables bout à bout recouvertes d'une nappe damassée blanche, et elle avait sorti son service en porcelaine de Bavière, choisi par le décorateur pour s'harmoniser avec la décoration classique des deux pièces : moquette gris souris, meubles fonctionnels aux lignes pures, divans et fauteuils blancs capitonnés.

Trop jeune pour être impressionnée par la splendeur de cette table qu'éclairaient les immenses baies vitrées, Marnie s'amusait à courir tout autour en touchant au passage le dossier des chaises.

Voyant que Lee jetait un coup d'œil à la gerbe posée au milieu de la nappe, elle lui demanda :

— C'est toi qui l'as faite ?

— Oui, répondit-elle.

— C'est drôlement joli.

— Merci, répondit Lee en se disant que cette gerbe était digne de la table dressée par sa mère.

Comme d'habitude, Peg avait veillé aux moindres détails et disposé à côté de chaque assiette une petite carte portant le nom de chaque invité.

Marnie sortit de la pièce en courant et Lee se dirigea à son tour vers le joyeux brouhaha qui venait du bureau. Dans cette grande pièce, située sur le devant de la maison, les invités étaient en train de discuter par petits groupes, installés sur les divans en cuir et autour de la cheminée où, derrière le pare-feu en cuivre, flambaient de grosses bûches. Debout à côté d'une table ronde au pied tarabiscoté, Peg venait de verser à l'aide d'une louche du cidre chaud dans une tasse en cristal et, après y avoir ajouté un bâton de cannelle, elle la tendait à... Christopher Lallek !

Lee ne put s'empêcher de piquer un fard.

Christopher prit la tasse, remercia Peg en souriant, puis

il but une gorgée de cidre et se tourna vers Janice qui, une tasse à la main, était en train de lui parler.

Elle dit quelque chose qui le fit rire, puis il approcha à nouveau la tasse de ses lèvres et, levant les yeux, aperçut Lee qui, debout sur le seuil de la pièce, semblait complètement éberluée. Il fit preuve de plus de présence d'esprit qu'elle et, se tournant vers Janice sans cesser de sourire, il lui dit :

— Tiens, voilà ta mère.

Lee s'avança vers lui et Janice demanda, tout excitée :

— Pourquoi ne m'as-tu pas dit que Christopher venait ?

— Je croyais qu'il était de service aujourd'hui.

— Finalement, je ne travaille qu'à partir de trois heures, dit-il en l'embrassant sur la joue. Tous mes vœux pour Thanksgiving, madame Reston. Je suis content d'avoir pu venir.

— Moi aussi, je suis heureuse que vous soyez là, répondit Lee.

Et elle disait vrai : comme Christopher lui avait manqué ! Bien que ce fût elle qui ait voulu qu'il s'éloigne, elle avait l'impression d'avoir pris là une des décisions les moins judicieuses de sa vie. Un jour, comme il s'étonnait qu'elle n'ait pas de petit ami, elle lui avait dit qu'elle ne se sentait pas seule. Mais, la veille, elle avait avoué exactement le contraire à Sylvia. Et elle se rendait compte maintenant que la solitude ne lui pesait vraiment que depuis qu'elle ne le voyait plus.

Il portait un pantalon gris en laine, une chemise blanche, une cravate bleu pastel et un gilet en laine bleu marine. Lee, habituée à le voir en jean ou en uniforme, avait l'impression de découvrir un nouveau Christopher, plus attirant encore qu'à l'ordinaire. Et pour la première fois, elle dut admettre que cette attirance était d'ordre sexuel.

Il semblait très à l'aise dans cette famille où tout le monde le connaissait et où sans doute tout le monde l'appréciait. Mais quelle serait la réaction des proches de Lee si elle sortait *vraiment* avec lui ?

Janice semblait radieuse. Debout à côté de lui, elle le couvait des yeux et, les rares fois où elle ouvrait la bouche, il riait. À un moment donné, elle toucha son bras. Ce fut très rapide mais Lee reconnut aussitôt le geste d'une femme qui flirte d'une manière subtile avec un homme. Quel couple ils formaient tous les deux ! Lui, bel homme et éclatant de santé. Janice avec ses cheveux bruns et fournis qui encadraient un visage sans aucune ride. Comment était-il possible que Christopher soit attiré par elle et non par sa fille ?

De la cuisine, Peg cria qu'elle avait besoin d'un coup de main. Orrin recruta quelques femmes pour servir le vin et apporter les plats sur la table. Puis il se dirigea vers la cuisine afin de découper la dinde farcie.

Une carafe de vin à la main, Lee fit le tour de la table pour remplir les verres, notant au passage ce qu'elle n'avait pas remarqué un peu plus tôt : Christopher allait être assis entre Janice et elle. Comme il ne boirait certainement pas de vin, elle alla chercher du jus de canneberge dont elle remplit son verre.

Grâce aux petites cartes de Peg calligraphiées, les invités ne mirent pas longtemps à trouver leur place. Christopher écarta galamment la chaise de ses deux voisines puis s'assit entre Janice et Lee.

— Joignons les mains et disons une prière ensemble, proposa Orrin.

Lee prit la main de Joey à sa gauche et celle de Christopher, installé à sa droite. Sa main était douce et chaude. Elle eut un peu honte de ses propres mains sèches et rugueuses à force de manier les fleurs et de nettoyer les récipients à l'eau de Javel. Mais cela ne l'empêcha pas d'apprécier le courant qui passait entre son voisin et elle.

Orrin baissa la tête.

— Seigneur, en ce jour de Thanksgiving, nous Te remercions de la part de tous ceux assis autour de cette table pour la bonne santé, la prospérité et le bonheur qui sont les nôtres. Nous Te remercions pour Tes bienfaits et Te demandons de nous protéger tout au long de l'année à venir. Nous Te demandons aussi de prendre soin de Greg, qui nous a quittés mais se trouve maintenant près de Toi... (Lee sentit que Christopher lui serrait plus fortement la main et elle répondit de la même manière à la pression de ses doigts.) Aide-nous à accepter son absence et à ne pas demander pourquoi Tu l'as rappelé à Toi. Donne tout particulièrement le courage à Lee, Janice et Joey pendant l'année à venir. Jusqu'à ce que nous nous réunissions à nouveau pour Thanksgiving, merci, Seigneur, pour tout.

Autour de la table, chacun attendit un certain temps avant de relever la tête. Christopher garda la main de Lee le plus longtemps possible dans la sienne et, lorsqu'il la regarda, il vit qu'elle avait les larmes aux yeux.

— Je suis heureux d'être ici aujourd'hui, murmura-t-il en lâchant sa main.

Assise à côté de Christopher, Lee pouvait respirer le parfum de son eau de toilette, toucher sa manche, observer ses mains occupées à manier les couverts en argent sans que personne ne se rende compte de rien. Tout au plus devait-on se dire qu'elle était plus silencieuse qu'à l'ordinaire et attribuer ce calme inhabituel à la prière d'Orrin.

Lorsque les conversations s'animèrent autour de la table, elle s'obligea néanmoins à adresser la parole à Christopher.

— Vous n'êtes de service qu'en milieu d'après-midi, commença-t-elle.

— Oui. De trois heures à onze heures.

— Vous allez avoir du travail ?

— Ce soir, sûrement. Pas mal de jeunes ont quitté l'université pour passer le week-end chez eux et ils vont se retrouver dans les bars de la ville. Vous savez ce que c'est quand les jeunes boivent trop d'alcool.

Christopher se resservit de pommes de terre qu'il arrosa généreusement avec la sauce de la dinde.

— Et vous ? demanda-t-il. J'imagine que demain vous n'allez pas chômer non plus.

— En effet ! Demain et samedi, ce sont nos plus gros jours de vente de l'année. Je préfère ne pas y penser.

— Et ensuite, vous allez avoir la ruée de Noël.

— Ça a déjà commencé. Mais nous avons l'habitude. Nous préparons d'avance des couronnes de fleurs sèches que nous vendons à partir du week-end de Thanksgiving.

Ils continuèrent à échanger des banalités, se comportant

comme l'ami et la mère de Greg à l'intention de Janice et Joey, qui pouvaient entendre tout ce qu'ils disaient.

À deux heures, après avoir regardé sa montre, Christopher annonça à Peg :

— Je suis désolé de devoir vous quitter aussi vite, mais je prends mon service à trois heures et je dois donc me présenter au commissariat pour l'appel une demi-heure avant, en tenue de policier. Ce qui veut dire qu'il faut que je passe chez moi avant pour me changer.

— Déjà ! s'écria Peg qui semblait déçue. Mais vous n'avez pas mangé votre part de tourte.

— Quelqu'un d'autre en profitera. J'ai tellement bien déjeuné !

Christopher quitta la table et, après avoir dit au revoir aux invités, il suivit Orrin dans l'entrée pour y récupérer son manteau. Après quelques secondes d'hésitation, Lee les rejoignit. Christopher venait d'enfiler son pardessus en laine grise et il était en train de mettre son écharpe quand Peg arriva elle aussi, portant une part de tourte enveloppée dans du papier d'argent.

— Vous mangerez ça ce soir en rentrant chez vous, dit-elle. Un repas de Thanksgiving ne se conçoit pas sans tourte au potiron.

— Je sais maintenant de qui Lee tient cette habitude de toujours donner quelque chose à emporter à ses invités, dit-il. Et merci encore une fois pour ce merveilleux déjeuner.

Il embrassa Peg, serra la main d'Orrin et se pencha vers Lee pour l'embrasser sur la joue.

Elle lui ouvrit la porte et le regarda se diriger vers sa voiture garée un peu plus loin dans l'allée. Le vent faisait virevolter l'extrémité de sa longue écharpe. Il ouvrit la portière de l'Explorer et, avant de pénétrer dans la voiture, se retourna pour la saluer de la main.

Comme le jour du défilé, dès qu'il fut parti, Lee ne trouva plus aucun plaisir à cette fête de famille.

À six heures et demie, quand Janice annonça qu'elle devait sortir avec des amis et qu'elle désirait passer avant à la maison pour se changer, Lee en profita pour prendre congé de ses parents.

En arrivant chez elle, elle enfila un survêtement et Joey fit la même chose tandis que Janice monopolisait la salle de bains. À huit heures et demie, quand Jane et Sandy vinrent chercher Janice, Lee et son fils étaient installés devant la télévision et regardaient un film.

Trois quarts d'heure plus tard, on sonnait à la porte.

Après avoir jeté un coup d'œil à Joey qui s'était endormi sur le divan, Lee alla ouvrir.

Christopher l'attendait, debout sur le seuil, sans avoir coupé le moteur de sa voiture de patrouille qui stationnait dans l'allée, tous phares allumés.

— Je veux vous parler, dit-il. (Pas de sourire, aucune douceur au fond de sa voix, un simple exposé des faits). Pouvez-vous venir dans ma voiture une minute ?

— Joey est à la maison.

— Dites-lui où vous êtes et venez me rejoindre.

— Vous ne voulez pas entrer ?

— Non, si Joey est là, nous ne pourrons pas discuter.

Il semblait décidé à avoir avec elle cette explication qu'elle avait fait tout son possible pour éviter.

— D'accord, dit-elle. J'arrive dans une minute.

Elle ouvrit le placard de l'entrée, enfila une veste et, jetant un coup d'œil dans le living, expliqua à Joey :

— Christopher est là. Je vais le rejoindre quelques minutes dans sa voiture pour parler avec lui.

Joey se retourna sur le divan en marmonnant et se rendormit aussitôt.

Lee passa devant Christopher et, dès qu'il lui eut ouvert la portière, s'installa dans la voiture de patrouille. Le chauffage marchait et il faisait bon à l'intérieur. Tout un attirail était posé en désordre entre le siège du conducteur et celui qu'occupait Lee. Elle sentit derrière ses genoux la crosse du fusil accroché sous son siège. Sur le tableau de bord, on apercevait la lueur rouge de la radio et un micro pointé en direction du conducteur. Sur le siège lui-même était fixé un support en bois pour une tasse, avec un espace derrière, où étaient rangés des carnets. Le siège du conducteur était séparé de l'arrière du véhicule par une vitre qui se prolongeait, derrière le siège où était assise Lee, par une grille en acier.

Christopher commença par baisser le volume de la radio et plaça sa casquette sur le micro. Puis, le coude gauche posé sur le volant, il se tourna vers Lee.

— Ces dernières semaines... commença-t-il.

— Je suis désolée... dit-elle en même temps. (Puis elle reprit, la première :) Je suis désolée de ne pas vous avoir invité pour Thanksgiving.

— Le problème n'est pas là. Je comprends très bien pourquoi vous ne m'avez pas transmis l'invitation de votre mère.

— Je m'excuse. C'était vraiment égoïste de ma part.

— Je ne vous en veux pas. Mais ce n'est pas pour ça que je voulais vous voir ce soir. (Appuyant son dos contre le siège, Christopher regarda la porte du garage de Lee qui, pour une fois, était fermée.) Pour moi, les dernières semaines ont été difficiles. Je n'aime pas la manière dont les choses ont évolué entre nous. Cela m'a rendu très malheureux. Et vous ?

— Je me suis sentie très seule, avoua Lee en fixant elle aussi le pare-brise.

— Je sais parfaitement pourquoi nous avons cessé de nous voir, reprit-il. Mais je ne pense pas que la question soit vraiment là. La vérité, c'est que je désire vous revoir et je tiens à ce que vous sachiez que ce n'est pas pour que vous m'offriez du gâteau ou votre sympathie ni même pour remplacer auprès de vous votre fils. Je veux que nous puissions passer un moment ensemble sans penser à tout ça. Je n'aurai une soirée de libre que dimanche prochain. Si vous êtes d'accord, j'aimerais bien vous emmener au cinéma.

— Que vais-je dire à Joey ?

— La vérité.

— Non, Christopher, c'est impossible !

— Pourquoi ?

— Vous savez bien pourquoi...

— Vous n'avez pas hésité à lui dire que nous avions fait

un tour sur la roue Ferris ou que nous allions marcher ensemble.

— Mais à chaque fois, il était avec nous. Cela fait une sacrée différence.

— La différence, c'est vous qui la sentez, pas lui. Si vous lui dites que vous allez passer la soirée avec moi, il l'acceptera.

— Ça me fait peur, avoua Lee.

— Il n'y a pourtant rien d'effrayant dans le fait d'aller au cinéma. Prévenez-le. Je suis sûr qu'il trouvera ça tout à fait normal.

— D'accord, répondit Lee, toute surprise d'avoir accepté si facilement sa proposition.

— Vraiment ? s'étonna à son tour Christopher.

Il augmenta soudain le volume de la radio, bien que Lee n'ait pas entendu le mot « Bravo » qui indiquait que l'appel concernait la police d'Anoka. La voix du dispatcher annonça :

— ... on nous signale une voiture en excès de vitesse, direction nord, voie rapide de Main.

— À l'est de Main ou à l'ouest ? demanda-t-il.

— À l'est.

— Dix-quatre, répondit Christopher, avant d'ajouter à l'intention de Lee : Le devoir m'appelle.

— On se voit dimanche, promit Lee en ouvrant la portière.

— Je vous téléphonerai avant.

— D'accord, dit-elle en sortant de la voiture.

— Au fait, Lee, reprit-il. Votre tourte était une merveille.

Elle sourit et fit claquer la portière.

Quand le dimanche soir arriva, Lee dut reconnaître qu'elle s'était fait du souci pour rien. Janice avait quitté la maison en fin d'après-midi pour rentrer à l'université et Joey, après avoir téléphoné à Denny Whitman, lui annonça :

— Je vais passer la soirée chez Denny. Nous allons jouer à des jeux vidéo. Tu peux m'emmener chez lui en voiture ?

— Pas de problème, répondit Lee, en calculant qu'elle aurait largement le temps de se préparer à son retour.

Lorsqu'elle se retrouva toute seule chez elle, elle se mit à réfléchir à la tenue qu'elle allait choisir, hésitant à se mettre sur son trente et un, pesant le pour et le contre et se demandant si elle devait ou non se parfumer. C'était quand même incroyable ! Elle avait rendez-vous avec un homme pour la première fois depuis vingt-six ans et elle était terrifiée !

Finalement, elle choisit de mettre un jean (afin de réduire l'importance de l'événement) et un pull-over, le même maquillage que lorsqu'elle travaillait et pas plus de parfum que d'habitude. Et ses cheveux ? Elle se contenta de les brosser énergiquement.

Dès qu'elle entendit le coup de sonnette de Christopher, elle se précipita vers la porte d'entrée, la poitrine serrée et le visage en feu, se demandant avec inquiétude dans quoi elle s'embarquait.

Lui aussi, il portait un jean, sous une veste trois-quarts rouge, et il semblait beaucoup plus à l'aise que Lee. Après lui avoir dit bonsoir, il referma la porte d'entrée et lui demanda :

— Vous êtes prête ?

— Si ça ne vous ennuie pas, je vais d'abord téléphoner à Joey. Il passe la soirée chez Denny Whitman et je voudrais savoir s'il veut que j'aille le rechercher.

Lee se rendit dans la cuisine pour appeler son fils et, dès qu'elle l'eut au bout du fil, elle lui annonça :

— Je vais au cinéma avec Christopher. Nous serons de retour à la maison à neuf heures et demie. (Joey avait dû lui demander le nom du film qu'elle allait voir car, au bout de quelques secondes, elle ajouta :) *La Firme*.

Elle lui parla encore pendant quelques minutes puis, après avoir raccroché, expliqua à Christopher :

— Le père de Denny a proposé de le ramener à la maison.

Il l'eut l'élégance de ne pas lui dire : Je m'en doutais.

Il l'aida à enfiler sa veste en jean et ouvrit la portière droite de l'Explorer — comme un petit ami digne de ce nom.

Pendant toute la durée du film, ils restèrent assis l'un à

côté de l'autre, leurs deux coudes se touchant sur l'accoudoir, retenant leur respiration quand, sur l'écran, deux des acteurs échangèrent un long baiser.

— Ça vous a plu ? demanda Christopher lorsqu'ils se retrouvèrent dans l'Explorer.

— Oui. Et vous ?

— J'ai préféré le livre.

— Le film est bien meilleur que le roman ! s'écria Lee.

La discussion au sujet des mérites comparés du livre et du film se poursuivit jusqu'à ce que Christopher se gare dans l'allée. Comme la chambre de Joey se trouvait à l'arrière de la maison, ils ne pouvaient pas savoir s'il était rentré.

— J'ai fait une tourte aux pêches, expliqua Lee. Voulez-vous en manger un morceau avec un peu de glace à la vanille ?

— Je ne dis pas non.

En entrant, Lee cria :

— Tu es là, Joey ?

Elle enleva sa veste, vérifia que la chambre de son fils était vide et rejoignit Christopher dans la cuisine.

— Il ne va pas tarder, dit-elle. Il sait qu'il doit être rentré avant dix heures.

Il était dix heures moins le quart.

Lee mit la tourte aux pêches à réchauffer dans le four à micro-ondes et sortit la glace à la vanille du congélateur. Christopher avait posé sa veste sur le dossier d'une chaise et il attendit qu'elle ait fini de servir la glace et la tourte chaude pour s'asseoir en face d'elle.

La maison était calme et l'ambiance intime : pas de radio, pas de télévision, pas de Joey en train d'aller et venir d'une pièce à l'autre.

Avant d'attaquer sa tourte, Lee jeta un coup d'œil à Christopher : immobile, les poignets posés sur le bord de la table, il l'observait. Ses yeux bleus ne souriaient pas et Lee lui avait rarement vu un regard aussi décidé.

— Finissons-en avec ça, dit-il en retirant de la main de Lee sa cuillère qu'il posa sur la table.

Puis il l'attira vers lui, la fit asseoir sur ses genoux,

l'enlaça et, levant la tête, posa ses lèvres sur les siennes. Rien à voir avec le rapide baiser qu'il lui avait donné quelques semaines plus tôt sur le pas de sa porte. Cette fois, c'était un baiser passionné, auquel elle s'abandonna aussitôt, lui enlaçant le cou tandis que son cœur semblait se dilater dans sa poitrine.

Lâchant le dos de Lee, Christopher posa ses mains sur ses hanches, éloignant à regret ses lèvres des siennes, et ils se regardèrent un long moment, la respiration sifflante, sans prononcer un mot.

— J'avais tellement envie de vous embrasser, avoua-t-il d'une voix rauque, que je me sentais incapable de manger quoi que ce soit.

— Moi aussi, dit Lee en retournant s'asseoir sur sa chaise.

Elle s'obligea à manger une cuillerée de glace puis à nouveau leva la tête pour regarder Christopher. Et soudain les neuf années pendant lesquelles elle avait été privée d'affection lui parurent une éternité. Elle laissa tomber sa cuillère sur la table et se précipita vers lui.

Tout se passa très vite. L'instant d'avant elle était assise en sûreté sur sa chaise et maintenant elle était debout au-dessus de lui, tenant à deux mains le visage de Christopher, se penchant vers lui et posant ses lèvres sur les siennes. Quelques secondes plus tard, elle relevait sa jambe gauche et s'asseyait à califourchon sur lui. D'un mouvement brusque, il écarta la chaise de la table et pressa Lee contre lui. Tandis qu'elle embrassait avidement ses lèvres chaudes et pleines, il glissa ses mains sous ses cuisses.

Cela faisait si longtemps qu'ils attendaient tous deux ce moment qu'il semblait à Lee qu'ils avaient le droit d'en profiter pleinement. Le regard fixé sur la porte d'entrée, elle priait le ciel que Joey attende un peu avant de rentrer.

Craignant de perdre tout contrôle, elle voulut se reculer et dit :

— Il faut que je...

Mais Christopher l'attira à lui et lui emprisonna à nouveau les lèvres. Lee songea pendant un court instant à quel point il était plus jeune qu'elle. Puis elle chassa cette pensée en se disant que leur différence d'âge n'avait aucune espèce d'importance : ils n'étaient plus qu'un homme et une femme, et seule comptait la passion qu'ils mettaient dans ce baiser.

D'un commun accord, ils se séparèrent, un peu éberlués par ce qui venait d'arriver.

— Joey ne va pas tarder à rentrer, murmura Lee en retournant s'asseoir sur sa chaise.

Après avoir jeté un coup d'œil à sa tourte aux pêches qui attendait toujours au fond du bol au milieu d'une petite mare de glace fondue, elle avoua à Christopher :

— Cela fait neuf ans que je n'ai pas embrassé qui que ce soit.

— Vous plaisantez ? Ce n'est pas normal.

Elle haussa les épaules d'un air fataliste.

— Vous n'avez pas échangé de baiser avec un homme depuis que votre mari est mort ?

— J'ai essayé de sortir avec quelqu'un d'autre un an après sa mort, ne serait-ce que pour voir si j'en étais capable. Mais ça a été un tel fiasco que j'ai perdu toute envie de recommencer.

— Et ce soir, qu'est-ce que vous ressentez ?

— Je suis un peu effrayée. Un peu surprise. Mais pour moi, ça a été tout le contraire d'un fiasco.

Christopher lui sourit, tout heureux. Mais il préféra ne pas s'appesantir sur le sujet. Il savait bien que ce baiser n'était que le début de quelque chose et qu'il n'avait pas assouvi leur désir mutuel.

— Je crois que je ferais mieux de partir, dit-il d'une voix rauque.

Il enfila sa veste, remonta la fermeture-éclair et fouilla dans sa poche pour en sortir ses gants.

Assise sur le bord de sa chaise, Lee le regardait faire, le visage levé vers lui, les mains enfoncées dans les poches de son jean.

— Je suis désolé de ne pas avoir fait honneur à votre tourte aux pêches, s'excusa-t-il. (Puis, après un coup d'œil à ses gants qu'il tenait toujours à la main, il ajouta :) En réalité, je ne suis absolument pas désolé.

Lee eut un sourire amusé. Elle se leva et l'accompagna dans l'entrée. Avant qu'elle n'ouvre la porte, Christopher lui demanda :

— Voulez-vous que nous organisions une autre sortie ? Cela ne va pas être facile de faire coïncider nos deux emplois du temps.

— Attendons un peu, proposa Lee. Nous allons avoir du travail par-dessus la tête à la boutique et, pendant un mois, nous allons être obligées de faire des nocturnes. Je pense que nous allons prendre quelques extras mais, jusqu'à la fin de l'année, je risque d'avoir des horaires irréguliers.

— Pas de problème, répondit Christopher, sentant qu'il fallait avancer avec précaution.

— Je vous téléphonerai, promit Lee.

— À bientôt.

Christopher se garda bien de l'embrasser à nouveau. Après ce qui s'était passé dans la cuisine, il n'avait aucunement envie de filer à l'anglaise mais, en revanche, il éprouvait le besoin de rentrer chez lui pour réfléchir à ce qui venait de leur arriver.

11

Lee était à la fois surprise et choquée par ce qu'elle avait fait. Elle aurait bien aimé pouvoir en parler avec quelqu'un. Mais avec qui ? Pas question de se confier à Sylvia. Sa sœur était d'une pruderie à toute épreuve — quelles que soient par ailleurs ses qualités. Jamais elle ne parlait de sexualité. En public, ses manifestations d'affection à l'égard de son mari étaient si rares que Lee se demandait parfois ce qui pouvait bien se passer lorsqu'ils se retrouvaient dans leur chambre.

Quant à sa mère, elle était tellement à cheval sur les convenances que si Lee lui racontait qu'elle s'était assise sur les genoux d'un homme de quinze ans son cadet et l'avait embrassé pendant près d'un quart d'heure, elle se réfugierait aussitôt dans un silence désapprobateur.

Impossible de dire quoi que ce soit à Janice. En acceptant de répondre aux avances de Christopher, Lee avait l'impression d'avoir trahi la confiance de sa fille qui, un mois plus tôt, lui avait avoué être amoureuse de lui.

Elle ne pouvait pas non plus se confier aux jeunes femmes avec lesquelles elle travaillait. Elle s'était faite une règle de ne jamais avoir de relations avec ses employées en dehors des heures de travail, afin de conserver son autorité sur elles en cas de problème.

Si Joey avait été plus âgé, peut-être aurait-elle pu en parler avec lui. Mais, à quatorze ans, il croyait encore que faire claquer l'élastique d'un soutien-gorge était amusant et il faudrait attendre encore quelques années avant d'aborder avec lui des questions plus délicates.

Restait Lloyd. Lee avait l'impression que son beau-père saurait la conseiller et l'aider à sortir de l'impasse où elle se trouvait. Mais elle avait peur d'aborder un sujet aussi délicat avec le père de son mari décédé.

Aussi incroyable que cela fût, il n'y avait que Christopher auquel elle fasse assez confiance pour discuter du problème qui se posait à elle. Il avait eu raison de lui dire qu'il était anormal de ne pas avoir embrassé un homme depuis si longtemps. Maintenant qu'elle avait mis fin à cette longue abstinence, elle était tentée de mettre les bouchées doubles.

Deux jours après être sortie avec Christopher, elle eut la preuve qu'elle ne cessait de penser à lui. Elle se trouvait dans l'arrière-boutique avec Sylvia et était en train de discuter du prix faramineux des œillets incarnats à la veille des fêtes quand soudain elle se rendit compte que, plongée dans ses propres pensées, elle n'avait pas écouté la question que venait de lui poser sa sœur.

— Excuse-moi, dit-elle. Tu peux répéter ?

— Qu'est-ce qui t'arrive aujourd'hui ? demanda Sylvia en fronçant les sourcils.

— Rien. Qu'étais-tu en train de me dire ?

— Je voulais savoir si tu étais d'accord pour que nous engagions des lycéens pour couper des branches de conifère et les emballer dans des sacs en plastique.

— Bien sûr. C'est une bonne idée. Ça nous coûtera moins cher que de payer des fleuristes. Et il est inutile d'employer un personnel spécialisé pour ce genre de travail.

Lee se tut un court instant tout en réfléchissant à ce qu'elle pourrait dire à sa sœur pour lui montrer qu'elle n'était pas si distraite que ça et dissiper ses soupçons.

— N'oublie pas de commander des branches de cèdre, reprit-elle. Tu sais à quel point j'aime leur odeur.

— Est-ce que tu es tout à fait dans ton assiette, Lee ? demanda sa sœur.

— Tout va bien.

— Alors fais attention à ce que tu fais. Tu viens de mettre dans la chambre froide les branches de pin et les œillets.

Après avoir vérifié, Lee dut reconnaître que Sylvia avait raison. Si elle ne lui avait pas signalé sa bévue, les œillets ne se seraient jamais ouverts.

— Désolée, dit-elle tout en songeant qu'au lieu de s'imaginer assise sur les genoux de Christopher, elle ferait mieux de se concentrer sur son travail.

Deux autres jours passèrent sans qu'il lui téléphone. Le commissariat était situé dans Jackson Street, à un pâté de maisons de Main Street, si bien que les voitures de patrouille ne cessaient de passer devant la devanture du magasin, faisant à chaque fois bondir le cœur de Lee.

Une semaine après Thanksgiving, alors qu'elle était en train d'arroser des plantes en vitrine, elle aperçut un éclair blanc et noir, releva la tête et reconnut aussitôt le conducteur de la voiture de patrouille. Il la salua de la main. Elle lui rendit son salut et resta immobile, l'arrosoir à la main, tandis que le véhicule disparaissait en bas de la rue.

Quelques minutes plus tard, le téléphone posé sur le comptoir sonnait au fond de la boutique.

— C'est pour toi, Lee, cria Sylvia.

— Allô, répondit-elle en prenant l'écouteur.

— Bonjour, dit Christopher. Vous aviez fière allure au milieu de toutes ces fleurs.

Ne sachant pas quoi répondre, Lee ne dit rien. Le récepteur à la main, elle se sentait complètement idiote et faisait tout son possible pour ne pas rougir.

— Vous n'êtes pas seule.

— Oui, c'est ça.

— Est-ce que vous auriez un jour de libre au milieu de la semaine ?

— Peut-être. Pourquoi me demandez-vous ça ?

— Je n'ai jamais fait d'arbre de Noël mais j'aimerais en avoir un cette année. J'ai pensé que vous pourriez peut-être m'aider à choisir les décorations.

Sylvia demanda à sa sœur :

— Qui est-ce ?

Sans couvrir le récepteur, Lee répondit :

— C'est Christopher. Il me demande si je peux lui donner un coup de main pour son sapin de Noël.

— Dis-lui d'attendre une minute.

— Une minute, s'il vous plaît, Christopher.

— Moi aussi, j'ai besoin d'une journée de congé pour faire quelques courses avant Noël, expliqua Sylvia. Je te remplacerai et tu me rendras la pareille quelques jours plus tard.

— Quel jour vous arrangerait ? demanda Lee à Christopher.

— Je suis de congé mardi et mercredi.

— Mardi ? demanda Lee en regardant sa sœur. (Sylvia hocha la tête.) Je peux me libérer mardi, ajouta Lee à l'intention de Christopher.

— C'est parfait. Je passe vous prendre chez vous à dix heures.

— D'accord pour mardi dix heures.

Dès que Lee eut raccroché, Sylvia lui dit d'une voix plaintive :

— Chaque année, c'est la même chose. Il y a tellement à faire avant Noël que je me dis que jamais je n'y arriverai. Je n'osais pas t'en parler, car j'avais un peu honte de prendre une journée de congé avec tout le travail que nous avons à la boutique.

— Tu as bien fait de me le dire. Nous travaillons suffisamment toutes les deux pour nous absenter de temps en temps.

Tout en se remettant au travail, Lee se dit : « Comme c'est étrange que personne n'ait de soupçons quand je sors avec Christopher. » Après avoir réfléchi à la question, elle attribua cela à leur différence d'âge. Pour ses proches, il était inconcevable qu'elle ait une liaison avec un homme de trente ans. Comme en plus il avait été l'ami de Greg, ils devaient trouver tout naturel que Lee et ses enfants l'aient adopté, puisqu'il n'avait lui-même aucun contact avec ses parents. Au fond c'était très simple : le fait qu'il soit un familier de la famille Reston leur servait de camouflage.

Lee avait du mal à croire qu'en pleine semaine, au lieu d'aller travailler, elle puisse passer la journée avec l'homme auquel elle ne cessait de penser depuis quinze jours. Et pourtant, tel était le cas. Debout devant le miroir de la salle de bains, les yeux plus brillants qu'à l'ordinaire, elle examina son reflet en essayant de se voir avec les yeux d'un homme : une femme de quarante ans, plutôt mince pour son âge, encore assez jolie, à la coiffure toute simple et aux joues roses sans le secours d'aucun maquillage. Pour cette journée de sortie, elle avait choisi une tenue décontractée — pantalon noir en stretch et col roulé bleu-vert sous une épaisse chemise en coton à carreaux noir, jaune et bleu-vert — qui, elle l'espérait, ne lui donnait pas une allure d'étudiante. En effet, elle détestait voir une femme de son âge habillée comme si elle avait dix-huit ans.

Après un dernier coup d'œil à la glace, elle éteignit la lumière de la salle de bains et se posta dans l'entrée pour attendre Christopher. Ne sachant pas quelle contenance adopter après ce qui s'était passé quinze jours plus tôt dans la cuisine, dès qu'elle entendit le moteur de sa voiture, elle ferma la porte derrière elle et se précipita vers l'Explorer, lui laissant tout juste le temps de sortir pour lui ouvrir la portière.

Dès qu'il fut installé à côté d'elle, elle pria le ciel qu'il ne se penche pas vers elle pour l'embrasser alors que n'importe lequel de ses voisins pouvait passer dans la rue et les apercevoir.

Il n'en fit rien et se contenta de lui demander en reculant dans l'allée :

— Où allons-nous ?

— À Lindstrom, répondit-elle.

— Lindstrom ! s'étonna-t-il. Nous en avons pour une heure de route.

— Je crois que ça vaut le voyage, expliqua Lee. J'aimerais vous emmener au « Royaume du Père Noël », deux maisons mitoyennes du début du siècle situées dans l'artère principale de la ville. Je ne suis pas retournée dans ce magasin depuis très longtemps mais on y trouve des décorations de Noël qui viennent du monde entier et l'endroit est tellement féerique qu'on a l'impression de redevenir enfant. Je crois que ça vous plaira, conclut-elle avec un grand sourire.

Christopher passa la première et s'engagea dans Benton Street.

Le paysage qui défilait sous leurs yeux était parfaitement en accord avec leurs projets. Il avait gelé pendant la nuit et, sous le ciel gris perle, les branches des arbres portaient des stalactites étincelants. Le long des boulevards, la couche de neige atteignait soixante centimètres et des enfants, le bas du visage protégé par une écharpe, en profitaient pour faire des glissades sur ces pentes, à cheval sur des bouts de plastique bleu. La radio de la voiture diffusait des chants de Noël.

Dès qu'ils eurent quitté la ville, Christopher expliqua :

— Il faut aussi que j'achète un arbre de Noël. Qu'est-ce que vous me conseillez, un vrai conifère ou une imitation en plastique ?

— Les imitations sont affreuses et, bien entendu, elles n'ont aucune odeur.

— Vous aimez l'odeur des résineux ?

— J'adore ça. Nous en achetons beaucoup avant Noël car nous en mettons dans toutes nos compositions florales : des branches de sapin blanc, de sapin baumier et argenté, de cèdre, de thuya et de genévrier. J'aime tout particulièrement l'odeur légèrement citronnée du cèdre. Par contre, je déteste travailler avec le genévrier car c'est une plante qui vous abîme les mains.

Christopher jeta un coup d'œil aux mains de Lee mais elle portait des gants.

— Sylvia refuse carrément de toucher au genévrier. Mais elle peut se le permettre : la fleuriste, c'est moi, tandis qu'elle, elle s'occupe surtout de la paperasserie.

— Comment a-t-elle réagi au fait que nous passions la journée ensemble ? demanda-t-il en échangeant un rapide coup d'œil avec Lee.

— Elle n'a rien dit. Elle désirait surtout avoir un jour de libre pour pouvoir s'occuper de ses achats de Noël.

Laissant tomber le sujet, Christopher demanda à Lee de lui expliquer en quoi consistait son travail.

Il faisait partie de ces rares personnes qui écoutent votre réponse quand elles vous ont posé une question. Lee était tout heureuse de lui parler de son métier, car celui-ci n'intéressait guère ses enfants qui préféraient discuter avec elle de leurs propres affaires plutôt que des siennes.

Elle commença par lui décrire la journée type d'une fleuriste : les demandes des clients, les compositions florales dont elle s'occupait dans l'arrière-boutique, les fleurs fanées qu'il fallait jeter, les seaux qu'il fallait nettoyer avant d'y placer de nouvelles fleurs, débarrassées de leurs feuilles les plus basses.

Elle lui expliqua que la moitié des fleurs qu'elle vendait venaient d'Amérique du Sud. Puis elle lui raconta que les cartons qui arrivaient de Colombie, via Miami, étaient systématiquement contrôlés par les douaniers, qui cherchaient de la cocaïne à l'aide de tiges métalliques, et parvenaient à la boutique pleins de trous comme s'ils avaient été criblés de balles. Elle lui dit aussi qu'elle aimait se rendre aux foires-expositions et que la prochaine foire aurait lieu à Minneapolis au mois de janvier. D'ici là, il fallait qu'elles trouvent une nouvelle fleuriste, car Nancy était enceinte et elle n'allait pas tarder à prendre son congé maternité.

— Comment faites-vous pour juger des qualités d'une fleuriste ? demanda Christopher.

Lee lui répondit qu'il lui suffisait de regarder les mains de la fille qui cherchait du travail. Les bonnes fleuristes ne portaient pas de gants et elles travaillaient avec un couteau suisse et non avec des ciseaux. Quand on faisait ce métier, ajouta-t-elle, il ne fallait pas craindre de s'abîmer les mains, surtout à cette période de l'année où on n'arrêtait pas de manipuler des branches de résineux.

— Montrez-moi vos mains, demanda Christopher.

— Non.

— J'ai l'impression que vous avez un problème avec vos mains. Alors que moi je ne leur trouve rien de particulier.

— Elles sont tout abîmées.

— Une nouvelle facette de la personnalité de Lee Reston : gênée par ses mains.

— Vous avez raison, reconnut-elle.

Christopher n'insista pas.

En arrivant à Lindstrom, il gara l'Explorer le plus près possible de la rue principale et ils se dirigèrent aussitôt vers le « Royaume du Père Noël » où, dans la cour, ils furent accueillis par des rennes en bois grandeur nature qui portaient une couronne en osier autour de l'encolure et de longs rubans à carreaux rouge et vert.

L'intérieur du magasin était décoré de toutes sortes de guirlandes lumineuses qui n'arrêtaient pas de clignoter et on entendait tinter des cloches et des carillons venus du monde entier, qui jouaient des airs de Noël. Du plancher au plafond, les murs étaient couverts de rayons remplis de boules et de cloches, de cheveux d'ange, de guirlandes électriques pour sapin de Noël et de kits d'illuminations pour l'extérieur de la maison. Une des salles ne contenait que des petites babioles en bois peint, si bien que, quand on y entrait, on avait l'impression de se retrouver à Oslo. Des poupées à la tête en porcelaine étaient nonchalamment assises sur des rocking-chairs miniatures et, sur les rayons, trônaient des têtes de Père Noël aux joues roses et au regard malicieux. Un vendeur déguisé en Père Noël les accueillit avec un grand sourire en leur souhaitant : « Joyeux Noël ».

— Joyeux Noël, répondirent-ils à l'unisson.

— Si vous avez besoin de moi, je suis à votre disposition, dit-il.

Lee le remercia et proposa à Christopher de visiter chacune des pièces de cette vieille maison de rêve.

Saisissant une barbe de Père Noël, il l'attacha derrière ses oreilles et lui demanda d'une voix caverneuse :

— Est-ce que vous avez été une gentille petite fille ?

— Pas exactement, répondit Lee en lui jetant un regard impertinent.

Craignant que Christopher profite de cette réponse ambiguë pour lui parler de ce qui s'était passé quinze jours plus tôt, elle le précéda dans une autre pièce tandis qu'il remettait en place la barbe dont il venait de se servir. Quand il la rejoignit, elle portait une charlotte blanche, avait posé contre sa joue un ours en peluche et elle l'accueillit en chantonnant d'une voix zézayante : « Tout ce que je veux pour mon petit Noël, c'est mes deux dents de devant. »

Un peu plus tard, elle le découvrit en train d'examiner une chaussette de Noël personnalisée, longue de soixante centimètres, sur le dessus de laquelle était inscrit : *Chris*.

En apercevant d'affreuses boucles d'oreilles qui imitaient la forme des lampes suspendues dans les branches du sapin, elle les mit et lui demanda :

— Est-ce qu'elles aussi, elles vont se mettre à clignoter ?

De son côté, Christopher finit par dénicher une boule de gui et s'approcha d'elle avec un sourire qui signifiait clairement qu'il allait lui demander de l'embrasser sous ce gui qu'il brandissait au-dessus de sa tête.

— Pas devant tout le monde, le gronda Lee.

— Pourquoi ? demanda-t-il d'un air faussement innocent. Vous préférez faire ça sur une chaise de cuisine ?

— Christopher ! murmura-t-elle d'un air offusqué.

Il alla replacer le gui sur son support en bois, puis se campa devant Lee pour l'empêcher de filer à nouveau dans une autre salle et demanda :

— C'est un sujet tabou ?

— Pas vraiment. Mais un peu quand même, reconnut-elle. Je suis simplement étonnée de m'être autant laissée aller.

— Vous avez des regrets ?

— Non, répondit-elle en le regardant dans les yeux.

Lorsqu'ils eurent fini d'inventorier toutes les richesses du magasin, ils portèrent leur choix sur une guirlande aux ampoules multicolores, des cheveux d'ange, quelques grosses cloches dorées et des boules en verre qui donnaient l'impression d'être remplies de neige quand elles réfléchissaient la lumière. Christopher acheta également un socle pour son sapin et une grosse bougie rouge entourée de houx.

Dès qu'ils eurent déposé leurs achats dans le coffre de la voiture, il demanda à Lee :

— Est-ce que vous avez faim ?

Il était une heure et demie et Lee reconnut qu'elle serait contente de déjeuner.

Après avoir jeté un coup d'œil à la rue principale de Lindstrom, il lui proposa :

— Marchons un peu pour voir si nous trouvons quelque chose...

Ils choisirent de déjeuner au Rainbow Café, où ils se retrouvèrent pratiquement tout seuls dans la salle, compte tenu de l'heure tardive. Assis devant le bar, quelques habitants de Lindstrom buvaient un café en échangeant des plaisanteries.

Lee commanda un Denver sandwich et Christopher un ragoût de bœuf aux pommes de terre.

Ensuite, ils se rendirent chez un pépiniériste pour y acheter deux pins sylvestres qu'ils fixèrent sur la galerie de l'Explorer.

Christopher attendit d'être sorti de la ville pour demander à Lee :

— À quelle heure Joey sort-il du lycée ?

Lee jeta un coup d'œil à sa montre.

— Il doit déjà être à la maison.

— Êtes-vous obligée de rentrer tout de suite chez vous ?

— Non, répondit-elle.

Ils continuèrent à rouler en silence et, une fois à Anoka, au lieu de la déposer chez elle, Christopher prit la direction de son appartement. Il gara l'Explorer et lui proposa :

— Vous vous chargez des paquets et moi je m'occupe de l'arbre.

— Il vaudrait mieux placer le pin sur son socle, sinon vous allez semer des aiguilles dans tout l'immeuble.

Comme la boîte à outils de Christopher se trouvait au fond du coffre, en moins de dix minutes, l'opération fut terminée.

Lee le précéda dans l'escalier de l'immeuble, poussant les portes devant lui. Quand ils arrivèrent en face de l'appartement, il lui tendit ses clefs pour qu'elle ouvre à sa place.

Posant son fardeau dans le salon, il lui dit :

— Je reviens tout de suite. Enlevez votre veste et faites comme chez vous.

Quelques minutes plus tard, lorsqu'il sortit de la salle de

bains, Lee était dans la cuisine et venait de décrocher le téléphone pour appeler Joey.

— Salut, mon grand, dit-elle.

— Je suis drôlement content que tu aies appelé. Est-ce qu'il reste encore des friands à la viande comme ceux que nous avons mangés il y a deux jours ?

— Oui. Ils sont au réfrigérateur, dans le Tupperware qui a un couvercle en plastique jaune.

— Super ! Je meurs de faim. À midi, on nous a servi des tripes au lycée et j'ai à peine mangé. À quelle heure tu rentres ?

Levant les yeux, Lee aperçut Christopher. Il la regardait.

— Je serai là à huit heures, promit-elle sans quitter Christopher des yeux.

— Si c'est comme ça, il vaut mieux que je ne t'attende pas pour dîner.

— Tu as raison. Fais-toi réchauffer des friands et ajoute une pomme de terre si tu as envie. Il y a de la crème aigre au frigo.

— D'accord.

— On se voit à huit heures, mon grand ?

— Ouais. À moins que j'aille faire un tour chez Sandy.

— Dans ce cas-là, retour à la maison à dix heures. D'accord ?

Lee imagina son fils en train de lever les yeux au ciel à l'autre bout du fil. Il n'était jamais chaud pour rentrer aussi tôt.

— D'accord. À bientôt, m'man !

Dès que Lee eut raccroché, Christopher lui demanda :

— Tout va bien ?

— Oui, répondit-elle. Il a mangé des tripes à midi mais il a survécu à cette épreuve.

Christopher sourit puis lui proposa :

— Vous allez m'aider à choisir une place pour ce truc.

Précédant Lee dans le salon, il alluma les lampes et mit la radio en marche.

— Nous devrions le poser près des portes vitrées, proposa Lee.

Ils firent de la place pour l'arbre devant les portes coulissantes et transportèrent le divan au milieu de la pièce, ce qui n'était pas très orthodoxe, mais permettrait à Christopher et à ses invités de profiter de l'arbre de Noël sans avoir à tourner la tête.

— Par où faut-il commencer ? demanda-t-il après avoir sorti ses achats de leur emballage.

— Par la guirlande électrique, répondit-elle. (Un peu surprise par son manque d'expérience en la matière, elle lui demanda :) Vous n'avez jamais décoré un arbre de Noël de votre vie ?

— Jamais, répondit-il, aussitôt sur la défensive.

Ne voulant pas gâcher cette merveilleuse journée en lui rappelant des souvenirs désagréables, Lee lui expliqua :

— Il vaut mieux commencer par brancher la guirlande, comme ça nous verrons mieux ce que nous sommes en train de faire. Ensuite, nous allons décorer l'arbre avec les cheveux d'ange.

Comme le pin mesurait près d'un mètre quatre-vingts, dès que la guirlande électrique fut en place, Lee lui tendit l'extrémité des cheveux d'ange en lui conseillant :

— Vous n'avez qu'à commencer par le haut.

Il drapa les hautes branches de l'arbre tandis que Lee faisait la même chose sur celles du bas tout en tournant autour du pin, si bien qu'à un moment donné elle se retrouva en face de lui. Voulant se baisser pour passer sous son bras, les cheveux d'ange se prirent dans son col roulé, et en essayant de se dégager, elle arracha le bout de la guirlande des mains de Christopher, tirant à elle les cheveux d'ange suspendus sur la dernière branche qu'il était en train de décorer.

— Zut ! Regardez ce que j'ai fait !

— Il y en a autant sur vous que sur l'arbre ! (Remarquant qu'un long filament doré était resté accroché à ses lèvres, il ajouta :) Restez tranquille.

Du bout du doigt, il retira le filament tandis que Lee, la tête levée vers lui et la bouche ouverte, le regardait sans bouger.

Ils avaient attendu cet instant toute la journée, bien décidés à se conduire en adultes responsables devant les autres. Ils ne s'étaient autorisé aucun geste déplacé, aucun regard passionné. Mais Lee avait maintenant les lèvres ouvertes... il les avait effleurées du bout du doigt... ils n'avaient cessé de penser l'un et l'autre au baiser qu'ils avaient échangé deux semaines plus tôt... et, à la radio, Kenny Rogers était en train de chanter une chanson pour le moins sentimentale.

Christopher se pencha vers Lee et posa ses lèvres sur les siennes avec une telle douceur que pas un de ses cheveux ne bougea. Ils restèrent ainsi, leurs bouches se touchant à peine jusqu'à ce que Lee, craignant de perdre l'équilibre, s'accroche à lui. Il ouvrit les yeux, prit la main qu'elle venait de poser sur sa poitrine et l'embrassa.

— Finissons d'abord de décorer cet arbre, dit-il.

Lorsqu'ils eurent terminé de suspendre les cheveux d'ange, les boules et les cloches dorées, Lee s'agenouilla sur la moquette pour ramasser les aiguilles de pin disséminées autour de l'arbre. Après avoir éteint les lampes, Christopher s'approcha d'elle, et tout en lui caressant le dessus de la tête, il lui dit :

— Venez. Je m'occuperai de ça demain.

Comme Lee tardait à se relever, il la prit sous le bras, la remit sur ses pieds et l'entraîna vers le divan.

Il s'allongea sur le divan, la tira gentiment pour qu'elle s'étende à côté de lui et, une main sur sa hanche, lui offrit le seul cadeau de Noël dont ils rêvaient tous les deux. Sa langue caressa ses lèvres humides, taquina son palais ; ils prirent leur temps, faisant durer le baiser...

Un instant plus tard, quand Lee ouvrit les yeux, elle aperçut les lumières rouges, vertes, bleues et dorées de l'arbre qui semblaient éclabousser les murs, les meubles, leurs vêtements et leurs cheveux.

— Maintenant, nous pouvons peut-être en parler, commença Christopher.

— Parler de quoi ?

— De ce que vous avez éprouvé toute la journée et qui vous a fait reculer jusqu'au dernier moment, comme si vous craigniez quelque chose.

— Je me sentais coupable, avoua Lee.

— De quoi ?

— À cause de ce qui s'est passé dans la cuisine il y a quinze jours.

— Vous n'avez pourtant rien fait de mal.

— Vous croyez ?

— Je n'aurais pas dû vous mettre en boîte ce matin. Je m'excuse. Je ne savais pas que cela vous inquiétait autant.

— J'ai réfléchi à la manière dont les autres jugeraient mon attitude — ma sœur, ma mère ou ma fille. Je crois qu'elles diraient toutes les trois que je me suis conduite en véritable séductrice.

— Mais j'étais totalement consentant.

— Ce n'est pas une excuse. Mais cela faisait tellement longtemps que je n'avais pas embrassé qui que ce soit que je n'ai pas pu résister. Vous avez raison, c'est anormal. J'ai été tellement privée d'amour physique que, pendant ces deux semaines, j'ai été incapable de penser à autre chose.

— Et c'est pour ça que vous vous sentez coupable.

— Pas seulement à cause de ça. Il y a aussi notre différence d'âge.

— Je me doutais que vous alliez en parler.

— J'ai un peu honte, en effet. J'imagine que n'importe quelle femme risque de se conduire comme une idiote quand, après tant d'années d'abstinence, un homme plus jeune qu'elle lui fait la cour.

— C'est tout ce que je suis pour vous : un homme plus jeune que vous en train de vous faire la cour ?

— Non. Vous savez bien que vous représentez bien plus que ça à mes yeux.

— Alors, où est le problème ?

— Vous étiez le meilleur ami de Greg.

— Et c'est la première fois que nous parlons de lui aujourd'hui. Je crois que c'est bon signe que nous ayons pu passer la journée ensemble en ne pensant qu'à nous détendre. Moi j'ai trouvé ça formidable, pas vous ?

— Moi aussi. Mais cela ne fait que six mois que Greg est mort et il est possible que...

— Vous vous dites que c'est peut-être à cause de ce deuil que vous prenez plaisir à être avec moi, la coupa Christopher. Mais même si c'est le cas, nous nous en rendrons toujours compte assez vite. Et nous cesserons tout simplement de nous voir. Bien qu'à mon avis, c'est plutôt le contraire qui va se passer.

— Ce sera aussi un désastre.

— Pourquoi ?

— Parce que Janice est amoureuse de vous.

— Je sais.

Lee releva la tête pour le regarder.

— Vous le saviez ? demanda-t-elle, au comble de l'étonnement.

— Depuis longtemps !

— Et vous m'avez quand même fait la cour ?

— Je ne l'ai jamais encouragée. Demandez-lui.

— Ce n'est pas la peine que je lui pose la question, expliqua Lee en laissant retomber sa tête sur le bras de Christopher. Elle m'en a parlé.

— Vous voyez bien que j'ai raison quand je dis qu'il est inutile de s'en faire.

— Vous avez tendance à simplifier un peu trop les choses.

— Elles n'ont rien de compliqué, répondit Christopher. Je ne demande pas grand-chose. Que nous nous sentions tous les deux un peu moins seuls et que je puisse poser mes lèvres sur les vôtres.

Il embrassait à merveille, l'invitant à répondre ardemment aux mouvements de sa langue. Jamais on ne l'avait embrassée ainsi depuis des années, d'une façon aussi excitante et insistante qui semblait dire : si nous voulons la même chose, alors mettons-y le paquet. Elle fit le vide dans son esprit et s'abandonna tout entière à la sensualité qui émanait de Chris. Leurs corps s'ajustèrent d'eux-mêmes, il plia la jambe et elle l'accueillit entre ses cuisses, savourant le contact dur et chaud.

Il gémit de plaisir et glissa une main le long de son dos, lui caressant tour à tour les épaules et la nuque, faisant pression sur ses vertèbres.

Cela faisait si longtemps qu'elle n'avait pas été étreinte et caressée, si longtemps qu'elle n'avait pas senti ces titillements dans son bas-ventre, ni caressé des épaules musclées ou des cheveux en bataille.

Elle n'avait aucune envie de lui résister. Les lèvres de Chris se promenaient à présent sur son visage, embrassant ses joues, ses sourcils, son nez. Il colla enfin sa bouche contre son cou, décrivit dessus des cercles avec sa langue.

Enfin il se redressa et la regarda droit dans les yeux.

— Vous êtes drôlement doué, lui dit Lee.

— Vous aussi.

— Je manque un peu de pratique.

— Voulez-vous encore vous exercer ? demanda-t-il avec un sourire malicieux.

— Je ne dirais pas non mais j'ai des fourmis dans le bras.

— Ça peut s'arranger, dit-il.

Il roula au-dessus d'elle et, plaçant son bras sous son dos, la fit glisser au milieu du divan. Puis il la regarda pour savoir si elle désirait plus qu'un baiser.

— Je peux très bien me contenter de vous embrasser, dit-il, si c'est ce que vous voulez.

— Entre ce que je veux et ce que je m'autorise, il y a une différence.

Christopher se contenta donc de l'embrasser. Quand il s'écarta d'elle, elle murmura :

— Vous me faites tellement de bien, Christopher, que je resterais bien toute la nuit.

— Excellente idée, dit-il, en sachant bien qu'il était trop tôt pour prendre au mot sa proposition et qu'il valait mieux en plaisanter. C'est vous qui téléphonez à Joey ou c'est moi ?

Lee éclata de rire. Elle semblait si heureuse et si détendue que Christopher approcha son visage du sien et murmura :

— Promettez-moi de ne plus jamais me faire le coup de Thanksgiving. Je veux absolument passer Noël avec vous.

— Je vous le promets, dit Lee. Mais comment allons-nous faire pour que personne ne se rende compte de rien ?

— Faites-moi confiance. Vous ne saviez pas ce que j'éprouvais pour vous il y a seulement quelques semaines de ça, n'est-ce pas ?

— Je m'en doutais un peu.

— Quand vous en êtes-vous rendu compte ? demanda-t-il comme s'il n'arrivait pas à la croire.

— Le 4 juillet.

— Si vite !

— Quand nous étions assis l'un à côté de l'autre à table. Puis quand vous m'avez fait tomber pendant la partie de volley. Et quand nous avons fait un tour sur la roue Ferris. Une femme sent ce genre de choses bien avant un homme.

— Pourquoi n'avez-vous rien dit ?

— Je ne me serais jamais permis de faire le premier pas.

— Pourquoi ?

— Pour toutes les raisons que nous avons énumérées. Et avant tout, à cause de mon âge. Même maintenant, je ne suis pas sûre de ne pas être en train de faire une folie.

Christopher lui caressa tendrement la joue.

— Il y a bien longtemps que je ne vous considère plus comme un substitut maternel, dit-il, en toute sincérité. Est-ce que vous me croyez ?

Craignant que cet aveu les entraîne trop loin, Lee approcha ses lèvres des siennes et y déposa un rapide baiser. Puis elle lui dit :

— Oui, je vous crois. Mais maintenant, il faut que je parte.

— Pourquoi ?

— Parce que je suis trop bien chez vous et que j'ai un peu peur de ce qui nous arrive. Pas vous ?

Christopher réfléchit avant de répondre.

— Non, dit-il. Pas au sens où vous l'entendez. (Il l'aida à se relever et ajouta :) Allons-y. Je vous raccompagne.

12

Le samedi suivant, Lee ferma le magasin à neuf heures du soir après une journée particulièrement éprouvante. Il y avait tellement de demandes de bouquets de fleurs fraîches que finalement, en accord avec Sylvia, elle avait décidé d'engager une fleuriste sans attendre le début du congé maternité de Nancy. Leur nouvelle employée s'appelait Leah et, comme elle était asiatique, elle avait une conception originale de la décoration florale : la plupart de ses bouquets étaient minimalistes, asymétriques et étonnants. Avant de l'engager, Lee l'avait regardée travailler et au bout de dix minutes, après avoir échangé un coup d'œil avec sa sœur pour s'assurer qu'elles étaient du même avis, elle s'était dit que c'était là la fleuriste qu'il leur fallait. Elle lui avait proposé dix dollars de l'heure, avait accepté de lui en donner onze à sa demande, soit un dollar de moins que ce qu'elle demandait.

Il n'empêche que même avec une fleuriste de plus et Rodney, leur livreur, qui faisait des heures supplémentaires, elles arrivaient tout juste à honorer les commandes : poinsettias pour les églises, milieux de table pour le repas de Noël et bouquets offerts par les entreprises ou les particuliers. En plus, ce samedi-là, il y avait eu trois commandes pour des mariages et tellement de clients de passage que finalement Lee avait téléphoné à Joey pour qu'il vienne leur donner un coup de main. Il avait emballé des plantes vertes et les avait portées dans la voiture des clients, avait transporté les tiges coupées dans le container à ordures, nettoyé les seaux et donné régulièrement un coup de balai dans la pièce où travaillaient les fleuristes. Lee l'avait laissé partir à cinq heures. Après avoir reçu quinze dollars pour sa peine et un gros baiser de remerciement, Joey, au moment de quitter la boutique, l'avait avertie :

— Je sors avec les copains ce soir. Je ne serai pas là quand tu rentreras.

Et en effet, lorsque Lee rentra chez elle à neuf heures un quart, il avait déjà quitté la maison depuis longtemps. Elle n'était pas mécontente de se retrouver seule car elle était exténuée. Elle avait mal aux pieds et aux jambes, sa main droite la faisait souffrir car elle s'était coupée avec la lame de son couteau suisse, et à force d'entendre le bruit incessant que faisaient les autres en taillant les tiges, elle avait la migraine. À cette époque de l'année, l'arrière-boutique de « Côté Fleurs » était si bruyante qu'on se serait cru chez un menuisier. Par comparaison, la maison lui semblait étonnamment silencieuse.

Après avoir enlevé sa veste, elle se laissa tomber sur une des chaises de la cuisine et jeta un coup d'œil au courrier. Mais elle était si fatiguée qu'elle n'eut même pas le courage d'ouvrir les deux enveloppes qui se trouvaient mélangées à toutes sortes de publicité. Puis elle aperçut le petit mot que Joey avait posé à côté du pot qui trônait au milieu de la table. *Maman,* avait-il écrit, *nous partons en bande jouer au bowling puis nous sommes invités chez Karen Hanson pour boire le café. Serai de retour vers dix heures et demie.* D'habitude, elle exigeait que Joey rentre à dix heures mais c'était la période de Noël et il avait eu la gentillesse de venir leur donner un coup de main : elle n'allait pas l'enquiquiner pour une demi-heure de plus.

Elle ouvrit une boîte de soupe à la tomate et, après l'avoir fait chauffer, la versa dans un bol qu'elle emporta dans la salle de bains. Puis elle se fit couler un bain très chaud, se laissa glisser dans l'eau moussante et appuya sa tête contre le haut de la baignoire, sa tasse posée en équilibre sur un de ses genoux. De temps à autre, elle relevait la tête pour boire un peu de soupe.

Elle avait fermé les yeux et était en train de somnoler quand la tasse encore à moitié pleine tomba soudain dans l'eau de son bain. Elle sortit de la baignoire, s'essuya et enfila un pyjama. Puis, après avoir nettoyé la baignoire, elle se rendit dans le salon, alluma la télévision et s'installa sur le divan, emmitouflée dans une couverture, pour attendre Joey.

Un peu plus tard, elle se réveilla en sursaut. Son sommeil avait été si profond qu'elle était totalement désorientée. Sur l'écran, elle reconnut Raymond Burr en train de jouer dans un vieux Perry Mason. Elle se souvint alors qu'elle attendait Joey. Quelle heure était-il ? Elle jeta un coup d'œil à sa montre.

Minuit moins dix !

Elle rejeta la couverture et se redressa brusquement, le cœur battant. Joey rentrait toujours à l'heure ! Toujours ! Il avait tout au plus une dizaine de minutes de retard depuis qu'il était amoureux de la jeune Sandy Parker.

S'il était en retard, c'est qu'il lui était arrivé quelque chose. Aussitôt, elle pensa à Greg. Complètement paniquée, elle se précipita dans la chambre de son fils : la pièce était vide et les vêtements que Joey portait dans la journée gisaient en tas par terre, à côté de quelques CD.

— Joey ! cria-t-elle en se précipitant cette fois vers la cuisine.

La lumière était toujours allumée au-dessus du four, telle qu'elle l'avait laissée, et il n'y avait pas de vaisselle dans l'évier, aucune preuve que son fils soit passé dans la cuisine pour manger un morceau comme il le faisait habituellement en rentrant.

— Où peut-il être ? se demanda Lee en jetant un coup d'œil à la pendule de la cuisine.

Quelques minutes plus tard, elle décrochait le téléphone pour appeler la police. Elle ne composa pas le 911, qui l'aurait mis en rapport avec le dispatcher du comté, mais le numéro du commissariat d'Anoka.

Ce fut une femme qui lui répondit. Refrénant sa panique, Lee lui expliqua :

— Je m'appelle Lee Reston. Je suis la mère, je veux dire :

j'étais la mère de Greg Reston. Je sais que ça va vous paraître idiot mais Joey, mon fils de quatorze ans, n'est pas rentré. Il aurait dû être de retour à la maison à dix heures et demie et il n'est jamais en retard ! Je téléphonais pour savoir si... vous n'avez pas reçu un rapport... quoi que ce soit à son sujet.

— Bonsoir, madame Reston. Ici, c'est Toni Mansetti. Non, je suis désolée, on ne nous a rien signalé. Mais je peux transmettre l'information et alerter les policiers de service.

— Non ! s'écria Lee en se disant que tant qu'elle ne ferait aucune démarche officielle, tout irait bien pour son fils. (Puis d'une voix plus calme, elle ajouta :) C'est certainement quelque chose de parfaitement explicable. Il devait passer la soirée avec une bande de copains et il ne va pas tarder à rentrer.

— Il s'appelle Joey et il est âgé de quatorze ans.

— Oui.

— Voulez-vous me donner son signalement ?

— Écoutez, non... J'aime mieux pas. Oubliez mon coup de fil.

— Vous êtes sûre ?

— Oui. Merci, Toni. Je pense que dans quelques minutes, il sera là.

Après avoir raccroché, Toni Mansetti se rendit dans la salle de patrouille. Mais aucun des cinq policiers de service n'était présent. La période qui précédait Noël était toujours une des plus violentes de l'année, et le samedi soir battait tous les records : suicides, cambriolages, vols de voitures, ivresse sur la voie publique, nette recrudescence des scènes de ménage. À cause du manque d'argent à la veille des fêtes, de l'alcool et de la solitude, la police était constamment sollicitée, ce qui expliquait qu'aucun policier de service ne soit là cette nuit.

Finalement, Toni Mansetti décida d'appeler Ostrinski, qui patrouillait en ville dans sa voiture. Elle lui raconta ce que lui avait dit Lee puis conclut :

— Elle n'a pas voulu mettre la machine en marche au sujet de son fils. Mais ouvre l'œil quand même.

— Est-ce que Lallek est encore dans le coin ?

— Non. Il a terminé son service à onze heures et il a quitté aussitôt le commissariat.

— Rends-moi service, Toni. Appelle-le chez lui et explique-lui la situation. Il connaît très bien la famille Reston et je pense qu'il aimerait qu'on le mette au courant. Ça m'étonnerait que tu le réveilles. Il doit être comme nous tous et avoir du mal à s'endormir quand il finit son service à onze heures du soir.

— Je m'en occupe, Pete, promit Toni.

Quand le téléphone sonna dans l'appartement, Christopher était couché mais il ne dormait pas encore.

— C'est Toni à l'appareil, annonça la jeune femme. Nous venons juste de recevoir un coup de fil de la mère de Greg Reston pour nous dire que son fils de quatorze ans n'était pas encore rentré. J'ai prévenu Ostrinski et il a promis d'ouvrir l'œil. Mais il a pensé qu'il valait mieux que je te téléphone.

Chris était déjà debout et, tirant sur le fil du téléphone, il s'approchait de la chaise sur laquelle étaient posées ses vêtements.

— Elle t'a donné des détails ?

— Tout ce qu'elle m'a dit, c'est qu'il devait passer la soirée avec une bande de copains et qu'il n'était pas rentré à l'heure prévue. Elle n'a pas voulu me fournir de signalement. Mais elle avait l'air complètement paniquée.

— Il mesure à peu près un mètre quatre-vingt-cinq, cheveux chatains coupés court et légèrement ondulés, pas de lunettes, et il porte certainement une veste rouge avec des poignets en cuir blanc. Il ressemble à Greg. Son adresse : 1225, Benton Street. Transmets le signalement à la radio, d'accord, Toni ? Et merci de m'avoir téléphoné. Je serai sur place dans quelques minutes.

— Tu veux que j'envoie une voiture de patrouille là-bas ?

— Non. Si j'en ai besoin, je te téléphonerai.

— D'accord. Bonne chance, Lallek.

À minuit et quart, quand Lee aperçut la lueur des phares dans l'allée, elle se précipita dehors, pieds nus et sans même prendre la peine d'enfiler une veste par-dessus son pyjama.

Les phares s'éteignirent et, après avoir coupé le moteur, Christopher remonta l'allée en courant.

Dès que Lee l'aperçut, elle se sentit le cœur moins lourd. Solide, énergique et plein de bon sens, il avait le chic pour deviner quand elle avait besoin de lui et sa présence ce soir lui apparaissait comme une véritable bénédiction.

— Vous avez des nouvelles ? demanda-t-il lorsqu'ils se rejoignirent au milieu de l'allée.

— Non, rien ! Mon Dieu, Christopher, j'ai tellement peur qu'il lui soit arrivé quelque chose !

— Rentrez vite ! Il fait un froid de canard et vous êtes pieds nus.

Maintenant qu'il était là pour partager ses soucis, Lee ne put retenir plus longtemps ses larmes.

— C'est la première fois que ça lui arrive. D'habitude, il rentre à l'heure sans jamais discuter.

Christopher ferma la porte et la prit dans ses bras.

— Je suis tellement heureuse que vous soyez là. Comment avez-vous su que j'avais un problème ?

— Le commissariat m'a téléphoné. (Il caressa tendrement le dos de Lee pour qu'elle se calme et lui demanda :) Dites-moi où il est allé, à quelle heure il est parti et avec qui il devait passer la soirée.

Lee lui expliqua ce qu'elle savait puis l'emmena dans la cuisine pour lui montrer le petit mot que lui avait laissé Joey.

— Vous connaissez ces Hanson ? demanda Christopher.

— Oui. Je leur ai d'ailleurs téléphoné et la mère de Karen m'a dit que les jeunes qui étaient venus boire le café chez eux étaient partis à dix heures un quart.

En songeant à ce que cela impliquait, Lee se remit à pleurer. Mais Christopher gardait la tête froide et préférait faire preuve d'esprit pratique.

— À pied ?

— Oui. Certains parents ramènent les copains de leurs enfants en voiture. Mais la plupart du temps, ils rentrent à pied par petits groupes. Je n'ai pas pensé à demander à Joey s'il avait besoin que je vienne le chercher. Il sait qu'il n'a qu'à me passer un coup de fil lorsque c'est nécessaire.

— Avez-vous regardé dans sa chambre ?

— Oui. Je n'ai rien remarqué de particulier.

Christopher se rendit dans la chambre de Joey et jeta un coup d'œil à la pièce tandis que Lee l'observait, les bras croisés, debout sur le seuil, en se demandant ce qu'il pourrait bien découvrir qu'elle n'ait pas remarqué.

— Ce sont les vêtements qu'il portait un peu plus tôt dans la journée ? demanda-t-il. (Lee ayant hoché la tête, il voulut aussi savoir :) Il ne manque rien de spécial ?

— Non. Seulement une de ses vestes, celle qu'il porte habituellement.

Tandis que Christopher continuait à examiner la chambre, elle lui expliqua :

— Je suppose que vous vous demandez pourquoi je ne me suis pas inquiétée plus tôt. Mais je suis rentrée à neuf heures et j'étais tellement fatiguée que je me suis endormie devant la télévision. Quand je me suis réveillée, il n'était pas loin de minuit.

Christopher éteignit la lumière et retourna avec Lee dans la cuisine.

— Je crois qu'il est trop tôt pour se faire du souci, lui expliqua-t-il. Pas mal de jeunes sont déclarés absents du domicile familial et, pour finir, ils rentrent chez eux plus tard que d'habitude.

— Mais il m'aurait téléphoné. Il sait bien que sinon je suis morte d'inquiétude.

— Comment peut-il le savoir puisque ça n'est encore jamais arrivé ?

— Parce qu'il me connaît. Jamais il n'aurait...

Lee s'interrompit net. La porte venait de s'ouvrir et Joey se trouvait dans l'entrée, vêtu de sa veste rouge à poignets en cuir blanc, les joues rosies par le froid de la nuit.

Furieuse et soulagée à la fois, Lee se précipita vers lui et lui demanda :

— Où étais-tu ?

— Avec les copains, répondit-il en défaisant les boutons-pression de sa veste.

— Est-ce que tu te rends compte de l'heure qu'il est ?

Il baissa légèrement la tête et suspendit sa veste dans le placard, comme si la question de sa mère ne le concernait pas.

— Il est minuit et demi ! lui rappela Lee.

— C'est la première fois que je suis en retard. Il n'y a pas de quoi en faire tout un plat.

Lee se retint à deux fois pour ne pas le gifler.

— Le problème c'est que pendant que toi, tu passais la soirée avec les copains sans t'en faire, moi, j'étais folle d'angoisse et je me demandais s'il ne t'était pas arrivé quelque chose ! J'ai téléphoné à la mère de Karen qui m'a répondu que vous étiez partis de chez elle à dix heures un quart. Alors maintenant tu vas me dire où tu as passé les deux heures suivantes.

— J'étais chez Sandy, répondit Joey, si bas que Lee eut du mal à comprendre.

— Chez Sandy, répéta-t-elle avec un certain mépris.

Lee distingua des suçons sur son cou et comprit soudain ce qui s'était passé. Il y eut un silence gêné que Christopher rompit :

— Tout va bien maintenant, Joey, non ?

Joey haussa les épaules et marmonna quelques mots incompréhensibles.

— Il vaudrait mieux que j'appelle le commissariat, reprit Christopher en se dirigeant vers la cuisine.

Ni Lee ni son fils ne parlèrent pendant qu'il composait le numéro.

— C'est Chris Lallek, Toni, annonça-t-il. Tout s'est arrangé pour Joey Reston. Tu peux prévenir les voitures de patrouille qu'il est rentré chez lui.

Lorsqu'il raccrocha, le visage de Joey exprimait un mélange de honte et de surprise.

— Tu m'as fait rechercher par la police ? demanda-t-il à sa mère d'une voix empreinte de tristesse.

— Tu n'as pas l'air de te rendre compte qu'il arrive

206

parfois des pépins aux garçons de ton âge qui se baladent en ville en pleine nuit.

— Mais faire appel à la police... quand même, m'man !

À nouveau, Lee dut faire un effort sur elle-même pour ne pas lui passer un savon.

— Maintenant qu'il est là et qu'il va bien, je vais rentrer chez moi, annonça Christopher. (En arrivant à la hauteur de Joey, il le prit par l'épaule et ajouta :) Elle a raison, tu sais. Elle a eu horriblement peur pour toi.

La bouche ouverte et les yeux baissés, Joey ne répondit rien.

Oubliant un instant sa colère, Lee se précipita dans l'entrée à la suite de Christopher.

— Encore merci pour tout, Christopher. (Elle aurait aimé le serrer dans ses bras mais, comme Joey était là, elle se contenta de poser sa main sur la manche de sa veste.) Vous ne pouvez pas imaginer, murmura-t-elle, le bien que ça m'a fait quand je vous ai aperçu dans l'allée.

— Vous savez que je suis là, répondit-il. À bientôt. Bonne nuit, Joey.

— Bonne nuit, Chris...

Dès qu'il eut refermé la porte derrière lui, le silence devint pesant dans l'entrée. Espérant éviter une engueulade, Joey se dirigea vers sa chambre. Mais sa mère le rappela.

— Joey, dit-elle sur le ton le plus sévère possible, viens dans le salon.

Lee alla s'installer sur le divan. La tête basse comme tous les adolescents qui se sentent fautifs, Joey alla s'asseoir sur le bord d'une chaise, près du divan. Il posa ses coudes sur ses genoux et s'absorba dans la contemplation de la moquette.

— Et maintenant tu vas me dire ce qui s'est passé chez Sandy, attaqua aussitôt Lee.

— Il ne s'est rien passé. Nous avons juste regardé la télé.

— Et c'est comme ça que tu as attrapé des suçons dans le cou, en regardant la télé ?

Tout surpris, Joey rougit et remonta le col de sa chemise.

— Les parents de Sandy étaient chez eux ?

Il secoua la tête sans oser regarder sa mère.

— Où étaient-ils ?

— Ils passaient la soirée chez des amis.

Il y eut à nouveau un long silence qui permit à Lee de retrouver en partie son calme. Se penchant en avant, elle posa une de ses mains sur les deux mains de son fils et lui dit d'une voix suppliante :

— Ne me refais jamais un coup pareil.

Joey cilla comme s'il avait du mal à retenir ses larmes et promit :

— Je ne recommencerai pas.

— Je sais bien que tu dois me trouver ridicule mais depuis que Greg est mort, j'ai tendance à être hyperprotectrice et un peu nerveuse. Je crois qu'il n'y a rien à faire et qu'il faut me prendre comme je suis. Je ne te l'ai jamais dit, mais c'est très dur pour une mère qui a perdu un de ses fils de ne pas se faire du souci pour ses autres enfants quand ils ne sont pas là. J'essaie de me raisonner, mais ce soir, ça a vraiment été horrible.

Joey ne dit rien.

— Ne va pas croire, continua Lee, que je sois incapable de comprendre ce qui s'est passé ce soir. Moi aussi, j'ai été jeune, et je sais à quel point c'est difficile parfois de quitter les copains. Mais Sandy et toi vous n'avez que quatorze ans. Vous êtes encore bien jeunes pour...

— Je te jure, m'man, que nous n'avons rien fait de mal.

— Tu es sûr ?

— On s'est juste embrassés, dit-il en lui jetant un regard de défi.

— Assis ou couchés ?

Joey leva les yeux au ciel et eut une grimace de dégoût.

— Je t'en prie, m'man !

— Pendant deux heures, vous n'avez fait que vous embrasser ?

Les yeux fixés sur la télé, Joey refusa de répondre.

— Écoute-moi, reprit Lee en adoptant une attitude plus détendue. Tous les parents sont obligés d'avoir ce genre de conversation avec leurs enfants un jour ou l'autre. Je ne suis pas aveugle, tu sais. J'ai bien vu à quelle allure tu grandissais et je sais que dans ces cas-là, on commence à s'intéresser aux filles et on tombe amoureux. J'ai raison ou non ?

Se levant soudain, Joey demanda :

— Est-ce que je peux aller me coucher ?

— Non, répondit Lee d'une voix calme. Si tu es assez grand pour peloter une fille et rentrer à la maison avec des suçons, tu es certainement capable de supporter cette conversation.

Joey se rassit, toujours dans la même position.

— Tu sais ce que c'est que les rapports sexuels, continua Lee, puisque nous en avons déjà parlé ensemble. Et tu es en train de faire l'expérience de ce qui les précède. Mais tu n'as pas l'air de te rendre compte à quel point c'est dangereux. Tu peux commencer par caresser une fille, être incapable de t'arrêter en route et avant de t'être rendu compte de ce qui t'arrive, te retrouver papa.

Pour la première fois, Joey osa la regarder dans les yeux.

— Je t'ai déjà dit que nous n'avions pas été jusque-là. Pourquoi refuses-tu de me croire ?

— Je te crois mais écoute-moi quand même. À ton âge, la seule chose à faire, c'est de rester en groupe. Sors avec Sandy — je ne t'empêche pas d'avoir une petite copine — mais débrouille-toi pour ne pas te retrouver tout seul avec elle. Je pourrais te faire tout un cours sur les préservatifs mais on n'arrête pas de vous en parler à l'école, à la télévision et un peu partout. Pour l'instant, tu n'as que quatorze ans et il me semble que tu pourrais te contenter d'embrasser une fille sur le pas de sa porte. D'accord ?

Il hocha la tête sans trop de conviction. Lee se leva et lui tapota le menton, l'obligeant à la regarder.

— Et à l'avenir, si tu dois être en retard, téléphone-moi.

— Promis.

— Et pense un peu plus aux autres.

Joey acquiesça.

— Je crois qu'il est l'heure d'aller dormir, dit Lee. (Comme son fils ne bougeait toujours pas, elle lui ébouriffa gentiment les cheveux et ajouta :) Ce n'est pas la fin du monde.

Joey recula brusquement la tête et se débrouilla une fois de plus pour ne pas la regarder.

— D'accord, dit Lee. Moi, j'ai besoin de dormir. Bonne nuit.

Dès qu'elle fut dans sa chambre, elle se glissa dans son lit, éteignit sa lampe de chevet et resta étendue dans le noir, les yeux fixés sur la raie de lumière qui passait sous sa porte légèrement entrebâillée. La lumière s'éteignit dans le salon, la porte de la salle de bains claqua, la chasse d'eau fut actionnée et, quelques minutes plus tard, elle entendit les chaussures de Joey tomber sur le sol de sa chambre.

— Tu dors, m'man ? demanda-t-il en poussant légèrement la porte.

— Non, répondit-elle.

Il ouvrit alors la porte en grand et, debout sur le seuil, les épaules voûtées, il expliqua à Lee :

— Je m'en veux de t'avoir fait paniquer. Je ne savais pas que tu te faisais du souci pour nous quand nous n'étions pas là. Sinon, jamais je ne serais rentré si tard.

— Viens là, proposa Lee, d'une voix enrouée par l'émotion.

Joey fit le tour du lit, s'assit sur le matelas à côté de sa mère et se pencha vers elle tandis qu'elle lui tendait les bras.

— Je t'aime, murmura Lee en le serrant contre elle. Et c'est la seule chose importante dans ce qui s'est passé ce soir. Si je ne t'aimais pas, je me ficherais pas mal de savoir où tu es et ce que tu fais.

— Moi aussi, je t'aime, m'man.

En entendant ces mots, Lee sentit toute sa tristesse s'envoler.

Christopher l'appela le lendemain au moment où elle revenait du culte.

— Comment ça va avec Joey ? demanda-t-il.

— Nous avons parlé de pas mal de choses et je crois que ça lui a fait du bien.

— J'ai senti que vous aviez besoin de discuter tous les deux et c'est pour ça que je suis parti.

« Quel homme plein d'attentions ! » se dit Lee. Chaque

fois qu'elle avait besoin de lui, il était là. Non seulement il s'était précipité chez elle la nuit dernière mais maintenant il lui téléphonait comme l'aurait fait un ami, s'inquiétant autant pour son fils que pour elle.

— Je ne sais pas comment vous remercier pour ce que vous avez fait hier soir, dit-elle. J'avais un peu oublié à quel point c'est stressant de s'occuper d'un adolescent quand il n'y a pas d'homme à la maison. Quand je vous ai vu dans l'allée, je me suis sentie tellement... (Elle s'interrompit un court instant, cherchant le mot capable d'exprimer la gratitude qu'elle avait alors éprouvée.) Tellement soulagée, reprit-elle, de pouvoir me décharger de mes soucis sur quelqu'un d'autre. On dirait que vous avez un sixième sens qui vous avertit quand j'ai besoin de vous. Je suppose que j'en profite un peu trop. Mais de savoir que vous êtes là, c'est tellement important pour moi...

— Et moi, je suis tout heureux que vous fassiez appel à moi.

Ils se turent tous les deux, conscients que ce qu'ils éprouvaient l'un pour l'autre s'apparentait plus à de l'amour qu'à de l'amitié.

— J'ai beaucoup pensé à vous depuis mardi dernier, reprit Christopher après s'être éclairci la gorge. Puis-je vous voir aujourd'hui ? J'aimerais vous inviter à manger un brunch, Joey et vous.

— Je suis navrée, Christopher, mais Lloyd est là et j'allais mettre un poulet au four pour le déjeuner.

— Proposez-lui de nous accompagner. Je serai heureux de le revoir.

— D'accord, répondit-elle. Je vais lui demander. (Puis, élevant la voix pour qu'on puisse l'entendre dans l'autre pièce, elle demanda :) Lloyd ? Joey ? Est-ce que vous seriez d'accord pour prendre un brunch quelque part avec Christopher ?

Joey se précipita dans la cuisine, alléché comme d'habitude par l'idée d'un bon repas :

— Ouais, super ! s'écria-t-il. Où nous invite-t-il ?

Lee couvrit le récepteur de la main et lui répondit à voix basse :

— Je ne lui ai pas demandé. Ça ne se fait pas.

— Ça me semble une bonne idée, cria Lloyd.

Lee répondit à Christopher :

— Ils sont d'accord tous les deux et moi aussi, bien sûr. Je vais mettre le poulet dans le frigo et nous le mangerons demain soir.

— Ça vous dirait de déjeuner au club d'Edinburgh ?

— Je n'y suis jamais allée mais on m'a dit que c'était fabuleux.

— Je passe vous chercher dans une demi-heure.

Quand ils arrivèrent au club de loisirs d'Edinburgh, on leur proposa une table près d'une fenêtre, à travers laquelle on avait vue sur le terrain de golf enneigé. Le buffet était installé au centre de la salle et, tout autour, les tables étaient occupées par des familles au grand complet. Lee se dit qu'aux yeux des autres clients ils devaient eux aussi donner l'impression d'être sortis en famille pour un brunch dominical. Se laissant entraîner par son imagination, elle songea que c'était un peu comme si Christopher et elle étaient mariés et que, tout heureux d'avoir résolu ensemble le problème posé par Joey la veille au soir, ils avaient décidé de sortir au restaurant pour oublier l'incident.

Assise en face de Christopher, elle l'écoutait répondre aux questions que lui posait Lloyd au sujet des chiens policiers d'Anoka. Puis Lloyd expliqua qu'il avait eu un labrador lorsqu'il était enfant et vivait dans la ferme de ses parents. Joey se mêla à la conversation en racontant que le chien d'un de ses copains avait profité de l'absence de ses maîtres pour mâchonner des chaussettes qu'il était allé chercher dans la corbeille à linge sale de la salle de bains.

Repoussant sa chaise, Lloyd annonça alors :

— Je crois que je vais reprendre des pâtes.

— Et moi, je crois que je vais goûter au pudding nappé de sauce caramel, dit Joey.

Christopher les suivit des yeux tandis qu'ils se dirigeaient tous deux vers le buffet.

— J'aime beaucoup Lloyd, dit-il à Lee.

— Moi aussi, répondit-elle.

— Votre mari lui ressemblait ?

— Par certains côtés, oui. Mais Bill était moins patient que Lloyd et il avait l'esprit moins ouvert que lui. Il tenait ça de sa mère.

— Ça m'étonne que vous disiez ça de Bill.

— Pourquoi ?

— Parce que vous m'avez dit une fois que votre mariage avait été une réussite.

— Cela ne signifie pas que les deux époux soient parfaits mais qu'ils acceptent leurs défauts mutuels.

Après avoir réfléchi à ce que Lee venait de lui dire, il reprit :

— Si je comprends bien, vous ne vous entendiez pas avec votre belle-mère.

— Je n'avais aucun problème avec elle. Mais c'était une femme qui avait des idées très arrêtées. Après la mort de son fils, elle aurait voulu que j'utilise l'assurance-vie de Bill pour finir de payer le crédit de la maison. Elle m'a déconseillé de suivre une formation et d'ouvrir un commerce : d'après elle, je n'avais aucune chance de réussir. Quand Sylvia a quitté son poste pour venir travailler avec moi, à nouveau elle m'a mise en garde en disant que ça ne marcherait jamais, que nous n'allions pas tarder à nous crêper le chignon. En réalité, nous nous cantonnons chacune dans notre domaine et nous formons un excellent tandem.

Joey revint vers la table avec une assiette remplie à ras bord des divers desserts de la maison. Tout en s'attaquant au pudding, il annonça à Christopher :

— Dans deux mois, je vais avoir quinze ans. Je vais pouvoir passer mon permis de conduire.

— C'est là que ta mère aura intérêt à te surveiller !

Lloyd les rejoignit et ils se remirent à discuter jusqu'à ce que Christopher, après avoir jeté un coup d'œil à sa montre, leur rappelle qu'il était une heure et demie et qu'il devait se présenter au commissariat dans une heure.

— Est-ce que j'ai encore le temps d'aller chercher un dessert ? demanda Joey. Je n'ai pas essayé le gâteau au chocolat et aux noix.

— Dépêche-toi d'aller chercher une part de ce gâteau, lui dit Lee, et tu l'emporteras à la maison dans une serviette en papier. (En le voyant se précipiter vers le buffet, elle remarqua :) Ce n'est pas un fils que j'ai, mais un tonneau des Danaïdes.

Dès que Christopher les eut déposés chez eux, Lloyd annonça qu'il allait rentrer. Il était fatigué et ses mots croisés du dimanche l'attendaient chez lui. Joey fila directement dans sa chambre et Lee s'installa dans la cuisine pour emballer ses cadeaux de Noël et préparer du popcorn.

En milieu d'après-midi, alors que le ciel s'était assombri et qu'une neige fine s'était mise à tomber, elle entendit frapper à la porte. Elle alla ouvrir et découvrit Christopher, en uniforme cette fois. Il lui tendit la part de gâteau que Joey avait oubliée dans sa voiture.

— Merci, dit Lee en le précédant vers la cuisine.

Il remarqua le désordre qui régnait dans la pièce et le trouva bien sympathique comparé à celui auquel l'avaient habitué ses parents dans sa jeunesse.

— Vous êtes en train de préparer vos cadeaux de Noël, dit-il.

— Oui. Mais j'allais m'arrêter et remettre un peu d'ordre. Vous voulez boire une tasse de café ?

— Non, répondit-il. Par contre, j'aimerais bien savoir ce que c'est que ça, ajouta-t-il en montrant du doigt le plat posé sur le comptoir de la cuisine.

— Des croquettes de pop-corn. Vous voulez y goûter ?

Il choisit une croquette, retira le film plastique qui la recouvrait et mordit dedans à pleines dents.

— Fabuleux ! dit-il. C'est vous qui les avez faites ?

— Oui. C'est une tradition dans la famille. Nous en préparons toujours pour Noël.

Vêtue d'un jean et d'un long T-shirt sur lequel était inscrit : *Je suis folle du Minnesota*, Lee était en train de passer un coup de chiffon sur la table. Puis elle prit un balai pour ramasser les bouts de papier et de ruban qui jonchaient le sol. Appuyé au comptoir, Christopher la regardait faire tout en repensant à ce qui s'était passé chez lui lorsqu'ils étaient allongés sur le divan.

— Où est Joey ? demanda-t-il.

— Il est en train de dormir dans sa chambre. Vu ce qui s'est passé hier soir, il a pas mal de sommeil en retard.

Christopher s'approcha d'elle et lui retira le balai des mains. Puis il l'entraîna dans l'angle de la cuisine qui n'était pas visible de l'entrée.

— Je n'ai pas pu faire ça ce matin et ça me rend fou, avoua-t-il en la prenant dans ses bras pour l'embrasser.

Lee le laissa faire sans lui opposer de résistance. Le baiser qu'ils échangèrent devint vite fougueux. Chris glissa une main sous le T-shirt de Lee et lui caressa le dos. Elle se serra davantage contre son torse, que protégeait l'épais gilet pare-balles.

— Comme c'est excitant, dit-elle. On a l'impression d'étreindre un mur en brique.

— Nous sommes obligés de porter un gilet quand nous sommes de service. Mais si vous voulez m'embrasser sans tout cet attirail, vous n'avez qu'à fixer le jour et l'heure. Je suis à votre disposition.

— Mardi soir à sept heures. En général, Joey va au cinéma car, le mardi, les places sont moins chères.

— Impossible. Je suis de service.

— Mercredi. Joey ne va pas au cinéma. Mais il y a des chances qu'il sorte avec ses copains.

— Je travaille aussi mercredi soir.

— Vous êtes pas mal dans votre genre, dit Lee avec un sourire taquin. Vous poussez une femme à vous faire des propositions malhonnêtes et ensuite vous inventez des excuses pour vous défiler.

— Mardi à midi, chez moi. Est-ce que cela vous irait ? Je préparerai à déjeuner.

— Vous êtes sérieux ?

— Absolument. Un repas léger qui ne risque pas de nous donner envie de dormir, conclut-il avec un sourire suggestif.

— Ça m'a tout l'air d'un rendez-vous, dit Lee en échappant à son étreinte.

Le mardi matin, juste avant de partir travailler, Lee se regarda une dernière fois dans le miroir de la salle de bains. Est-ce qu'elle rêvait ? Ou avait-elle vraiment rendez-vous avec un homme en plein milieu de la journée pour faire l'amour avec lui ? Si ce n'était pas le cas, pourquoi avait-elle rasé ses jambes, pourquoi s'était-elle parfumée, avait-elle choisi ses plus beaux sous-vêtements et vérifié que ses collants n'étaient pas filés ?

La matinée lui parut horriblement longue. Et comble de malchance, un peu avant l'heure du déjeuner, pour composer ses bouquets, elle dut manier des fougères teintes, si bien qu'elle se retrouva avec des mains toutes noires. Avant de quitter le magasin, elle se rendit aux toilettes pour les laver, puis les enduisit d'une lotion à l'huile d'amandes douces. Elle en profita pour se remettre un peu de rouge à lèvres et se brosser les cheveux.

— Je risque de rentrer un peu plus tard que d'habitude, dit-elle à sa sœur. Ça ne te gêne pas ?

— Non. Je ne comptais pas m'absenter aujourd'hui, de toute façon.

Après avoir garé sa voiture sur le parking de l'immeuble où habitait Christopher, elle se dirigea vers son appartement et frappa à la porte. Son cœur battait la chamade comme si elle s'apprêtait à commettre un acte répréhensible et elle avait tellement le trac que, quand il ouvrit la porte, elle était en train de se tripoter nerveusement les cheveux.

— Je n'étais pas sûr que vous viendriez, dit-il.

— Pourquoi ?

— Je n'en sais rien. Mais je suis ravi de m'être trompé.

Il se recula pour la laisser entrer et, dès qu'elle eut retiré ses bottes, il l'aida à enlever sa veste et la suspendit dans le placard.

— Vous avez faim ? demanda-t-il.

— Une faim de loup. Qu'est-ce que vous avez préparé ?

— Des sandwiches œufs durs et salade et une soupe à la tomate.

— C'est parfait.

— Tout est prêt, expliqua-t-il en la précédant dans la

216

cuisine. Je n'ai plus qu'à faire chauffer la soupe. Asseyez-vous.

Dès que Lee fut installée, elle jeta un coup d'œil à la table. Pour présenter les sandwiches, Christopher avait choisi deux des plats qu'elle avait donnés à Greg. Et il semblait avoir bien fait les choses : fines tranches de pain aux neuf céréales, garnies d'œufs en salade et de batavia frisée dont le bord des feuilles dépassait. Chaque sandwich était coupé en deux et accompagné de pickles à l'aneth. Les couverts en argent étaient dépareillés et les serviettes en papier, mais il avait pris la peine de placer au milieu de la table la bougie qu'ils avaient achetée ensemble à Lindstrom et l'avait allumée.

Il posa les deux bols de soupe sur la table et s'assit en face d'elle.

— C'est vraiment charmant, le complimenta Lee.

— Je vous avais prévenue que ce serait un repas tout simple.

— Vous avez quand même choisi de la batavia frisée pour vos sandwiches.

— Je m'y connais en salades à cause de mon travail au supermarché.

— Et vous avez pensé à mettre une bougie sur la table.

— Grâce à vous. Si je me souviens bien, c'est vous qui avez dit un jour qu'on ne se sentait jamais seul quand une bougie était allumée dans la pièce. C'est pour ça que j'ai acheté celle-là.

— Je crois reconnaître les plats.

— Ça ne m'étonne pas.

— Je me les suis procurés au début de notre mariage. C'était bien avant le choc pétrolier et, à cette époque, les pompistes offraient des cadeaux pour attirer les clients. Un plat gratuit pour chaque plein — voilà d'où ils viennent.

— Et ils sont encore bien utiles.

— Oui. Et, grâce à eux, j'ai l'impression de me retrouver chez moi.

Ils avaient fini de manger leur soupe et s'attaquèrent aux sandwiches.

Lee demanda à Christopher comment allait Judd et s'il

l'avait vu récemment. Il lui répondit qu'il le voyait chaque semaine et que, la dernière fois, il l'avait emmené avec lui à la salle de musculation et lui avait permis de s'entraîner un peu.

— Que va-t-il faire pour Noël ? voulut-elle savoir.

Christopher lui expliqua que les parents de Judd se sentaient culpabilisés au moment de Noël et qu'en général ils faisaient alors quelque chose pour leurs enfants. Mais c'était aussi le moment de l'année où la consommation d'alcool et de drogue montait en flèche et il était toujours à craindre qu'il y ait de la casse.

— Vous n'avez jamais pensé à adopter Judd ?

— Non, répondit-il. Je suis là quand il a besoin de moi. Il sait que la vie n'a pas été tendre avec lui mais qu'il faut qu'il s'en sorte, et mon rôle consiste à l'y aider. Mais je ne veux pas d'enfants, naturels ou adoptifs. J'ai compris ça quand j'avais douze ans et qu'il a fallu que j'élève ma petite sœur.

Lee venait de prendre un autre sandwich dans le plat posé au milieu de la table quand, remarquant soudain ses mains, il lui demanda :

— Qu'est-ce que vous avez sur les doigts ?

Elle reposa aussitôt le sandwich dans son assiette et cacha sa main droite sous la table.

— De la teinture, répondit-elle. Ce matin, j'ai travaillé avec de la bruyère. Les plantes sont vaporisées avec ce truc horrible qui vous tache les mains comme de l'encre.

Christopher se pencha sur elle et, lui attrapant le poignet, il l'obligea à remettre sa main sur la table.

— Je ne veux pas que vous me cachiez vos mains, dit-il. Ce sont des mains de travailleuse. Et elles me plaisent telles qu'elles sont.

Lorsqu'ils eurent fini de manger, il lui dit :

— Désolé, mais je n'ai pas prévu de dessert. Il est difficile de garder la ligne quand on mange des sucreries et les flics gras sont incapables de courir vite en cas de besoin.

— Je n'aurais pas eu faim pour un dessert. C'est parfait.

Elle se leva et voulut prendre les plats qui se trouvaient sur la table.

— Ne vous occupez pas de ça, intervint Christopher. C'est mon boulot.

Lee se rendit dans le salon pendant qu'il débarrassait la table et s'approcha des plantes en pots pour vérifier qu'elles avaient été arrosées. Puis elle jeta un coup d'œil à la caisse en bois qui contenait l'arbre de Noël.

— Vous devriez avoir honte ! s'écria-t-elle aussitôt. Vous risquez de mettre le feu à l'appartement si vous n'arrosez pas votre sapin.

Elle retourna dans la cuisine et lui demanda une carafe qu'elle remplit d'eau avant de retourner dans le salon. À genoux devant l'arbre, elle aperçut un cadeau sous les branches les plus basses et se demanda de qui il venait.

Christopher la rejoignit et, après l'avoir débarrassée du pot vide, s'assit à côté d'elle.

— J'aimerais bien que vous ouvriez ce cadeau, dit-il, car il est pour vous.

— Mais ce n'est pas encore Noël et je n'ai rien à vous offrir.

— Vous êtes là et c'est le seul cadeau dont j'aie besoin. Ouvrez ce paquet.

Il s'agissait d'une boîte de la même forme que celle qu'on utilise pour les cravates, emballée dans du papier bleu et fermée par un ruban en gaze argentée. Lee l'ouvrit avec une joie enfantine.

À l'intérieur de la boîte se trouvait une enveloppe qui contenait deux tickets d'avion et une brochure vantant les beautés de Longwood Gardens, un parc situé à cinquante kilomètres de Philadelphie. Lee commença par ouvrir la brochure et détailla avec avidité les photos où l'on voyait d'immenses glycines, des statues, des serres et des fleurs de toutes les variétés possibles. Puis elle jeta un coup d'œil aux billets et s'aperçut qu'il s'agissait de deux allers-retours pour Philadelphie.

— Vous m'offrez un voyage à Longwood Gardens ! s'écria-t-elle, les yeux brillants d'excitation.

— Pour deux personnes. L'été prochain, au mois de juillet, quand tous les massifs seront en fleurs. Vous pouvez emmener qui vous voulez. Peut-être irez-vous là-bas avec Sylvia. Ou avec Lloyd.

— Mon Dieu, Christopher !

Incapable de quitter des yeux la brochure, elle se mit à lire à haute voix : « Longwood Gardens... un cadre d'une parfaite sérénité, avec ses chemins sinueux, ses jardins à l'italienne... ses serres tropicales... une explosion de couleurs passionnée... »

— Vous n'êtes certainement jamais allée à Longwood Gardens et j'ai pensé que le moment était venu de vous évader un peu...

Les larmes aux yeux, Lee jeta ses bras autour de son cou.

— Toute ma vie, j'ai eu envie de faire ce genre de voyage ! s'exclama-t-elle.

— Je vous parie que là-bas vous rencontrerez des tas de gens avec les mains tachées par les fleurs et qu'aucun d'eux n'éprouvera le besoin de s'en excuser.

Lee approcha ses lèvres des siennes et, après l'avoir embrassé, elle lui dit en le regardant dans les yeux :

— Personne ne m'a jamais fait un cadeau qui me fasse autant plaisir. Comment vous débrouillez-vous pour deviner ce genre de choses ?

— Je n'en sais rien.

— Parfois, j'ai l'impression que vous lisez dans mes pensées. Avant que j'aie eu le temps de dire quoi que ce soit, vous savez déjà ce dont j'ai envie ou besoin.

Christopher se contenta de sourire et à nouveau Lee l'embrassa avec passion. Quelle joie de pouvoir passer ces quelques heures avec lui, de presser ses lèvres contre les siennes, de le laisser faire tandis qu'il l'entraînait à sa suite sur le tapis, de sentir ses mains se glisser sous son pull-over et lui caresser les seins, de découvrir qu'il la désirait.

— Vous êtes merveilleux, murmura-t-elle en lui effleurant le visage. Et il y a si longtemps que je n'ai pas caressé un homme ! Parfois, je me suis demandé si je serais encore capable de le faire. Mais vous êtes arrivé et grâce à vous, je me sens à nouveau une femme. C'est tellement extraordinaire.

— Voulez-vous faire l'amour ? demanda-t-il tandis que Lee couvrait son visage de baisers.

— J'en ai très envie mais je ne peux pas. Je n'ai rien apporté et...

— J'ai ce qu'il faut.

— Vous aviez prévu ça.

— Vous aussi.

— C'est bien possible. Mais si j'avais apporté un préservatif, je me serais sentie... Vous voyez ce que je veux dire. J'ai quarante-cinq ans, Christopher.

— Cela ne vous empêche pas d'avoir envie de faire l'amour.

— Il faut que je retourne à la boutique.

— Vous m'avez l'air bien partie en effet pour retourner travailler.

Les yeux fermés, Christopher lui caressait les seins. Mais quand il voulut dégrafer son soutien-gorge, Lee murmura :

— Non, je vous en prie. Ce serait aller trop loin. Et je ne pourrais plus vous résister.

— Vous savez pourtant très bien où tout cela va finir, dit-il en se contentant de caresser ses seins à travers son soutien-gorge.

— Mon Dieu ! Dire que j'ai été séduite par un garçon de trente ans.

— J'ai trente ans. Mais je ne suis plus ce qu'on appelle un garçon.

— Je le sens bien, reconnut Lee en souriant.

Ouvrant tous les deux les yeux, ils se regardèrent. Christopher souriait lui aussi. Allongée sur la moquette, son visage à quelques centimètres du sien, Lee lui dit :

— Je viens de réaliser que je suis en train de faire exactement ce contre quoi j'ai mis Joey en garde samedi soir. Si nous continuons comme ça, je ne vais pas tarder à être incapable de vous résister. Et que va-t-il se passer si nous faisons l'amour ? Où cela risque-t-il de nous entraîner ? Que va-t-il arriver si jamais quelqu'un découvre que je sors avec vous ?

— J'ai l'impression que vous faites de sacrés complexes ! Pourquoi vous poser toutes ces questions ? Si nous sommes heureux au lit ensemble, ce ne sera que la suite logique du bonheur que nous éprouvons lorsque nous nous voyons. Sans compter que nous sommes l'un et l'autre célibataires, que nous ne sommes plus mineurs depuis pas mal de temps et que nous en avons tous les deux envie. Que vous faut-il de plus ?

— Supposons que nous fassions l'amour, dit Lee en s'asseyant à côté de lui. Nous vivons à une époque où il faut prendre ses précautions. J'aimerais bien en savoir un peu plus sur votre vie sexuelle avant que je vous rencontre.

Christopher s'assit lui aussi, et tout en caressant sa cheville, il répondit :

— Si le préservatif ne vous suffit pas, vous n'avez qu'un mot à dire et demain je vais passer un test de dépistage du sida.

— Vous parlez sérieusement ? demanda Lee, profondément touchée par cette marque de confiance.

— Absolument, répondit-il. Autant démarrer sur de bonnes bases. Cela fait deux ans que je n'ai pas couché avec une femme. Et autant que je m'en souvienne, j'ai dû avoir en tout et pour tout quatre petites amies avant celle-là. Je ne suis pas ce qu'on appelle un homme à femmes.

Lee lui prit les mains et, après les avoir observées pendant un court instant, elle releva la tête et regarda son beau visage sincère.

— J'ai encore besoin de réfléchir, dit-elle. Je ne suis pas prête à franchir le pas.

— À cause de notre différence d'âge.

— En partie...

— Ça, je ne peux rien y faire. Je suis plus jeune que vous et il y aura toujours quelqu'un pour vous accuser de m'avoir pris au berceau.

Cette remarque fut suivie par un silence gêné. Puis Lee mit ses mains sur ses épaules et lui dit :

— J'adore le cadeau que vous m'avez fait. Vous êtes vraiment l'homme le plus intuitif que j'aie jamais connu. Même Bill ne l'était pas autant que vous.

— C'est déjà un point en ma faveur, non ? demanda-t-il avec un petit sourire en coin.

Lee sourit, elle aussi.

— Et maintenant, il faut que je retourne travailler. Puis-je utiliser votre salle de bains ?

— Allez-y.

Quand elle le rejoignit dans l'entrée, Christopher avait déjà sorti sa veste du placard et il l'aida à l'enfiler. Puis il lui donna un baiser, tendre et insistant.

— Merci pour le repas, dit-elle en s'écartant de lui à regret. Et pour les billets d'avion. Je vous attends le 24 décembre au soir à onze heures.

13

Chris devait travailler le 24 décembre entre quinze heures et vingt-trois heures et il savait d'avance ce qui l'attendait. Le soir de Noël, les policiers d'Anoka répondaient principalement à des urgences qui n'en étaient pas vraiment. Il s'agissait en réalité d'appels à l'aide de personnes seules qui, n'ayant ni famille ni amis et ne supportant pas la solitude un soir de réveillon, s'inventaient des maux sans gravité pour être admis aux urgences de l'hôpital Mercy où ils rencontraient des gens avec lesquels ils pouvaient parler et qui s'occupaient d'eux.

Les policiers de service ce soir-là savaient que la vieille Lola Gildress allait les appeler et qu'après son départ il faudrait aérer la salle de patrouille tellement elle sentait mauvais. Nul doute qu'en cette soirée de Noël la vésicule biliaire de Frank Tinker allait encore faire des siennes. Fort de son grand âge, Frank appelait tous les policiers « fiston », il leur offrait une prise de tabac et leur demandait toujours si ça ne les gênait pas de faire un petit détour par Brisbin Street en allant à l'hôpital. Lorsque la voiture de patrouille arrivait dans cette rue, il levait ses yeux chassieux en direction d'une maison à un étage où il avait vécu enfant avec ses six frères et sœurs, à présent tous décédés. Elda Minski faisait elle aussi partie des « urgences » du réveillon. En général, elle attendait le policier de service sur le pas de sa porte, vêtue d'une étole en renard, cuvée 1930, mangée aux mites, et d'un turban pailleté qui parvenait tout juste à cacher sa calvitie. Elle profitait du trajet jusqu'à l'hôpital pour raconter une fois de plus qu'elle s'était enfuie de Russie au moment de la Révolution et qu'elle avait chanté sur les mêmes scènes d'opéra américaines où s'étaient produits Caruso et Paderewski. Il y avait enfin Inez Gurney, une petite vieille courbée comme une clef de fa, que les policiers se faisaient un plaisir de secourir car elle offrait à tous ceux qui lui souhaitaient Joyeux Noël des cookies qu'elle avait préparés elle-même.

Chaque année, Peg et Orrin passaient le réveillon chez Lee et la Noël chez Sylvia. Lloyd, quant à lui, arrivait le 24 à midi chez sa belle-fille et dormait chez elle ce soir-là afin d'être présent au matin pour l'ouverture des cadeaux. Bien entendu, Janice avait quitté la fac quelques jours plus tôt et passait les vacances chez sa mère. La visite de Sandy Parker n'était pas prévue au programme et pourtant la jeune fille fit un saut chez eux dans l'après-midi. Lee ne put s'empêcher d'observer avec attention cette gamine aux yeux de biche et aux cheveux bruns que son fils avait pelotée récemment pendant deux heures.

Sachant à quel point l'absence de Greg allait être douloureuse à supporter en ce jour de fête, toute la jeune génération — Nolan, Sandy, Jane et Kim — se fit un devoir de passer chez les Reston.

De retour de l'église, ils mangèrent en famille, comme chaque année, des huîtres à l'étouffée et un cake aux airelles flambé au cognac. Ils ouvrirent les cadeaux que leur avaient apportés Peg et Orrin mais réservèrent les autres pour le matin de Noël. Puis ils regardèrent à la télévision le concert que donnait Pavarotti avec un chœur de cent vingt personnes. Greg leur manquait tellement qu'ils allèrent régulièrement se réfugier dans une autre pièce pour donner libre cours à leur chagrin.

À dix heures du soir, les Hillier annoncèrent qu'ils devaient rentrer.

— Vous ne voulez pas rester encore un peu ? demanda Lee. Christopher finit son service à onze heures et il doit passer à la maison avant de rentrer chez lui.

— Désolée, ma chérie, répondit Peg. Mais il faut que nous nous levions tôt demain matin si nous voulons être chez Sylvia au moment où nos petits-enfants vont ouvrir leurs cadeaux.

— Je ne savais pas que Christopher devait venir ce soir, dit Janice. Je croyais qu'il ne serait là que demain matin.

— Sachant qu'il allait travailler un soir de réveillon, expliqua Lee, je lui ai proposé de venir manger des huîtres et du cake à la fin de son service.

— Souhaite-lui un joyeux Noël de notre part, dit Peg.

Quand ses parents furent partis, Lee annonça :

— C'est le moment de placer les cadeaux dans les chaussettes de Noël.

C'était une tradition dans la famille Reston : chaque année, ils déposaient dans les chaussettes sur lesquelles était inscrit le prénom de chacun des petits cadeaux qu'ils avaient tenus cachés jusqu'à la veille de Noël. Cette année, il y avait une chaussette sur laquelle on lisait : *Chris*.

— J'espère que personne ne voit d'inconvénient à ce que Chris ait lui aussi une chaussette cette année, dit Lee.

— Non, Chris est un type bien, dit Joey.

— Je n'y vois aucun inconvénient, bien au contraire ! dit Lloyd.

— J'ai un petit cadeau pour lui, déclara quant à elle Janice.

— Qu'est-ce que c'est ? demanda aussitôt Joey.

— Ça ne te regarde pas ! J'en ai un aussi pour toi.

— Laisse-moi voir ! insista-t-il en voyant sa sœur glisser un paquet dans sa propre chaussette.

— Fiche le camp, sale curieux !

Quand, à onze heures un quart, Christopher sonna à la porte, ils regardaient tous les quatre la retransmission d'un des concerts de Noël de James Galway. Les préparatifs étaient terminés : l'arbre était illuminé et, à côté, se trouvait un vieux fauteuil qui depuis toujours leur tenait lieu de cheminée et sur lequel ils avaient suspendu les chaussettes au nom de chacun.

Ils se précipitèrent dans l'entrée pour accueillir Christopher, toujours en uniforme et les bras chargés de cadeaux.

Après lui avoir souhaité un joyeux Noël, ils le débarrassèrent de ses paquets. Puis Janice le prit par la main et l'entraîna dans le salon.

— Viens voir ce qu'il y a pour toi, dit-elle en lui montrant le fauteuil.

En apercevant la chaussette qui portait son nom, Christopher sentit son cœur se dilater dans sa poitrine. Il battit des paupières pour retenir ses larmes. Il n'arrivait toujours pas à croire qu'il ait pu être adopté par une famille comme celle des Reston. Fasciné par la chaussette, il avança la main. Et reçut une tape sur les doigts.

— Pas touche ! lui intima Janice. Tu dois attendre demain matin, comme nous tous.

— Ce n'est pas rien, ce que tu me demandes là ! dit-il en plaisantant.

Reprenant sa main dans la sienne, Janice l'obligea à s'approcher de l'arbre et lui montra les cadeaux posés au pied. Il y en avait plusieurs qui portaient son nom !

Puis elle lui dit :

— Grand-père, Joey et moi avons pensé que tu pourrais coucher ici ce soir, comme ça tu seras sur place demain matin au moment de l'ouverture des cadeaux. Qu'est-ce que tu en dis, maman ? demanda-t-elle en se tournant vers sa mère. Tu es d'accord ?

— Attends une minute, Janice ! commença Christopher. Je ne suis pas sûr que...

— D'accord, m'man ? insista-t-elle.

— Bien sûr ! répondit Lee.

— Grand-père dormira dans la chambre de Joey et toi, sur le divan du salon.

— Je ne me suis même pas changé, Janice...

— Joey te prêtera un de ses vieux survêtements.

Sentant qu'il n'avait plus voix au chapitre, Christopher abandonna la partie. Il enleva sa cravate, son attirail et son gilet pare-balles et s'installa sur la moquette pour déguster des huîtres tandis que la famille Reston reprenait une part de gâteau aux airelles. Il goûta à son tour au cake de Lee tout en leur racontant l'histoire d'Inez Gurney.

Mais il passa sous silence la visite qu'il avait faite à ses parents.

Il attendit pour en parler à Lee que tout le monde soit couché et d'être lui-même installé sur le divan, vêtu d'un survêtement de Joey et bien au chaud sous une couverture.

Quand, après avoir éteint la lampe au-dessus du four qui avait été oubliée, Lee passa la tête dans le salon et aperçut la guirlande de Noël encore éclairée, elle lui dit :

— Bonne nuit, Christopher. N'oubliez pas d'éteindre l'arbre avant de vous endormir.

— Venez une minute, Lee, murmura-t-il.

Elle s'approcha du divan et s'agenouilla à côté de lui.

Prenant son visage dans ses deux mains, Christopher la regarda intensément. Puis il lui dit :

— Je vous aime, Lee.

Elle ne s'attendait pas à ce qu'il lui avoue son amour aussi vite et d'une manière aussi directe. Elle supposait que si un jour ils devenaient amants, il lui ferait peut-être ce genre de déclaration. Mais cette révélation, inspirée non par l'amour physique mais par l'esprit de Noël, la toucha profondément.

— Moi aussi, je vous aime, Christopher, murmura-t-elle en lui caressant le visage.

Au lieu de l'embrasser, il attira son visage contre sa propre poitrine et lui avoua :

— Il faut que je vous parle de quelque chose.

— Je vous écoute, répondit-elle.

Christopher attendit quelques secondes, comme s'il avait besoin de retrouver un équilibre intérieur avant de commencer. Puis il lui expliqua qu'il était retourné voir ses parents et conclut :

— C'était horrible : ces deux vieux alcooliques qui se fichaient comme d'une guigne de moi et ne s'intéressaient pas plus à eux-mêmes. J'ai compris qu'il n'y avait rien à faire, qu'ils continueraient à boire quoi qu'il arrive et que c'était peine perdue de vouloir y changer quoi que ce soit.

Il détourna la tête et, les larmes aux yeux, fixa les lampes de l'arbre.

— Écoutez-moi, lui dit Lee en prenant un bout de la

couverture pour lui essuyer les yeux. Vous devez être reconnaissant à vos parents de vous avoir mis au monde : le patrimoine génétique qu'ils vous ont transmis ne devait pas être si mauvais que ça puisque vous êtes devenu quelqu'un de bien qui prend soin de ses semblables. Quant au reste, ils se sont dérobés à toutes leurs responsabilités et je ne vous pousserai plus jamais à aller les revoir car ils ne le méritent pas. On dit que l'alcoolisme est une maladie. Mais dans le cas de vos parents, cela ne suffit pas à expliquer leur comportement, qui est inexcusable. Depuis que vous m'avez parlé d'eux et de votre enfance, j'ai réfléchi et je suis d'accord avec vous : ils n'ont rien fait pour mériter votre amour. Il faut donc que vous cessiez de vous sentir coupable de ne pas les aimer.

Christopher l'embrassa sur le front, puis il lui dit :

— Vous me faites un sacré bien, Lee. (La regardant alors d'un air un peu étonné, il lui demanda :) Vous m'avez réellement dit que vous m'aimiez ?

— Oui. Vous aussi, vous me l'avez dit. Et nous n'avons eu besoin ni l'un ni l'autre d'être enlacés dans un lit pour laisser échapper ces mots. Je crois que c'est très important.

Pour Christopher, la soirée avait été fertile en émotions. En sortant de chez ses parents, il était complètement abattu, puis il avait retrouvé toute sa gaieté en arrivant chez Lee — comme si elle avait le pouvoir de le guérir de l'échec que représentait sa propre famille.

— Merci pour tout, dit-il soudain, en s'agrippant à elle et en plongeant son visage dans ses cheveux. Je ne sais pas ce que je deviendrais sans vous.

Quand Lee sentit que sa respiration se calmait, elle s'écarta et, le regardant, lui demanda :

— Ça va mieux maintenant ?

Il hocha la tête et essuya ses yeux sur sa manche.

— À demain matin, murmura-t-elle après l'avoir embrassé tendrement sur les lèvres. Attendez que tout le monde soit levé avant de fouiller dans les chaussettes !

Janice se réveilla la première. Voyant qu'il faisait jour, elle se rendit sans faire de bruit dans la cuisine et brancha la cafetière électrique, puis elle jeta un coup d'œil à travers le passage voûté qui donnait dans le salon. Christopher dormait encore, couché sur le côté, son visage à moitié caché par ses deux mains. Elle en profita pour admirer son épaisse chevelure à peine ébouriffée par le sommeil et sa bouche légèrement entrouverte qu'elle espérait bien embrasser un jour.

Dans l'entrée, une porte s'ouvrit et Chris cilla légèrement. Puis le bruit de la porte de la salle de bains qui se refermait acheva de le réveiller. Ouvrant les yeux, il aperçut Janice qui l'observait et, après s'être étiré, il lui demanda :

— J'ai dormi trop longtemps ?

— Non. Tout le monde commence à se réveiller. Joyeux Noël !

— Merci. Joyeux Noël à toi aussi. Est-ce que c'est du café que je sens ?

— Oui. Et comme il va y avoir la queue à la salle de bains, tu as largement le temps d'en boire une tasse en attendant ton tour.

— Avec plaisir.

— Je t'ai entendu discuter avec maman hier soir, reprit Janice.

Puis elle se tut, comme si elle attendait que Christopher lui raconte ce qui s'était passé la veille.

— J'avais besoin de parler de quelque chose avec elle, se contenta-t-il de répondre.

— Vous avez discuté longtemps ?

— Une dizaine de minutes, j'imagine.

— Elle est vraiment formidable, n'est-ce pas ? On peut parler de tout avec elle.

— C'est vrai. Mais je le savais déjà. Greg me l'avait dit.

— C'est dur de passer ces vacances de Noël sans lui cette année. Mais nous arrivons à tenir le coup. C'est sympa de ta part de le remplacer, Chris. Pour nous tous, c'est très important. Surtout pour maman.

Ils s'installèrent tous les cinq au salon et ouvrirent les cadeaux que contenaient les chaussettes marquées à leur nom. Janice avait offert à son frère un livre d'initiation sexuelle pour adolescents qui les fit tous rire — à l'exception du destinataire qui piqua un fard. Lloyd ne s'était pas trop compliqué la vie et avait acheté pour tout le monde des coupons pour le McDonald's d'Anoka. Dans sa chaussette, Christopher découvrit de minuscules bouteilles d'after-shave, un jeu de cartes, un porte-clefs et un tampon encreur avec son nom et son adresse — cadeau qui venait de Joey et qui le surprit car il signifiait que la famille Reston avait songé depuis un certain temps à l'inviter pour Noël. Tout au fond se trouvaient deux tickets d'entrée pour le prochain match des Timberwolves, offerts par Janice.

— Si tu cherches quelqu'un pour t'accompagner, fais-moi signe, lui dit-elle. Je suis une fan des Timberwolves.

— Merci, Janice. Je n'oublierai pas.

Puis ils burent chacun un jus d'orange et du café, et s'attaquèrent aux cadeaux placés sous l'arbre. Christopher s'était pas mal creusé la tête avant de choisir les cadeaux qu'il destinait à chacun. Pour Joey, il avait acheté des lunettes de soleil Oakley aux verres bleu libellule ; pour Janice, un soin de chez Horst, le meilleur institut de beauté de Minneapolis à en croire ses collègues féminines ; pour Lloyd, un abonnement à un club de gymnastique. Et pour chacun d'eux, la dernière photo de Greg qu'il avait fait agrandir et encadrer.

En découvrant la photo, ils ne purent retenir leurs larmes et Lloyd, après s'être essuyé les yeux sur la manche de sa robe de chambre, avoua :

— Nous avions tous besoin de ça. Greg nous a beaucoup manqué et nous n'avons rien dit. Mais grâce au cadeau de Chris, il est là à nouveau parmi nous.

Christopher, lui aussi, avait été gâté. Joey lui avait offert un roman policier, Lloyd un portefeuille et Janice un CD de Wynonna Judd. Quant à Lee, elle lui avait acheté une chemise et un pull assorti. Un peu plus tard, alors qu'il se trouvait dans la salle de bains et venait de sortir la chemise de son emballage, il découvrit dans la poche de poitrine une gourmette en or dix-huit carats à laquelle était accroché un petit cœur qui portait les initiales du fabricant. Elle avait fait graver dans l'espace réservé à cet usage : *Avec mon amour, Lee.*

La chemise était à sa taille et Christopher la mit aussitôt. Puis il rejoignit les Reston dans le salon et déjeuna avec eux. Un peu plus tard, comme il s'apprêtait à rentrer chez lui, il se retrouva seul avec Lee dans la cuisine.

— J'ai trouvé la gourmette, dit-il. Vous avez fait une folie !

— C'est ce que j'avais envie de vous offrir. Vous l'avez mise ?

Il étendit le bras et lui montra son poignet, prouvant par là même que, folie ou pas, il avait bien l'intention de la porter.

— Merci, Lee. Cela me plaît vraiment beaucoup.

— À moi aussi, dit-elle, en embrassant son poignet. J'aurais bien aimé que vous puissiez rester plus longtemps.

— Et moi, alors ! Mais il faut que je parte. Je vais aller dire au revoir à tout le monde.

Lloyd et Joey étaient en train d'étrenner le nouveau jeu vidéo que Joey avait reçu pour Noël. Ils interrompirent la partie pour lui dire au revoir. Puis Christopher frappa à la porte de la chambre de Janice qui était en pleine séance d'essayage. Elle le rejoignit une minute plus tard dans l'entrée, vêtue d'un pull qui portait encore l'étiquette du magasin où il avait été acheté.

— Je m'en vais, annonça-t-il. Merci pour le meilleur Noël de ma vie.

— Merci à toi aussi, dit-elle en le prenant par le cou. Et n'oublie pas de m'appeler pour le match — si tu en as envie.

Il lui tapota affectueusement le dos et ils se séparèrent.

Profitant du fait que Lee le regardait partir, il se retourna vers elle et lui dit :

— Mon emploi du temps change dans trois jours. Je vais être de service de jour. En plus, je suis en congé pour le week-end de fin d'année. Je tiens à vous inviter pour la soirée du Nouvel An. Tâchez de trouver une bonne excuse. Ou dites-leur la vérité, ce qui vaudrait encore mieux.

Dès qu'elle eut refermé la porte, Lee réfléchit à ce qu'elle allait bien pouvoir raconter à ses enfants.

14

Deux jours après Noël, Lee reçut une magnifique carte de vœux de Christopher.

« Je crois que je n'ai pas su vous dire à quel point j'étais heureux de me retrouver avec vous et avec vos enfants, lui écrivait-il. Votre famille est tout le contraire de la mienne et quand je suis chez vous, non seulement je m'y sens bien mais j'apprends énormément de choses. J'apprécie plus que tout les moments où nous nous retrouvons tous les deux car vous êtes une grande dame, une personne exceptionnelle et une amie merveilleuse. Merci pour tout ce que vous faites pour moi et tout particulièrement pour les cadeaux de Noël. La chemise et le pull me vont à la perfection — quant à la gourmette, quelle heureuse surprise ! Je la mets tous les jours et je pense à vous chaque fois que je regarde mon poignet. Jamais je n'oublierai cette journée de Noël et j'ai l'impression qu'il en sera de même pour le Nouvel An. Je ne me tiens plus d'impatience. »

Cela faisait des années que Lee n'avait pas reçu une carte de vœux aussi tendre. En la lisant, elle eut l'impression de redevenir une jeune femme romantique, frémissante et passionnée. Elle était tout étonnée que Christopher ait pris une telle place dans sa vie alors que, jusque-là, elle n'avait jamais cherché à combler le vide laissé par la mort de Bill, se contentant de mener une existence calme et paisible, entièrement vouée à son travail et ses enfants.

Il semblait étrange qu'un homme aussi jeune que Christopher lui dise, comme il l'avait fait le soir de Noël, qu'il était amoureux d'elle et qu'elle aussi, elle lui avoue son amour. Car c'était vrai : elle l'aimait. Qu'allait-il sortir de tout ça ? Elle n'en savait rien, mais la rencontre avec Christopher avait transformé sa vie d'une manière si merveilleuse qu'elle désirait profiter au maximum des moments qu'ils passaient ensemble.

Lorsqu'il lui téléphona, elle était assise dans la cuisine et venait de relire sa carte pour la cinquième fois. Le simple son de sa voix suffisait à la rendre heureuse. Il n'avait qu'à dire « Bonjour », comme il venait de le faire, pour qu'elle éprouve aussitôt un bien-être extraordinaire qui durait bien après la fin de leur conversation.

— J'étais en train de relire votre carte.

— Je pense sincèrement tout ce que je vous ai écrit.

— Je suis très touchée. Cela fait des années qu'un homme ne m'a pas envoyé un mot comme celui-là.

— Vous dites souvent : Cela fait des années...

— Parce que c'est vrai. Ça vous choque ?

— Non. En réalité, cela me fait plutôt plaisir de savoir que, grâce à moi, vous vous sentez revivre.

— C'est en effet exactement ce que je ressens.

— Que diriez-vous alors d'aller danser pour le réveillon du Nouvel An ?

— Merveilleux ! Cela fait des années que je n'ai pas acheté une tenue de soirée ! (Christopher rit au bout du fil. Elle aussi, puis elle ajouta :) Je viens encore de le dire, n'est-ce pas ?

— Certains de mes collègues ont réservé des tables dans la salle de bal du « Bel Ray ». C'est le « High Noon » qui doit animer la soirée. Le meilleur orchestre de danse folklorique du coin.

Après avoir réfléchi pendant quelques secondes à sa proposition, Lee lui demanda :

— Que vont penser vos collègues en voyant que vous passez la soirée avec moi ?

— Ils me mettront en boîte — mais pas devant vous.

— Bien, alors je ne vois pas pourquoi je m'inquiéterais. Êtes-vous bon danseur ?

— Très moyen. Et vous ?

— Je suis bien le rythme mais je dois être un peu rouillée.

— Voulez-vous que je vous emmène dîner au restaurant avant ?

— Une invitation au restaurant en plus ! Christopher, vous me gâtez !

— Ça me fait plaisir. Je passe vous prendre à sept heures ?

— Parfait. (Après un court silence, elle ajouta :) Je suis tellement excitée à l'idée de cette soirée ! Je n'ai pas dû sortir pour le réveillon du Nouvel An depuis 1983 !

— J'espère bien que vous n'oublierez jamais celui-là.

— Est-ce que vous voyez un inconvénient à ce que je sorte avec Christopher le soir du Nouvel An ? demanda-t-elle à ses enfants.

— Non, répondit Joey. Mais à condition que tu me donnes de l'argent pour que j'achète des pizzas.

— Zut ! s'écria Janice, qui semblait dépitée. Si j'avais su, je n'aurais pas promis à Nolan et Jane de passer la soirée avec eux.

Lee se sentit un peu vexée par la réflexion de sa fille. Était-elle si vieille et si décrépite qu'il fût inconcevable que Christopher l'invite *sans* ses enfants ? Aussi étonnant que cela puisse paraître, Janice ne se doutait pas qu'il s'agissait d'un rendez-vous galant. Et ce n'était pas Lee qui allait la détromper.

— Les collègues de Christopher ont réservé quelques tables dans la salle du « Bel Ray » et c'est là que nous allons.

— Tu vas danser ! s'exclama Janice.

— Oui. Quel mal y a-t-il à ça ?

— Aucun, bien sûr ! Mais ça doit faire un sacré bout de temps que ça ne t'est pas arrivé.

— C'est vrai. Et j'avoue que je suis plutôt excitée à cette idée. Et vous, qu'allez-vous faire pour le Nouvel An ?

— Je suis invitée à la soirée qu'organise une des filles avec lesquelles j'ai travaillé l'été dernier, expliqua Janice. Comme elle m'a dit que je pouvais amener qui je voulais, j'ai proposé à Nolan et à Jane de m'accompagner.

— Et toi, Joey ?

— Est-ce que je peux demander à Denny de venir passer la nuit à la maison ?

— Oui, si la mère de Denny est d'accord et si tu lui dis que je serai de retour un peu tard. Et pas de filles à la maison ce soir-là !

— Promis. De toute façon, Sandy est partie faire du ski avec ses parents dans le Colorado. Est-ce que tu nous paies des pizzas ?

— J'offre les pizzas.

— Super ! s'écria-t-il en donnant un coup de poing dans le vide. On va pouvoir faire des jeux vidéo toute la nuit !

Lee s'acheta une robe extravagante — un fourreau rouge avec des volants en haut —, des chaussures rouges à talons hauts et un collant en soie. Puis elle compléta sa tenue avec des boucles d'oreilles multicolores et une boule en verre assortie qu'elle suspendit à la chaîne en or qu'elle portait autour du cou.

Christopher avait choisi une tenue adaptée à une soirée de musique country : jean, veste en tweed, cravate en tricot et bottes de cow-boy. Après lui avoir lancé un regard admiratif, il lui tendit son manteau et l'entraîna vers l'Explorer qui attendait dans l'allée, tous phares allumés.

Après leur départ, Joey dit à sa sœur :

— J'ai l'impression qu'il aime maman.

— Bien sûr qu'il l'aime ! répondit Janice, encore tout émoustillée par le passage éclair de Christopher. Tu connais quelqu'un qui ne l'aime pas ?

— Non, je veux dire qu'il l'aime comme s'il était son petit ami ou quelque chose dans ce genre.

— Son petit ami ! Tu rêves ou quoi ! Maman a quarante-cinq ans et lui, il en a trente ! Il est simplement gentil avec elle parce que Greg est mort et qu'il ne veut pas la laisser seule.

— Ouvre les yeux, crâne de piaf ! Tu n'as pas vu comment elle était habillée ! Moi, elle ne m'a pas donné l'impression d'être si vieille que ça !

Janice leva les yeux au ciel et retourna dans la salle de

bains pour finir de se préparer. « Les garçons de quatorze ans sont vraiment bouchés ! » se dit-elle.

Christopher avait garé l'Explorer le long du trottoir à quatre pâtés de maisons de là et était en train d'embrasser Lee sur la bouche, tout en lui caressant les seins.

— Vous êtes sûre que vous voulez aller danser ? lui demanda-t-il en s'écartant d'elle à regret.

— Oui, pour commencer, répondit-elle en souriant.

Ils allèrent dîner chez Finnigan's — un repas léger car ils parlaient, riaient et flirtaient tellement que, quand le serveur leur demanda pour la troisième fois s'il pouvait desservir, ils le laissèrent partir avec leurs assiettes encore à moitié pleines.

— Vous êtes ravissante, dit Christopher.

— Et vous, vous êtes magnifique.

— C'est une nouvelle robe ?

— Oui. Et j'ai l'impression d'être une nouvelle femme.

— Vous le serez certainement avant la fin de la nuit, dit-il en lui prenant la main. J'ai quelque chose pour vous, ajouta-t-il en lui tendant une feuille de papier pliée en quatre.

Lee ouvrit la lettre tapée à la machine et qui portait l'entête du laboratoire médical Lufkin. En bas de la page, une seule indication la frappa : *HIV négatif.*

En songeant à ce que cela impliquait — n'avait-elle pas dit à Christopher qu'elle voulait ce renseignement avant de faire l'amour avec lui — elle ne put s'empêcher de rougir.

— Vous l'avez fait ! s'écria-t-elle.

— C'est la chose la plus sage qu'on puisse faire de nos jours. Mais je ne veux pas que cela influence votre décision. La balle est toujours dans votre camp...

— Quand je vous ai parlé de ce test, c'était uniquement au cas où... une simple supposition.

— Vous croyez ?

— Non, reconnut-elle. (Puis, après s'être tue pendant quelques secondes, elle lui demanda :) Voulez-vous que moi aussi, je passe le test ?

— Je n'en vois pas l'utilité. Si j'ai bien compris, Bill et vous étiez monogames et vous n'êtes sortie avec personne depuis sa mort. Le seul problème, c'était donc moi, et maintenant il est résolu.

— C'est vraiment une marque de confiance, monsieur Lallek ! dit-elle en prenant ses deux mains dans les siennes.

— Les bonnes relations ne peuvent être bâties que sur la confiance et je tiens à ce que les nôtres démarrent le mieux possible.

Lee l'étudia pendant un court instant, puis lui demanda :

— Est-ce que vous seriez choqué si je me levais et m'approchais de vous pour vous embrasser en plein restaurant ?

— Pas précisément, répondit-il avec un sourire malicieux. Mais à condition que vous ne vous installiez pas sur mes genoux comme vous l'avez fait dans votre cuisine.

Lee sourit à son tour en imaginant ce qui se passerait si elle grimpait sur les genoux de Christopher dans ce restaurant plutôt huppé où l'on dînait sur des nappes blanches, à la lueur des bougies.

Mais il lui fallait pourtant un certain culot pour s'approcher de Christopher, lui prendre le visage à pleines mains et poser brièvement ses lèvres sur les siennes. C'est pourtant ce qu'elle fit. Puis elle murmura :

— Faut-il vraiment que nous allions danser ?

Sa question le fit sourire.

Christopher savait danser le pas de deux texan !

Lee, qui n'y connaissait rien en danses folkloriques, se contentait de regarder les couples évoluer en cercle sur la piste en sens inverse des aiguilles d'une montre et, quand Christopher lui proposa d'aller les rejoindre en lui prenant la main, elle s'écria :

— Je suis incapable de danser ça !

— Qu'en savez-vous ?

— Je vais vous gêner.

— Pas du tout. Nous allons nous placer en dehors du cercle et je vais vous apprendre un ou deux mouvements.

Lee accepta de le suivre sur la piste où se trouvaient d'autres couples qui s'entraînaient eux aussi à apprendre les pas de base.

— Il y a eu un ou deux cours du soir dans la semaine qui a précédé cette soirée, expliqua-t-il. Les gens qui sont là n'en savent donc pas beaucoup plus que vous.

Comme elle l'avait dit à Christopher, Lee n'avait aucun problème avec le rythme et elle réussit à le suivre dans ses évolutions, plus rapidement qu'elle l'aurait cru, pivotant sous son bras ou le laissant plonger sous le sien.

— Jamais je n'aurais pensé que vous saviez danser, dit-elle tandis que les bottes de cow-boy frottaient le sol de la piste en cadence.

— La dernière fille avec laquelle je suis sorti a voulu que j'apprenne. Et nous avons pris des cours ensemble.

— Je devrais la remercier. C'est vraiment un plaisir de danser avec vous.

— Vous êtes prête à essayer autre chose ?

— Tout dépend de la difficulté.

— Il n'y en a aucune. Vous n'avez qu'à me laisser faire. Et maintenant, attention, je vais vous emmener « Autour du monde ».

Levant les bras, il lui fit faire un tour complet autour de lui, puis la fit tournoyer encore et encore.

Quand Lee se retrouva en face de lui et reprit le pas de base, elle lui dit en riant, le souffle court :

— J'y suis arrivée !

Il lui sourit, tout heureux.

Puis ils regagnèrent les tables réservées par les policiers. Les collègues de Christopher étaient venus passer la soirée en compagnie de leurs épouses et l'ambiance était gaie, parfois même un peu bruyante. Contrairement à ce que craignait Lee, tout le monde semblait trouver normal qu'elle sorte avec Christopher et personne ne se permit une réflexion déplacée. Pete Ostrinski l'invita à danser et elle s'en sortit à peu près correctement. Quant à Toni Mansetti, elle en profita pour lui demander des nouvelles de son fils. Puis Christopher lui proposa d'apprendre un nouveau pas. Mais elle s'emmêlait tellement les pieds et ils riaient tellement tous les deux chaque fois qu'elle se trompait qu'ils décidèrent d'un commun accord que ce serait pour une autre fois.

Lorsque l'orchestre attaqua *Love me* de Collin Raye, Christopher lui prit la main et l'entraîna vers la piste. L'ambiance avait changé. Les couples étaient maintenant enlacés pour danser ce slow et la piste faiblement éclairée par une douce lumière bleue. Christopher serra Lee contre lui et elle plaça ses deux mains derrière sa nuque, son visage levé vers le sien.

— Vous êtes contente ? lui demanda-t-il.

— Cela fait très, très longtemps que je n'ai pas été aussi heureuse, Christopher. (Puis, comme il approchait ses lèvres des siennes, elle murmura :) Vos collègues nous regardent.

— Je m'en fiche, répondit-il avant de l'embrasser.

Puis il continua à se balancer sur place, le corps de Lee pressé contre le sien tandis que l'orchestre chantait en chœur : « Love me... Love me ».

Reculant légèrement la tête, il la regarda dans les yeux et lui demanda :

— Que répondriez-vous si je vous proposais de partir maintenant ?

— Déjà ! La soirée est à peine commencée. Et vos collègues vont se demander pourquoi nous partons si tôt.

— Ça ne me gêne pas. Et vous ?

— Moi non plus, répondit Lee.

Ils quittèrent la piste et se dirigèrent vers le vestiaire, demandèrent leurs manteaux et, se tenant par la taille, marchèrent jusqu'au parking pour y récupérer l'Explorer.

Dès qu'ils se retrouvèrent à l'intérieur de la voiture, Christopher proposa à Lee :

— Asseyez-vous près de moi.

Renonçant à attacher sa ceinture, elle s'installa sur le siège de Christopher, son bras posé sur son épaule, son visage appuyé contre sa veste en tweed.

Pendant le trajet, ils n'éprouvèrent pas le besoin de parler et se laissèrent bercer par la musique que diffusait la radio. Ils ne dirent rien non plus dans l'ascenseur, sachant parfaitement l'un et l'autre ce qui allait arriver dès qu'ils auraient pénétré dans l'appartement.

Christopher alluma le plafonnier de l'entrée puis, après

avoir enlevé ses bottes, il aida Lee à ôter son manteau, retira sa veste, suspendit leurs vêtements et, la prenant par la main, l'entraîna aussitôt vers sa chambre.

Il n'alluma pas la lumière et, après avoir retiré sa cravate, la souleva dans ses bras et la porta sur le lit.

— J'ai tellement envie de vous, Christopher, murmura Lee.

— Dites-le-moi à nouveau, demanda-t-il. Cela fait si longtemps que j'attends ces mots.

— J'ai tellement... commença Lee.

Mais il ne la laissa pas finir et l'embrassa sauvagement. À genoux sur le lit, ils se caressèrent, leurs deux visages éclairés par la lumière qui venait de l'entrée. Quand les talons hauts de Lee tombèrent sur le parquet, elle murmura :

— Si nous nous déshabillions, Christopher.

Chacun aida l'autre à enlever ses vêtements. Dès qu'ils furent nus tous les deux, Lee le chevaucha comme elle l'avait fait dans la cuisine.

— Qu'est-ce qui se passe ? demanda-t-il, surpris par sa rapidité à se coller contre lui.

— Je ne veux pas que vous me regardiez, répondit-elle. Depuis que je suis venue chez vous pour décorer l'arbre de Noël, je n'ai pas arrêté de penser à ce qui allait arriver quand nous ferions l'amour. Et même si j'en ai très envie, j'ai peur.

— Pourquoi ? demanda-t-il en lui caressant tendrement les cheveux.

— Parce que j'imagine que les femmes avec lesquelles vous avez fait l'amour étaient jeunes et avaient un corps ferme, pas de rides, la peau bronzée — rien à voir avec le corps d'une femme de quarante-cinq ans.

— Vous oubliez une chose, Lee, murmura-t-il. C'est que je n'étais pas amoureux d'elles.

Cet aveu la libéra. Allongé sur le côté, appuyé sur un coude, il lui caressa la jambe, le ventre, s'attardant enfin sur un sein, puis sur l'autre, enfouissant son visage entre eux pour mieux en respirer le parfum capiteux. Il descendit plus bas et l'amena rapidement à un premier orgasme :

quelques caresses suffirent après ces années d'abstinence. Une faible lumière filtrait du corridor et nimbait son corps, permettant à Chris de jouir du spectacle de sa chair frémissante. La tête rejetée en arrière, elle émit un grognement sourd et s'agrippa à deux mains aux draps.

Bientôt il fut sur elle et lui murmura à l'oreille :

— Tu veux me le mettre ou tu préfères que je le fasse moi-même ?... Fais-le, répondit-il en déposant le petit sachet dans le creux de sa main.

Il roula sur le dos et se laissa faire en réprimant des gémissements.

— C'est sacrément long, deux ans, dit-il d'une voix grave. J'ai du mal à imaginer comment ça peut être, neuf ans.

— Moi aussi, maintenant que je suis là.

— Je t'en prie, dépêche-toi. Je n'en peux plus.

— Oh non, tiens bon, il y a plusieurs petites choses que j'aimerais encore faire avec toi.

— Ah, tu m'as sauvé la vie.

Ils avaient cette maladresse des jeunes amants inexpérimentés qui comptent sur un peu d'humour pour franchir plus aisément les préliminaires de l'amour.

Christopher la pénétra lentement et intensément.

— Lee... Lee... murmura-t-il. Enfin...

Ils ne firent bientôt plus qu'un. Les ondulations de leurs corps épousaient le même rythme, la tristesse des mois passés s'estompait... Toutes ces larmes versées, ces paroles échangées, ces réconforts aboutissaient enfin à cet acte suprême. Christopher et Lee, transcendant leurs êtres finis dans une étreinte absolue !

— Oh toi, toi ! gémit Lee en appuyant ses talons sur ses fesses. Comme je t'ai attendu !

— Je croyais que j'étais trop jeune pour toi.

— Et moi que j'étais trop vieille pour toi.

— Cela fait si longtemps que j'attends de te toucher et de t'embrasser.

— C'est si agréable. Comme ça m'a manqué.

— Dis-moi ce qui te fait plaisir, dis-le-moi...

Il la caressa en mille endroits secrets.

— Là... et là... et là...

— Oui, comme ça, c'est bon...

Elle le sentit tendre le bras et l'entendit allumer la lampe de chevet.

Craignant qu'à la lumière de la lampe leur différence d'âge ressorte plus nettement et qu'il aperçoive le fin réseau de ses rides, Lee faillit lui demander d'éteindre.

— Dis-moi que ça ne te gêne pas, insista-t-il d'une voix rauque.

Ouvrant les yeux, elle le regarda : ses cheveux bruns étaient ébouriffés par ses caresses, ses yeux semblaient d'un bleu aussi profond que l'océan et son expression passionnée la convainquit qu'elle n'avait rien à craindre.

— Ça ne me gêne pas, chuchota-t-elle.

— Laisse-moi t'aimer telle que tu es.

Elle attira sa bouche contre ses lèvres et l'embrassa avec passion, se demandant si l'autre homme de sa vie l'avait jamais aimée aussi intensément.

De nouveau il se mit à bouger en elle. Quand son souffle devint saccadé, il se redressa légèrement et se tendit. Puis il jouit, eut un frisson et se laissa aller contre elle comme un arbre qui s'abat dans des fourrés. Elle caressa ses cheveux humides de sueur, passa ses ongles sur sa nuque brûlante. Bientôt les battements de son cœur ralentirent, sa respiration se fit plus régulière, et tous deux roulèrent sur le flanc. Il installa un coussin sous leurs têtes.

— À quoi penses-tu ?

— À rien, je suis tout simplement heureux.

— C'était vraiment merveilleux, Christopher, murmura-t-elle.

— Pour moi aussi.

— Quelles sont les chances à ton avis qu'une femme éprouve du plaisir la première fois qu'elle fait l'amour avec un homme ?

— Je ne sais pas.

— C'est très rare. Et là, pourtant, c'était le cas.

— Sans doute parce que cela faisait très longtemps que tu n'avais pas fait l'amour. Tu étais plus que prête...

— Tu crois ? demanda-t-elle en lui caressant tendrement les lèvres.

— C'est une hypothèse. Je n'ai pas beaucoup d'expérience en la matière. Je te l'ai déjà dit.

Ils restèrent un long moment allongés sans parler, les yeux fermés, pour mieux profiter de la chaleur de leurs corps entrelacés. Lee se disait qu'il était bien agréable de se sentir aussi détendue. Quant à Christopher, il réfléchissait à ce qu'elle venait de lui dire.

— Est-ce que ce serait indiscret de te demander quel genre de vie sexuelle tu as eue avec ton mari ? demanda-t-il en ouvrant les yeux.

— Non. Nous n'avons plus grand-chose à nous cacher, il me semble. Avant de l'épouser, je me sentais un peu culpabilisée de faire l'amour avec lui. Mais ensuite, ça allait beaucoup mieux. Avec des hauts et des bas, bien sûr. Parfois, nous faisions l'amour presque un soir sur deux. À d'autres moments, deux fois par mois. Et j'ai l'impression que j'avais plus de difficulté à jouir avec lui qu'avec toi.

Christopher ne dit rien dans un premier temps. Il leva la tête, se pencha vers elle pour l'embrasser puis, reposant sa tête sur l'oreiller, lui avoua :

— J'avais horriblement peur que tu prennes moins de plaisir avec moi qu'avec lui. Un jour, je t'ai dit que je n'avais pas peur de ce qui allait se passer entre nous. Mais c'était pure bravade de ma part. En réalité, j'étais inquiet, surtout parce que tu étais plus âgée que moi et plus expérimentée. Je me disais : Que va-t-il se passer si je lui fais des avances et qu'elle me tape sur les doigts comme si j'étais un gamin désobéissant ? Mais heureusement, les choses se sont passées différemment.

— Comment as-tu pu imaginer que j'allais t'envoyer promener ?

— Je n'en sais rien.

— Tu te doutais bien pourtant que j'étais amoureuse de toi.

— Oui. Mais je craignais que tu te refuses à moi à cause de notre différence d'âge.

— Tu n'avais pas tout à fait tort, reconnut Lee. Quand

j'ai découvert que tu avais le béguin pour moi, je me suis dit : Mon Dieu, il est si jeune ! Et j'avoue que dans un premier temps j'ai été flattée de plaire à un homme de quinze ans mon cadet. Mais j'aurais vraiment été une femme superficielle si j'étais sortie avec toi simplement parce que cela flattait mon ego. J'ai donc attendu d'y voir un peu plus clair dans mes sentiments. Et finalement, si j'ai accepté de faire l'amour avec toi, c'est parce que je t'aime et que je te respecte. Mais je dois reconnaître que ta jeunesse et ton corps parfait me plaisent aussi beaucoup.

Christopher posa sa main entre ses seins.

— Je suis heureux que nous en ayons fini avec les préliminaires, dit-il. C'est épuisant nerveusement. La prochaine fois, nous serons beaucoup plus détendus l'un et l'autre.

— Car il y aura une prochaine fois ? demanda Lee avec un sourire malicieux.

— J'espère bien que ce n'est là que le début d'une liaison en bonne et due forme...

— Quel que soit le nom qu'on lui donne, c'est trop agréable pour s'arrêter là.

Lee observa son visage éclairé par la lampe : le halo doré qui entourait ses cheveux bruns, ses cils brun-roux qui faisaient ressortir le bleu de ses yeux, ses traits dont elle admirait la symétrie, ses lèvres gonflées par les caresses qu'ils avaient échangées.

— Tout me plaît chez toi, murmura-t-elle. J'ai encore du mal à croire à ce qui vient d'arriver. Je risque d'être insatiable au début, de vouloir rattraper le temps perdu.

— Ça ne me gêne pas du tout, dit-il en lui mordillant le bout des doigts. Il n'y a rien de mieux que les femmes insatiables.

Pour bien lui montrer qu'elle disait vrai, Lee le poussa un peu et, dès qu'il retrouva sur le dos, elle s'allongea sur lui.

Ce fut Lee qui, un peu plus tard, le réveilla. Il ouvrit les yeux et lui sourit d'un air ensommeillé.

— Il faut que je rentre, murmura-t-elle.

— Non, dit-il en la serrant contre lui.

— Je ne peux pas rester. Joey est à la maison avec son copain Denny et Janice ne va pas tarder.

Levant son bras gauche pour consulter sa montre sans lâcher Lee, il lui dit :

— Il n'est même pas minuit.

— Nous avons pris une sacrée avance sur la nouvelle année, lui rappela-t-elle en souriant.

— J'espérais que tu pourrais rester toute la nuit, dit-il en relâchant son étreinte.

— Moi aussi, j'aurais bien aimé, mais je ne peux pas, dit Lee en s'asseyant sur le lit.

Allongé sur le dos, les mains croisées derrière la nuque, il la regarda s'habiller. Quand elle eut enfilé sa robe, il lui dit :

— Approche-toi, je vais remonter ta fermeture-éclair.

Lee s'assit sur le lit à côté de lui. Il se releva, lui embrassa la nuque, puis appuya ses lèvres sur son épaule tout en lui caressant les seins.

— J'ai beaucoup aimé te voir t'habiller, dit-il. Je suis tellement heureux de te regarder aller et venir dans cette chambre où j'ai tant de fois pensé à toi.

— Et moi, j'aime que tu me serres dans tes bras comme tu le fais en ce moment, murmura-t-elle. Quand on est privé de la présence d'un homme comme je l'ai si longtemps été, on a envie de faire l'amour, bien sûr. Mais ce qui vous manque le plus, ce sont ces marques de tendresse, le fait de pouvoir se lover dans les bras de quelqu'un. Promets-moi que, quand nous nous reverrons, nous ne nous sentirons pas obligés de faire l'amour à chaque fois et que nous prendrons aussi le temps d'échanger des caresses.

— Je te le promets. Et moi je veux que tu me promettes aussi quelque chose.

— Quoi donc ?

— De t'habiller devant moi comme tu l'as fait ce soir, tranquillement et d'une manière décontractée. On imagine toujours une femme en train de se déshabiller, mais la voir s'habiller est beaucoup plus intime. Et ce soir, quand je t'aurais raccompagnée chez toi, je suis sûr que je vais repenser à ça avant de m'endormir.

246

Lee ne put s'empêcher de soupirer. Puis elle lui dit :

— Il faut que je m'en aille. Remonte cette fermeture-éclair.

Quand Christopher se fut exécuté, elle s'approcha de la table de nuit pour récupérer ses bijoux. Puis, à son tour, elle le regarda s'habiller.

— C'est vrai, ce que tu m'as dit tout à l'heure, dit-elle lorsqu'il fut prêt. Regarder quelqu'un qui se rhabille, c'est vraiment partager son intimité. Quand on fait simplement l'amour avec un homme qu'on ne connaît pas, on n'ose pas le regarder après. On a l'impression que ce serait de mauvais goût. Tandis qu'avec toi, c'est comme de lire un post-scriptum à la fin d'une lettre d'amour.

Debout en face d'elle, Chris la prit dans ses bras et ils s'embrassèrent avec passion.

— Je t'aime, Lee, dit-il.

Elle se laissa envahir par ces mots qu'elle n'avait pas entendus depuis très longtemps.

— Moi aussi, je t'aime, Christopher, dit-elle.

Et sur cette note finale, ils quittèrent l'appartement.

15

Le matin du Nouvel An, toute la famille Reston dormit tard. Janice se réveilla à dix heures moins dix et fut un peu étonnée de voir, en se rendant à la salle de bains, que la porte de la chambre de sa mère était fermée. Comme il était très rare que Lee se lève aussi tard, en ressortant de la salle de bains, elle poussa sans bruit la porte.

Allongée sur le ventre sous les couvertures, le visage en partie caché par son bras droit, Lee dormait à poings fermés. Elle avait placé avec soin sa robe du soir sur le dossier d'une chaise et abandonné ses talons hauts à côté.

En apercevant la tenue que portait sa mère la veille au soir, Janice ne put s'empêcher de repenser à ce que lui avait dit Joey. Si son frère avait vu juste, elle allait passer pour une sacrée idiote ! Et Joey avait peut-être raison : non seulement sa mère avait acheté une robe du soir et des chaussures neuves — ce qui ne lui était pas arrivé depuis des années —, mais elle n'avait pas fait admirer sa nouvelle tenue à Janice, comme si elle espérait que celle-ci serait déjà sortie au moment où Christopher viendrait la chercher.

Après avoir refermé la porte de sa mère, Janice ouvrit sans faire de bruit celle de Joey. Son frère était allongé sur le dos dans son lit, ses mains énormes posées sur le drap, et son copain Denny Whitman était installé dans un sac de couchage sur la moquette. Les deux garçons dormaient à poings fermés, indifférents à l'atmosphère étouffante qui régnait dans la pièce.

Janice referma la porte derrière elle puis, après avoir enjambé Denny, s'approcha de son frère.

— Réveille-toi, Joey, chuchota-t-elle en s'asseyant à côté de lui.

Joey la repoussa avec une de ses jambes et se retourna vers le mur en grommelant des mots inintelligibles. Janice le secoua et le prit par l'épaule pour l'obliger à se retourner.

— Fiche-moi la paix ! dit-il. Tu vois bien que je dors !

— Il faut que je te demande quelque chose, expliqua-t-elle à voix basse. Ne fais pas de bruit sinon Denny va se réveiller.

— Je te répondrai plus tard.

— Je veux juste savoir à quelle heure maman est rentrée.

— Il ne devait pas être très tard car j'étais encore debout.

— Quelle heure à peu près ? demanda Janice en reprenant espoir.

— Avant minuit. Ça j'en suis sûr, parce que Denny et moi, nous étions en train de regarder la télé.

Il se frotta les yeux et bâilla à se décrocher la mâchoire.

— Est-ce que Christopher était avec elle ?

— Non. Il l'a déposée devant la maison et est reparti aussitôt.

— Tu en es sûr ?

— Tu n'as qu'à lui demander si tu ne me crois pas !

— Si ce que tu m'as dit hier soir est vrai et qu'elle sort avec lui, je ne peux quand même pas lui poser la question. Qu'en penses-tu ?

— Je n'en sais rien. Il est tout le temps fourré à la maison.

— Mais hier soir, il n'est pas rentré ?

— Je t'ai déjà dit que non ! s'écria-t-il. Elle était toute seule. Elle a mangé un peu de pop-corn avec Denny et moi, puis elle nous a demandé d'arrêter nos jeux vidéo car elle voulait regarder un truc idiot à la télé.

— Peut-être qu'elle ne sort pas vraiment avec lui et qu'ils sont simplement amis, dit Janice en regardant son frère d'un air optimiste.

Il se contenta de hausser les épaules.

— S'il était son petit ami, il ne l'aurait pas ramenée à la maison aussi tôt. Tu as dû te tromper.

— Tu ne peux pas me fiche la paix avec ça !

— Écoute-moi, Joey, reprit Janice en posant sa main sur celle de son frère. Si jamais elle a une liaison avec Chris, je pense qu'il faudra le dire à tante Sylvia.

— Pour quoi faire ?

— Elle la ramènera à la raison.

— Je ne vois pas l'intérêt...

— Maman a quinze ans de plus que lui !

— Et alors ?

— C'est tout ce que tu trouves à dire : Et alors ? Tu as envie que ta mère se ridiculise ?

Joey la regarda pendant un court instant, puis il lui dit :

— Je ne pige pas.

Janice lui jeta un regard exaspéré. Peut-être que Joey était trop jeune pour comprendre ce qu'elle essayait de lui expliquer. La veille, il avait employé l'expression « petit ami » et elle en avait aussitôt déduit que Chris couchait avec sa mère, mais il était possible qu'ignorant tout ou presque de la sexualité il n'ait pas voulu dire ça. De toute façon, ils n'avaient aucune preuve de quoi que ce soit.

— Écoute-moi bien, reprit-elle. Toi, tu es tout le temps à la maison alors que moi, je vais rentrer en fac. Tu pourrais peut-être faire attention à ce qui se passe. (Elle se tut un court instant, espérant une réaction. Comme Joey n'avait pas l'air de comprendre ce qu'elle attendait de lui, elle ajouta :) Si elle commence à rentrer tard ou à... enfin, tu vois ce que je veux dire... téléphone-moi.

Avant que Joey puisse répondre, Janice sentit que quelqu'un la regardait. Baissant les yeux, elle aperçut Denny Whitman qui venait de se réveiller et les écoutait.

— Désolée de vous avoir réveillés, les gars, dit-elle en se levant. Essayez de vous rendormir.

Quand Lee la rejoignit dans la cuisine, Janice eut beau l'examiner sous toutes les coutures, elle ne lui trouva rien de changé.

— Bonjour, ma grande, lui dit sa mère. Tu as passé une bonne soirée ?

— C'était sympa. Et toi ?

— Je me suis beaucoup amusée. Jusqu'au moment où Christopher a voulu me montrer un nouveau pas et où j'ai cru qu'il allait m'arracher le bras. Je me suis tellement emmêlé les pieds que nous avons abandonné.

Lee ouvrit un des placards de la cuisine, en sortit des petits pains, qu'elle découpa en tranches et disposa sous le gril. Puis elle posa sur la table des portions de fromage et de la confiture — exactement ce qu'elle faisait d'habitude. Janice, qui ne l'avait pas quittée des yeux, se sentit un peu ridicule. Même si sa mère avait couché la nuit précédente avec Christopher, il n'y avait aucune raison pour que cela se voie et qu'elle soit différente ce matin de ce qu'elle était habituellement. D'ailleurs, il lui était presque impossible d'imaginer sa mère en train de faire l'amour avec l'homme qu'elle essayait elle-même de séduire depuis qu'elle l'avait rencontré. Aux yeux de ses enfants, une mère n'a pas de vie sexuelle. Ou alors, si elle en a une, ce ne peut être qu'avec le père de ses enfants. Toute autre éventualité leur semble impensable.

— Maman ? demanda Janice, horriblement gênée à l'idée de la question qu'elle désirait poser.

Lee, qui était en train de remplir un verre de jus d'orange, releva la tête pour regarder sa fille. Adossée au comptoir de la cuisine, les coudes serrés le long du corps, Janice se taisait mais l'expression de son visage — sa mine renfrognée, ses lèvres pincées — indiquait clairement qu'elle mourait d'envie de demander : « Qu'est-ce qui se passe entre Chris et toi ? »

« Si elle veut vraiment savoir, elle n'a qu'à me poser la question », se dit Lee, nullement pressée d'aborder le sujet. Elle ne voulait pas faire inutilement de la peine à Janice en lui avouant un fait qu'elle n'était peut-être pas encore prête à accepter. En plus, sa relation avec Christopher était encore trop récente et trop fragile pour qu'elle prenne le risque de provoquer le mécontentement de sa famille en lui annonçant elle-même la nouvelle.

— Oui, ma chérie ? se contenta-t-elle de demander en remplissant un second verre de jus d'orange qu'elle tendit à sa fille.

Avant que Janice ait dit quoi que ce soit, le téléphone sonna. Tournant le dos à sa mère, elle décrocha et, après avoir écouté pendant quelques secondes, lui tendit le combiné en disant :

— C'est pour toi.

Lee posa son verre de jus d'orange sur le comptoir et prenant l'écouteur, annonça :

— Bonne Année.

— Joyeuse Année, répondit en écho Christopher.

— Comment vous sentez-vous, Christopher, après avoir autant dansé ? demanda-t-elle en le vouvoyant à nouveau pour qu'il comprenne qu'elle n'était pas seule chez elle.

— Je vais parfaitement bien.

— Parce que moi, j'ai mal aux mollets. Je pense que cela vient du fait d'avoir dansé avec des talons hauts.

— À mon avis, vos mollets vous font mal pour une tout autre raison...

Lee éclata de rire.

— Je comptais passer chez vous en fin de journée, dit Chris. J'amènerai des plats chinois, ça vous dit ?

— C'est une bonne idée. Je vais mettre ça aux voix. (Posant sa main sur l'écouteur, elle dit à Janice :) Christopher propose que nous dînions chinois ce soir. Tu seras là ?

— Bien sûr, répondit-elle, sans regarder sa mère.

Puis, abandonnant son verre de jus d'orange auquel elle n'avait pas touché, elle quitta la cuisine.

Janice eut beau ne pas les quitter des yeux, elle ne découvrit rien qui donnât à penser qu'ils étaient amants. Installé sur le divan, Christopher regarda des matchs de foot avec Joey et Denny, commentant avec eux le déroulement de chaque partie. Quant à Lee, elle ne s'était pas changée pour l'accueillir et, vêtue d'un survêtement gris, elle s'installa dans un fauteuil du salon et se plongea dans un livre. À cinq heures, elle se leva pour raccompagner Denny chez lui.

— Vous voulez que je le ramène ? proposa Christopher.

— Non. Restez tranquillement ici. J'en ai pour un quart d'heure tout au plus.

Dès son retour, elle fit réchauffer dans le four à micro-ondes le repas chinois que Christopher avait acheté, leur apporta à chacun une assiette et se réinstalla dans son fauteuil pour dîner.

À huit heures, quand Christopher annonça qu'il devait rentrer, elle semblait tellement avoir du mal à s'extraire de son livre qu'il lui dit :

— Continuez à lire. Je connais le chemin.

— Non ! s'écria-t-elle. Pas question.

Dès qu'il eut enfilé sa veste, elle l'accompagna dans l'entrée où il l'embrassa sur les joues, conscient que Janice et Joey les regardaient.

— À bientôt, leur lança-t-il.

Quand la porte se fut refermée derrière lui, Janice se dit avec un certain soulagement : « Joey s'est trompé et moi aussi. Christopher ne sort pas avec elle, il ne fait que remplacer Greg. »

Le lendemain, comme Lee avait repris le travail, elle profita de l'heure du déjeuner pour se rendre aussitôt chez Christopher. Dès qu'il eut répondu à son coup de sonnette, elle se précipita dans ses bras et ils s'embrassèrent avec fougue. Il la plaqua contre la porte, puis se ravisa et l'aida à ôter son manteau. Le baiser reprit de plus belle. Chris lui caressa les seins, se collant à elle en ondulant.

Quand ils se séparèrent, Lee tira sur les cheveux de Christopher et elle lui dit :

— Ne me fais plus jamais un coup pareil ! Jamais je n'ai été aussi malheureuse de ma vie ! Je mourais d'envie de te rejoindre sur ce divan et au lieu de ça, je suis restée assise à trois mètres de toi, plongée dans ce livre idiot !

— Es-tu en train de me dire que tu avais envie de moi ?

Au lieu de répondre, Lee écrasa à nouveau ses lèvres contre les siennes. Puis Christopher la souleva du sol et la transporta, telle une jeune mariée, dans le salon qui, débarrassé de son sapin de Noël, avait repris son aspect habituel.

Il la déposa sur le divan et, s'asseyant en face d'elle, se mit à déboutonner sa blouse bleu lavande. Il était en train de glisser ses mains sous le pull qu'elle portait en dessous quand Lee lui annonça en soupirant :

— Désolée, Christopher, mais j'ai mes règles depuis ce matin.

Dans un premier temps, il fut tellement déçu qu'il la regarda comme s'il avait du mal à la croire. Puis il lui dit en plaisantant :

— Si c'est comme ça, vous ne m'intéressez pas, madame. Car vous savez très bien qu'il n'y a que la bagatelle qui m'attire chez vous.

— Ah bon, dit Lee, sur le même ton. Je croyais que vous me faisiez la cour à cause de mes croquettes au pop-corn.

Tandis que Christopher replaçait avec soin les boutons de sa blouse, elle lui dit :

— Janice se doute de quelque chose.

— Ça ne m'étonne pas. Elle s'est montrée très distante hier.

— Elle a failli me poser la question hier matin. Mais comme je ne lui pas facilité les choses, elle n'a pas osé.

— Que lui aurais-tu répondu ?

— Je lui aurais dit la vérité. Mais je suis contente qu'elle ne m'ait rien demandé. Il me semble que nous avons le droit de profiter un peu l'un de l'autre avant que toute ma famille soit au courant. Parce que ce jour-là, ça va être la révolution !

— Tu en es sûre ?

— À peu près certaine. Joey ne m'en voudra pas car il t'adore et il est trop jeune pour avoir déjà des idées préconçues. Mais Janice va se sentir humiliée. Sylvia sera choquée. Quant à ma mère... mieux vaut ne pas penser d'avance à ce que sera sa réaction !

— Ce qu'ils pensent a-t-il vraiment de l'importance ?

— Bien sûr, répondit Lee en remettant en place le col de sa blouse. C'est ma famille.

— Tu crois qu'ils vont te renier ?

— Non, ils n'iront pas jusque-là.

— Mais ils ne voudront plus entendre parler de moi, dit-il en la regardant dans les yeux.

Lee soupira, puis elle lui prit le visage et l'appuya sur sa poitrine.

— J'espère bien que non, dit-elle. J'imagine qu'ils sont quand même moins hypocrites que ça.

Ils restèrent assis sur le divan, baignés par la lumière dorée qui entrait par la porte-fenêtre du salon, simplement heureux de se retrouver ensemble et de pouvoir partager ce court moment d'intimité. Christopher avait fermé les yeux et caressait le corps de Lee tandis qu'elle lui effleurait tendrement le visage.

Au bout d'un certain temps, il lui dit d'une voix assoupie :

— Tu veux peut-être manger quelque chose.

— Qu'est-ce que tu me proposes ?

— Du salami et du fromage. Et une pomme en dessert.

— D'accord, répondit Lee en le prenant par la main pour qu'il se lève avec elle. Je ne peux pas rester très longtemps. Sylvia a rendez-vous chez le dentiste en début d'après-midi.

La main dans la main, ils se dirigèrent vers la cuisine. Ils mangèrent rapidement, sans aborder à nouveau le sujet qui les préoccupait — comme s'ils craignaient tous deux que leur vie soit chamboulée de fond en comble le jour où leur liaison ne serait plus un secret.

Peu après la fin des vacances scolaires, par une belle journée d'hiver suffisamment chaude pour que la neige fonde au bord des trottoirs, Christopher reçut un coup de fil au commissariat. Il était en train de remplir un rapport sur un accident de la route quand on lui passa la communication.

— Ici Cynthia Hubert, la directrice du collège Fred Moore. Je vous appelle au sujet d'un de nos élèves de sixième qui s'appelle Judd Quincy et qui vient d'avoir un problème. Il nous a dit que si nous vous téléphonions, vous vous porteriez garant pour lui.

Christopher ne put réprimer un soupir. Puis, s'appuyant au dossier de sa chaise, il demanda :

— Qu'a-t-il encore fait ?

— Il a volé de l'argent dans le porte-monnaie d'un professeur.

« Quel crétin », songea-t-il, un peu déçu. Il avait pourtant eu l'impression que Judd faisait des progrès.

— Vous en êtes sûre ?

— Le professeur l'a pris la main dans le sac.

— Est-ce que l'officier de liaison est sur place ?

— Oui.

— Si ça ne vous ennuie pas, madame Hubert, ne faites rien avant mon arrivée.

La directrice hésita pendant quelques secondes avant de répondre :

— D'accord. Nous vous attendons.

Quand Christopher arriva au collège, on le conduisit aussitôt dans le bureau du conseiller en orientation professionnelle où se trouvait Judd. Assis sur une chaise en vinyle bleu, plus maigre encore que d'habitude, le gosse regardait fixement ses tennis à air comprimé. Christopher commença par saluer d'un signe de tête Randy Woodward, l'officier de liaison qui faisait partie de son propre service. Puis il se tourna vers la directrice qui venait de pénétrer dans le bureau à sa suite, une femme mince, aux cheveux poivre et sel, vêtue d'un strict tailleur gris et portant des lunettes à monture dorée.

— Merci de m'avoir appelé, madame Hubert, dit-il en lui serrant la main. (Après avoir jeté un coup d'œil à Judd qui n'avait toujours pas relevé la tête, il expliqua :) J'aimerais le voir seul.

Dès que la directrice et le policier eurent quitté le bureau, il se tourna vers Judd, observant avec tristesse ses cheveux en bataille, son cou maigre, son T-shirt et sa veste crasseux, son jean déchiré à la hauteur des genoux. Derrière la porte close, on entendait des gens discuter, le bruit d'une agrafeuse et un téléphone qui n'arrêtait pas de sonner.

— As-tu vraiment volé de l'argent, Judd ? finit par demander Christopher.

Les yeux rivés sur ses chaussures, le jeune garçon hocha la tête.

Christopher aurait dû le réprimander. Mais que lui dire ?

Il avait déjà fait tant de fois la leçon à Judd en lui expliquant que, même si le monde lui semblait injuste, il fallait qu'il se débrouille jusqu'à l'âge de la majorité. À ce moment-là, il pourrait faire ses propres choix. Au fond, Chris l'avait traité comme un adulte dans l'espoir de le responsabiliser. Mais il se rendait compte pour la première fois que Judd n'avait que douze ans. Qu'est-ce que ça voulait dire, la majorité, pour un gamin aussi jeune, mourant de peur et manquant de tendresse, un gamin qui n'avait certainement pas pris de petit déjeuner avant de venir à l'école ?

Soudain, Christopher se retrouva en train de faire ce qu'il s'était toujours interdit : posant un genou sur le sol, il prit Judd dans ses bras. Le gamin s'accrocha à lui et se mit à pleurer. Lui-même eut bien du mal à retenir ses larmes et ils restèrent ainsi un long moment sans parler tandis que, dans le bureau d'à côté, la secrétaire continuait à vider le chargeur de son agrafeuse. Quand Christopher voulut se reculer, Judd l'agrippa de plus belle.

— Il s'est passé quelque chose chez toi ? lui demanda-t-il. (Comme Judd haussait les épaules, il ajouta :) Tu veux quitter tes parents et aller vivre dans une famille d'accueil ?

— Je veux vivre avec toi !

Christopher écarta les bras du jeune garçon de son cou et l'obligea à s'appuyer sur le dossier de sa chaise.

— Tu sais bien que c'est impossible, Judd, lui rappela-t-il. Pour faire office de famille d'accueil, il faut avoir obtenu l'agrément des services sociaux. Et même si je l'avais, que ferais-je de toi quand je travaille la nuit ?

— Je ne ferai pas de bêtises, promit Judd en essuyant ses yeux sur la manche de sa veste en toile. Je regarderai la télé et j'irai me coucher à l'heure que tu me diras.

Même si ça lui brisait le cœur, Christopher répondit :

— Je suis désolé, Judd. Mais ça ne marcherait pas...

— Je pourrai te rendre service, reprit Judd. Nettoyer ton appartement ou te faire réchauffer de la soupe en conserve.

— Raconte-moi plutôt ce qui s'est passé chez toi.

— Ils ont revendu mes tickets-repas pour acheter de la coke. Puis ils ont voulu m'en faire renifler en me disant que ça allait me faire planer.

— Ils ont essayé de te faire prendre de la cocaïne ? répéta Christopher qui avait du mal à y croire.

Judd acquiesça en silence.

Il n'était pas rare que des drogués se procurent de l'argent pour acheter leur dose en revendant les tickets de cantine que l'État leur distribuait gratuitement. Mais c'était la première fois que Christopher entendait parler de parents qui proposent de la came à leur fils de douze ans. Totalement révolté, il fut pris d'une furieuse envie d'aller démolir les portraits de Wendy et Ray Quincy.

— C'est pour ça que tu as volé de l'argent dans le porte-monnaie de ta prof ? Pour pouvoir déjeuner ?

D'un rapide mouvement de la tête, Judd libéra son menton et recommença à regarder ses pieds.

— Ouais, je suppose que c'est pour ça...

— Que veux-tu dire ?

— C'est aussi parce que je savais que, si je faisais une bêtise, la directrice te téléphonerait.

— Écoute-moi bien, lui dit Chris. Je ne peux pas te placer dans une famille d'accueil sans l'accord de tes parents. Et à mon avis, ils vont refuser. Mais il existe une autre possibilité. J'ai le droit de te faire quitter le lycée et de te placer sous la garde de la police pendant vingt-quatre heures. Si je fais ça, les services sociaux vont aussitôt engager une procédure en liaison avec l'attorney du comté et tu seras entendu par le juge. Dans ce cas, il faudra que tu lui répètes ce que tu m'as dit, que tes parents t'ont proposé de prendre de la coke. Est-ce que tu es prêt à le faire ?

Il arrivait souvent qu'au dernier moment, craignant de perdre leur seul foyer, les enfants refusent de témoigner contre leurs parents. Christopher répéta donc sa question.

Les yeux pleins de larmes, Judd regarda ses mains sales posées sur ses genoux.

— Est-ce qu'alors je pourrai vivre avec toi ?

« Ne me fends pas le cœur ! », faillit répondre Christopher.

— Non, dit-il. C'est impossible, Judd. Mais il y a des chances que je sois nommé tuteur en attente du jugement.

— C'est quoi, un tuteur ? demanda Judd en relevant la tête pour le regarder.

— Je serai là pour vérifier qu'on s'occupe de toi et m'assurer que les décisions qui seront prises à ton sujet sont les bonnes. Mais ce qu'il faut que tu comprennes, c'est que si je fais appel aux services de protection de l'enfance, les travailleurs sociaux vont aussitôt prendre contact avec l'attorney du comté et qu'au bout du compte, tu risques d'être séparé de tes parents pour toujours.

Judd prit le temps de réfléchir à ce que venait de lui dire Christopher puis, prenant la défense de sa mère comme il pouvait, il lui dit :

— Il arrive que m'man me fasse à dîner le soir.

— Je sais bien, reprit Christopher, la gorge nouée par l'émotion. Mais même si parfois ça va un peu mieux chez toi, tes parents sont malades, Judd, et ils refusent de se faire soigner. Peut-être que si tu ne vis plus avec eux, ça les obligera à accepter une prise en charge médicale. Tout ce que je peux te proposer, c'est de te trouver une bonne famille d'accueil où on s'occupera de toi correctement et qui te permettra de mener une vie normale. Mais c'est à toi de choisir...

— Est-ce que je pourrai encore jouer de temps à autre au basket avec toi et t'accompagner à la salle de musculation ?

— Oui, ça, je te le promets.

Sentant que Judd était incapable de prendre une décision, Christopher décida de le faire à sa place.

— Attends-moi une minute, proposa-t-il. Je vais me débrouiller pour que tu puisses sortir du lycée aujourd'hui.

Il se rendit aussitôt dans le bureau de la directrice qui l'attendait en compagnie de Randy Woodward et de Mlle Prothero, le professeur qui avait été victime du vol. Après avoir fermé la porte, il annonça sans préambule :

— Je vais le mettre sous la garde de la police et demander une décision de justice.

— Vous pensez que c'est ce qu'il y a de mieux à faire ? demanda Woodward.

— J'espère obtenir une mesure judiciaire de placement définitif.

En entendant ça, ils le regardèrent tous les trois avec étonnement. Une telle mesure supposait que l'enfant soit séparé de sa famille d'une manière permanente. Aucun policier ou travailleur social ne s'y résolvait sans avoir mûrement réfléchi aux conséquences que cela pouvait avoir pour lui.

— Il a volé cet argent parce que ses parents avaient revendu ses tickets de cantine pour s'acheter de la cocaïne. Et ils ont voulu lui en faire renifler.

Mlle Prothero — le prototype de la jeune Américaine aux opinions bien arrêtées, sans doute fraîche émoulue de la fac — blêmit et porta la main à sa bouche. Mme Hubert, assise derrière son bureau, fronça les sourcils. Quant à Randy Woodward, il dit, sans s'énerver :

— J'aimerais bien attacher ces deux salopards à l'arrière de mon auto-neige et les traîner derrière moi pendant quelques heures dans les bois.

— Ça ne servirait à rien, rappela Christopher. Le gamin a besoin de prendre un bain et de manger un bon repas, ce qui n'a pas dû lui arriver depuis longtemps. Voulez-vous appeler les services sociaux, Woodward ?

— Je m'en occupe tout de suite, si Mme Hubert est d'accord.

— Je pense que c'est la meilleure chose à faire, répondit la directrice.

— Vous êtes d'accord, mademoiselle Prothero ?

— Grand Dieu, oui ! répondit la jeune femme qui n'avait toujours pas retrouvé ses couleurs. Je n'aurais jamais pensé que Judd avait de tels parents.

— Je l'emmènerai moi-même dans sa famille d'accueil dès qu'on vous aura indiqué son adresse, proposa Christopher à Woodward. Il me connaît et il sera moins traumatisé si c'est moi qui l'accompagne.

— Je veux bien, répondit le policier. C'est vraiment le genre de chose qui vous fend le cœur.

C'était bien ce que ressentait Chris tout en remontant

l'allée enneigée qui menait à la petite maison située au sud-ouest d'Anoka. Judd regardait droit devant lui, le visage impassible, grelottant de froid dans sa veste en toile tout juste bonne pour l'automne.

La femme qui leur ouvrit la porte avait une cinquantaine d'années et portait un ensemble en laine vert mousse qui moulait ses formes généreuses.

— Je te présente Mme Billings, dit Christopher à Judd.

— Hello, Judd, dit la femme avec un sourire artificiel qui fit aussitôt regretter à Christopher de lui confier l'enfant.

— Il a besoin de manger et de prendre un bain, expliqua-t-il à Mme Billings. Il est sous la garde de la police pendant vingt-quatre heures en attendant de passer devant le juge.

Avant de partir, il posa sa main sur l'épaule de Judd et le serra pendant quelques secondes contre lui. Mais cette fois, comme ils n'étaient pas seuls, Judd n'osa pas l'étreindre à son tour.

— Je suis sûr que cela va s'arranger maintenant, dit Chris.

— Quand est-ce qu'on se revoit ?

— Il y aura une audience dans moins de vingt-quatre heures, mais je n'aurai pas le droit d'y assister. Par contre, je viendrai te chercher pour t'emmener au tribunal dans ma voiture de patrouille.

— Tu me le promets ?

— Oui !

— Est-ce que j'irai à l'école demain ?

— Non, pas demain. À cause de l'audience.

— C'est pour quoi faire cette audience ?

— Le juge va examiner ton cas et décider s'il y a suffisamment de raisons pour te retirer de ta famille d'une manière définitive. L'attorney du comté va discuter avec toi avant. Dis-lui la vérité. Explique-lui ce que tu m'as dit au collège.

Judd regarda son copain policier d'un air découragé.

— Il faut que je parte, reprit Christopher. Je suis de service, tu sais.

Après lui avoir affectueusement ébouriffé les cheveux,

Christopher prit congé de Mme Billings et rejoignit sa voiture de patrouille tandis que Judd le regardait partir, debout derrière la fenêtre. En s'installant dans son véhicule, Chris fut obligé de se moucher et de s'éclaircir la gorge avant de saisir la radio de bord pour signaler sa position au dispatcher.

Tout en se rendant aux services sociaux pour savoir à quelle heure aurait lieu l'audience, il se dit soudain que Judd n'avait pas parlé une seule fois argot : la peur lui avait enlevé toute envie de jouer les durs.

Ce soir-là, il téléphona à Lee.
— Il faut que je te voie, dit-il aussitôt.
— Rien de grave ?
— C'est à cause de Judd.
Lee ne lui demanda aucune explication, se contentant de lui proposer :
— Tu peux venir quand tu veux, je ne sors pas de la soirée.

Il arriva chez elle à huit heures et demie, fatigué, le cœur lourd et ayant besoin... De quoi, au fait ? Besoin qu'on l'aide sans doute.

Remarquant qu'il avait les traits tirés, Lee lui demanda aussitôt :
— Qu'est-ce qui se passe, chéri ?
Elle n'avait pas allumé dans l'entrée, ni dans la cuisine, et la petite pièce où ils se trouvaient tous deux n'était éclairée que par une des lampes du salon. On n'entendait ni la télévision ni Joey. « Il doit être couché », se dit Christopher en prenant Lee dans ses bras avant d'enfouir son visage dans ses cheveux.
— Une journée dont je me serais bien passé, murmura-t-il.
— Qu'est-il arrivé à Judd ?
— J'ai mis en marche la machine judiciaire pour qu'il soit placé définitivement dans une famille d'accueil.
— Qu'est-ce qui t'a poussé à prendre une telle décision ?
Christopher lui raconta ce qui s'était passé au collège et ce que lui avait dit Judd. Puis il conclut :

— Le problème c'est que, même si ce môme en a vu de toutes les couleurs, je ne suis pas certain d'avoir fait le bon choix.

— Mais cette histoire de cocaïne...

— Je sais bien... Mais je suis moi-même passé par là, Lee, et je sais ce qu'on éprouve. Même si on a conscience que nos parents ne sont pas comme ceux des autres enfants, c'est quand même nos parents — et la seule famille qu'on ait. Si on les quitte, comment être sûr qu'on ne va pas se retrouver totalement seul ? C'est ce qu'exprimait le regard de Judd ce matin. Quand il m'a demandé s'il pouvait vivre avec moi et que j'ai répondu par la négative, je n'étais pas fier de moi. J'ai une chambre de libre et je gagne assez d'argent pour m'occuper de lui convenablement. Mais le problème, c'est que je travaille souvent la nuit et qu'il n'y aurait alors personne pour le surveiller. Au cours de notre formation, on nous conseille toujours de ne pas avoir de relations suivies avec ce genre d'enfants. Mais il faudrait être complètement insensible pour ne pas avoir pitié d'eux.

— J'ai l'impression que tu as fait tout ce que tu pouvais pour Judd. Et ce soir au moins, il aura quelqu'un pour s'occuper de lui.

Christopher appuya son visage contre le front de Lee et ferma les yeux. Il espérait puiser à son contact assez de force pour chasser les souvenirs désagréables de cette journée. Mais il ne parvenait pas à les oublier.

— Les enfants représentent vraiment l'aspect le plus difficile de notre boulot, dit-il en soupirant. Pas les criminels, ni les escrocs, ni même les accidentés de la route. Ce qu'on a le plus de mal à accepter c'est la souffrance des enfants.

— Je sais, dit Lee en lui massant le dos pour qu'il se détende. Greg me disait la même chose.

— Il y a deux ans, juste au moment où il est entré dans notre brigade, un jour où j'étais de service, j'ai reçu un appel me signalant une gamine qui se baladait pieds nus dans la rue. Quand je l'ai retrouvée, je me suis aperçu qu'elle devait avoir trois ans au maximum. Non seulement elle marchait pieds nus mais elle avait dû s'habiller toute seule car elle ne portait même pas de culotte. Heureusement, on était en plein été. Elle avait les cheveux sales et emmêlés et elle se baladait à plusieurs rues de chez elle en traînant par la main sa poupée. Personne ne s'était rendu compte de son absence et n'avait éprouvé le besoin de signaler sa disparition. Quand je me suis approché d'elle, elle pleurait à chaudes larmes et elle m'a serré dans ses bras, refusant de me lâcher, si bien qu'il a fallu que je demande du renfort pour conduire à ma place la voiture de patrouille. (Christopher se tut un court instant, puis il ajouta :) Jamais je n'oublierai cette journée.

— Il ne faut pas que tu te sentes coupable de ne pas avoir accepté que Judd vive avec toi, lui conseilla Lee.

— Mais, à mes yeux, je le suis. J'ai joué le rôle de grand frère vis-à-vis de lui depuis plus d'un an et là, j'ai l'impression de l'avoir laissé tomber.

— Tu as le cœur trop tendre, remarqua Lee. C'est d'ailleurs pour ça que je t'aime tant.

— Ma chérie, murmura-t-il en prenant son visage dans ses deux mains et en l'embrassant. Ce soir, quand je t'ai téléphoné, je ne savais pas si j'avais besoin d'une mère, d'une amante ou d'une épouse.

— Une épouse, répéta Lee, un peu interloquée.

— Les flics s'appuient beaucoup sur leur femme. Et moi je n'en ai pas. Mais j'ai senti que tu étais là en cas de coup dur et cela m'a fait beaucoup de bien.

— Je suis très heureuse d'avoir pu t'aider. Mais j'obéissais à des motifs beaucoup plus égoïstes en te proposant de passer me voir ce soir. (Se haussant sur la pointe des pieds, elle approcha son visage de celui de Christopher et murmura :) J'ai pensé à toi toute la journée.

Ils étaient toujours en train de s'embrasser quand Joey sortit de sa chambre, en chaussettes, comme d'habitude. Il pénétra dans le salon par la porte qui donnait dans le couloir et aperçut à l'autre bout de la pièce, masquée en partie par le montant de l'arche qui faisait communiquer le salon et l'entrée, sa mère dans les bras d'un homme.

Il éprouva une drôle de sensation. Bien qu'il fît sombre dans l'entrée, il crut reconnaître la veste de Christopher dont il ne voyait que les manches. Quand les deux bras qui se trouvaient à l'intérieur de cette veste descendirent le long du dos de sa mère et pressèrent ses hanches, Lee chuchota quelque chose que Joey ne put entendre, et le murmure de la voix masculine qui lui répondit confirma sa première impression : il s'agissait bien de Christopher et ses mains étaient maintenant posées sur les fesses de sa mère, comme dans les films.

Joey rougit et recula de quelques pas pour se retrouver dans le couloir où il s'immobilisa à nouveau. En les entendant s'embrasser à pleine bouche, il ne put réprimer plus longtemps sa curiosité et jeta à nouveau un coup d'œil en direction de l'entrée. Christopher était en train de glisser ses mains sous le pull de Lee et, bien que le montant de l'arche empêchât Joey d'en voir plus, il devina qu'il lui caressait maintenant les seins. « Bon sang ? se dit-il. Ma mère ! Et elle fait encore ce genre de choses à son âge ! » Il en déduisit aussitôt qu'elle devait faire également l'amour avec lui.

Après un dernier coup d'œil à l'entrée, il se faufila sans faire de bruit dans la chambre de sa mère où se trouvait, posé sur la table de nuit, le second téléphone de la maison. Sans avoir besoin d'allumer, il composa un numéro de téléphone qu'il connaissait par cœur, se laissa tomber au milieu du lit.

— Salut Denny ! chuchota-t-il. Joey à l'appareil. Il faut que je te raconte un truc incroyable qui vient juste d'arriver...

16

Le juge prit la décision de laisser Judd dans une famille d'accueil jusqu'à la prochaine audience officielle qui aurait lieu fin février. Il refusa par contre que Christopher soit nommé tuteur, arguant du fait qu'il y avait déjà un éducateur et l'attorney du comté pour s'occuper du jeune garçon. Christopher ramena Judd chez Mme Billings et lui promit, avant de le quitter, qu'ils iraient s'entraîner tous les deux le mardi après-midi dans la salle de musculation de la police.

De son côté, Joey décida de ne rien dire à qui que ce soit — sauf à Denny — de la scène qu'il avait surprise dans l'entrée. S'il avait le malheur de raconter ça à Janice, elle allait tout faire pour séparer Christopher de sa mère et il pourrait dire adieu à ce genre d'intermède, si intéressant sur le plan sexuel qu'il songeait à expérimenter le même avec Sandy Parker. Bien entendu, il allait en discuter avant avec Denny pour être bien sûr de ne pas faire d'erreur le moment venu et de ne pas effaroucher sa jeune amie.

Dès que Janice fut rentrée à la fac, Lee téléphona à Christopher pour prendre rendez-vous avec lui.

— Joey va commencer à prendre des cours pour obtenir son permis, lui annonça-t-elle. Il sera absent deux heures demain soir à partir de dix-neuf heures.

— Je ne travaille pas demain soir. Est-ce que tu peux venir chez moi ?

— Oui, murmura-t-elle. Essaie de m'en empêcher !

— Vendredi soir aussi, je suis libre. Qu'est-ce que tu en dis ?

— Parfait ! Joey doit assister à un match de basket-ball.

— Deux soirs dans la même semaine, qui pourrait rêver mieux !

— Ça fait des années que je n'ai pas été aussi excitée, avoua Lee. Je ne pense qu'à ça. Je devrais me sentir coupable. Mais ce n'est pas du tout le cas.

— Pourquoi te sentirais-tu coupable ?

— Parce que je mens à mes enfants.

— Tu ne leur mens pas. Tu te contentes de me consacrer quelques heures de ta vie privée sans leur en parler.

— C'est une curieuse manière de présenter les choses.

— Je t'ai déjà dit que le jour où tu voudrais leur annoncer que tu sors avec moi, je serais à tes côtés pour leur expliquer la situation.

— Attendons encore ! Je veux pouvoir profiter de toi pendant encore un certain temps.

Ils se turent pendant un court instant, savourant leur bonheur et leur chance comme tous les amants de fraîche date qui sont loin l'un de l'autre mais assurés de se retrouver dans les jours qui viennent.

— J'aimerais bien pouvoir te serrer dans mes bras, reprit Christopher. Ne perds pas une minute demain quand tu auras déposé Joey à l'école de conduite.

— Promis, répondit Lee avant de raccrocher.

Et en effet, elle ne perdit pas de temps. À dix-neuf heures sept, elle frappait à la porte de l'appartement et deux minutes plus tard, il étaient nus tous les deux, si impatients de s'aimer qu'ils firent l'amour dans le salon. Lee n'avait plus aucune inhibition : elle ne demanda pas à Christopher d'éteindre les deux lampes qui éclairaient la pièce. Elle le laissa l'embrasser dans ses endroits les plus intimes — parfumés pour l'occasion — et poussa de tels cris de jouissance que les voisins durent se demander ce qui se passait chez lui.

Quand ce fut terminé, ils restèrent allongés sur la moquette, leurs jambes encore enlacées, tandis que la radio continuait à marcher en sourdine et que la neige fouettait la porte-fenêtre, ajoutant encore au sentiment de chaude intimité qu'ils éprouvaient.

— Tu es vraiment quelqu'un, avoua Christopher, exténué.

— Je ne sais pas où je vais chercher ça.

— Tu es restée trop longtemps sans faire l'amour.

— Ce n'est pas la seule explication. Quand je fais l'amour avec toi, j'ai l'impression d'être une autre femme.

— Lorsque j'ai commencé à m'intéresser à toi, dit-il en lui caressant tendrement les lèvres, je ne m'imaginais pas que tu puisses être aussi passionnée.

— Je ne l'étais pas. C'est toi qui m'as transformée.

— Comment est-ce possible ?

— Je n'en sais rien. Avant, je ne pensais qu'à mon travail et à mes obligations. Tandis que maintenant, j'ai l'esprit ailleurs, je ne pense qu'aux moments où nous allons nous retrouver et quand je suis loin de toi pendant une journée, j'ai l'impression que cela dure une éternité.

— Moi, c'est pareil. Mais je ne pense pas que ce soit lié uniquement au fait que j'aie envie de faire l'amour avec toi. Le lendemain du Nouvel An, par exemple, quand tu es venue me voir et que nous sommes restés assis tous les deux dans le salon, j'étais tout aussi heureux que si j'avais couché avec toi. Ça me fait aussi plaisir de savoir que quand je suis totalement démoralisé par mon travail, comme avec Judd, je peux venir te voir. Ces moments-là sont aussi agréables que les autres.

— Aussi agréables, tu en es sûr ? le taquina Lee.

— Presque autant, reconnut-il en souriant.

Lee se pencha au-dessus de lui pour le regarder dans les yeux.

— Pour moi aussi, murmura-t-elle en l'embrassant tendrement sur les lèvres. Tu me rends tellement heureuse ! Et tu sais quoi ? demanda-t-elle. (Comme Christopher ne disait rien, se contentant de lui sourire, elle ajouta :) Je suis persuadée que la qualité d'une relation amoureuse peut être mesurée à la manière dont on se comporte après avoir fait l'amour. Qu'en penses-tu ?

Christopher ne pensait qu'à une seule chose : il avait

envie de vivre jusqu'à la fin de ses jours avec cette femme. Au lieu de lui répondre, il l'attrapa par le cou et la serra contre lui, ce qui, bien mieux que des mots, répondait à la question qu'elle lui avait posée.

Cette nuit-là, Lee rêva de Greg pour la troisième fois depuis sa mort. Un rêve tout simple où il lui disait en souriant : « Je vais m'occuper de ton système d'arrosage, m'man ! » tandis qu'il traversait la cuisine en ajustant sur sa tête une casquette rouge. Elle se réveilla totalement désorientée et persuadée pendant quelques secondes que son fils était encore vivant. Puis, le cœur battant, elle se souvint qu'il était mort et qu'elle n'entendrait plus jamais sa voix.

Pour se persuader qu'elle ne rêvait pas, elle toucha son couvre-lit, puis sa table de nuit, froide et solide sous ses doigts. Que signifiait ce rêve ? se demanda-t-elle. Et pourquoi l'avait-elle fait cette nuit, après avoir passé la soirée avec Christopher ? Était-ce le signe qu'il avait pris maintenant la place de son fils auprès d'elle — sur le plan émotionnel en tout cas ?

Plus tard dans la journée, alors qu'elle était encore sous le choc de ce rêve, elle reçut un coup de fil qui, à nouveau, lui rappela Greg.

— Nolan Steeg à l'appareil, lui dit son correspondant. Je voulais savoir ce que vous deveniez.

Elle était toujours touchée que les amis de Greg continuent à lui téléphoner au lieu de faire comme si, maintenant que son fils n'était plus là, elle n'avait jamais existé.

Pendant une dizaine de minutes, ils parlèrent du travail de Nolan, du permis de conduire de Joey, du retour à la fac de Janice et pour finir, du temps, plutôt froid pour la saison. Finalement, lorsqu'ils eurent abordé tous les sujets possibles sauf celui auquel ils pensaient tous les deux, Nolan lui dit :

— Je ne sais pas pourquoi, mais je n'ai pas arrêté de penser à Greg aujourd'hui.

— Moi aussi, Nolan ! s'écria Lee, tout heureuse de pouvoir enfin parler de son fils. J'ai rêvé de lui la nuit dernière.

269

— Je n'ai jamais rêvé de Greg. Mais j'aimerais bien que cela m'arrive. Ça doit être agréable de le revoir.

— Je suis étonnée que tu m'aie appelée aujourd'hui, justement à un moment où j'éprouvais le besoin de parler de lui avec quelqu'un. La plupart des gens ont du mal à imaginer à quel point cela m'est indispensable.

— Greg était un ami d'enfance et je ne me suis toujours pas remis de sa mort. Alors j'imagine ce que ça doit être pour vous ! Mais je trouve formidable que nous puissions en parler aussi librement.

Après avoir raccroché, quelques instants plus tard, Lee se remit au travail. Mais elle n'était pas vraiment à ce qu'elle faisait. Elle ne pouvait s'empêcher de penser à Greg et à Nolan : ils étaient allés à l'école primaire ensemble, puis ils avaient fait leurs études dans le même lycée, commencé à peu près en même temps à sortir avec des filles, nettoyant leur première voiture dans l'allée de la maison de Benton Street, torse nu à cause de la chaleur, alors que la radio diffusait des airs à la mode. Parfois, en se rappelant toutes ces choses, Lee avait les larmes aux yeux. À d'autres moments, elle souriait sans s'en rendre compte — preuve qu'elle commençait à accepter la mort de son fils.

Malheureusement, le destin s'acharnait à détruire les progrès qu'elle avait faits depuis le mois de juin. Alors qu'elle rentrait chez elle en voiture, la radio diffusa la chanson préférée de Greg *Chaque fois que je prononce ton nom,* de Vince Gill, réveillant à nouveau son chagrin. Dire que jamais plus Greg n'entendrait cet air à la mode ! Que ressentait-il quand il écoutait ces paroles ? À qui pensait-il ? Avait-il été amoureux d'une fille qui l'avait laissé tomber et qui lui manquait toujours ? Une fille qu'il aurait peut-être épousée et avec laquelle il aurait eu des enfants et — pourquoi pas — une vie heureuse ?

En entendant cette chanson, Lee sentit que tous les efforts qu'elle avait faits depuis sept mois pour s'interdire ce genre de pensées n'avaient servi à rien. Dès qu'elle eut refermé la porte de la maison derrière elle, elle se mit à pleurer.

Joey était dans la cuisine, en train de jeter en pluie des macaronis dans une casserole pleine d'eau bouillante.

— Qu'est-ce que tu dirais d'un plat de macaronis au fromage ? demanda-t-il à sa mère. Mais il faudra faire vite car j'ai rendez-vous avec... (Il s'interrompit net en voyant l'expression de Lee.) Qu'est-ce qui ne va pas, maman ? demanda-t-il en se précipitant vers elle et en la serrant dans ses bras.

— C'est à cause de Greg, expliqua Lee. Je n'ai pas arrêté de penser à lui toute la journée.

— Moi aussi. Je me demande pourquoi.

— Je n'en sais rien. Nolan m'a téléphoné à la boutique. Il m'a dit la même chose.

— C'est drôle tout de même que nous pensions tous à lui le même jour...

— C'est comme ça, mon grand. Nous croyions être guéris et puis tout d'un coup, nous nous apercevons que nous sommes loin du compte.

— C'est vraiment moche, dit Joey en serrant encore plus fort sa mère contre lui.

En l'espace de six mois, il avait tellement grandi qu'il dépassait maintenant Lee d'une bonne tête, ce qui ne faisait qu'ajouter à sa tristesse. Lui aussi, il n'allait pas tarder à la quitter. Mais cette pensée eut néanmoins un effet bénéfique : Lee se dit que la vie passait avant la mort.

— D'accord pour des macaronis au fromage, dit-elle en tendant la main vers la boîte de Kleenex. N'oublie pas que tu dois être au collège pour sept heures et demie.

— Ouais. Ce soir l'équipe d'Anoka affronte celle de Coon Rapids. C'est le match de l'année.

— Dans quelque temps, lui dit Lee en l'embrassant, tu n'auras même plus besoin de moi pour t'emmener au stade.

— Ce soir, c'est la mère de Denny qui vient me chercher.

— Parfait. Et maintenant, laisse-moi m'occuper de la sauce au fromage.

Dès que Joey eut quitté la maison, Lee débarrassa la table, puis alla se changer dans sa chambre, troquant sa robe en lainage pour une tenue plus décontractée : jean et sweat-shirt. La maison semblait étrangement calme : on n'entendait que le ronronnement de la machine à laver la vaisselle. Les plantes d'intérieur auraient eu besoin d'être arrosées mais Lee, qui faisait déjà ça toute la journée, ne s'en sentait pas le courage. Et soudain, elle pensa à sa fille. Comme Janice lui manquait ! C'était la première fois que Lee ressentait aussi cruellement son absence depuis qu'elle était rentrée en fac à l'automne. Elle décida de lui téléphoner. Mais le numéro du dortoir ne répondait pas. Rien d'étonnant à cela : on était vendredi soir et toutes les étudiantes devaient être sorties. Lee raccrocha et appuya ses coudes sur le comptoir qui séparait la cuisine du coin salle à manger. Les yeux fixés sur le Tupperware qui contenait le reste de pâtes, elle essaya de lutter contre la tristesse qui l'envahissait insidieusement et, n'y tenant plus, finit par éclater en sanglots.

Quand Christopher arriva quelques instants plus tard, avec deux cassettes vidéo et deux parts de gâteau achetées chez un pâtissier, elle venait juste de se nettoyer le visage.

— Qu'est-ce qui ne va pas, Lee ? lui demanda-t-il aussitôt.

— C'est complètement idiot...

— Qu'est-ce qui est idiot ?

— Je n'arrête pas de penser à Greg.

Christopher ne dit rien et cela fit plus de bien à Lee que s'il avait essayé de trouver des paroles réconfortantes. Elle avait simplement besoin qu'il la serre contre elle.

Il la laissa pleurer tout son saoul puis, quand ses sanglots se furent calmés, il la prit par la taille et l'entraîna au salon où ils s'installèrent tous les deux sur le divan, se contentant de la lumière qui venait de la cuisine. Lee se lova contre lui, puis elle lui raconta ce qui s'était passé : son rêve, le coup de fil de Nolan, la chanson de Vince Gill.

— Je suppose que je suis encore vulnérable, comme ils disent...

— Qui ça, « ils » ?

— Les gens qui écrivent des livres ou des articles dans les journaux. Ils disent tous qu'on reste vulnérable longtemps après un deuil et qu'il faut attendre d'aller mieux avant de modifier sa vie.

— Tu veux dire que c'est pour ça que tu es sortie avec moi ? Parce que tu étais particulièrement vulnérable ?

— Non, bien sûr que non ! Simplement, je croyais que le plus dur était passé et j'ai l'impression d'être à nouveau dans le même état qu'il y a sept mois.

— Tu as pourtant fait un sacré bout de chemin depuis la mort de Greg.

Le fait qu'il gardât la tête froide et fît preuve de bon sens rassura Lee.

— Tu dois avoir raison. Ma réaction de ce soir peut sembler un peu mélodramatique. Mais j'ai éprouvé aujourd'hui un tel sentiment de vide que j'ai l'impression que jamais je n'en sortirai.

Christopher s'expliquait parfaitement ce qui s'était passé : assaillie à nouveau par le chagrin, Lee avait dû se demander si les relations sexuelles qu'elle avait avec lui n'étaient pas simplement liées au fait que la mort de Greg l'avait totalement déboussolée. Quand ils faisaient l'amour, n'était-ce pas avant tout pour éloigner la menace de la mort ? Étaient-ils vraiment amoureux l'un de l'autre ou était-ce une excuse pour justifier leurs parties de jambes en l'air ? Quand cette période de deuil serait terminée, ne risquaient-ils pas de s'apercevoir que leur liaison ne leur avait servi qu'à surmonter leur chagrin ?

— Tu n'es pas la seule à être vulnérable, Lee, lui rappela-t-il. Moi aussi, je le suis, si on va par là...

— Crois-tu que le jour où nous serons sortis de tout ça, nous finirons par nous faire du mal ? demanda-t-elle. (Comme il refusait de lui répondre, elle ajouta à voix basse :) Dans ce cas-là, moi aussi alors je perdrais mon meilleur ami.

— Tu as l'air de croire qu'un jour nous finirons par nous séparer.

Lee aurait pu lui énumérer toutes les raisons qu'ils avaient de rompre à plus ou moins long terme : leur différence d'âge, la réprobation de sa mère, la réaction de Janice. Mais elle préféra ne rien dire.

— Est-ce qu'à tes yeux, ça n'est qu'une passade ? reprit-il. (Comme Lee refusait de répondre, il ajouta :) On dirait que tu attends de ne plus être amoureuse de moi pour ne pas être obligée de dire la vérité à ta famille.

Cette fois-ci, Lee réagit : elle se recula brusquement et répondit en le regardant dans les yeux :

— Je ne vois pas ce que tu veux dire !

Christopher hocha la tête d'un air dubitatif.

— C'est la première fois que tu me mens, dit-il en la regardant lui aussi en face.

Lee voulut se lever mais il la retint par le bras et l'obligea à se rasseoir à côté de lui.

— N'y pense plus. Tu as eu une mauvaise journée et le moment est mal choisi pour ce genre de discussion. J'ai acheté deux parts de tourte aux pommes. Tu veux en manger une ?

— Je ne suis pas d'humeur à ça, répondit-elle en se levant à nouveau.

Comme il ne faisait rien pour la retenir, elle quitta le salon. Toujours assis sur le divan, Christopher soupira puis, après avoir réfléchi quelques secondes, la rejoignit dans la cuisine.

Elle avait rangé le Tupperware qui contenait les restes du dîner et, appuyée au bord de l'évier, elle regardait par la fenêtre.

— Lee, dit-il sur un ton d'excuse en lui prenant la taille.

— Que désires-tu que je fasse ?

— Je n'en sais rien.

— Moi non plus, je n'arrive pas à me décider. Dès que les gens seront au courant de notre liaison, tout va changer. Et je n'en ai aucune envie.

— D'accord, lui dit-il en lui lâchant la taille. Je pensais que ce serait peut-être plus facile si tu leur disais la vérité et si nous cessions ce petit jeu de cache-cache.

Ils restèrent un instant côte à côte, sans oser se regarder. Si ce n'était qu'une passade, pourquoi mettre les enfants de Lee au courant ? Et s'ils s'aimaient vraiment, alors il était trop tôt pour leur en parler.

— Veux-tu que je m'en aille ? demanda Christopher.

— Non.

— Alors, que veux-tu ?

— Je voudrais... commença Lee en se tournant vers lui avec, au fond des yeux, une expression d'incertitude. J'aimerais être assez audacieuse pour foncer. Mais je ne le suis pas. J'ai peur d'avance de ce que vont dire les gens.

Christopher ne la suivait qu'à moitié dans son raisonnement. D'un côté, il aurait aimé qu'elle soit capable de défier le monde entier pour vivre avec lui — comme il s'en sentait lui-même le courage. Mais d'un autre, il savait qu'elle avait déjà perdu un mari et un fils et il comprenait qu'elle puisse avoir peur de perdre sa fille dans l'histoire. Sans parler de sa mère et de sa sœur...

Comme il ne pouvait pas prendre cette décision à sa place, il ne dit rien et ouvrit le placard. Il en sortit deux assiettes, plaça sur chacune d'elles une part de tourte et ouvrit le tiroir pour y prendre deux fourchettes. Toujours sans rien dire, il s'assit sur une chaise et attaqua sa tourte.

— Tu ne veux vraiment pas y goûter ? demanda-t-il.

Lee s'assit en face de lui et, les yeux baissés, avala une bouchée de gâteau. Puis sa bouche se mit à trembler comme si elle allait pleurer.

— Je m'excuse, Lee, dit-il aussitôt. Tu n'avais pas besoin de ça après la mauvaise journée que tu venais de passer.

D'un même mouvement, ils laissèrent tomber leur fourchette sur la table et, quittant leur chaise, se précipitèrent dans les bras l'un de l'autre.

— Comme je t'aime, murmura Christopher en fermant les yeux.

— Joey va rentrer dans une demi-heure. Il faut que nous fassions vite.

Ils firent l'amour avec une tendresse toute nouvelle, comme s'ils s'excusaient l'un vis-à-vis de l'autre de ce qui venait de se passer. Christopher regrettait d'avoir ajouté à son chagrin et s'en voulait de n'avoir pas su lui changer les idées. Quant à Lee, elle se disait que ses reproches étaient en partie fondés : il était bien possible qu'elle ait inconsciemment attendu une rupture pour ne pas avoir à dire la vérité à ses enfants.

Pendant les semaines suivantes, ils n'eurent qu'un seul problème : trouver le temps de se voir. Lee se précipitait chez Christopher à l'heure du déjeuner chaque fois qu'il n'était pas de service et il se précipitait chez elle chaque fois que Joey était sorti pour la soirée. Toujours pressés par le temps, ils acquirent l'art de faire l'amour en dix minutes. Mais parfois ils se contentaient de passer un moment ensemble pour le seul plaisir de l'amitié et, dans ces cas-là, ils se disaient : tous les couples sont capables d'atteindre un certain savoir-faire dans le domaine sexuel, mais il est beaucoup plus rare qu'un homme et une femme éprouvent en plus de l'amitié l'un pour l'autre.

Pourtant Christopher éprouvait un léger sentiment d'insatisfaction, comme si sa liaison avec Lee ne comblait pas ses désirs les plus profonds. Il en prit conscience d'une manière plus aiguë encore qu'à l'ordinaire un matin où, ouvrant les yeux, il découvrit Lee à ses côtés. C'était la première nuit qu'ils passaient ensemble. Joey avait été invité à l'anniversaire de Denny et les Whitman avaient proposé qu'il dorme lui aussi à l'Holliday Inn où avait lieu la soirée.

Ce matin-là, lorsqu'il se réveilla, Lee dormait encore, à plat ventre, son bras gauche sous l'oreiller, son bras droit appuyé contre le chevet en pin du lit. Il ne faisait pas encore assez jour pour chasser la pénombre qui régnait dans la chambre et le visage de Lee, tout comme ses épaules nues, était d'un gris délicat qui rappelait celui de la mousse d'Espagne. Seuls ses cils ressortaient sur son visage et on ne lui voyait que le profil gauche posé sur l'oreiller. Tandis qu'il la regardait, sa jambe gauche bougea sous les draps, son pouce droit tressaillit. Un pouce légèrement spatulé, à la peau rêche, avec un ongle coupé court que Lee n'avait pas entièrement réussi à nettoyer après sa journée de travail.

Couché sur le côté, il approcha ses doigts des siens et continua à la contempler. Il savait parfaitement d'où venait le sentiment d'insatisfaction qu'il éprouvait : il voulait avoir le droit de se réveiller à côté d'elle jusqu'à la fin de ses jours, la découvrir le matin à côté de lui, ses mains abîmées par le travail, ses cheveux coiffés toujours de la même manière et sa bouche détendue dans le sommeil.

Pour le lui dire, il attendit patiemment qu'elle se réveille. La lumière du jour chassa peu à peu la pénombre, redonnant à Lee son aspect habituel : ses cheveux couleur bronze, ses lèvres roses et ses taches de rousseur qui ressortaient maintenant sur la peau claire de sa gorge.

Quand elle ouvrit les yeux, il la regardait toujours. Elle lui sourit puis, après lui avoir dit bonjour, lui demanda en refermant les yeux :

— Depuis quand me regardes-tu ?

— Je ne t'ai pas quittée des yeux de la nuit.

— Menteur !

— Depuis le lever du jour, corrigea-t-il.

Comme Lee semblait décidée à somnoler encore un peu, il n'insista pas. Il allait bien falloir pourtant qu'il lui pose la question qui lui brûlait les lèvres. Mais il craignait qu'elle y réponde par la négative et mette fin du même coup à leurs relations. Dire qu'il n'avait jamais vraiment cherché à rencontrer la femme de ses rêves et qu'il avait pourtant fini par la trouver ! Trente années de vie soudain cristallisées en un instant unique qui allait décider de tout son avenir. Il n'avait pas cherché à s'y préparer. Il savait que son instinct lui soufflerait que le moment était venu de se déclarer et qu'il se débrouillerait toujours pour trouver ses mots même s'il avait peur d'être rejeté.

— Lee, dit-il en lui prenant les doigts.

Elle n'avait pas dû se rendormir car elle ouvrit aussitôt les yeux — l'œil gauche en tout cas, le seul que Christopher voyait et qui, tacheté de minuscules points plus sombres, ressemblait ce matin-là à un lis tigré.

— Oui, chéri ? demanda-t-elle.

— Je t'aime, Lee, et je veux t'épouser, répondit-il, les yeux fixés sur leurs deux mains enlacées.

Elle releva aussitôt la tête et le regarda d'un air étonné. Puis il crut lire au fond de ses yeux une sorte de refus, comme si, n'étant pas préparée à affronter cette proposition, elle était tentée de la repousser. Elle s'assit dans le lit et remonta la couverture pour cacher ses seins nus.

— Mon Dieu, Christopher ! s'écria-t-elle. Je craignais qu'un jour ou l'autre tu soulèves la question.

— Tu craignais ? répéta-t-il. Tu sais que je t'aime. Tu m'as dit que tu m'aimais. Je ne vois pas ce qui peut te faire peur.

— J'ai quinze ans de plus que toi.

Christopher s'assit à son tour et, après avoir ramené le drap sur ses hanches, s'adossa contre son oreiller.

— Nous le savions depuis le début, lui rappela-t-il. Et il va falloir que tu uses pas mal de salive pour me convaincre que ça puisse avoir une quelconque importance.

— Tu refuses d'avance toutes mes objections.

— Par exemple, ce que vont penser les gens.

— C'est vrai. Mais surtout ce que va penser ma famille. Pas tellement ma mère ni Sylvia, mais Janice.

— Je t'ai déjà dit que je n'avais jamais fait quoi que ce soit qui puisse laisser penser à Janice que je la considérais autrement que comme une copine. D'ailleurs, je ne lui ai jamais caché non plus que je faisais des tas de choses avec toi. Vrai ?

— Vrai, reconnut Lee.

— Les sentiments de Janice à mon égard sont donc totalement à sens unique. Et à mon avis, si elle est, comme elle me l'a dit un jour, la digne fille de sa mère, elle finira par comprendre que tu as le droit d'être heureuse.

— Mais elle risque de se sentir humiliée après m'avoir confié qu'elle était amoureuse de toi. Sans parler de ces deux places qu'elle t'a offertes à Noël dans l'espoir que vous alliez ensemble voir ce match.

— Ce n'est tout de même pas de notre faute ! Si nous devons renoncer à vivre ensemble sous prétexte qu'elle a le béguin pour moi, nous n'en sortirons jamais. Il est possible qu'elle soit choquée quand nous lui dirons la vérité mais elle finira bien par se faire à cette idée. Tu as d'autres objections du même genre ? demanda-t-il d'une voix où perçait un certain agacement.

— Je n'aime pas que tu me parles comme ça !

— Et moi, je n'apprécie pas ta réponse !

— Moi, c'est une discussion qui me déplaît ! Nous ne nous sommes encore jamais disputés.

— C'est normal, Lee ! Quand un homme propose à une femme de l'épouser et qu'elle refuse, il est logique qu'il essaie de la faire revenir sur sa décision.

— D'accord ! reconnut-elle en remontant un peu plus haut la couverture. Tu peux ne tenir aucun compte de facteurs qui risquent d'évoluer avec le temps, mais tu es quand même obligé de prendre en compte notre différence d'âge, car ce facteur-là, lui, ne changera pas.

— Je m'en fiche ! s'écria Christopher. Je t'aime telle que tu es et je ne vois pas pourquoi je changerais d'avis en vieillissant.

— Mais tu as l'air d'oublier le problème des enfants.

Ils se regardèrent un court instant. Lisant au fond des yeux de Lee que sa colère était tombée, Christopher se calma à son tour. Il savait qu'il allait avoir du mal à la convaincre.

— Je t'ai déjà dit que je n'en voulais pas, Lee, rappela-t-il. J'ai trop souffert dans ma jeunesse pour risquer d'infliger la même chose à mes propres enfants. Et dans mon métier, je côtoie trop de mômes paumés et malheureux pour avoir envie d'en faire.

— Mais si tu avais des enfants, ils ne seraient ni paumés ni malheureux, dit-elle plaintivement. Tu serais un père tellement merveilleux !

— Si nous nous marions, je serai un père pour tes enfants. Pas pour Janice car elle est trop âgée, mais vis-à-vis de Joey. Je l'aime beaucoup et je crois que c'est réciproque. En plus, depuis la mort de Greg, j'ai joué un rôle de père vis-à-vis de lui. Et notre mariage ne fera qu'officialiser cette situation.

Lee pouvait difficilement le contredire : non seulement Joey aimait Christopher mais il le vénérait.

— Et tu oublies Judd, reprit-il aussitôt. Je me suis promis de m'occuper de lui jusqu'à ce qu'il ait fini ses études et qu'il puisse voler de ses propres ailes. Il va avoir besoin d'une figure paternelle pour lui remonter le moral et le soutenir. Je crois d'ailleurs que tu as raison, ce rôle me conviendra très bien. Et je suis certainement le seul à pouvoir l'aider à s'en sortir.

Comme Lee ne disait rien, Christopher continua :

— Quant à Janice, même si il est hors de question qu'elle me considère comme son père, je suis sûr que le jour où elle tombera vraiment amoureuse d'un type de son âge, elle oubliera totalement qu'elle a eu le béguin pour moi. Et en voyant que tu es heureuse, elle le sera aussi.

Lee appuya sa tête contre le chevet du lit et ferma les yeux. Elle aimait Christopher, profondément, elle en était persuadée — mais son amour même impliquait des responsabilités : ayant plus d'expérience que lui, elle était obligée de penser à l'avenir alors que lui était encore trop jeune pour en tenir compte. Ouvrant les yeux, elle se tourna vers lui et lui dit :

— À t'écouter, tout a l'air tellement logique.

Christopher lui prit la main et répondit d'une voix calme :

— Il n'y a rien de logique dans l'amour. En tout cas, pas dans la façon dont les choses se sont passées pour moi. Je suis soudain... (Il hocha la tête comme s'il avait encore du mal à y croire.) Je suis tombé amoureux tout d'un coup. Boum ! C'était comme ça et pas autrement : « Voilà la femme avec laquelle je veux vivre », me suis-je dit. J'ai paniqué, bien sûr. Mais pas pour les mêmes raisons que toi. Je me fichais pas mal de ton âge ou de l'opinion des gens. Mais j'avais peur parce que je savais que le jour où je te demanderais de m'épouser, tu me ferais exactement la réponse que tu m'as faite.

Christopher regardait leurs mains jointes, posées entre eux deux sur le drap. Lee se rendit compte à quel point son refus l'avait peiné. L'amour qu'elle éprouvait pour lui en cet instant était tel qu'elle s'imagina pendant quelques secondes mariée avec lui, soutenue par les siens. Mais elle savait bien qu'il était impossible que cette vision idéale se réalise. Il y avait trop d'obstacles. Elle essaya de lui dire le plus tendrement possible ce qu'elle ressentait.

— Essaie de comprendre ma position, Christopher. Je suis une mère de famille et je sais à quel point les enfants ont de l'importance dans la vie. Te priver de la possibilité d'en avoir serait vraiment égoïste de ma part. Ce serait tout le contraire de l'amour.

— Je t'ai déjà dit ce que j'en pensais, rappela-t-il. Tu ne peux pas juger les autres par rapport à tes propres critères.

Lee soupira.

— Il y a aujourd'hui aux États-Unis cinquante pour cent de familles non traditionnelles, reprit-il. Nous arriverons bien à trouver notre place là-dedans.

Ils restèrent assis un long moment sans parler. Christopher se sentait oppressé : il était déçu de ne pas avoir réussi à la convaincre. Quant à Lee, elle se disait que si elle acceptait de l'épouser, il risquait de regretter cette décision dans quelques années.

— Je ne sais pas quoi te dire, fit-elle en soupirant à nouveau.

— Allonge-toi contre moi, proposa-t-il. C'est la première fois que nous nous réveillons l'un à côté de l'autre et au lieu d'en profiter, nous n'arrêtons pas de discuter.

Lee se laissa glisser au fond du lit et se lova dans ses bras.

— Excuse-moi, dit-elle. Je n'aurais pas dû me mettre en colère. Mais c'est une décision tellement grave...

— Est-ce que tu te rends compte, Lee, à quel point je fais déjà partie de ta vie ? Depuis que Greg est mort, je joue vis-à-vis de toi le rôle d'un mari. Je te rends service chaque fois que c'est nécessaire, je remonte le moral de tes enfants, je fais l'amour avec toi quand nous sommes heureux, et quand tu es triste ou inquiète j'essaie d'être là pour te soutenir. Tu auras donc du mal à me démontrer que si je t'épousais, ça ne marcherait pas.

— Je n'ai pas dit que notre mariage ne marcherait pas, mais qu'il y a un certain nombre d'obstacles.

— La vie est pleine d'obstacles. Et ils sont là justement pour que nous les surmontions.

Lee aurait très bien pu prononcer elle-même cette phrase pleine de sagesse. Christopher avait raison. Si elle acceptait sa proposition, elle se réveillerait à côté de lui tous les matins. Elle était restée seule pendant tant d'années !

17

Ce matin-là, ils se levèrent vers huit heures. Lee utilisa la salle de bains la première puis se rendit dans la cuisine pendant que Christopher prenait à son tour une douche. Quand il la rejoignit, vêtu d'un pantalon de survêtement et les cheveux encore humides, elle lui expliqua :

— J'espérais préparer le petit déjeuner pour fêter notre première nuit ensemble mais le réfrigérateur est vide.

— Désolé, mon chou. Je prends toujours mon petit déjeuner dehors.

— Tu veux venir manger chez moi ? J'ai largement de quoi nous préparer une omelette. Joey ne sera pas encore rentré et tu ne risques donc rien en m'accompagnant.

— Comment résister à une pareille proposition ? répondit-il en la laissant pour aller s'habiller.

Ils prirent chacun sa voiture et arrivèrent chez Lee un peu avant neuf heures. Au moment où elle s'engageait dans l'allée, son visage devint cramoisi : la voiture de Janice était garée en face du garage ! Se cramponnant au volant, Lee retint sa respiration pendant quelques secondes puis laissa échapper un soupir résigné. Christopher sortit de l'Explorer et alla ouvrir la porte du garage. Il attendit que Lee ait rentré sa voiture puis, après avoir jeté un coup d'œil à celle de Janice, déclara :

— Je crois que ce coup-ci, ça y est.

— Elle ne devait pas venir à la maison ce week-end !

— Elle ne t'a pas téléphoné pour t'avertir ?

— Bien sûr que non !

— Qu'est-ce que tu vas lui dire ?

— Nous pourrions raconter que nous sommes allés à l'église ensemble...

— En jean ?

— Oui, tu as raison. En plus, j'assiste toujours au culte de dix heures. Je me demande depuis quand elle est là ?

— À voir la couche de givre sur son pare-brise, sûrement depuis hier soir.

— J'espère qu'il n'est rien arrivé de grave. Il vaut mieux que j'aille la voir tout de suite.

Avant qu'elle ait eu le temps de faire demi-tour, Christopher l'attrapa par le bras.

— Lee, je veux t'accompagner.

— Elle risque d'être très en colère.

— Ça ne me fait pas peur.

— Et gênée aussi.

— Je veux que nous affrontions ça ensemble. Si elle est debout, elle nous a certainement vus arriver tous les deux et je ne veux pas lui donner l'impression que je me défile et que je te laisse toute seule pour lui fournir des explications.

Lorsqu'ils pénétrèrent dans l'entrée, ils aperçurent aussitôt Janice : debout dans la cuisine, elle les fusilla du regard tout en appliquant contre sa mâchoire une poche remplie de glaçons.

— Qu'est-ce qui t'arrive, Janice ? demanda Lee en se précipitant vers elle.

— Rien ! répondit-elle d'un ton brusque en ouvrant à peine la bouche.

— Qu'as-tu à la mâchoire ?

— C'est ma dent de sagesse. On peut te demander où tu étais ? Même si la réponse à cette question est évidente.

Lee enleva sa veste et la posa sur le dossier d'une chaise.

— Chez Chris, répondit-elle.

— Toute la nuit ! s'écria sa fille dont le visage s'était empourpré.

Elle n'avait toujours pas regardé Christopher.

— Je suis navrée que tu aies appris la vérité de cette manière.

— Où est Joey ?

— Il a dormi à l'Holiday Inn avec les Whitman.

— Il est au courant ?

— Non.

— Je n'arrive pas à y croire, reprit Janice en se couvrant le visage d'une main et en tournant le dos à sa mère.

Debout à côté de Lee, Christopher lui expliqua :

— Ta mère et moi, nous nous sommes demandé si nous devions te dire la vérité. Mais elle voulait attendre encore un peu avant de te faire part de ses sentiments.

— Ses sentiments ! s'écria Janice en se tournant vers lui. Et les miens, alors ? Et ceux de Joey ? C'est dégoûtant !

— Pourquoi ? demanda-t-il sans perdre son calme.

— Je ne suis pas une imbécile ! Une femme ne passe pas la nuit chez un homme sans baiser avec lui. C'est ça, non ?

— Janice, tu deviens grossière ! intervint Lee.

Toujours aussi calme, Christopher lui rappela :

— Ta mère et moi, nous nous sommes vus pas mal depuis le mois de juin.

— Depuis que mon frère est mort ! Inutile de tourner autour du pot ! Tout a commencé à ce moment-là. Le scénario classique de la femme en deuil qui se tourne vers un homme plus jeune pour se faire consoler.

— Moi aussi, je me suis tourné vers ta mère.

— Vous auriez pu m'en parler ! Me dire quelque chose avant que je...

Incapable de continuer, elle leur tourna à nouveau le dos. Christopher lui prit gentiment le bras et l'obligea à se retourner vers eux.

— Les choses étaient compliquées, Janice. (Elle rougit et détourna la tête pour ne pas être obligée de le regarder.) Tu sais très bien pourquoi, rappela-t-il en lui lâchant le bras.

— J'ai dû avoir l'air ridicule en t'offrant ces tickets pour Noël et en te proposant de t'accompagner au match, dit-elle en fixant le carrelage.

— Non, c'est moi qui suis en tort. J'aurais dû te dire depuis longtemps ce que j'éprouvais pour ta mère.

— Est-ce que tu te rends compte qu'il a trente ans ! lança alors Janice à sa mère. Qu'est-ce que les gens vont dire ?

— Exactement la même chose que toi. Qu'il est trop jeune pour moi. Mais faut-il que je renonce à lui sous prétexte que ça risque de déranger les gens ?

— Tu pourrais renoncer à lui pour ne pas passer pour une idiote !

Lee sentit que la moutarde commençait à lui monter au nez.

— Tu le penses vraiment, Janice ?

Au lieu de répondre, Janice la fusilla du regard.

— Pourquoi aurais-je l'air d'une idiote, Janice ? Parce que j'ai des relations sexuelles avec lui ? (Christopher voulut intervenir mais Lee lui fit signe de la laisser continuer). Pas de problème, Christopher ! À vingt-trois ans, elle est assez grande pour qu'on lui dise la vérité. Pour l'instant, tu es furieuse après moi, Janice, mais moi aussi je t'en veux parce que tu as l'air de sous-entendre que, comme Christopher a quinze ans de moins que moi, il se sert de moi. Je me trompe ou non ?

Janice rougit et baissa les yeux.

— Est-ce que tu penses vraiment que Christopher est le genre d'homme à profiter de moi ? demanda Lee. (Comme sa fille n'osait pas lui répondre, elle poursuivit :) Mieux vaut que tu saches tout de suite que ce n'est pas une passade. Christopher ne profite pas de moi et moi, je ne me sers pas de lui pour oublier la mort de Greg. Je l'aime. Même si ça ne correspond pas à l'image que tu peux avoir d'une mère, moi aussi, j'éprouve des sentiments, j'ai des désirs et je me sens seule. Il m'arrive même de penser à mon avenir. Je ne suis pas vieille, Janice. Je suis simplement plus âgée que Christopher. Faut-il que je demande la permission à ma famille pour sortir avec un homme ?

Janice semblait horriblement malheureuse et elle avait les larmes aux yeux.

— Mais Christopher est l'ami de Greg. Il est plutôt... comme ton fils.

— C'est comme ça que tu vois les choses. Mais pas moi. Notre relation a totalement changé en huit mois. Nous sommes devenus très amis avant d'avoir des rapports plus intimes.

— Que va dire grand-mère ? demanda Janice.

— Elle ne va pas me faire de cadeau et ce ne sera pas agréable. Mais ce n'est pas elle qui dirige ma vie. C'est moi.

— Je vois bien que rien de ce que je dirai ne te fera changer d'avis. Je vais me coucher, j'ai passé une partie de la nuit à t'attendre et j'ai mal aux dents.

— Pourquoi ne m'as-tu pas téléphoné ? J'imagine que tu savais où me trouver. Si tu m'avais appelée chez Christopher, je serais venue aussitôt.

— Je voulais être certaine que tu sortais avec lui. Maintenant je le suis.

Janice se dirigea aussitôt vers sa chambre et claqua la porte derrière elle. Lee et Christopher se retrouvèrent seuls dans la cuisine, bouleversés par ce qui venait d'arriver. Agacée par le bruit monotone de l'eau qui gouttait dans l'évier, Lee tourna le robinet à fond. Le bruit s'arrêta. Christopher s'approcha d'elle et, sans dire un mot, la serra dans ses bras.

— Je m'excuse, dit-elle, à deux doigts de pleurer maintenant qu'elle n'était plus dans le feu de la discussion. Ça a dû être terrible pour toi.

— Je m'attendais à peu près à ça. Et toi ?

— Moi aussi. Ce qui m'a surprise, c'est ma propre réaction.

— Que veux-tu dire ?

— Je croyais que j'allais me sentir complètement culpabilisée. Et au contraire, quand Janice a commencé à me juger, cela m'a mise en rogne. Je me suis dit : De quel droit se permet-elle de me dicter ma conduite ? Le problème avec les enfants, c'est qu'ils ne peuvent pas imaginer que leurs parents aient une vie sexuelle. Pour eux, je suis « maman », un point c'est tout. Depuis la mort de Bill, j'ai toujours été là et je suppose qu'ils s'imaginent que je le serai toujours. L'idée que je puisse avoir envie de faire l'amour leur semble impensable.

— Il me semble que tu n'aurais pas dû lui dire.

— Lui dire quoi ? demanda Lee, soudain sur la défensive.

Elle se recula un peu et lui jeta un regard irrité.

— Que nous avions des relations sexuelles.

— Pourquoi pas ? J'ai quand même le droit d'avoir une liaison avec un homme ! Je tenais à ce qu'elle le sache.

— Ça lui a fait un choc. Surtout à cause de la manière dont tu le lui as dit.

— Je voulais que les choses soient claires.

— Eh bien, maintenant, elles le sont. Mais promets-moi de ne pas te mettre en colère quand ta famille va te faire la morale. Car tu vas en entendre de toutes les couleurs. On va te dire que tu as pris un homme au berceau, que tu es trop seule et trop triste pour savoir ce que tu fais et que tu t'es servie de moi pour oublier ton chagrin. Et moi aussi, je vais en prendre pour mon grade. On va te laisser entendre que je suis plus intéressé par ta maison ou les revenus de ta boutique que par toi et que je vais te laisser tomber à la première nana qui va se déhancher sous mes yeux. À mon avis, tu vas avoir droit à ce genre de réflexions. Et la seule manière d'y répondre, c'est de montrer à ta famille que nous sommes heureux ensemble et que tu te fiches pas mal qu'ils soient ou non d'accord.

— Tu crois vraiment qu'ils vont me dire tout ça ?

— Il y a de grandes chances.

Se dressant sur la pointe des pieds, elle l'embrassa sur les lèvres — comme si elle inscrivait ses initiales dans de la cire à cachet : une légère pression des lèvres, suffisante pourtant pour qu'il comprenne qu'elle le suivrait jusqu'au bout.

— Je ferais mieux d'aller soigner la dent de Janice. Elle est trop têtue pour revenir et elle doit souffrir.

— Veux-tu que je m'en aille maintenant ?

— Attends-moi. Tu es venu prendre ton petit déjeuner et je ne veux pas te laisser repartir l'estomac vide. Je n'en ai pas pour longtemps.

Quand Lee pénétra dans la chambre, Janice était couchée dans son lit, le visage tourné vers le mur.

— Il est parti ?

— Non. Je vais lui préparer son petit déjeuner. Qu'est-ce qui se passe avec ta dent de sagesse ? Est-ce que ta joue a enflé tout d'un coup ?

— La dent est infectée et il faut que je me la fasse arracher.

— Laquelle ? Celle du haut ou celle du bas ?

— Celle du bas.

— Retourne-toi que je puisse regarder.

— Inutile de t'inquiéter pour moi. Je peux très bien me débrouiller seule.

— Ne sois pas têtue. Ce n'est pas parce que je sors avec Chris que je vais arrêter de me faire du souci pour toi.

Janice se retourna sur le dos et fixa des yeux la commode de sa chambre.

— Tu as de la fièvre ! s'écria sa mère qui venait de lui prendre le poignet. Est-ce que tu as pris de l'aspirine ?

— Oui.

— Quand ?

— À trois heures du matin.

Sa réponse laissait entendre qu'elle était restée debout toute la nuit à attendre le retour de Lee.

— Je vais t'en redonner. Est-ce que tu souffres beaucoup ?

— Ce n'est pas agréable. Mais, pendant le week-end, on ne peut pas faire grand-chose. J'appellerai le docteur Wing lundi matin.

— Ouvre ta bouche que je regarde un peu ce qu'il en est.

— Il s'agit sans doute d'une dent barrée et elle est infectée. Tu ne vas rien voir du tout.

— Est-ce qu'elle est enflée à la base ?

Janice leva les yeux au ciel.

— Oui, c'est enflé. Mais je ne vais pas mourir avant demain matin. Alors, tu ferais mieux de me laisser tranquille.

Lee n'avait pas d'autre choix. Quand elle revint dans la chambre avec de l'aspirine et un verre d'eau, elle dit à sa fille :

— Au cas où ça irait vraiment trop mal, je pourrais toujours t'emmener aux urgences.

Janice fit passer les aspirines avec de l'eau, rendit le verre vide à sa mère et se recoucha sur le côté, le visage tourné vers le mur. Le message était clair : je ne vais pas te remercier pour ce que tu fais pour moi, ni te pardonner. Tu n'es plus digne de me dorloter !

Après un dernier coup d'œil à sa fille, Lee quitta la chambre en soupirant.

Le lendemain, en début d'après-midi, un chirurgien-dentiste enlevait à Janice deux de ses dents de sagesse. La première était barrée et infectée. Quant à la seconde, elle était, d'après lui, si mal implantée dans la mâchoire qu'elle risquait de pousser sur ses autres dents et aurait de toute façon nécessité à court terme une extraction.

Quand Janice se réveilla de l'anesthésie, elle se mit à pleurer à chaudes larmes — une réaction normale compte tenu du médicament qu'on lui avait injecté pour l'endormir. L'infirmière expliqua à Lee qu'elle risquait de somnoler encore pendant quelques heures et lui donna une ordonnance pour acheter des analgésiques.

En arrivant chez elle, Lee coucha sa fille et lui fit prendre un analgésique. Elle était en train de lui proposer de manger une purée quand les yeux de Janice se fermèrent. Une seconde plus tard, elle dormait à nouveau.

Assise à côté d'elle sur le lit, Lee écarta les mèches de cheveux qui retombaient sur son front et l'embrassa. Elle pouvait à nouveau dorloter sa fille comme lorsqu'elle était toute petite : lui caresser le front, lui donner un médicament et lui préparer un repas spécial. Et cela lui faisait du bien après la dispute qu'elles avaient eue la veille :

« Janice, songea-t-elle, ne me retire pas ton amour. Je t'en prie, ne m'oblige pas à choisir entre Christopher et toi. Il n'y a aucune raison, ma chérie, et tu vas me briser le cœur si tu continues à me traiter comme tu l'as fait. »

Christopher téléphona vers cinq heures.
— Comment va Janice ?

— Elle dort. Mais elle va avoir mal au réveil et le chirurgien lui a prescrit des analgésiques.

— Est-ce que je peux faire quelque chose ?

— Simplement continuer à être patient vis-à-vis de mes enfants, répondit Lee. Il va falloir attendre un certain temps avant qu'ils me fassent à nouveau confiance.

— C'est bien ce que je compte faire. As-tu réfléchi à ma proposition de mariage ?

— Oui. Je n'ai même pensé qu'à ça, pour tout dire.

— Et alors ?

— C'est très tentant. Mais je ne sais toujours pas quoi répondre.

— Je vais donc recommencer.

— Recommencer à quoi faire ?

— Recommencer à jouer le rôle du mari et du beau-père à la minute même. Penses-y, Lee...

À la fin de son service, il passa chez elle.

— Je ne peux pas rester, expliqua-t-il dès que Lee eut ouvert la porte. J'ai rendez-vous avec Judd. Mais j'ai apporté deux cassettes pour Janice. C'est un best-seller enregistré, j'ai pensé que ça la fatiguerait moins ainsi qu'en livre.

Il tendit à Lee les deux cassettes. Elle l'embrassa sur le menton tout en se disant qu'il faisait vraiment tout ce qu'il fallait pour qu'elle se sente obligée d'accepter sa proposition.

Dès qu'il fut reparti, elle se rendit dans la chambre de Janice.

— Christopher a apporté ça pour toi, lui dit-elle.

Après avoir jeté un coup d'œil par-dessus son épaule aux cassettes que sa mère venait de poser sur son lit, Janice répondit d'une voix acerbe :

— J'ai déjà lu le livre.

Puis elle se tourna à nouveau vers le mur.

Lee, qui se sentait rejetée, reporta tout naturellement son affection sur son fils. En fin de soirée, elle alla le rejoindre dans sa chambre. Assis sur la moquette, Joey était en train de réparer sa paire de vieux tennis favoris avec du ruban adhésif argenté.

— Je peux entrer un instant ? demanda Lee.

— Bien sûr ! Comment va Janice ?

— Elle dort et elle est plutôt grognon.

— J'espère que ça ne m'arrivera jamais ! Le père de Denny m'a dit qu'il avait encore toutes ses dents de sagesse et qu'elles ne lui avaient jamais fait mal.

— Si Janice est dans cet état, ce n'est pas seulement à cause de ses dents, expliqua Lee.

Puis elle alla s'asseoir en tailleur sur le lit de son fils.

— Qu'est-ce qui la travaille ? demanda Joey en levant les yeux pour la regarder.

— Elle est fâchée contre moi.

— À cause de quoi ?

— Je vais être honnête avec toi, Joey, car c'est très important — pour moi, en tout cas.

— Elle a découvert le pot aux roses pour Chris et toi. C'est ça, non ?

Même si Lee l'avait voulu, elle aurait été bien incapable de cacher sa surprise.

— Toi, par contre, ça n'a pas l'air de te choquer ! Depuis quand es-tu au courant ?

— Je ne sais pas, dit-il en haussant les épaules. Je vous ai surpris un soir en train de vous embrasser dans l'entrée. Mais je crois que je m'en doutais avant.

— Et qu'est-ce que tu en penses ?

— Je trouve ça sympa.

Lee sourit. Pourquoi disait-on toujours que les filles étaient plus faciles à élever que les garçons ?

— C'est sérieux, n'est-ce pas, m'man ?

— Oui.

— C'est ce que j'avais cru comprendre. Est-ce qu'une femme de ton âge peut se marier avec un homme de trente ans ?

— Ce n'est pas très courant. Est-ce que ça t'ennuierait si j'épousais Christopher ?

— Bien sûr que non ! Je ne vois pas pourquoi ça m'embêterait.

— Les gens te mettraient peut-être en boîte en te disant que ta mère prend les hommes au berceau.

— Les gens sont tellement bornés ! S'ils me disaient ce genre de truc, ça voudrait simplement dire qu'ils ne te connaissent pas. Ni Chris non plus.

— Il m'a demandé si je voulais l'épouser, reconnut Lee.

— Janice est au courant pour le mariage ?

— Non, pas encore.

— Et grand-mère ?

— Elle ne sait rien du tout pour l'instant.

— Quand elle va l'apprendre, elle va en faire tout un plat !

Lee ne put s'empêcher de sourire. Comme son fils avait mûri vite ! Ça allait être un vrai plaisir de l'avoir encore pendant quelques années à la maison : il avait le don pour lui remonter le moral.

— Qu'est-ce que tu as répondu à Chris ? demanda-t-il à sa mère.

— Je lui ai dit que c'était tentant.

— Tu vas l'épouser, alors ?

— Je pense que oui.

— Mais tu as peur de ce que grand-mère va dire...

— Mais aussi Janice, Sylvia et toi. Encore que toi, j'ai l'impression que tu serais plutôt d'accord.

— Sûr que je le suis. Depuis que papa est mort, tu as toujours été seule. Parfois, je me suis demandé comment tu arrivais à vivre ainsi. J'en ai même parlé avec Denny. Je lui ai téléphoné le soir où je vous ai surpris dans l'entrée et je lui ai expliqué que tu étais heureuse comme tout depuis que tu sortais avec Christopher. Je lui ai même dit qu'il y a longtemps que tu aurais dû faire ce genre de truc.

— Tu veux dire : embrasser un homme ? Je n'en avais pas envie avant que je rencontre Christopher.

— Vraiment ? demanda-t-il avec un sourire en coin. Alors je pense que tu devrais te marier avec lui.

« Quelle chance d'avoir un fils pareil ! », se dit Lee en lui souriant.

— Tu vas porter des tennis couverts d'adhésif ? finit-elle par lui demander.

— Ouais ! C'est vachement branché, tu sais.

— Il me semblait que je t'en avais offert une nouvelle paire pour Noël.

— Je t'adore, m'man, mais tu ne crois tout de même pas que je vais jeter ma meilleure paire de tennis rien que pour tes beaux yeux ?

Après avoir haussé les épaules d'un air fataliste, Lee se leva du lit. Elle embrassa son fils sur le sommet du crâne et regagna sa chambre pour téléphoner à Christopher et lui faire son *Rapport sur le comportement des enfants*.

Le surlendemain, Janice, toujours distante vis-à-vis de sa mère, retournait à la fac. Lee alla travailler comme d'habitude et rentra chez elle en fin d'après-midi pour préparer le dîner. Elle avait tout juste eu le temps de descendre au sous-sol et de mettre la lessive du matin dans le sèche-linge quand on sonna à la porte.

— Qu'est-ce qui se passe ? demanda-t-elle en reconnaissant sa mère. Sylvia ! ajouta-t-elle, un peu étonnée que sa sœur vienne la voir chez elle alors qu'elles s'étaient quittées une demi-heure plus tôt.

Peg Hillier passa devant sa fille, raide comme la justice, et enleva ses gants.

— Nous sommes venues te parler, Lee.

— Je parie que je sais ce qui vous amène, répondit-elle.

— Je m'en doute, dit Peg en se retournant vers elle. Janice m'a téléphoné.

— Enlève donc ton manteau, proposa Lee. Et viens t'asseoir. Veux-tu une tasse de café ? Et toi, Sylvia, tu en veux une ? (Comme ni l'une ni l'autre ne répondaient, elle demanda :) Est-ce que le bataillon est au grand complet ? Ou dois-je m'attendre à d'autres visites ? Papa et Lloyd devraient être là eux aussi, non ?

— Inutile de faire de l'esprit, répondit Peg. Ferme cette porte et explique-moi ce qui t'est passé par la tête. Une femme de ton âge, jeter son dévolu sur un garçon de l'âge de ton fils !

Lee ferma la porte d'un air résigné et se dirigea vers la cuisine.

— Posez vos manteaux sur une chaise. Je vais vous servir un café.

— Je ne veux pas de café ! Je veux que tu t'expliques !

— Il n'a pas l'âge de mon fils, corrigea Lee. Il a trente ans et...

— Et toi, tu en as quarante-cinq. Mon Dieu, Lee, est-ce que tu as perdu l'esprit ?

— Pratiquement. Je suis amoureuse.

— Amoureuse ! s'écria Peg. (On aurait dit que les yeux allaient lui sortir de la tête.) C'est comme ça que tu appelles ça ! Tu as couché avec ce garçon, oui ! Janice m'a dit que tu l'avais reconnu devant elle !

— Ça la fiche mal, Lee, intervint Sylvia.

— Et mère n'a rien eu de plus pressé que de téléphoner pour t'annoncer la nouvelle. Puis vous êtes venues toutes les deux pour me faire la leçon !

— Je suis d'accord avec mère, expliqua Sylvia. Ta liaison avec Christopher est choquante. Mais nous comprenons que la mort de Greg a été un choc terrible pour toi. C'est normal que tu éprouves le besoin de te raccrocher à quelqu'un. Mais tout de même, un gamin, Lee !

— Christopher n'est pas un gamin ! Arrêtez !

— Le terme convient parfaitement compte tenu de votre différence d'âge.

— Je n'aurais pas imaginé ça de lui, intervint Peg. Je pensais que c'était un jeune homme bien. Mais il est clair qu'il a profité de la situation. Quand je pense à tout ce que tu as fait pour lui ! Tu l'as introduit dans notre famille et tu as été une mère pour lui. Et lui, il n'a rien eu de plus pressé que de te séduire !

— Je t'ai déjà expliqué que nous sommes amoureux l'un de l'autre ! corrigea Lee. Ce n'est tout de même pas pareil que si j'avais couché avec lui deux jours après l'enterrement de Greg ! Nous sommes sortis ensemble très souvent sans que cela prête à conséquence et ce n'est que dernièrement que nous avons commencé à avoir des relations plus intimes.

— Je ne veux pas entendre parler de ça ! s'écria Peg en détournant la tête et en pinçant les lèvres.

Sylvia prit aussitôt le relais.

— Tu as dit à ta fille que tu couchais avec lui, rappela-t-elle. Ce n'était quand même pas une chose à faire !

— Je suis censée ne plus jamais avoir de rapports sexuels ? demanda Lee. (Et avant que les deux attaquantes se soient remises de leur surprise, elle continua :) Si je comprends bien, je ne suis bonne qu'à consacrer ma vie à mes enfants, repriser leurs chaussettes et leur préparer leurs plats favoris quand ils viennent me voir. Je n'ai pas le droit de refaire ma vie ?

— Bien sûr que tu peux la refaire, répondit Sylvia. Mais pour l'amour de Dieu, choisis un homme de ton âge !

— Je ne vois pas ce qu'il y a de mal dans le fait que j'aie choisi Christopher.

— Essaie d'être un peu honnête, reprit sa sœur. Toute cette histoire peut quand même sembler bizarre. Tu le traites comme ton fils pendant je ne sais combien d'années. Puis, après la mort de Greg, vous devenez très copains. Et en moins de temps qu'il n'en faut pour le dire, vous couchez ensemble. Quelle impression crois-tu que cela fait ? Et combien de temps va-t-il rester avec toi ?

— Ça t'intéressera peut-être de savoir, Sylvia, que Christopher m'a demandé de l'épouser.

— Oh, mon Dieu ! s'écria Peg en se laissant tomber sur une chaise.

— L'épouser ? répéta Sylvia qui, elle aussi, éprouva soudain le besoin de s'asseoir.

— Oui. Et je suis en train de réfléchir à sa proposition.

— Tu ne sais pas ce que tu fais, Lee ! T'engager pour la vie avec un homme aussi jeune ! Combien de chance a un tel mariage de durer ?

— Autant que n'importe quel mariage — compte tenu du pourcentage actuel de divorces. Quand tu aimes quelqu'un, tu pars du principe que ton mariage va durer.

— Je comprends que tu te sentes seule, intervint Peg à son tour. Greg est mort. Quant à Janice et Joey, ils ne vont pas tarder à voler de leurs propres ailes. Mais essaie de voir plus loin. Quand tu auras soixante ans, il n'en aura que quarante-cinq. Tu ne crois pas qu'à ce moment-là, il voudra une femme plus jeune ?

Lee ne daigna même pas lui répondre.

— Et les enfants ? demanda Sylvia. Il n'en veut pas ?

— Non.

— Ce n'est pas normal.

— Ça ne te regarde pas, Sylvia. Christopher et moi avons déjà discuté de tout ça. Si ces problèmes sont résolus et que nous décidons de nous marier, j'espère que tu respecteras mon choix.

Peg et sa fille aînée échangèrent un regard qui signifiait clairement qu'à leurs yeux Lee avait complètement perdu la tête. Peg soupira et jeta un regard distrait à la corbeille de fruits posée au centre de la table. Puis elle essaya une autre tactique.

— Je me demande ce que Bill en penserait, dit-elle.

— Mon Dieu ! s'écria Lee en levant les yeux au ciel. Bill est mort et moi, j'ai encore quelques belles années devant moi. Tu ne peux quand même pas me demander de rester fidèle à un mari décédé.

— Ne sois pas idiote ! Je ne parlais pas de ça. Bill était le père de tes enfants. Tandis que cet homme, que sera-t-il pour eux ? Car il y a quand même un point épineux : Janice m'a dit qu'elle t'avait confié il y a quelque temps de ça qu'elle était elle aussi amoureuse de Christopher.

— C'est vrai. Mais t'a-t-elle dit aussi que Christopher ne s'était jamais intéressé à elle ? (Comme Peg ne répondait pas, Lee continua :) Bien sûr, la position de Janice ne nous simplifie pas les choses. Mais nous en avons aussi discuté et nous nous sommes dit que ce n'était pas une raison pour que nous renoncions à notre bonheur. Car nous sommes heureux ensemble.

— Tu ne comptes pas mettre fin à cette liaison ?

— Non, répondit Lee. Pourquoi renoncerais-je à être heureuse ?

— Tu risques de le regretter un jour.

— C'est possible. Mais on peut dire exactement la même chose de la moitié des choix qu'on fait dans la vie. Et il se peut aussi que je n'aie jamais de regrets. Je crois que cela vaut le coup de prendre ce risque.

— Tu es donc décidée à l'épouser ? demanda Sylvia.

— Je pense que... oui.

— Si c'est uniquement à cause de... commença Sylvia. (Elle s'interrompit net, puis ajouta, en bougeant la main droite :) Tu vois ce que je veux dire...

— Même si tu n'oses pas prononcer le mot « sexe », c'est à ça que tu penses, n'est-ce pas, Sylvia ? Mais si c'était vraiment le problème, ne crois-tu pas qu'il y a longtemps que je me serais trouvé un petit ami ? Les rapports sexuels font partie de ma relation avec Christopher et j'avoue qu'après tant d'années de célibat, c'est vraiment sensationnel de pouvoir faire l'amour avec un homme chaque fois que j'en ai envie. Mais notre relation est aussi bâtie sur l'amitié et le respect mutuel.

Sylvia était devenue rouge comme une tomate et elle ne savait plus où se mettre.

— Je m'excuse, Syl. Je sais que c'est un sujet dont tu ne parles jamais mais c'est toi qui l'as amené sur le tapis.

La bouche pincée, Sylvia regarda sa sœur de haut.

— Si j'ai bien compris, tu as passé la nuit de samedi chez lui. Que vont en penser tes enfants ?

— Joey pense que je devrais l'épouser.

— Il n'a que quatorze ans. On n'y connaît rien à cet âge-là !

— Il connaît Christopher. Il l'aime et il le respecte.

Peg lança à sa fille un regard méprisant.

— Si tu suis le conseil de Joey, tu risques de le regretter.

— Je crois que tu ferais mieux de te faire à cette idée, mère, car je vais épouser Christopher.

Posant ses deux coudes sur la table, Peg se cacha le visage dans les mains.

— Dieu du ciel ! Que vont dire nos amis !

— Tu abordes enfin le vrai problème !

— Tu ne vas quand même pas prétendre que ce n'en est pas un ! s'écria Peg en relevant brusquement la tête. Les gens jasent, tu le sais bien !

— Oui. À commencer par ma propre fille — merci Janice !

— Ne rejette pas la faute sur elle ! (Peg commençait à perdre son sang-froid). Elle a bien fait de me téléphoner.

— En effet. Et vous avez dû avoir une conversation pour le moins édifiante. Mais tu viens seulement d'aborder ce qui t'inquiète le plus : ce que vont dire les gens. Pour toi, ça passe avant tout. Que vont penser les gens si ta fille épouse un bel homme de trente ans au lieu de faire une fin en choisissant un raseur un peu chauve de son âge ? Le problème, maman, c'est que moi, je m'en fiche. Si les gens me regardent de haut parce que j'ai épousé Christopher, j'en déduirai simplement qu'ils ne méritaient pas mon amitié.

— Tu as toujours été très forte pour arranger les choses à ta façon. Mais il y a quand même quelque chose que tu ne pourras pas éviter : on va poser des questions gênantes à tes enfants, et quand ton père ou moi allons nous rendre dans nos clubs respectifs, les gens vont nous demander si le mari de notre fille n'a vraiment que trente ans.

— Dans ce cas, réponds-leur la vérité. Dis-leur : C'est vrai, il n'a que trente ans mais c'est un homme bien qui vole au secours de ses semblables, qui a de grandes qualités humaines et qui rend ma fille heureuse — plus heureuse qu'elle ne l'a jamais été depuis que son premier mari est mort. Pourquoi ne pas leur répondre ça ?

— J'ai compris ! dit Peg, sûre de son bon droit. Vas-y ! Dis que c'est de ma faute ! Comme si c'était moi qui étais à l'origine de cette situation scandaleuse ! Là, ma fille, tu vas trop loin !

— Je t'aime beaucoup, ma chère mère, mais il n'empêche que tu as toujours été incapable de reconnaître que tu pouvais avoir tort. Et cette fois, je t'assure que tu te trompes.

— Lee, pour l'amour de Dieu ! intervint Sylvia.

— Toi aussi, Sylvia, tu fais une erreur. J'aime cet homme, je vais l'épouser et je suis certaine que nous serons heureux.

298

— Épouse-le donc ! s'écria Peg en se levant et en tendant la main vers son manteau. Mais ne l'amène pas chez moi pour le déjeuner de Pâques !

18

— Ils ont dit exactement ce que tu avais prévu, expliqua Lee à Christopher lorsqu'elle lui téléphona vers onze heures ce soir-là.

— Ça n'a pas dû être agréable, j'imagine.

— Horrible, tu veux dire ! Mais j'ai suivi ton conseil et je ne me suis pas énervée.

— Est-ce que ça a servi à quelque chose ?

— Non, à rien. Si ce n'est que j'étais plutôt fière de moi.

— Et maintenant, tu dois être au trente-sixième dessous.

À l'autre bout du fil, Lee soupira. Même si elle en voulait à ses proches, la tristesse l'emportait sur la colère.

— Tu comprends, dit-elle, c'est quand même ma famille.

— Je sais ce que c'est, répondit Christopher. Quand je pense que j'ai été en bisbille avec ma famille parce que mes parents ne s'occupaient pas assez de moi et que toi, tu te disputes avec eux parce qu'ils s'occupent trop de toi. Quelle ironie du sort !

— Tu as certainement raison. Mais j'ai du mal à croire qu'ils s'occupent vraiment de moi quand ils essaient de régenter ma vie.

— Je suis navré de t'avoir mise dans un tel pétrin.

— Tu veux que je te raconte la meilleure ? Ma sœur Sylvia qui n'ose jamais parler de sexualité a été jusqu'à me laisser entendre que si je voulais t'épouser c'était uniquement pour pouvoir coucher avec toi !

— Tu leur as dit que tu voulais m'épouser ? s'écria-t-il.
— Oui. Mais je crois qu'il faudra attendre un peu. Ne serait-ce que pour leur laisser le temps de se faire à cette idée.
— Mais tu es décidée ? Nous allons nous marier ?
— J'en ai très envie.
— Quand, Lee ?
— Je ne sais pas encore.

Il ne dit rien pendant quelques secondes et Lee en déduisit qu'il était déçu.

— D'accord, finit-il par répondre, ne voulant pas lui forcer la main. Je comprends. Mais n'attends pas trop, mon chou. Tu sais à quel point je t'aime. Et je n'ai pas envie de perdre mon temps en vivant loin de toi.

À la boutique, dès le lendemain, Sylvia entraîna sa sœur à l'écart des oreilles indiscrètes et recommença à lui faire la leçon, lui reprochant d'avoir bouleversé leur mère et de donner le mauvais exemple à ses enfants. Ne se rendait-elle pas compte à quel point son comportement était indécent ? Sortir avec un homme qui aurait pu être son fils ! Il était clair qu'il profitait d'elle et qu'elle finirait par s'apercevoir qu'elle s'était fait avoir. Il n'était pas normal qu'un homme de son âge tombe amoureux d'une femme ayant quinze ans de plus que lui. Comment pouvait-elle faire fi des questions embarrassantes que n'allaient pas manquer de poser les relations de ses parents ? Les enfants de Sylvia eux-mêmes lui avaient déjà demandé ce qui se passait.

— Comment peuvent-ils être au courant ?
— Ils m'ont entendue en parler avec Barry.
— Bravo ! Et merci encore, Sylvia !

Folle de rage, Sylvia jeta le paquet d'enveloppes qu'elle tenait à la main.

— Ce n'est quand même pas ma faute ! Et il faut bien que quelqu'un te ramène dans le droit chemin. Et qui va le faire ? Mère ? Janice ? Elles sont tellement consternées qu'elles ne veulent même plus t'adresser la parole.

C'était malheureusement la vérité... Pour l'anniversaire de Joey, Janice se contenta d'envoyer une carte à son frère — alors que l'année précédente, elle était revenue exprès de la fac pour passer la soirée avec eux. Peg et Orrin expédièrent un cadeau à Joey par la poste et téléphonèrent pour dire qu'ils ne pourraient pas venir car Orrin devait aller chez son dentiste ce jour-là pour se faire poser un bridge.

Seul Lloyd vint les voir. Il offrit à son petit-fils un survêtement marron dont le haut était orné d'un A blanc et qu'il pourrait porter l'année suivante lorsqu'il entrerait au lycée d'Anoka. Ils allèrent dîner tous les trois dans le restaurant favori de Joey et, au cours du dîner, Lloyd se contenta de faire remarquer discrètement :

— Nous ne sommes pas très nombreux cette année.

Lee en déduisit aussitôt qu'il était lui aussi au courant. Mais, au lieu de lui faire la leçon, Lloyd ajouta simplement :

— J'ai l'impression qu'il y a un problème, non ?

Orrin rendit visite à Lee à la boutique à l'heure du déjeuner et lui annonça :

— Je t'emmène au restaurant.

Au cours du repas, Orrin lui rappela sept fois au moins que sa mère était dans tous ses états. Puis il lui dit qu'il fallait qu'elle arrête de faire l'idiote et qu'elle conseille à ce « garçon » de trouver une femme de son âge.

— Vous êtes drôlement mauvaises langues et sacrément hypocrites, tous autant que vous êtes ! éclata Lee. Christopher était paraît-il quelqu'un de bien quand il me remontait le moral après la mort de Greg et se chargeait de toutes sortes de corvées que, sans lui, vous auriez été obligés d'assumer. Mais maintenant qu'il couche avec moi, vous le traitez — vous *nous* traitez tous les deux comme si nous étions des pervers ! Ça en dit long sur vous !

Le déjeuner s'acheva sur cette note amère.

Lorsque Lee téléphona à sa fille comme elle le faisait chaque semaine, elle obtint pour seule réponse à ses questions quelques grommellements indistincts qui signifiaient clairement : Je supporte cette conversation mais je n'y participe pas. Lorsqu'elle lui demanda quand elle comptait revenir à la maison, Janice lui répondit :

— Je n'en sais rien.

L'altercation de Lee avec son père fit aussitôt le tour de la famille et Lee eut droit à un nouveau sermon de la part de Sylvia, plus agressif que le premier, au cours duquel sa sœur prit le parti de ses parents, critiquant l'attitude de Lee à leur égard. L'atmosphère était si tendue dans la boutique que les employées se mirent à leur tour à jaser. Un beau jour, Pat Galsworthy se permit même de demander à Lee :

— Est-ce que vous sortez vraiment avec un homme qui n'a que trente ans ?

Lee la remit vertement à sa place. Elle commença par lui conseiller de s'occuper de ses affaires et ajouta que, si elle voulait conserver son travail, elle avait intérêt à s'en tenir à des sujets de conversation strictement professionnels.

Peu de temps après, Lee lui fit des excuses. Mais cela n'empêcha pas son différend avec Sylvia d'affecter la bonne marche de la boutique. Craignant de se disputer à nouveau, les deux sœurs évitaient de discuter des affaires courantes — commandes, factures, horaires — et le travail s'en ressentait : retards dans les livraisons, emploi du temps perturbé et une tension générale chez les employées.

Un jeudi, Christopher lui téléphona.

— C'est mon jour de congé, lui annonça-t-il, et j'aimerais t'inviter ce soir au Carrousel.

Dès qu'ils furent installés dans la salle de restaurant qui tournait sur elle-même à intervalles réguliers pour que les clients puissent profiter de la vue, Christopher passa sa commande. Puis il sortit de sa poche un écrin qu'il ouvrit et posa sur la table en face de Lee. L'écrin contenait une bague avec un énorme diamant.

— Mon Dieu, Christopher ! murmura-t-elle. Pourquoi as-tu fait une pareille folie ?

— Je t'aime, Lee Reston. Et je veux que tu sois ma femme, conclut-il en passant la bague à son index gauche.

— Que vais-je faire de cette bague alors que je manie toute la journée de la terre et des fleurs ?

— Range-la dans un des tiroirs de ta commode et mets-la quand tu rentres chez toi. Veux-tu m'épouser ?

Elle le regarda, prête à fondre en larmes.

— J'en ai envie, dit-elle. Tu sais bien que je rêve de te dire oui. Mais je ne peux pas...

Elle se tut un court instant, éprouvant le besoin de mettre un peu d'ordre dans ses idées : elle aimait cet homme et pensait qu'ils pourraient être heureux ensemble. Malheureusement, d'autres facteurs beaucoup plus compliqués intervenaient aussi dans sa décision.

— Ma vie est en train de se désagréger, reprit-elle le plus calmement possible dans l'espoir d'atténuer le coup qu'elle allait lui porter. Je ne peux pas accepter cette bague, ajouta-t-elle en l'enlevant et en la replaçant dans l'écrin. De toute façon, elle est beaucoup trop belle pour des mains aussi laides que les miennes.

Christopher jeta un coup d'œil à la bague qu'elle venait de refuser puis releva la tête pour regarder Lee. Il semblait tellement abattu qu'elle eut bien du mal à soutenir son regard.

— Ne fais pas une chose pareille, Lee, la supplia-t-il en lui prenant les mains.

— Tu sais d'avance ce que je vais te répondre, n'est-ce pas ?

— Ne le dis pas. Je t'en prie...

— Mais tout le monde s'est retourné contre moi. Tout le monde !

— Sauf Joey.

— Sauf lui, en effet, mais il en subit tout de même les conséquences. Janice n'est pas venue à la maison pour son anniversaire et ses grands-parents non plus. À la boutique, nous nous parlons à peine, Sylvia et moi. Notre travail commence à s'en ressentir. Que puis-je faire ?

Christopher contempla gravement leurs mains enlacées. Son silence en disait long : il était conscient du problème qui se posait à Lee et il devait se douter que si elle l'épousait, la situation risquait d'être encore pire. Il n'alla quand même pas jusqu'à reprendre la bague.

Le serveur apporta les plats qu'ils avaient commandés ; ils le remercièrent d'un air distrait et s'attaquèrent sans conviction au contenu de leur assiette.

— Tu sais quelle importance a toujours eue à mes yeux la famille, reprit Lee d'une voix hachée par l'émotion. Je me suis tellement battue après la mort de Bill pour que nous restions soudés. Mes parents ont toujours été là quand j'avais besoin d'eux et Sylvia et moi étions très liées. Quand nous avons ouvert la boutique, nous nous complétions si bien que même ma mère avait du mal à y croire. Et maintenant... tout ça est fichu.

— Et du coup, tu veux rompre avec moi.

— Ne présente pas les choses ainsi.

— C'est pourtant la vérité. Je pensais que notre relation représentait vraiment quelque chose à tes yeux. Mais tu veux m'écarter simplement parce que ta famille n'est pas d'accord. Que crois-tu que j'éprouve ?

— Moi aussi, je souffre, Christopher.

Il contempla un instant la vue à travers les baies vitrées : au fur et à mesure que la salle tournait, les lointains gratte-ciel de Minneapolis firent place au sombre ruban de la rivière. Il ne faisait même plus semblant de manger et serrait simplement son verre d'eau dans sa main droite. Puis il se tourna vers Lee.

— Je n'ai jamais critiqué ta famille, Lee. Je pense qu'en dépit de leur attitude actuelle, ce sont des gens bien. Mais ils sont quand même en train de me condamner uniquement à cause de mon âge. Je suis persuadé qu'ils savent que je suis un type correct et que je ferai un mari attentionné. Seulement, je n'ai que trente ans alors que tu en as quarante-cinq. Alors ils te disent que tu es folle, que ça ne marchera jamais et ils te montent la tête avec toutes ces bêtises ! Mais c'est totalement injuste et tu as tort de céder à leur pression !

— Il est possible que ce soit une erreur mais, pour l'instant, c'est comme ça...

— Que veux-tu dire ?

Lee prit une profonde inspiration, puis elle lui annonça :

— Je pense qu'il vaut mieux que nous cessions de nous voir pendant un certain temps.

Christopher serra les dents et, le visage défait, jeta à nouveau un coup d'œil par la baie vitrée. Ils savaient bien tous deux que « pendant un certain temps » pouvait très bien signifier « pour toujours ». Si la famille de Lee s'opposait au mariage aujourd'hui, pourquoi changerait-elle d'avis plus tard ?

— Je t'en prie, Christopher, ne fais pas une tête pareille ! Moi non plus, je n'ai aucune envie de ne plus te voir.

Il continua à broyer du noir sans toucher au contenu de son assiette. Puis il posa sa serviette sur la table et lui dit :

— Si nous devons rompre, autant le faire sans nous disputer. Il est inutile que je te rende encore plus malheureuse que tu ne l'es déjà. Mais si ça ne t'ennuie pas, Lee, j'aimerais bien partir maintenant. Je n'ai plus faim.

Il leur fallut une demi-heure pour rentrer à Anoka. Christopher ne cessa à aucun moment d'être plein de sollicitude à son égard : il l'aida à passer son manteau, la prit par le bras pour rejoindre l'Explorer, lui ouvrit la portière et attendit qu'elle soit installée pour prendre le volant. Pendant le trajet, il respecta scrupuleusement les limitations de vitesse, ralentit bien avant de s'arrêter aux feux rouges et n'oublia jamais de mettre son clignotant avant de tourner.

Lee se sentait oppressée, son cœur battait la chamade, ses yeux la piquaient et elle avait une boule dans la gorge. Elle aurait préféré qu'il la supplie de revenir sur sa décision, qu'il se mette en colère ou qu'il conduise comme un fou. Son sang-froid et son attitude stoïque lui faisaient encore plus de peine.

En arrivant chez elle, il laissa son moteur tourner, ouvrit la portière de Lee, lui prit la main pour l'aider à franchir le marchepied et la prit par le coude pour remonter avec elle l'allée verglacée.

Lorsqu'ils arrivèrent en bas des marches, Lee s'arrêta, se rendant compte soudain de ce qu'elle était en train de faire, en souffrant d'avance du vide qu'elle allait éprouver dès qu'elle serait rentrée chez elle. La lampe extérieure était restée allumée et, autour d'eux, le jardin était recouvert d'une croûte de neige tellement ancienne qu'elle avait pris une teinte grisâtre. L'air était froid et l'humidité traversait les vêtements et semblait pénétrer jusqu'au cœur.

Christopher prit ses deux mains gantées dans les siennes et ils restèrent debout l'un en face de l'autre, les yeux fixés sur le revêtement de l'allée. Puis Lee releva la tête. Et il la regarda à son tour.

Perdant tout contrôle, il la serra contre lui et l'embrassa : un baiser d'adieu désespéré, passionné et possessif, mais où Lee crut sentir aussi un reproche informulé, comme si Christopher voulait lui faire comprendre à quel point lui aussi, il allait souffrir quand il l'aurait quittée.

Aussi brusquement qu'il l'avait prise dans ses bras, il la lâcha et lui dit :

— Je ne te téléphonerai pas. Tu sais où me joindre si tu veux me voir.

Puis il fit demi-tour et se précipita vers sa voiture.

Maintenant que Lee avait renoncé au bonheur et à tout espoir de revoir Christopher, les jours se traînaient lamentablement, son travail lui pesait et, comme elle avait pris goût à la compagnie d'un homme, sa solitude lui semblait soudain insupportable.

Ils avaient fait tant de choses ensemble et s'étaient si souvent vus chez elle que tout lui rappelait Christopher.

Près de son téléphone, il avait laissé un stylo à bille de la police sur lequel était inscrit : *Une urgence ? Composez le 911.* Comme chaque jour, Lee se battait pour que son existence ait à nouveau un sens, et quand elle rentrait chez elle le soir, elle devait se retenir pour ne pas lui téléphoner.

Chaque fois qu'elle préparait un plat qu'il aimait, elle repensait à lui. Assise en face de son fils à table, elle ne pouvait s'empêcher de se dire que dans trois ans, il aurait terminé ses études secondaires. Que se passerait-il alors ? Allait-elle passer le reste de sa vie à dîner toute seule ?

Un jour, en voulant épousseter un meuble du salon, elle découvrit sous un napperon une feuille de bloc-notes sur laquelle Chris avait écrit : *Système d'alarme du champ de foire d'Anoka*. Ce jour-là, il avait reçu un appel radio pour aller vérifier un des bâtiments du champ de foire. Après l'avoir embrassée rapidement, il s'était excusé de ne pouvoir rester plus longtemps.

Un soir, en ouvrant la boîte à gants de sa voiture, elle découvrit la lampe de poche, petite mais puissante, qu'il lui avait achetée.

En rangeant un des placards de la cuisine, elle tomba sur le vase qui avait contenu les roses qu'il lui avait offertes pour son anniversaire.

Aussi absorbée fût-elle par son travail, elle ne pouvait s'empêcher de penser à lui chaque fois qu'une voiture de police passait devant la boutique. Elle avait alors l'impression que son cœur s'arrêtait de battre et, mesurant soudain le vide de son existence, elle mourait d'envie d'aller le rejoindre.

Mais le pire, c'était la nuit quand, allongée dans son lit, elle sentait à quel point Christopher lui manquait aussi physiquement. Elle se demandait alors combien de bonnes années elle avait encore devant elle et s'en voulait de les gaspiller pour faire plaisir à sa famille. Chaque soir, à onze heures, elle avait envie de lui téléphoner pour lui demander : « Que fais-tu ? Comment s'est passée ta journée ? Quand vais-je te voir ? » Une nuit, elle composa effectivement son numéro mais, après avoir écouté la première sonnerie, elle raccrocha et se rallongea dans son lit en pleurant.

Elle se rendait compte qu'en rompant avec Christopher, elle avait dit adieu du même coup à son optimisme, à son humour et à sa faculté de prendre les choses du bon côté — toutes ces forces positives qui avaient jusque-là guidé sa vie.

Christopher était tout aussi malheureux qu'elle.

Maintenant qu'elle n'était plus là, il vivait d'une manière purement mécanique : il travaillait, mangeait, allait s'entraîner dans la salle de musculation et sur le stand de tir, sortait avec Judd. Il se rendit compte à quel point il avait évité son appartement le jour où, voulant changer d'uniforme, il s'aperçut qu'il n'en avait plus un seul de propre. Depuis combien de temps n'avait-il pas fait de lessive ? Mangé chez lui ? Ouvert les stores du salon ?

Il lava et repassa ses uniformes, passa l'aspirateur, arrosa les plantes et changea les draps de son lit. Mais à quel prix ! Tout dans cet appartement lui rappelait les visites de Lee.

Il pensait également à Lee chaque fois qu'il passait en voiture devant sa boutique et il ne manquait jamais alors de ralentir et de jeter un coup d'œil pour voir si elle n'était pas en train d'arroser les plantes derrière la devanture ou sur le pas de la porte. Mais jamais il ne l'apercevait.

Un jour où il était allé acheter des lames de rasoir au drugstore, il passa devant un présentoir de cartes de vœux et ne put s'empêcher de lire certains messages qui y étaient inscrits : *Je t'aime parce que... Je suis désolé... Quand tu n'es pas là...*

Il eut soudain envie de choisir une carte et de l'envoyer à Lee. Non pas une, mais des douzaines ! Une carte par jour ! Car ce qu'elles disaient était on ne peut plus vrai : il l'aimait, il était désolé et quand elle n'était pas là, sa vie n'avait plus aucun sens.

Ils ne s'étaient pas vus depuis six semaines quand, un lundi matin, Christopher se rendit au collège Fred Moore pour remettre des papiers à l'officier de liaison. Il se trouvait dans le hall d'entrée, à quelques mètres de la porte vitrée du bureau qui abritait les services administratifs, quand celle-ci s'ouvrit, livrant passage à Lee.

En se voyant, ils s'arrêtèrent net tous les deux et se regardèrent, le visage en feu.

— Lee, dit-il.

— Bonjour, Christopher, répondit-elle en portant la main à sa poitrine comme si elle avait soudain du mal à respirer.

Les cours avaient commencé et le hall était vide.

— Que fais-tu là ?

— J'ai lavé le short de gym de Joey ce week-end et bien entendu, ce matin, il a oublié de l'emporter. Je suis passée au collège pour qu'on le lui remette. Et toi, que viens-tu faire ici ?

— J'apporte des papiers à l'officier de liaison.

Ils essayèrent de trouver autre chose à se dire, sans y parvenir, car la seule chose qui comptait c'était qu'ils puissent à nouveau se regarder dans les yeux et s'avouer silencieusement que rien n'avait changé, qu'ils souffraient toujours autant de s'être séparés et qu'ils se sentaient soudain revivre maintenant qu'ils se retrouvaient l'un en face de l'autre.

Lee portait sa tenue habituelle : une veste en coton pardessus sa blouse bleu lavande.

Christopher était resplendissant dans son uniforme bleu marine, avec ses insignes et ses boutons argentés, son nœud de cravate impeccable et sa casquette à visière.

Ils ne pouvaient rester là à se contempler jusqu'à la fin des temps, les lèvres légèrement entrouvertes, en proie à un torrent d'émotions. Christopher reprit son sang-froid le premier. Il s'éclaircit la gorge et demanda :

— Comment va Joey ?

— Très bien.

— Et les autres ?

— Tout le monde va bien. Et Judd ?

— C'est pour lui que j'apporte ces papiers au collège, répondit-il en montrant le dossier qu'il tenait à la main. Le juge l'a placé d'une manière définitive dans une famille d'accueil et je crois qu'il est déjà beaucoup plus heureux. Là où il vit, il y a quatre autres enfants qui appartiennent tous à des groupes ethniques différents.

— J'en suis vraiment très heureuse. Je sais à quel point tu te faisais du souci pour lui.

Un ange passa. Puis Christopher demanda :

— Qu'est-ce que tu deviens ?

Au lieu de répondre, Lee le regarda, fascinée, comme si elle n'avait pas entendu sa question. Puis elle laissa échapper un soupir et murmura :

— Tu m'as manqué.

— Toi aussi, tu m'as manqué, avoua-t-il.

— Tous les soirs à onze heures, je meurs d'envie de te téléphoner.

— Il te suffit de le faire.

— Je sais bien. C'est pour ça que c'est si difficile de résister.

— Si je comprends bien, ta famille campe toujours sur ses positions.

— Je n'ai plus beaucoup de rapports avec ma famille.

— Ça va si mal que ça ?

Lee préféra ne pas répondre.

— Je croyais que sans moi, les choses étaient censées s'arranger, rappela-t-il.

— Je sais bien...

— Alors pourquoi t'infliger ça ?

— Parce que je...

Sentant que si elle continuait, elle allait se mettre à pleurer, Lee laissa sa phrase en suspens.

— C'est toujours cette histoire de différence d'âge, n'est-ce pas ? dit-il. Ce n'est pas seulement à cause d'eux. Toi non plus, tu n'arrives pas à t'y faire.

La porte du bureau s'ouvrit et deux lycéens chargés d'un carton passèrent à côté d'eux en discutant. Ils s'étaient légèrement écartés l'un de l'autre et, dès que les deux jeunes gens ne furent plus à portée de voix, Christopher annonça :

— Il faut que j'y aille. On m'attend au sujet de ces papiers.

— Vas-y. De toute façon, le moment et le lieu semblent bien mal choisis pour discuter.

— Ça m'a fait plaisir de te revoir, dit-il en reculant encore un peu. Chaque fois que je passe en voiture devant ta boutique, j'espère toujours te voir, mais... (Renonçant à terminer sa phrase, il haussa les épaules et ajouta :) Tu n'as qu'à me téléphoner, Lee.

Puis il se dirigea vers le bureau, la laissant seule au milieu du hall.

Tous les efforts que Lee avait faits depuis un mois et demi pour oublier Christopher furent réduits à néant par cette rencontre. Jamais encore elle n'avait éprouvé une telle envie de serrer un être dans ses bras. Les jours suivants, il lui suffit de repenser à ce bref moment pour ressentir à nouveau une attirance hors du commun. Comme il était facile

à Christopher de provoquer chez elle ce genre de réaction :
il suffisait qu'il apparaisse pour que la vie de Lee se trans-
forme aussitôt en un royaume enchanté.

Mais le contrecoup ne tarda pas à se faire sentir. Elle
recommença à pleurer, à ne pas écouter ce que Joey lui
disait, à soupirer et à négliger les tâches domestiques. À la
boutique, alors qu'elle avait commencé à se réconcilier avec
Sylvia, le fossé se creusa à nouveau entre elles le jour où sa
sœur vint la trouver pour lui faire une proposition qu'elle
jugea inacceptable. Elle était en train de préparer un bouquet de jonquilles quand soudain Sylvia lui dit :

— Barry aimerait te faire rencontrer un homme qui travaille avec lui, qui a à peu près ton âge et qui...

— Non merci.

— Pourquoi ne me laisses-tu pas finir ?

— Pour une raison bien simple. Tu essaies de me pousser dans les bras de cet homme dans l'espoir de ne plus te
sentir coupable de m'avoir obligée à rompre avec Christopher.

— Je ne me sens coupable de rien.

— Et pourtant, tu devrais. Si tu n'étais pas intervenue,
aujourd'hui, je serais mariée avec lui.

Lee entoura d'un élastique les douze jonquilles qu'elle
venait de choisir, puis elle raccourcit la tige des fleurs à
l'aide de son couteau.

— J'ai réfléchi à quelque chose, Sylvia, reprit-elle. Est-ce
que tu accepterais que je rachète les parts que tu as dans
l'affaire ?

— Nous en sommes vraiment là, Lee ! s'écria Sylvia en
la regardant d'un air ahuri.

— Je pourrais te vendre mes propres parts, mais j'ai
encore besoin de rentrées régulières. Dans trois ans, Joey
va certainement s'inscrire en fac et il faudra que je l'aide
financièrement. Il faudra aussi que j'aie une activité qui
m'occupe quand il aura quitté la maison. C'est pourquoi
je pense qu'il vaudrait mieux que je te rachète ta part plutôt
que le contraire.

Sylvia s'approcha de sa sœur et lui prit la main. C'était

la première fois qu'elle s'autorisait un tel geste depuis que Lee avait rompu avec Christopher.

— C'est vraiment ce que tu veux, Lee ?

— Oui, je pense que c'est le mieux.

— Je ne suis pas de ton avis.

Le bouquet étant prêt, Lee se dirigea vers le devant du magasin.

— Réfléchis à ma proposition, conseilla-t-elle à sa sœur.

Le lendemain, sa mère lui téléphona chez elle. Il était clair que Sylvia lui avait fait part des intentions de Lee.

— Papa et moi nous sommes demandé si tu aimerais venir dîner avec Joey à la maison un soir de cette semaine.

— Non, désolée, c'est impossible.

Peg dut être aussi interloquée que l'avait été Sylvia.

— Mais... commença-t-elle.

— Excuse-moi, coupa Lee, je suis en train de faire quelque chose qui ne peut pas attendre.

— D'accord. Rappelle-moi un de ces jours.

Lee ne prit même pas la peine de répondre. Elle trouvait fantastique de pouvoir enfin rendre à sa mère la monnaie de sa pièce.

Naturellement, Janice l'appela à son tour.

— Hello, m'man, dit-elle.

— Hello, Janice, répondit Lee d'une voix glaciale.

— Comment vas-tu ?

— Je me sens seule, répondit Lee en songeant : « Et de trois ! »

Silence à l'autre bout du fil : Janice devait être en train d'accuser le coup. Puis elle reprit :

— Grand-mère m'a appelée pour me dire que tu pensais arrêter de travailler avec Sylvia. Tu ne peux pas faire une chose pareille !

— Pourquoi ?

— Parce que... parce que la boutique marche tellement bien ! Et que vous formez une si bonne équipe.

— Ces derniers temps, ce n'est plus tellement le cas.

— Si je viens à la maison ce week-end, est-ce que nous pourrions en discuter ensemble ?

— Non. C'est une décision que je veux prendre toute seule. En plus, je vais être très occupée ce week-end. Je travaille samedi toute la journée. Dimanche, nous organisons une vente de pâtisseries après le culte. Et j'ai promis à Dona Clements d'aller au cinéma avec elle dimanche après-midi.

Janice devait être sidérée : elle avait dû s'imaginer qu'elle venait de trouver l'excuse rêvée pour revenir à la maison et faire la paix avec sa mère. Mais Lee avait repoussé les avances de sa fille comme celles de sa mère ou de Sylvia.

Elle n'avait aucune envie de faire la paix. Elle en voulait à sa famille et, depuis qu'elle donnait libre cours à sa colère, elle avait l'impression de retrouver une partie de son allant. Lorsque Janice eut raccroché, elle se plut à l'imaginer assise à côté du téléphone, les yeux fixés sur le mur en face d'elle, se rendant compte que sa conception de la vie avait fait long feu.

Néanmoins, le fait qu'elle ait coupé les ponts avec trois personnes qui comptaient autant à ses yeux affecta son humeur au cours de la semaine suivante : elle était encore plus cassante à la boutique, pleurait sans rime ni raison et s'en prit même à Joey qui n'avait pourtant pas mérité pareil traitement.

Le lendemain, en tout début de matinée, le téléphone sonna à la boutique. Sylvia décrocha puis, après avoir posé l'écouteur sur le comptoir, elle dit à Lee :

— Lloyd veut te parler.

Lee se sentit aussitôt de meilleure humeur. Cela faisait longtemps qu'elle n'avait pas vu son beau-père et il lui manquait.

— Lloyd ?

— Bonjour, ma chérie.

— Ça me fait tellement plaisir de vous entendre !

— Comment va le travail aujourd'hui ?

— Je suis entourée de narcisses et de branches de saule couvertes de chatons. J'ai l'impression que le printemps est arrivé.

— Ce n'est pas trop tôt ! J'en ai par-dessus la tête de rester enfermé chez moi. J'ai pensé que tu accepterais peut-être de tenir compagnie à un vieux célibataire en dînant au restaurant avec lui.

— Ce soir ?

— Si ça te convient. Nous pourrions aller manger un steak au Vineyard ?

— Merveilleux, Lloyd !

— Je passe te prendre à sept heures.

— Je serai prête.

Quand Lee eut raccroché, elle se rendit compte que sa sœur la regardait en se demandant ce qui se passait. Mais elle ne lui dit rien.

Dès qu'ils furent installés au Vineyard, Lloyd commanda une carafe de vin. Après le départ de la serveuse, il remplit leurs deux verres, but une gorgée de vin et annonça à Lee :

— Je ne vais pas y aller par trente-six chemins. Si je t'ai invitée ce soir, c'est pour te parler de Christopher Lallek.

— Vous aussi !

— Ce n'est pas du tout ce que tu crois, corrigea-t-il aussitôt en lançant à Lee un regard malicieux. Je ne vais pas rejoindre les rangs de ceux qui sont assez idiots pour croire qu'ils ont le droit de régenter ta vie.

— Vous en êtes sûr ? demanda Lee, tout étonnée.

— Sûr et certain. Je vais essayer de te faire revenir à la raison, mais à l'aide d'arguments qu'ils n'apprécieraient sans doute pas. Et d'abord, est-ce que tu as vraiment dit à Christopher que tu ne voulais plus le voir ?

— Joey a dû vous téléphoner et vous raconter toute l'histoire.

— Il m'appelle régulièrement. Et il m'a dit en effet que tu étais difficile à vivre ces derniers temps et que tu pleurais souvent le soir avant de t'endormir. Il m'a parlé aussi de la conversation que vous avez eue au musée. Mais pour en revenir à nos moutons : as-tu oui ou non rompu définitivement avec Christopher ?

— Oui, c'est ce que j'ai fait.

— Attitude on ne peut plus noble... mais bien peu judicieuse, tu ne crois pas ?

Lee était tellement étonnée qu'elle ne sut pas quoi répondre.

— Ma chère Lee, dit Lloyd en posant sa main sur la sienne, je te connais depuis très longtemps. Et je t'ai rarement vue aussi heureuse que durant ces derniers mois, quand tu sortais avec cet homme. Si je ne craignais pas d'être grossier, je dirais même que je ne suis pas certain de t'avoir vue aussi heureuse lorsque tu étais mariée avec mon fils. Je sais bien que votre mariage était une réussite et je ne vais pas dire le contraire aujourd'hui. Mais depuis que tu as rencontré Christopher, tu rayonnes de bonheur. Ne crois-tu pas que cela peut provoquer la jalousie de ceux qui ne sont pas dans le même cas que toi ?

Lâchant la main de Lee, Lloyd but une gorgée de vin puis, après avoir regardé pensivement son verre, il reprit :

— Ce n'est pas facile pour des gens mariés depuis vingt, trente ou quarante ans d'accepter qu'une femme de ton âge tombe amoureuse et veuille refaire sa vie. Je ne veux pas dire que ta mère ou ta sœur soient malheureuses en ménage, mais simplement qu'au bout d'un certain nombre d'années le mariage perd de sa nouveauté et donc, de son attrait. Quant à ta fille, son attitude est facile à comprendre : elle n'a pas dû supporter d'être éclipsée par sa propre mère.

« Mais ce n'est pas une raison pour les laisser te priver de ton bonheur. Tu mérites d'être heureuse, Lee. Tu as élevé toute seule tes enfants après la mort de Bill et pendant ces neuf années tu n'as pratiquement jamais pensé à toi-même. En sortant avec Christopher, pour la première fois, tu as cessé de faire passer tes enfants avant toi. Et je crois qu'il était temps. Car à force de recevoir beaucoup, les enfants peuvent devenir égoïstes et tout vouloir.

— Ces derniers temps, je ne leur ai pas donné grand-chose...

— C'est tout à fait temporaire. Comme tu étais malheureuse, tu n'avais plus grand-chose à leur offrir. Qu'est-ce que tu comptes faire ?

— Je n'en sais rien.

— Tu ne crois pas que le moment est venu de leur tenir tête — à ta mère, à Sylvia et à ta fille ?

— C'est ce que j'ai fait.

— Non. Si tu t'es coupée de ta famille, c'est uniquement par dépit. Alors que tu devrais épouser l'homme que tu aimes et tous les envoyer promener.

La serveuse venait d'apporter les salades et, saisissant sa fourchette, Lloyd reprit aussitôt :

— J'ai bien réfléchi et je crois que si Bill le pouvait, il te donnerait sa bénédiction. Il voudrait que tu sois heureuse. Tu es la mère de ses enfants et, si tu es heureuse, ils le seront aussi.

— Ma mère m'a laissé entendre que ce serait déloyal vis-à-vis de Bill d'épouser Christopher.

— Ta mère est pleine de bonnes intentions mais parfois, elle aurait bien besoin qu'on lui botte les fesses. Tu sais ce que c'est, Lee : les mères ont toutes leur idée de ce qui convient à leurs enfants et, quand les choses se passent différemment, elles essaient d'imposer leur point de vue. Elles se disent qu'elles font ça pour le bien de leurs enfants mais, en réalité, elles cherchent simplement à obtenir ce qu'elles veulent.

— Si vous saviez, Lloyd, comme ça me fait du bien de vous entendre dire ça !

— Je ne te dis que la vérité. Je ne fais pas partie de ta famille, je vois donc la situation d'une manière plus impartiale. Et maintenant, mange ta salade et arrête de me regarder comme si tu allais me sauter au cou. Parce que sinon c'est moi que les gens vont accuser de choisir une femme au berceau.

— Vous êtes vraiment l'homme le plus sensible et le plus adorable que je connaisse, Lloyd ! s'écria Lee avec un grand sourire.

— J'espère que cet honneur revient à l'homme que tu aimes. J'ai passé suffisamment de temps avec vous deux pour savoir que vous vous admirez et respectez mutuellement. Et j'imagine que vous ne devez pas non plus vous ennuyer quand vous vous retrouvez seuls tous les deux...

— C'est vrai, reconnut Lee.

— Je crois que c'est justement le côté sexuel de ta liaison avec Christopher qui t'a valu les attaques de ta famille. Je ne voudrais pas dire du mal de Sylvia mais, depuis que je la connais, la seule fois où je l'ai vue toucher son mari c'est lors d'un pique-nique, pour lui enlever une tique qui se trouvait sur son cou. Quant à ta mère et ton père, compte tenu de leur âge, j'imagine que le plaisir sexuel n'est plus une priorité à leurs yeux. Si tu as trouvé un homme jeune et viril qui t'aime et te rend heureuse au lit, laisse-le faire. Et maintenant, mange ce qu'il y a dans ton assiette.

Lee se sentait débarrassée d'un tel poids qu'elle avait l'impression de flotter sur sa chaise.

— Puis-je dire encore quelque chose ? demanda-t-elle.

— Oui, mais dépêche-toi, je meurs de faim.

— Je vous adore, Lloyd.

Tout en mangeant, échangeaient des sourires de conspirateurs.

19

Lee avait pris sa décision bien ayant que Lloyd ne la dépose chez elle. Les paroles de son beau-père lui avaient permis de comprendre quelle erreur elle avait faite en rompant avec Christopher. Si lui — le père de son mari décédé — lui disait qu'elle avait le droit d'être heureuse une seconde fois, alors les membres de sa propre famille devaient être capables de faire de même.

Une fois chez elle, elle se précipita dans sa chambre pour téléphoner à Christopher. Il n'était pas chez lui. Comme ce qu'elle avait à lui dire était trop important pour qu'elle laisse un message sur son répondeur, elle appela le commissariat.

— Il est de service ce soir jusqu'à onze heures, lui répondit le dispatcher.

Lee jeta un coup d'œil à sa montre : dix heures un quart.

Elle avait tout juste le temps de se préparer. Elle se précipita dans la salle de bains, prit une douche, s'habilla et, à onze heures moins le quart, pénétra dans la chambre de Joey qui dormait déjà.

— Joey, mon chéri...

— Qu'est-ce qui se passe, m'man ? J'ai l'impression d'avoir à peine dormi.

— C'est le cas, répondit-elle en s'asseyant sur son lit sans allumer sa lampe de chevet, se contentant de la lumière qui entrait par la porte ouverte. Il est onze heures moins le quart. Désolée de te réveiller mais je vais chez Christopher.

Je voulais te prévenir au cas où tu te réveillerais et où tu t'apercevrais que je ne suis pas là.

— Tu vas voir Christopher ?

— Ça ne te dérange pas ?

— Pas du tout, m'man.

— Il se peut que je rentre un peu tard car il travaille jusqu'à onze heures.

— Grand-papa a fait du bon travail, si je comprends bien.

— Oui. Et je vais faire ce qu'il m'a conseillé. Je vais épouser Chris.

— C'est vrai ? (Malgré la pénombre, Lee put voir que son fils souriait). C'est super !

— Je compte d'ailleurs le lui dire dès ce soir.

— Dans ce cas-là, peut-être que tu ne seras pas de retour avant demain matin.

— Je te promets d'être là demain matin pour te préparer ton petit déjeuner.

— Des gaufres ? demanda Joey.

Lee détestait préparer des gaufres le matin de bonne heure car cela lui donnait trop de travail.

— C'est du chantage ?

— Tu ne peux pas reprocher à un gamin d'essayer...

— Va pour les gaufres.

— Super !

— Je te dois plus que des gaufres, Joey. Il faut aussi que je te fasse des excuses. Je n'aurais pas dû te crier dessus comme je l'ai fait.

— Je savais pourquoi tu t'énervais comme ça.

— Et du coup, tu as téléphoné à ton grand-père et tu lui as demandé de me parler ?

— Tu ne voulais pas m'écouter ! rappela Joey.

Lee remonta la couverture et remit le drap en place par-dessus.

— Tu es un jeune homme très perspicace, Joey Reston. Tu feras un très bon mari quand le moment sera venu, conclut-elle en lui faisant une bise sur le front.

— Il n'y en a plus pour longtemps. J'ai demandé à Sandy

de m'épouser et elle m'a dit oui. Nous comptons aller encore au lycée pendant un an et nous marier.

Lee resta bouche bée. Mais avant qu'elle ait pu réagir, Joey éclata d'un petit rire gêné et ajouta :

— C'était pour plaisanter, m'man !

— Mon Dieu ! s'écria Lee en portant sa main à sa poitrine. Tu m'as fait une peur bleue !

— Je te devais bien ça après l'engueulade de l'autre jour. J'ai pensé que les gaufres et tes excuses ne suffisaient pas.

— Tu n'as aucun égard pour ta pauvre mère !

— Mais tu m'aimes quand même ?

— Bien sûr, répondit Lee en riant intérieurement. Et maintenant, il va falloir que je parte si je veux voir Christopher avant qu'il soit couché.

— Dis-lui bonsoir de ma part. Et dépêche-toi de filer. J'ai besoin de dormir. Tu as l'air d'oublier que j'ai cours demain matin.

— D'accord, je m'en vais.

Après l'avoir embrassé encore une fois, Lee se dirigea vers la porte. Au moment où elle allait quitter la chambre, Joey lui dit :

— Je suis vraiment content pour toi, m'man.

Quand elle se gara devant l'immeuble de Christopher, il était onze heures un quart. Au fur et à mesure qu'elle s'approchait de la porte de son appartement, elle sentait croître en elle un désir si fort qu'elle en tremblait d'avance, — un sentiment qu'une femme de quarante-cinq ans pense ne jamais plus avoir l'occasion d'éprouver et qui lui rappelait son optimisme de jeune mariée, mais en peut-être plus intense, eu égard au caractère inattendu de cette passion. Elle n'avait pas choisi de tomber amoureuse, c'était l'amour qui l'avait choisie. Quelle idiote elle avait été de laisser sa famille lui voler son bonheur même pendant un laps de temps aussi court ! C'était sa vie, pas la leur. Et la vie ne repassait pas les plats. Elle était trop courte pour que Lee ne profite pas de la possibilité que lui offrait Christopher d'être heureuse.

Elle frappa à la porte et attendit.

— Qui est là ? demanda-t-il.

— Lee, répondit-elle.

Le verrou cliqueta et la porte s'ouvrit.

Toujours vêtu de son uniforme, Christopher tenait à la main un plat tout préparé qu'il avait dû faire réchauffer au micro-ondes et d'où dépassait une fourchette.

— Quelle surprise ! s'écria-t-il.

— Pas du tout, corrigea Lee. Quand nous nous sommes revus l'autre jour, nous avons compris tous les deux que nous ne pourrions pas rester séparés.

— Peut-être que toi, tu as eu cette impression. Mais moi, je croyais que c'était fini pour de bon.

Lee eut un sourire contrit.

— Verrais-tu un inconvénient à ce que je t'embrasse ? demanda-t-elle après avoir contemplé sa chevelure légèrement aplatie par le port de la casquette, ses yeux bleus et ses lèvres sensuelles.

Lee le prit dans ses bras et approcha ses lèvres des siennes.

— Qu'étais-tu en train de manger quand je t'ai surpris dans ta tanière ? demanda-t-elle un instant plus tard en s'écartant de lui.

— Un Beefaroni. Tu veux que je t'en fasse réchauffer un ?

— Non merci. Mais tu peux finir de manger.

— Je n'ai plus très faim maintenant que tu es là.

— Mange. Ne te gêne pas pour moi. Il va bien falloir que tu t'habitues à manger devant moi puisque nous allons nous marier.

— Nous allons nous marier ? demanda-t-il.

— Oui, monsieur Lallek, j'ai décidé de m'enfuir avec vous.

Comme il semblait estomaqué par sa proposition, Lee expliqua :

— J'en ai par-dessus la tête que les gens me disent ce que j'ai ou non à faire, assez de dormir toute seule, de manger seule et de te voir patrouiller la nuit devant chez moi alors que tu me crois endormie.

— Depuis quand...

— Je t'ai vu ! Tu es passé devant chez moi dimanche dernier à dix heures et le lendemain, un peu plus tard. Et ce n'était pas la première fois, c'est le moins qu'on puisse dire.

— Ce soir aussi ? demanda-t-il avec un sourire malicieux.

— Je n'en sais rien. Lloyd m'avait invitée au restaurant pour me faire lui aussi la leçon. Et quand je suis rentrée chez moi, j'ai pris une douche, je me suis parfumée et j'ai prévenu Joey que je venais chez toi pour te demander en mariage.

— Alors comme ça, tu t'es parfumée ?

— Oui. Dans des tas d'endroits.

— Je crois que je n'ai plus faim, annonça Christopher.

Il la souleva de terre, se dirigea vers la chambre tandis que Lee s'accrochait à son cou, puis la déposa sur le lit où il l'embrassa aussitôt, en un long baiser passionné qui laissait clairement entendre que ce n'était là qu'un avant-goût de ce qui allait suivre.

— Je m'excuse, Christopher. C'est toi que j'aime et c'est eux que j'ai écoutés.

— Ces dernières semaines, j'ai vécu un véritable enfer.

— Moi aussi.

— Mais je ne voulais pas m'interposer entre ta famille et toi. Et je n'en ai toujours aucune envie.

— Grâce à Lloyd, j'ai compris que c'était leur problème et non le nôtre. S'ils m'aiment, ils finiront par t'accepter. Et je sais qu'ils m'aiment. Je veux donc leur donner une seconde chance. Est-ce que tu veux toujours m'épouser, Christopher ?

— Si je le pouvais, je le ferais sur-le-champ.

— J'étais sérieuse tout à l'heure quand je t'ai dit que je voulais m'enfuir. Crois-tu que ce soit possible ?

— J'ai cru que tu plaisantais !

— Pas du tout. Je ne vais pas laisser à qui que ce soit la possibilité de m'influencer à nouveau. Je n'ai qu'une envie : acheter deux billets d'avion et partir quelque part avec toi. Le seul à qui il faudra en parler, c'est Lloyd, car je lui demanderai de venir garder Joey à la maison. Je trouverais ça tellement romantique de me marier dans un parc rempli de fleurs. Crois-tu que nous pourrions utiliser les billets pour Longwood Gardens que tu m'as offerts à Noël ? Ou fait-il encore trop froid là-bas pour que les jardins soient en fleurs ?

— Ce doit être encore l'hiver en Pennsylvanie. Mais dans le Sud, le printemps est arrivé. Nous pourrons peut-être trouver là-bas un parc du même genre.

— Tu penses que ce serait faisable ?

— Je ne devais pas tarder à prendre mes congés. J'imagine que si je dis à mon capitaine que c'est pour me marier, il acceptera de réorganiser l'emploi du temps.

— Merveilleux ! Et maintenant, nous allons arrêter de faire des projets et tu vas enlever ce gilet pare-balles. C'est tellement gênant, tout cet attirail !

Pendant que Christopher enlevait sa cravate et déboutonnait sa chemise, Lee se pencha vers sa table de nuit et alluma la lampe de chevet. Puis elle se déshabilla à son tour tout en se demandant, comme elle l'avait déjà fait tant de fois : Est-ce que Greg peut nous voir de là-haut ? Est-il en train de se dire en souriant : « Tu as fait du bon boulot, grand-père » ? Est-il content que sa mère et son meilleur ami aient trouvé grâce à lui le bonheur ?

Lorsqu'ils furent nus tous les deux, Lee cessa de se poser des questions et elle rejoignit Christopher. Ils se précipitèrent dans les bras l'un de l'autre pour fêter leurs retrouvailles.

Il leur fallut deux jours pour choisir une destination et faire leurs préparatifs. Le troisième jour, un jeudi, ils prirent l'avion pour Mobile, en Alabama, et, arrivés là, louèrent une voiture. Ils commencèrent par se rendre à l'hôpital pour y faire les examens sanguins nécessaires. Puis ils se rendirent au palais de justice où ils achetèrent leur certificat de mariage et prirent rendez-vous avec Richard Tavern Johnson, l'adjoint du juge, le lendemain à onze heures dans les jardins Bellingrath, devant le pont qui enjambe le lac Miroir.

Le jour de leur mariage, lorsqu'ils pénétrèrent dans le

parc de Bellingrath, Lee vit pour la première fois de sa vie des azalées dans leur habitat naturel : deux cent cinquante mille azalées, dont certaines avaient près de cent ans, de toutes les nuances imaginables de rose, fleurissant en cascade au milieu de buissons plus hauts qu'elle, en bordure des chemins ou au pied des chênes noirs couverts de mousse, se reflétant à la surface des étangs et des lacs ou dans l'eau de la rivière de l'Isle-aux-Oies, le long de laquelle avait été construit le domaine de Bellingrath.

Dans ce parc de trois cent vingt-quatre hectares, il y avait des tonnelles couvertes de plantes grimpantes, des cascades étincelantes, des fontaines qui bruissaient doucement, d'immenses pelouses verdoyantes et des fleurs... des fleurs, partout ! D'ailleurs, Christopher avait bien du mal à faire avancer Lee alors qu'ils se dirigeaient vers le pont où ils avaient rendez-vous avec Johnson. Elle s'arrêtait pour contempler les chênes immenses, elle lui montrait, émerveillée, les parterres de tulipes et de jonquilles. En passant à côté d'un parterre de jacinthes qui embaumaient, elle s'écria : « Elles sentent tellement fort que j'en ai la tête qui tourne. »

Lorsqu'ils arrivèrent à la hauteur du pont en forme d'arche qui s'appuyait sur des croisillons en bois, ils aperçurent au loin un pavillon d'été et un jardin de rocailles. Johnson les attendait à l'extrémité du pont. C'était un homme du Sud, comme le prouvait son accent, d'une quarantaine d'années, avec des cheveux blonds et des lunettes. Son sourire disait clairement qu'il préférait les éclatantes couleurs de Bellingrath aux salles mal éclairées du palais de justice où, habituellement, il accomplissait son devoir d'officier d'état civil.

Comme la veille c'était lui qui leur avait vendu leur certificat de mariage, il les reconnut aussitôt. Et, après les avoir salués, il leur dit :

— Quelle belle journée pour se marier ! Ces azalées, c'est vraiment quelque chose, non ?

— Mme Reston tient une boutique de fleurs, expliqua Christopher. Et j'avoue qu'elle a pas mal flâné en chemin.

— Qui n'aurait pas envie de flâner dans un aussi beau parc ? Voulez-vous que nous commencions ?

Les deux futurs mariés se placèrent côte à côte devant lui. Lee portait une robe d'organdi gris clair, des talons hauts et tenait à la main une richardia d'Afrique. Christopher était en complet bleu marine, avec un gardénia sur le revers de son veston. Ils avaient pour tout public un couple de cygnes qui nageaient sur le lac derrière eux et des flamants roses en équilibre sur une patte. Quelques pinsons pépiaient dans les massifs de fleurs en bordure du lac et de temps à autre un moineau s'envolait de la cime des chênes.

Pas d'invités assis derrière eux, pas de traiteur en train de s'activer, aucun apparat.

Simplement deux personnes qui s'aimaient et se mariaient d'une manière totalement décontractée.

— Mon rôle consiste à rendre officielle cette cérémonie, expliqua Johnson. Mais vous avez le choix. Soit je peux lire les phrases que l'on prononce habituellement lors d'un mariage. Soit vous pouvez dire vous-mêmes ce que vous voulez.

Lee et Christopher se regardèrent. Ils n'avaient réfléchi ni l'un ni l'autre à la manière dont allait se passer cette cérémonie. En réalité, leur mariage avait été célébré à leurs yeux le soir où ils s'étaient retrouvés dans l'appartement de Christopher, et ce qui avait lieu maintenant n'était qu'une formalité. Néanmoins, Christopher annonça :

— Je crois que j'ai quelque chose à dire.

— Moi aussi, renchérit Lee.

Christopher débarrassa Lee de la richardia d'Afrique qu'elle tenait à la main et la posa dans l'herbe à côté de l'appareil-photo qu'il avait apporté. Puis il prit ses deux mains dans les siennes. Il la regarda dans les yeux, faillit éclater de rire puis finit par se jeter à l'eau.

— Je t'aime, Lee, commença-t-il. Je suis amoureux de toi depuis suffisamment longtemps pour savoir que je me suis amélioré depuis que je te connais, et c'est la seule chose qui compte à mes yeux. Je veux vivre avec toi jusqu'à la fin de mes jours. Je promets de t'être fidèle, de t'aider à finir d'élever Joey et de prendre soin de vous deux. Je te promets aussi de t'emmener dans autant de parcs et de jardins que nous pourrons en visiter. J'allais oublier : je promets de respecter ta famille et de faire tout mon possible pour qu'ils comprennent que ce mariage était une bonne chose pour nous deux. (Il se tut, à court d'idées, puis ajouta :) Ah, j'allais oublier l'alliance...

Il sortit de sa poche non pas la bague qu'il avait voulu lui offrir au Carrousel mais une alliance en or qu'ils avaient choisie ensemble, sans pierre précieuse qui obligerait Lee à la laisser dans le tiroir de sa commode, un anneau assez solide pour supporter les traitements quotidiens auxquels il allait être soumis lorsqu'elle manipulerait des fleurs.

— Je t'aime, Lee, dit-il en passant l'anneau à son doigt. (Puis, se tournant vers Johnson, il ajouta :) J'ai terminé.

Johnson hocha la tête et proposa :

— À vous, mademoiselle Reston.

— Pour moi, tu as été un véritable don du ciel, Christopher, dit-elle. Tu es entré dans ma vie au moment où je m'y attendais le moins et à une époque où j'avais pourtant désespérément besoin de quelqu'un. Quelle chance j'ai eu de tomber amoureuse de toi ! Et je t'aimerai tant que je vivrai. Je te soutiendrai chaque fois que tu seras démoralisé par ton travail. Ce n'est pas facile tous les jours d'être la femme d'un policier mais je sais parfaitement dans quoi je m'engage. Je promets de t'aider dans tout ce que tu entreprendras, surtout vis-à-vis des enfants, parce que je pense que Judd n'est pas le seul jeune dont tu t'occuperas et vis-à-vis duquel tu joueras un rôle de père. Je ferai tout ce que je pourrai pour ces jeunes. Ma maison leur sera ouverte, ainsi qu'à tes amis et à... ta famille, si tu en as envie. Et je promets de t'accompagner dans tous les jardins que tu m'emmèneras visiter. Les paroles qu'on disait dans le temps sont encore les meilleures : en bonne santé ou malade, riche ou pauvre, je ne te quitterai pas jusqu'à ce que la mort nous sépare. C'est ainsi que je t'aimerai. (Puis elle lui demanda :) Donne-moi l'autre alliance. (Elle la passa au doigt de Christopher et murmura :) Je t'aime.

Ils s'embrassèrent. Derrière eux, les deux cygnes avancèrent l'un vers l'autre et, au moment où ils se croisaient, leurs têtes et leurs cous formèrent un cœur — comme si les serments qu'ils s'étaient faits venaient de recevoir une bénédiction.

— Aux yeux de l'État de l'Alabama, vous êtes maintenant légalement mariés, annonça Johnson. Ce mariage sera consigné dans le registre d'état civil du palais de justice de Mobile.

La cérémonie était terminée.

— Mes félicitations, monsieur et madame Lallek, ajouta-t-il en leur serrant à chacun la main. Si vous voulez avoir l'amabilité de signer le certificat de mariage...

Lorsqu'ils eurent apposé leur signature sur le document officiel, il les prit en photo avec l'Instamatic de Lee, puis leur souhaita bonne chance.

Dès qu'il fut parti, Lee et Christopher se regardèrent en pouffant de rire. Cette cérémonie si peu officielle avait l'air d'une farce. Mais c'était sans importance : les serments venaient du cœur et ne dépendaient pas d'une signature en bas d'un papier officiel.

Prenant les mains de Lee, Christopher lui dit :

— Vous me devez un baiser, madame Lallek.

Ils passèrent la majeure partie de la journée dans les jardins de Bellingrath, à admirer les fleurs et à se photographier mutuellement. Pour leur nuit de noces, ils avaient choisi une pension de famille installée dans les anciennes écuries restaurées d'une maison de maître qui datait d'avant la guerre de Sécession. Lorsqu'ils se présentèrent chez Mme Ramsay, la propriétaire du Kerry Cottage, une femme mince au visage chevalin et aux cheveux gris ondulés, elle leur dit qu'elle allait passer un coup de fil pour décommander des gens de sa famille qui devaient venir passer la nuit chez elle.

— Quand ils logent chez moi, ils ne me donnent pas un sou et veulent que le petit déjeuner soit servi à huit heures tapantes. Ce soir, c'est vous, les jeunes mariés, qui allez dormir dans ma meilleure chambre.

Pour dîner, elle leur servit des poules faisanes laquées et truffées de pignons de pin qu'ils mangèrent dans le jardin, à l'abri d'une aubépine qui, au dire de Mme Ramsey, avait été plantée par son arrière-arrière-grand-père, avant la guerre de Sécession. Quand la nuit tomba, elle alluma une lampe-tempête et leur apporta leur dessert : un gâteau fourré, servi avec de la crème à la vanille sur laquelle elle avait tracé deux cœurs entrelacés avec du nappage au chocolat.

— Je souhaite que vous soyez aussi heureux ensemble que je l'ai été avec le colonel, leur dit-elle, sans leur expliquer qui était ce fameux colonel.

Puis elle leur servit la spécialité maison, un mélange de vin de Madère et de menthe glacée, et repartit vers la cuisine.

Ils trinquèrent, goûtèrent à la spécialité maison et se regardèrent avec passion tandis que la nuit les invitait à rejoindre leur chambre. Au-dessus de leurs têtes, une légère brise faisait bruire les feuilles de l'aubépine. Posée au milieu de la table, la bougie illuminait leurs deux visages légèrement rosis par la fraîcheur de la nuit.

Après avoir vidé son verre, Christopher proposa :

— Madame Lallek, seriez-vous d'accord pour que nous nous retirions ?

— Tout à fait d'accord, monsieur Lallek.

Dès qu'ils furent debout, Lee prit le bras de Christopher.

— Nous pourrions peut-être aller remercier notre hôtesse, dit-elle.

Ils se dirigèrent vers la maison en empruntant un sentier de briques inégales et tout en respirant le parfum entêtant d'une glycine.

Après avoir remercié Mme Ramsey et lui avoir souhaité bonne nuit, ils repartirent bras dessus bras dessous vers leur cottage, passant près d'un chêne vert et d'une autre aubépine avant de pousser leur porte. Le couvre-lit était replié et Mme Ramsey avait posé sur chaque oreiller un petit paquet de friandises.

— Lee, murmura Christopher en se glissant dans le lit. Ma femme. Enfin !

— Mon cher mari, répondit Lee en écho.

Mari et femme, et amants : cela suffisait amplement à leur bonheur.

Lloyd eut une idée de génie. Après en avoir discuté avec Joey, il adressa une invitation à Janice, Sylvia et Barry Eird, Orrin et Peg Hillier, ainsi que Judson Quincy.

Sur chacune des cartes, il avait écrit :

Vous êtes invités à fêter le mariage de Lee Reston et Christopher Lallek, qui a eu lieu vendredi dernier dans les jardins de Bellingrath. Le dîner sera servi au 1225 Benton Street, dans la future maison des deux époux, mercredi à dix-sept heures. S'il vous plaît, ne nous décevez pas : ni eux ni moi.

Sincèrement
Lloyd Reston

Dès qu'ils eurent reçu l'invitation, ils téléphonèrent tous à Lloyd. Ils étaient furieux, ne mâchaient pas leurs mots et s'en prenaient à lui comme s'il était responsable de la folie que venait de commettre Lee. Au lieu de discuter avec eux, Lloyd leur disait :

— Attendez une minute, je vous passe Joey.

Et Joey ne cachait pas son enthousiasme.

— C'est super, non, grand-mère ! dit-il à Peg. Tu viens avec grand-père, n'est-ce pas ? M'man m'a téléphoné et elle est follement heureuse ! Moi aussi, je suis fou de joie. C'est grand-papa Lloyd et moi qui allons préparer le dîner. Nous ne savons pas très bien quel plat nous allons choisir. Mais nous sommes en train de consulter un livre de cuisine et nous allons trouver quelque chose de facile à faire. On peut compter sur vous ?

Ils étaient pris à leur propre piège. Le fils de Lee était fou de joie. Son beau-père lui avait donné sa bénédiction. Ils allaient tous les deux préparer le repas malgré leurs piètres talents culinaires et la seule chose qu'ils demandaient au reste de la famille, c'était d'être présent ce soir-là.

Comment répondre par la négative à une telle invitation sans passer pour des gens en dessous de tout ?

Lloyd demanda à Judd de leur donner un coup de main.

Il alla chercher les deux garçons à la sortie de l'école et ils se mirent aussitôt au travail. Ils choisirent le plus beau service de Lee et mirent la table. Puis ils décorèrent la suspension avec trois cloches de mariage en papier. Ensuite ils s'attaquèrent à la préparation du bœuf bourguignon, en suivant à la lettre les instructions du livre de cuisine de Lee : deux kilos et demi de bœuf coupé en morceaux, mis à revenir dans un grand faitout avec des oignons et des champignons, arrosé ensuite de bouillon et de bourgogne, puis assaisonné de quelques épices.

Ils préparèrent une salade verte, ouvrirent trois boîtes de maïs en grains et firent cuire du riz dans le four à micro-ondes. Ils garnirent la corbeille à pain d'une serviette, comme le faisait toujours Lee, avant d'y placer les tranches, disposèrent les plaquettes de beurre dans une assiette et cachèrent le gâteau de mariage qu'ils avaient commandé chez un pâtissier dans la chambre de Joey.

Un peu avant quatre heures, Lloyd enfila une veste et rappela aux deux garçons :

— N'oubliez pas de faire ce que je vous ai dit. Si à cinq heures, personne n'est là, enlevez les assiettes en trop. Moi, je serai de retour vers cinq heures et demie si leur avion n'a pas de retard.

Ce fut Christopher qui conduisit sur le chemin du retour. Lee ne cessait de reparler des jardins de Bellingrath. Elle interrompit net son monologue quand, arrivant chez elle, elle découvrit qu'il y avait tout juste la place de garer l'Explorer au bout de l'allée.

— On dirait la voiture de mes parents ! s'écria-t-elle. Et celle de Janice, et celle de Barry et Sylvia ! (Se retournant vers son beau-père assis à l'arrière, elle demanda :) Qu'est-ce qui se passe, Lloyd ?

— Entrons et nous verrons bien.

Lee sortit de la voiture et jeta un regard terrifié en direction de la maison. Christopher la prit par le bras en échangeant un coup d'œil avec Lloyd.

— Qu'est-ce que vous avez manigancé, Lloyd ? demanda à nouveau Lee.

— Je les ai simplement invités.

— Mais... je ne leur ai rien dit.

— À présent, ils sont au courant.

— Mon Dieu ! dit Lee en se tournant vers Christopher dans l'espoir qu'il lui vienne en aide.

— Nous ne pouvons plus reculer maintenant, dit-il en l'entraînant vers la maison.

Joey avait mis de la musique, la mère de Lee était en train de s'occuper de la sauce du bœuf bourguignon, son père ouvrait une bouteille de vin et Sylvia s'affairait autour d'un bouquet de roses blanches qu'elle venait de poser au centre de la table. Tout le monde semblait très occupé, à l'exception des deux garçons qui se précipitèrent dans l'entrée dès que la porte s'ouvrit.

Lee serra son fils dans ses bras et Christopher s'exclama :

— Judd est là, lui aussi !

Les parents de Lee et sa sœur se retournèrent vers les nouveaux arrivants tandis que les deux garçons racontaient en riant les préparatifs du repas et que Lee s'immobilisait dans l'entrée, hésitant à faire les quelques pas qui la sépa-raient de la cuisine, aussi intimidée qu'une chanteuse qui aurait commencé son tour de chant sur une fausse note. Lloyd les débarrassa de leurs manteaux qu'il rangea dans la penderie.

Lee franchit enfin la courte distance qui la séparait de la cuisine. La première personne qui se retrouva devant elle fut Sylvia. Elles restèrent quelques secondes l'une en face de l'autre sans bouger, puis Lee fit le premier pas. Elles s'étreignirent d'une manière guindée, leurs coudes relevés au-dessus des épaules de l'autre tandis que Sylvia chucho-tait dans l'oreille de Lee :

— Tu es complètement folle. Ça ne marchera jamais.

— Attends de voir, murmura Lee en réponse.

Puis ce fut au tour de sa mère de la serrer dans ses bras. Elle semblait plus détendue que Sylvia mais son message avait la même teneur que celui de sa fille aînée.

— T'enfuir avec lui pour te marier ! Tu as donc perdu

la tête ? Quand Lloyd m'a annoncé la nouvelle, j'ai failli m'évanouir.

— Merci d'être venue, mère.

Orrin fut plus sincère que son épouse.

— Même si ta mère pense que c'est une folie, je ne t'ai jamais vue aussi heureuse, ma chérie, dit-il à Lee.

Celle-ci se tourna alors vers sa fille.

— Je suis contente de te voir, Janice.

Le visage en feu, Janice n'osait pas s'avancer vers sa mère. Mais quand Lee la prit dans ses bras, la glace se rompit et elles s'étreignirent avec force, soulagées l'une et l'autre de pouvoir enfin se réconcilier.

— Oh, m'man... murmura Janice.

Sentant qu'elle était à deux doigts d'éclater en sanglots, Lee la pressa contre elle, en un geste qui signifiait : « Ne pleure pas, ma chérie, tout va s'arranger maintenant. »

Alors que les autres membres de la famille s'étaient contentés de saluer Christopher d'une manière pour le moins formelle, Janice fit à sa mère le plus beau cadeau de mariage qu'elle pouvait lui offrir en se dirigeant aussitôt vers lui et en lui disant, sans cesser de rougir :

— On voit bien à quel point vous êtes heureux tous les deux. Mes félicitations.

— Merci, Janice. De la part de ta mère et de la mienne.

— Je tenais à te dire que j'ai rencontré un garçon très sympa. Avec lequel j'ai rendez-vous pour la seconde fois demain soir.

— C'est une très bonne nouvelle, répondit Christopher en souriant. Amène-le à la maison le plus tôt possible pour que nous fassions sa connaissance.

Craignant de ne pouvoir contrôler plus longtemps son émotion, Lee se réfugia dans un coin de la cuisine et s'essuya discrètement les yeux. Surgissant aussitôt derrière elle, Christopher l'emprisonna contre lui et, fermant un instant les yeux, elle posa sa tête contre sa poitrine.

— Mon Dieu, Christopher... chuchota-t-elle.

— Je sais, dit-il en embrassant ses cheveux.

Judd s'approcha d'eux en demandant :

— Je peux changer le CD ? Oh ! ça ne va pas ?

— Laisse tomber, idiot ! s'écria Joey. Tu ne vois pas qu'ils ont besoin d'être seuls.

Mais quelques secondes plus tard, tous les yeux étaient secs, la cuisine envahie par les invités, les assiettes remplies de bœuf bourguignon et, finalement, tout le monde se retrouva assis autour de la table. Tandis que la voix de Vince Gill résonnait dans le salon, les verres furent remplis et la conversation devint animée. L'ambiance désordonnée et bruyante d'un repas de famille agissait comme par magie : les relations encore chancelantes commençaient à reprendre leur place — même si elles avaient encore besoin de temps avant de s'arranger pour de bon.

Lloyd se leva et annonça en brandissant son verre :

— Si je peux me permettre de dire...

— Non, grand-papa, le coupa Joey. Cette fois, c'est à moi de le faire.

Pour le moins surpris, Lloyd hésita quelques secondes. Puis ils se rassit en souriant. Joey était déjà debout et, levant son verre rempli de Sprite, il porta un toast à chacune des personnes présentes.

— Merci à grand-papa Lloyd de nous avoir tous réunis ce soir. À tante Sylvia pour avoir apporté des fleurs. À oncle Barry pour avoir amené tante Sylvia. (Tout le monde éclata de rire). À Judd qui finira bien par préférer la musique country au rapp. À ma sœur Janice que je suis tout heureux de revoir à la maison. À mes grands-parents Hillier qui nous ont donné la plus chouette maman du monde. Et surtout à m'man et Christopher, les nouveaux mariés. J'espère que vous serez toujours aussi heureux qu'aujourd'hui et que vous voyagerez souvent en me laissant seul à la maison avec grand-papa Lloyd, parce que, quand il est là, je fais ce que je veux, je mange des pizzas tous les soirs, je me couche à onze heures et demie et il me laisse même conduire la voiture pour aller chez Sandy !

Quand tout le monde eut fini de rire, Joey reprit, le plus sérieusement du monde cette fois :

— Cette année, j'ai commencé à comprendre ce qui comptait vraiment dans la vie. Et je crois que nous avons tous appris des tas de choses. Je voudrais juste terminer en disant à maman et à Christopher que nous leur souhaitons une vie longue et heureuse. Nous tous qui sommes là ce soir, continua-t-il en faisant des yeux le tour de la table. (Puis, levant les yeux vers le plafond, il ajouta :) Et aussi ceux qui sont là-haut. Papa ? Greg ? Grant ? Puisque vous êtes bien placés pour le faire, dites un mot en faveur de ces deux-là, s'il vous plaît.

Tandis qu'autour de la table les verres s'entrechoquaient, chacun souriant d'un air attendri, et que la mariée avait bien du mal à retenir ses larmes, trois âmes avaient observé toute la scène depuis leur séjour éternel, un sourire de satisfaction aux lèvres, et se retiraient maintenant d'un pas tranquille pour attendre.

*Cet ouvrage a été composé
par l'Imprimerie BUSSIÈRE et
imprimé sur presse CAMERON
dans les ateliers de B.C.I.
à Saint-Amand-Montrond (Cher)
en avril 1995*

N° d'édition : 97856. N° d'impression : 615-1/534.
Dépôt légal : avril 1995
Imprimé en France